OD ISTOG PISCA

Čovek po imenu Uve

Fredrik Bakman

MOJA BAKA VAM SE IZVINJAVA

Preveo sa švedskog
Nikola Perišić

Laguna

Naslov originala

Fredrik Backman
MIN MORMOR HÄLSAR OCH SÄGER FÖRLÅT

Copyright © Fredrik Backman 2013
Published by agreement with Solomonsson Agency.

Translation copyright © 2018 za srpsko izdanje, LAGUNA

 Kupovinom knjige sa FSC oznakom pomažete razvoj projekta odgovornog korišćenja šumskih resursa širom sveta.
NC-COC-016937, NC-CW-016937, FSC-C007782
© 1996 Forest Stewardship Council A.C.

*Posvećeno majmunčetu i žabici.
Kroz deset hiljada bajkovitih beskraja.*

1

Duvan

Svi sedmogodišnjaci zaslužuju superheroje. Jednostavno je tako. A onome ko tako ne misli fali neka daska u glavi.

Tako je govorila Elsina baka.

Elsa ima sedam godina, mada uskoro treba da napuni osam. Ne snalazi se baš sjajno u koži sedmogodišnjakinje, i zna to. Zna da je drugačija. Direktor škole je rekao kako mora da se „prilagodi" da bi se „bolje slagala sa vršnjacima", a vršnjaci Elsinih roditelja koji je poznaju uvek kažu kako je „malo previše zrela za svoje godine". Elsa zna da je to samo drugi način da se kaže „nenormalno naporna za svoje godine", jer bi to uvek rekli neposredno pošto bi ih ispravila jer pogrešno izgovaraju „deža vi" ili ne znaju da odaberu pravi padež. Kao što je to obično slučaj sa tim pametnjakovićima. Tada bi pametnjakovići rekli da je „malo previše zrela za svoje godine", i usiljeno se osmehivali njenim roditeljima. Kao da je to neki hendikep, kao da ih je Elsa ponizila time što nije potpuno praznoglava, iako joj je samo sedam godina.

I zbog toga ona nema drugove osim bake. Jer su svi ostali sedmogodišnjaci u školi praznoglavi baš onako kako to sedmogodišnjaci obično jesu. A Elsa je drugačija.

Ma baš te briga, govorila je baka. Jer svi superheroji su drugačiji. A da su supermoći normalne, svi bi ih imali.

Baka ima sedamdeset sedam godina. Mada će uskoro napuniti sedamdeset osam. Ni ona se ne snalazi najsjajnije u tome. Vidi se da je stara po tome što joj lice izgleda kao novinski papir u mokrim cipelama, ali niko nikada nije rekao da je baka malo previše zrela za svoje godine. Ponekad bi Elsinoj mami rekli kako je baka „živahna" za svoje godine. A potom bi delovali prilično uznemireno ili prilično ljutito, na šta bi mama uzdahnula i pitala koliko će koštati da nadoknadi štetu. Kao na primer kada baka smatra da su ljudi sami krivi ako su toliko nesolidarni da povlače ručnu kočnicu u svojim automobilima kada ona namerava da bočno parkira svoj Reno. I kada puši u bolnici pa se uključi alarm, i zatim viče „dođavola, zar baš sve mora da bude toliko politički korektno u današnje vreme" kada se pojave čuvari i primoraju je da ugasi cigaretu. Ili kao onda kada je napravila Sneška Belića i obukla ga u pravu odeću i položila ga u dvorište ispod balkona svojih suseda Brit-Mari i Kenta, tako da izgleda kao čovek koji je pao sa krova. Ili onda kada su se po četvrti razmileli uglađeni muškarci sa naočarima i zvonili na sva vrata želeći da razgovaraju o Bogu, Isusu i raju, a baka je izašla na balkon u razdrljenoj kućnoj haljini i otvorila vatru na njih iz puške za pejntbol, dok Brit-Mari ni sama nije znala da li ju je više uznemirila puška ili to što baka nije nosila ništa ispod kućne haljine, ali ju je za svaki slučaj prijavila policiji i za jedno i za drugo.

U tim slučajevima su ljudi smatrali da je baka prilično živahna za svoje godine. Može se reći da i jeste tako.

Sada govore da je baka luda. Ali ona je u stvari genije. Samo je istovremeno malo čvrknuta u glavu. Nekada je bila lekar, dobijala je nagrade i pisali su o njoj u novinama, i putovala je na najjezivija mesta po celom svetu i to kada su svi ostali bežali odande. Spasavala je živote i borila se protiv zla širom Zemljine kugle. Kao što to rade superheroji. Ali na kraju se našao neko da joj kaže kako je prestara da bi spasavala živote, iako Elsa podozreva da je taj neko u stvari hteo da kaže „previše luda", i ona zato više nije lekar. Baka je tog nekog nazvala „društvo" i govorila da joj više nije dozvoljeno da krpi ljude samo zato što sada sve mora da bude tako prokleto politički korektno. Društvo je počelo da gnjavi s tom zabranom pušenja u operacionim salama, a ko još može da radi u takvim uslovima? Ko?

Sada je dakle uglavnom boravila kod kuće i izluđivala Brit-Mari i mamu. Brit-Mari je bakina komšinica, a mama je Elsina mama. A Brit-Mari je u stvari komšinica i Elsinoj mami, pošto je i Elsina mama komšinica Elsinoj baki. A Elsa je, razume se, takođe komšinica baki, pošto Elsa živi sa mamom. Osim svakog drugog vikenda, kada živi sa tatom i Lisetom. A Georg je, naravno, takođe komšija baki. Jer on živi sa mamom. Sve je to pomalo zbrkano.

Bilo kako bilo, da se vratimo na priču: spasavanje života i izluđivanje ljudi su dakle bakine supermoći. Samim tim, može se reći da je ona prilično disfunkcionalan superheroj. Elsa to zna, pošto je proverila reč „disfunkcionalan" na Vikipediji. „Vikipedija" je nešto što ljudi bakinih godina opisuju kao „enciklopedija, samo na internetu!" kada treba nekom da objasne. „Enciklopedija" je pak nešto što Elsa opisuje kao „Vikipedija, samo analogna" kada treba nekom da objasni. A Elsa je proverila reč „disfunkcionalan" na oba mesta, i to znači da neko funkcioniše, ali ne baš onako kako je zamišljeno. To je jedna od stvari koje Elsa najviše voli kod bake.

Mada možda ne baš i danas, naravno. Pošto je već pola dva noću i Elsa je prilično umorna i zapravo bi samo želela da ode na spavanje, ali ne može, jer je baka ponovo bacila govance na policajca.

Komplikovano je, moglo bi se reći. Kao u statusu na *Fejsbuku*.

Elsa se osvrnula po četvrtastoj sobici i zevnula s takvom dosadom da je izgledala kao da pokušava da proguta sopstvenu glavu otpozadi.

„A rekla sam ti da se ne penješ preko one ograde", promrmljala je gledajući na sat.

Baka nije ništa odgovorila. Elsa je skinula svoj grifindorski šal i spustila ga u krilo. Rodila se drugog dana Božića sedam godina ranije, ali uskoro će napuniti osam. Bilo je to istog dana kada su neki naučnici u Nemačkoj zabeležili najsnažniji prodor gama zračenja iz magnetara iznad Zemlje. Elsa doduše nije znala baš tačno šta je to „magnetar", ali reč je o nekoj vrsti neutronske zvezde. A zvuči i pomalo kao „Megatron", što je ime onog zlikovca u *Transformersima*, koje ljudi koji ne čitaju dovoljno kvalitetne književnosti u svojoj zaostalosti nazivaju „dečjim programom". Transformersi su u stvari roboti, mada se, ako pogledamo čisto akademski, eventualno mogu ubrojati i u superheroje. Elsa prosto obožava i Transformerse i neutronske zvezde, i zamišlja kako bi „prodor gama zračenja" mogao pomalo da liči na ono kada je baka prosula fantu na Elsin ajfon i pokušala da ga osuši na tosteru. A baka kaže da je Elsa posebna zbog toga što se rodila na takav dan.

A biti poseban predstavlja najbolji način da budeš drugačiji.

Ali u ovom trenutku je baka, naravno, bila uposlena pravljenjem gomilica duvana na drvenom stolu ispred njih i njihovom umotavanju u tanušni cigaret-papir. Elsa je zastenjala.

„Kažem: rekla sam ti da se ne penješ preko one ograde! Stvarno!", pojasnila je.

Nije nameravala da bude neprijatna. Samo se malo naljutila. Onako kako umeju da se naljute sedmogodišnjaci u policijskim stanicama i sredovečni ljudi koji čekaju zakasnele letove a niko ih ni o čemu ne obaveštava.

Baka je otpuhnula kroz nos i potražila upaljač u džepovima svog prevelikog kaputa. Nije delovala kao da bilo šta od ovoga uzima za ozbiljno, uglavnom zbog toga što nikada i ne izgleda kao da išta uzima za ozbiljno. Osim kada želi da zapali cigaretu, a ne može da pronađe upaljač, što shvata veoma ozbiljno. Pušenje za baku spada u ozbiljne stvari.

„Ma bila je to malecna ograda, ko bi se još uzbuđivao oko toga, gospode bože", rekla je bezbrižno.

„Nemoj ti meni gospode bože! Bacila si govance na policajca!", skrenula joj je pažnju Elsa.

Baka prevrnu očima.

„Prestani da se prenemažeš. Zvučiš kao tvoja majka. Imaš li upaljač?"

„Imam sedam godina!", odvrati Elsa.

„Koliko ćeš još koristiti to kao izgovor?"

„Sve dok više ne budem imala sedam godina!"

Baka zastenja i promrmlja nešto što je zvučalo kao „dobro de, valjda sme da se pita", pa nastavi da prekopava džepove kaputa.

„Inače, mislim da ovde ne smeš da pušiš", obavestila ju je Elsa nešto smirenije i prevukla prstima duž duge poderotine na grifindorskom šalu.

Baka otpuhnu kroz nos.

„Naravno da smem da pušim. Samo ćemo otvoriti prozor."

Elsa je sumnjičavo pogledala prozore.

„Mislim da su ovo prozori od one vrste koja se ne otvara."

„Gluposti, otkud ti ta ideja?"

„Imaju rešetke."

Baka se nezadovoljno izbečila u prozore. Pa u Elsu.

„Dakle, sad više ne smeš da pušiš ni u policijskoj stanici, pa kakvo je ovo društvo, kao da smo svi zatvorenici?"

Elsa ponovo zevnu.

„Mogu li da upotrebim tvoj telefon?"

„Šta će ti?", odvrati baka.

„Da surfujem", rekla je Elsa.

„Šta da surfuješ?"

„Razne stvari."

„Previše vremena trošiš na tom internetu."

„Kaže se provodiš."

„Dobro de."

Elsa zavrte glavom prema baki.

„Troši se novac, a ne vreme. Valjda ne bi nekom rekla: 'Provela sam dvesta kruna na nove pantalone.' Ili bi možda rekla? A?"

„Jesi li čula za onu što je umrla od previše razmišljanja?", frknu baka.

„A jesi ti čula za onu što NIJE?", frknu Elsa.

Policajac koji je zakoračio u prostoriju izgledao je veoma, veoma, veoma umorno. Smestio se sa suprotne strane stola i uputio baki i Elsi pogled pun neizmernog očajanja.

„Hoću da pozovem advokata", odmah zatraži baka.
„Hoću da pozovem mamu", odmah zatim zatraži Elsa.
„U tom slučaju ja hoću prva da pozovem advokata!", insistirala je baka.
Policajac je spustio na sto hrpicu papira.
„Tvoja mama stiže", rekao je Elsi sa uzdahom.
Baka je uzdahnula onako kako to samo baka ume.
„Zbog čega ste pozvali NJU? Imate li vi mozga? Pa ona će načisto pobesneti!", pobunila se, kao da joj je policajac rekao kako namerava da ostavi Elsu u šumi, da je odgajaju vukovi.
„Moramo da pozovemo detetovog staratelja", mirno je objasnio policajac.
„Pa i ja sam detetov staratelj! Ja sam joj baka!", razdra se baka, upola ustajući sa stolice i preteće vitlajući neupaljenom cigaretom.
„Sada je pola dva noći. Neko mora da zbrine dete", ravnodušno je odvratio policajac i pokazao na sat, pa nezadovoljno pogledao cigaretu.
„Pa da! Ja sam tu! JA ću se pobrinuti za dete!", zapenila je baka.
S pomalo usiljenom ljubaznošću, policajac pokaza na celu prostoriju.
„I šta kažete, koliko ste dosad bili uspešni u tome?"
Baka je delovala pomalo uvređeno. Ali na kraju je ponovo sela u stolicu i pročistila grlo.
„Ako bi... mislim... ne. Naravno. Ako ćete da se hvatate za svaku POJEDINOST, onda i nisam bila bogzna šta. Mora se priznati. Ali sve je išlo kao po loju dok vi niste počeli da me progonite!", ogorčeno je primetila.
„Provalili ste u zoo-vrt", skrenuo joj je pažnju policajac.
„To je bila malecna ograda", odvratila je baka.
„Ništa nije malecno kada je reč o provali", rekao je policajac.

Baka je slegnula ramenima i odmahnula rukom iznad stola, kao da hoće da kaže kako je sada već zaista bilo dovoljno trabunjanja, i da je vreme da okrenu novi list.

„Nego, umalo da zaboravim, ovde valjda smem da zapalim?"

Policajac ozbiljno zatrese glavom. Baka se nagnu prema njemu, zagleda mu se duboko u oči i osmehnu se.

„Zar ne biste mogli da napravite izuzetak ako vas zaista lepo, lepo zamolim?"

Elsa je ćušnula baku laktom i prešla na njihov tajni jezik. Jer baka i Elsa imaju tajni jezik, a to je nešto što sve bake moraju da imaju sa svojim unucima, jer postoji zakon koji tako kaže, rekla je baka. Ili bi u svakom slučaju trebalo da postoji.

„Daj! Prestani, bako! Mislim da je čak nezakonito nabacivati se policajcima!", rekla je Elsa na tajnom jeziku.

„Ko to kaže?", uzvratila je baka pitanjem, takođe na tajnom jeziku.

„Policajac!", odgovori Elsa.

„Policija treba da postoji da bi bila na usluzi građanima! Ja plaćam porez!", odbrusila je baka.

Policajac ih je pogledao onako kako se to radi kada sedmogodišnjakinja i sedamdesetsedmogodišnjakinja počnu da se svađaju na svom tajnom jeziku usred noći u policijskoj stanici. Zatim mu je baka namignula samo mrvicu zavodljivo i ponovo molećivo pokazala na svoju cigaretu, a kada je on odmahnuo glavom, baka se uvređeno zavalila u stolicu i prasnula na sasvim običnom jeziku.

„Dakle, uvek ta politička korektnost. Za nas pušače u ovoj prokletoj zemlji sada važi nešto gore od aparthejda!"

Izraz na licu policajca postao je samo malo oštriji.

„Ja bih na vašem mestu pripazio šta govorim."

Baka prevrnu očima. Elsa začkilji prema njoj.

„Kako se to piše?"

„Šta to?", uzdahnula je baka kao neko ko ima čitav svet protiv sebe, iako uredno plaća porez.

„Taj aparat-kako-beše", rekla je Elsa.

„A-p-a-r-h-e-i-t", izgovorila je baka slovo po slovo. Naravno, nije se pisalo tako. Elsa je to shvatila odmah pošto se nagnula preko stola, uzela bakin telefon i potražila reč na Guglu. Baka pojma nije imala sa tim stvarima. Policajac je prelistavao svoje papire.

„Pustićemo vas da idete kući, ali ćete ponovo doći ovamo u vezi sa provalom i saobraćajnim prekršajima", hladno je rekao baki.

„Mislim, za android stvarno treba imati živaca", prostenjala je Elsa, ogorčeno kucajući po bakinom telefonu.

Telefon je inače android zbog toga što je to u stvari stari telefon Elsine mame, a ona koristi samo androide, iako Elsa uzalud pokušava da joj objasni kako svako ko ima imalo mozga koristi ajfon. A baka naravno ne želi nikakav telefon, ali ju je Elsa naterala da prihvati mamin stari, pošto baka rutinski uništava Elsine telefone u različitim incidentima vezanim za tostere. A tada Elsa mora da pozajmi bakin telefon. Čak i ako je android.

„Kakve saobraćajne prekršaje?", iznenađeno prasnu baka.

„Nedozvoljena vožnja, za početak", rekao je policajac.

„Kako nedozvoljena? Pa to je moj auto! Za ime svega, valjda mi nije potrebna dozvola da bih vozila svoj sopstveni auto!"

Policajac strpljivo odmahnu glavom.

„Ne. Ali vam je potrebna vozačka dozvola."

Baka raširi ruke.

„Dakle, ovo je stvarno policijska država."

U sledećem trenutku prostorijom se prolomio prasak, pošto je Elsa tresnula android telefon o sto.

„Šta ti je sada?", upita baka.

„Pa ovde NIJE kao u tom aparthejdu!!! Uporedila si to što ne smeš da pušiš sa aparthejdom, a to uopšte nije isto. Nije čak ni SLIČNO!"

Baka očajno odmahnu rukom.

„Rekla sam da je... znaš, otprilike isto kao to..."

„Pa, otprilike uopšte NIJE!", razdra se Elsa.

„Gospode bože, bilo je to samo poređenje..."

„Da, i to potpuno nenormalno!"

„Otkud znaš?"

„VIKIPEDIJA!", ponovo se razdra Elsa, pokazujući na bakin telefon.

Baka se očajno okrenu prema policajcu.

„Da li se i vaša deca ovako ponašaju?"

Policajac je izgledao kao da mu je neprijatno.

„Mi... u našoj porodici ne dozvoljavamo deci da sama pretražuju internet..."

Baka odmah raširi ruke gledajući u Elsu, kao da tim pokretom želi da kaže: „aha!" Elsa je samo odmahnula glavom i odlučno skrstila ruke.

„Hoćeš li se već jednom izviniti što si gađala policajca govancetom, pa možemo da idemo kući, bako!", frknula je na tajnom jeziku, i dalje poprilično uznemirena zbog cele te stvari sa aparthejdom.

„Izvini", odvratila je baka na tajnom jeziku.

„Policajcu reci, a ne meni, bleso jedna!", rekla je Elsa.

„Nemam nameru da se izvinjavam fašistima. Ja plaćam porez. A TI si blesa!", uzjogunila se baka.

„E baš si TI!", odbrusi joj Elsa.

Zatim su obe sedele skrštenih ruku, demonstrativno okrenute leđima jedna drugoj, sve dok baka nije klimnula glavom policajcu i obratila mu se na sasvim običnom jeziku:

„Možete li, molim vas, da prenesete mojoj razmaženoj unuci da može slobodno peške da se vrati odavde kući ako bude ostala pri tom stavu?"

„Pih! Recite vi NJOJ da nameravam da se odvezem kući sa mamom, a ONA može da ide peške!", odmah je replicirala Elsa.

„Recite nj-o-j, da slobodno može...", počela je baka.

A tada je policajac bez reči ustao i napustio sobu zatvorivši vrata za sobom, pomalo kao da mu je namera da ode u neku drugu sobu, tamo zaroni lice u veliki, meki jastuk i vrišti iz sve snage.

„Eto, vidi šta si sad uradila", rekla je baka.

„Vidi šta si TI uradila!", odvratila joj je Elsa.

Trenutak kasnije ušla je policajka mišićavih ruku i zelenih očiju. Izgleda da to nije bio njen prvi susret sa bakom, jer joj je uputila tužan osmeh, kako to već rade ljudi koji poznaju baku, i rekla: „Morate da prestanete sa ovim, imamo mi prave kriminalce kojima treba da se bavimo." A baka je promrmljala: „Možete i vi da prestanete." I zatim su im dozvolili da idu kući.

Dok su stajale na trotoaru i čekale Elsinu mamu, Elsa je zamišljeno prelazila prstima preko poderotine na svom šalu. Protezala se posred amblema Grifindora. Elsa je pokušala da ne zaplače. Nije joj baš najbolje polazilo za rukom.

„Eh, mama će ti to zakrpiti", rekla je baka, trudeći se da zvuči vedro, i ćušnula je pesnicom u rame.

Elsa je pogleda sa uznemirenim izrazom na licu. Baka joj je klimnula glavom pomalo posramljeno, uozbiljila se i utišala glas.

„Tja, možemo... znaš već. Možemo da kažemo tvojoj mami da se šal pocepao dok si pokušavala da me sprečiš da se popnem preko ograde kod majmuna."

Elsa je klimnula glavom i ponovo prešla prstima preko šala. Nije se pocepao dok se baka penjala preko ograde kod majmuna. Pocepao se u školi, kada su Elsu tri starije devojčice koje je mrze, premda ona ne zna zaista zbog čega, opkolile ispred trpezarije, izudarale je, pocepale joj šal i bacile ga u ve-ce šolju. Podrugljivi smeh se i dalje vrteo po Elsinoj glavi nalik na kuglice flipera.

Baka je primetila njen pogled, pa se poverljivo nagnula prema njoj i prošaputala na tajnom jeziku:

„Jednog lepog dana odvešćemo te proklete šmizle iz tvoje škole u Mijamu i bacićemo ih lavovima!"

Elsa je obrisala oči nadlanicom i slabašno se osmehnula.

„Nisam ja idiot, bako. Znam da si sve ovo noćas uradila da bih ja zaboravila ono što se desilo u školi", prošaputala je.

Baka je šutnula šljunak i pročistila grlo.

„Tja… znaš već. Ti si mi jedino unuče. Nisam htela da ovaj dan pamtiš po tom događaju sa šalom. Htela sam da ga umesto toga pamtiš kao dan kada je tvoja baka provalila u zoološki vrt…"

„I pobegla iz bolnice", osmehnula se Elsa.

„I pobegla iz bolnice", osmehnula se baka.

„I bacila govance na policajca", dodala je Elsa.

„Ma to je bila zemlja! Ili barem uglavnom zemlja!", pobunila se baka.

„Menjanje sećanja je baš dobra supermoć", složila se Elsa.

Baka slegnu ramenima.

„Ako ne možeš da poništiš ono što je loše, onda bar možeš da povećaš ono što je neloše."

„Ne postoji takva reč."

„Znam."

„Hvala ti, bako", rekla je Elsa i naslonila joj glavu na ruku.

A baka je samo klimnula glavom i prošaputala: „Mi vitezovi kraljevine Mijame samo vršimo svoju dužnost."

Jer svi sedmogodišnjaci zaslužuju superheroje.

A onome ko tako ne misli fali neka daska u glavi.

2

Majmun

Mama je došla po njih u policijsku stanicu. Videlo se na njoj da je veoma ljuta, ali se kontrolisala i savladavala i nije vikala. Jer mama je veoma kontrolisana i pribrana i ne viče manje-više nikada, pošto je ona upravo sve ono što Elsina baka nije. Elsa je zaspala tek što je vezala pojas, i već se nalazila u Mijami kada su izašli na auto-put.

Mijama je Elsina i bakina tajna kraljevina. Jedna od šest u Zemlji skoro budnih. Baka ju je izmislila dok je Elsa bila mala, pošto su se mama i tata upravo razveli, a Elsa se plašila da zaspi, jer je na internetu čitala o deci koja su umrla u snu. Baka je bila dobra u izmišljanju koječega. I tako se, kada se tata iselio iz stana, i svi su stalno bili snužđeni i umorni, Elsa svake noći iskradala kroz ulazna vrata, šunjala se hodnikom u pidžami i odlazila u bakin stan, a zatim bi se baka i ona uvukle u veliki garderober koji nikada nije prestajao da raste, zažmurile i krenule.

Jer nije bilo potrebno da zaspiš da bi dospeo u Zemlju skoro budnih. U tome nekako i jeste stvar. Trebalo je samo da skoro zaspiš. I baš u tim poslednjim sekundama, kada samo što nisi zatvorio oči, kada se magla razmota preko granice između onoga što znaš i onoga u šta veruješ, tada polaziš. Jašeš u Zemlju skoro budnih na leđima oblakonja, jer je baka odlučila da je to jedini način da se tamo stigne. Oblakonji ulaze kroz vrata bakinog balkona da povedu nju i Elsu, i zatim lete sve više i više i više, dok Elsa ne ugleda sva ona čarobna i čudnovata luckasta bića koja nastanjuju Zemlju skoro budnih: infante i kajalice i Odmaodma i oštrodlake i snežne anđele i prinčeve i princeze i vitezove. Oblakonji lebde nad beskrajnim mračnim šumama, gde žive Vukosrce i sva ostala čudovišta, pa se spuštaju kroz zaslepljujuće boje i blage vetrove koji duvaju oko kapija kraljevine Mijame.

Teško je jasno reći da li je baka pomalo luckasta zbog toga što je previše boravila u Mijami, ili je Mijama pomalo luckasto mesto zbog toga što je baka previše boravila tamo. Ali odande potiču sve bakine bajke. Najčudnije luckaste bajke.

Baka je rekla da se kraljevina zove Mijama već najmanje deset hiljada bajkovitih beskraja, ali Elsa je znala da je baka jednostavno izmislila to ime, zbog toga što Elsa nije umela da kaže „pidžama" kada je bila mala, pa je umesto toga govorila „mijama". Iako je naravno baka uporno tvrdila kako nije izmislila baš ništa, i da Mijama i ostalih pet kraljevstava u Zemlji skoro budnih zaista postoje u najvećoj mogućoj meri, i da su zapravo mnogo stvarniji od ovog stvarnog sveta „u kom su svi ekonomisti, piju mleko bez laktoze i nešto mi tu izvode". Baka se nije baš najbolje snalazila u stvarnom svetu. Tu je bilo previše pravila, a baka se nije najbolje snalazila sa pravilima. Varala je u monopolu, vozila Reno trakom za autobuse, iznosila žute kese iz *Ikee* i nije stajala iza linije kod trake za preuzimanje prtljaga na aerodromu. I ostavljala je otvorena vrata kada ode u toalet. To je takođe bio bakin karakterni nedostatak.

Ali pričala je najbolje bajke na svetu, a u tom slučaju se može oprostiti i poveliki broj karakternih nedostataka, mislila je Elsa.

Sve bajke koje išta vrede potiču iz Mijame, govorila je baka. Ostalih pet kraljevstava u Zemlji skoro budnih zadužena su za druge stvari: Mireva je kraljevina u kojoj čuvaju snove, Miplora kraljevina gde se čuva sva tuga, Mimova je mesto iz kog dolazi sva muzika, Mijaudaka mesto sa kog potiče hrabrost, dok je Mibatala kraljevina gde su odrasli svi vojnici koji se bore protiv užasnih senki Rata bez kraja.

Ali Mijama je bakina i Elsina omiljena kraljevina, jer tamo je pripovedački zanat nešto najplemenitije što postoji. Tamo onaj ko ume da priči udahne život može postati moćniji od kralja. U Mijami je mašta valuta, umesto da nešto kupiš za novac, možeš ga kupiti za dobru priču, a biblioteka se tamo ne zove biblioteka, nego banka. U Mijami je svaka knjiga bogatstvo, svaka priča milionče. A baka svake večeri donosi odande neiscrpne kovčege sa blagom. O zmajevima, baucima, kraljevima, kraljicama i vešticama. I o senkama. Jer svaki bajkoviti svet mora imati i svoje strašne neprijatelje, a neprijatelji Zemlje skoro budnih jesu senke, jer senke žele da unište svu maštu.

A ako neko želi da priča o senkama, mora da priča o Vukosrcu. Jer on je pobedio senke u Ratu bez kraja. Bio je prvi i najveći superheroj za kog je Elsa ikad čula.

Baka svake noći vodi sa sobom Elsu u Mijamu. Tamo su Elsu proizveli u viteza. Tamo može da jaše oblakonja i ima svoj mač, i posle toga se više nikada nije plašila da zaspi. Jer u Mijami niko ne govori da devojčice ne mogu da budu vitezovi, tamo planine dotiču nebo, a logorske vatre nikada ne dogorevaju i nikakvi prokleti pametnjaković ne pokušava da ti pocepa grifindorski šal.

* * *

Baka je, naravno, govorila da ni u Mijami niko ne zatvara vrata kada ide u toalet. I da tamo zapravo imaju zakon o politici otvorenih vrata po svim pitanjima u čitavoj Zemlji skoro budnih. Ali Elsa je bila prilično sigurna da baka u vezi s tim priča drugu verziju istine. Jer tako baka naziva laži. „Druga verzija istine".

I tako, kada se Elsa sledećeg jutra probudila na stolici u bakinoj bolničkoj sobi, baka je sedela na ve-ce šolji sa otvorenim vratima, a ispred u hodniku je stajala Elsina mama, i baka je upravo nameravala da ispriča jednu od tih drugih verzija istine. Nije joj baš najbolje polazilo za rukom. Jer prava je istina naravno bila da je baka prethodne noći pobegla iz bolnice, a Elsa se iskrala iz stana dok su mama i Georg spavali, i zajedno su se odvezle Renoom u zoološki vrt, a tamo se baka popela preko ograde, što bi ovako naknadno gledano moglo delovati kao neodgovoran potez usred noći, u društvu sedmogodišnjakinje. Elsa bi prihvatila takvo obrazloženje.

Naravno da se baka, čija je odeća ležala na hrpi na podu i još uvek u velikoj meri doslovno zaudarala na majmune, branila time da je, pošto se uspentrala preko ograde do kaveza s majmunima, a onaj čuvar počeo da joj dovikuje, pomislila da je on na primer mogao biti neki opasan silovatelj i da je zato počela da baca zemlju na njega i policajca. A tada je mama veoma pribrano, ali umorno zavrtela glavom i rekla baki da izmišlja.

A baka nije volela kada joj neko kaže da je njena priča izmišljena, i više joj se dopadao manje uvredljiv termin „priča neproverena u stvarnosti", što je i rekla mami. Mama nije delovala kao da se slaže s tim. Ali se savladala. Jer ona je sve ono što baka nije.

„Ovo je jedna od najgorih stvari koje si uradila", namršteno je rekla mama u pravcu toaleta.

„To mi je zaista, zaista teško da poverujem, draga ćerko", bezbrižno je odgovorila baka iznutra.

Tada je mama staloženo nabrojala sve što je baka priredila, a ona joj je na to odgovorila da se mama duri samo zbog toga što nema smisla za humor. A mama joj je rekla da bi morala da prestane da se ponaša kao neko neodgovorno dete. Na šta je baka odgovorila: „Znaš li koja je šala gusarima omiljena?" I pošto mama nije ništa odgovorila, baka iz toaleta doviknu: „VEŠALA!" A kada je mama uzdahnula i počela da masira slepoočnice, baka je samo frknula i zaključila: „Eto, lepo sam rekla, nemaš smisla za humor." Tada je mama zatvorila vrata od toaleta, a baka se strašno, strašno naljutila. Jer nije volela da se oseća zaključano dok sedi u toaletu.

Sada je već dve nedelje boravila u bolnici, ali je bežala skoro svaki dan, dolazila po Elsu i vozila se s njom na sladoled ili dolazila kući kada mama nije tu i suljala se niz stepenice. Ili provaljivala u zoološke vrtove. Šta god bi joj u trenutku palo na pamet.

Mada baka, naravno, nije smatrala da je u pitanju „bekstvo" iz bolnice, jer bi morala da postoji izvesna doza izazova da bi se to nazvalo bekstvom. Kao na primer zmaj, ili niz klopki, ili barem bedem s poštenim jarkom ispred, ili tako nešto. Može se reći da se mama i bolničko osoblje nisu baš slagali s tim stavom.

U sobu je ušla bolničarka i oprezno zamolila za malo pažnje. Pružila je mami neki papir, a mama je nešto napisala na njemu i bolničarka je otišla. Baka je imala već devetoro različitih bolničara otkako je primljena tu. Sa sedmoro je odbila da sarađuje, a preostalo dvoje je odbilo da sarađuje s njom. Jedan bolničar zbog toga što mu je baka rekla da ima „zgodnu guzu". Baka je odlučno tvrdila kako je kompliment upućen njegovoj guzi, a ne njemu, i da stvarno ne bi trebalo da se prenemaže zbog toga. A mama je tada rekla Elsi da stavi slušalice, ali je Elsa ipak uspela da čuje da su se prilično dugo prepirali o razlici između „seksualnog uznemiravanja" i „jednog najobičnijeg komplimenta upućenog guzi, gospode bože"!

Mama i baka su se mnogo svađale. Svađale su se otkako Elsa zna za sebe. Zbog svega. Jer ako je baka disfunkcionalan superheroj, onda je mama naprotiv veoma funkcionalan superheroj. Njihov odnos je pomalo kao onaj koji postoji između Kiklopa i Vulverina iz *Iks ljudi*, kako je Elsa imala običaj da razmišlja, pritom osećajući koliko joj nedostaje neko u njenom okruženju ko bi znao šta time želi da kaže. Ljudi u Elsinom okruženju čitaju zaista premalo kvalitetne književnosti. „Kvalitetna književnost" je ono što neobrazovani pametnjakovići zovu „stripovi", i Elsa pretpostavlja da bi ovo na zaista uprošćen način objasnila nekom neupućenom u kvalitetnu književnost rečima da su Iks ljudi superheroji. Mada su oni zapravo mutanti, a tu postoji izvesna akademska razlika, ali ako bi htela da izbegne petljanje i potrebu za dodatnom nastavom, Elsa bi to možda ukratko predstavila rečima da baka i mama imaju sasvim suprotne supermoći. Kao kada bi Spajdermen, koji je jedan od Elsinih omiljenih superheroja, imao arhineprijatelja koji bi se zvao recimo Trapavmen i čija se supermoć sastoji u tome što nije u stanju da se popne ni na klupu. Mada na nekako super način.

Naravno, Kiklop i Vulverin po definiciji nemaju potpuno suprotstavljene supermoći, ali ako bi Elsa trebalo da to objasni nekom ko ništa ne shvata, ne bi želela da sve to učini težim nego što je neophodno.

A kad malo bolje razmisli, možda je dovoljno shvatiti kako mama predstavlja red, a baka haos. Elsa je negde pročitala da je „haos sused Bogu", ali mama joj je na to odgovorila da se jedini razlog za to što se Haos uselio u istu zgradu sa Bogom sastoji u tome što Haos više nije mogao da podnese da stanuje pored bake.

Mama je imala fascikle i kalendare za sve, a njen telefon bi odsvirao kratku melodiju petnaest minuta pre nego što treba da ima sastanak. Elsina baka je stvari kojih je morala da se seti zapisivala malim flomasterom direktno na kuhinjskom zidu. I to ne samo kada je kod svoje kuće već bez obzira na to gde se nalazi. Nije to bio sasvim besprekoran sistem, razume se, jer je nekako predviđalo da će se nalaziti u kući iste te osobe u trenutku kada treba da se seti onoga što je zapisala. Ali kada je Elsa skrenula baki pažnju na to, baka je samo otpuhnula kroz nos: „U svakom slučaju, manja je opasnost da ću ja negde zaturiti kuhinjski zid nego da će tvoja mama zaturiti onaj svoj pišljivi telefončić!" Tada joj je Elsa skrenula pažnju na to da mama nikada ništa ne gubi. A baka je tada prevrnula očima i uzdahnula: „Ma naravno da ne, tvoja mama je pravi izuzetak. Ovo što sam rekla odnosi se na… kako bih rekla… nesavršene ljude."

Savršenstvo je mamina supermoć. Ona nije zabavna kao baka, ali zato uvek zna gde je Elsin grifindorski šal. „Ništa nije zaista nestalo ako tvoja mama još nije pokušala da ga pronađe", imala je mama običaj da šapne Elsi na uvo dok bi ga vezivala Elsi oko vrata.

Elsina mama je šefica. „Nije joj to samo posao već i životni stil", imala je običaj da se ruga baka. Mama takoreći nije osoba s kojom ideš naporedo, već koju slediš. Elsina baka je pre od onih koje izbegavaš nego što će ti pasti na pamet da ih pratiš, a u celom svom životu nije pronašla nijedan šal.

Baka osim toga ne voli šefove, i u tome i jeste problem u ovoj bolnici, jer mama naročito ima običaj da šefuje tu, pošto tu i jeste šef.

„Gospode bože, opet prenaglašeno reaguješ, Ulrika!", doviknula je baka kroz vrata toaleta, dok je u sobu ulazila nova bolničarka zajedno sa lekarom, a mama je zapisala nešto na još jednom papiru, pa rekla nešto što je sadržalo mnogo brojki.

Mama se pribrano osmehnula bolničarki i lekaru, a oni su joj odvratili nervoznim osmesima i otišli. Potom je u toaletu dugo vladala tišina, a mama je odjednom izgledala uznemireno kao što obično jeste kada u bakinoj okolini predugo vlada tišina. Onda je kratko onjušila vazduh i otvorila vrata. Baka je sedela razgolićena na ve-ce šolji, s jednom nogom udobno prekrštenom preko druge. Nonšalantno je mahnula prema mami upaljenom cigaretom.

„Ma daj, molim te! Valjda se može imati malo mira u toaletu?"

Mama je protrljala slepoočnice i uhvatila se za stomak. Baka joj je ozbiljno klimnula glavom i mahnula cigaretom u pravcu stomaka.

„Gospode bože, pa smiri se, Ulrika, seti se da si trudna!"

„Možda bi i ti mogla da razmišljaš o tome", odvratila je mama.

Ali pribrano.

„*Touché*",* promrmljala je baka i duboko uvukla dim.

Bila je to jedna od onih reči za koje je Elsa znala šta treba da znače, iako im nije zaista znala značenje. Mama je polako zavrtela glavom.

„Da li uopšte razmišljaš koliko je to opasno za Elsu i novo dete?", upitala je i pokazala na cigaretu.

---

* Franc.: Pun pogodak, dobro rečeno. (Prim. prev.)

Baka prevrnu očima.

„Nemoj da mi se tu prenemažeš! Ljudi su pušili i ranije, pa su se rađala savršeno dobra deca. Samo tvoja generacija ne shvata da je ljudski rod preživeo milione godina bez alergijskih testova i ostalih sranja, pre nego što ste vi došli ovamo i počeli da mislite kako ste mnogo posebni. Misliš da su se, dok smo živeli u pećinama, mamutske kože prale mašinski na devedeset stepeni pre nego što u njih umotaju novorođenčad?"

Elsa je naherila glavu.

„Zar su cigarete tada postojale?"

Baka zastenja.

„Sad i ti počinješ?"

Mama se uhvatila za stomak. Elsa nije bila sigurna da li zbog toga što se Polovče ritnulo tamo unutra, ili što želi da mu zapuši uši. Mama je Polovčetova mama, a Polovčetov tata je Georg, pa je onda Polovče Elsin polubrat ili polusestra. Ili će to tek postati. Ali biće celo ljudsko biće, a polovina je samo u odnosu na Elsu, kako su čvrsto uveravali Elsu. Prošlo je nekoliko zbunjujućih dana pre nego što je shvatila razliku. „Za nekog pametnog poput tebe stvarno umeš da ponekad budeš totalno nepametna", prasnula je baka kada ju je Elsa to pitala. Posle toga su bile u svađi skoro tri sata. Bio je to maltene novi rekord u trajanju svađe između njih dve.

„Samo sam htela da joj pokažem majmune, Ulrika", promrmljala je baka naposletku malo prigušenije i ugasila cigaretu u lavabou.

„Nemam više snage za ovo…", odgovorila je mama očajno, ali pribrano, pa izašla u hodnik da potpiše još neke papire sa brojkama.

Baka zaista jeste samo htela da pokaže Elsi majmune, taj deo priče bio je istina. Prethodne noći su razgovarale telefonom, Elsa od kuće a baka iz bolnice, pa su se posvađale oko toga da li postoji specijalna sorta majmuna koja spava stojeći ili ne postoji. Baka naravno nije bila u pravu, jer je na Vikipediji pisalo sve o tome, i tako dalje, ali je baka tada odlučila da odu u zoološki vrt i tamo gledaju majmune, da bi Elsi skrenula misli. Elsa se iskrala dok su mama i Georg spavali. A kada je trebalo da se baka popne preko ograde zoološkog vrta, pojavio se noćni čuvar, a za njim i policajac, i baka ih je tada gađala zemljom. Ali su oni pomislili da su u pitanju govanca. Najviše zbog toga što je baka vikala: „OVO SU GOVANCA!!!"

Mama je otišla da porazgovara s nekim u hodniku. Telefon joj je zvonio ceo dan. Elsa je sela u bakin krevet, baka je obukla spavaćicu, sela naspram Else i široko se osmehnula. Onda su igrale monopol. Baka je krala pare iz banke, a kada ju je Elsa razotkrila, baka je ukrala auto, pobegla na Istočnu stanicu i pokušala da napusti grad.

Zatim je mama ponovo ušla, umornog izgleda, i rekla Elsi da sada treba da idu kući jer baka mora da se odmori. Tada je Elsa zagrlila baku i tako ostala dugo, dugo, dugo.

„Kada ćeš moći da se vratiš kući?", upitala je Elsa.

„Sigurno sutra!", vedro je obećala baka.

Jer uvek je tako radila. Onda je sklonila Elsi kosu sa očiju, a kada je mama ponovo otišla u hodnik, na bakinom licu se iznenada ukazao ozbiljan izgled, i obratila se Elsi na tajnom jeziku:

„Imam važan zadatak za tebe."

Elsa je klimnula glavom, jer baka joj je uvek davala zadatke na tajnom jeziku kojim su umeli da govore samo oni koji su bili u Zemlji skoro budnih, a Elsa ih je uvek izvršavala. Jer tako rade vitezovi od Mijame. Izvršavaju dužnost. Osim one da kupuju cigarete i prže meso, jer tu je Elsa povlačila granicu. To je baš mnogo gadno. I vitezovi moraju imati neke principe.

Baka se sagnula sa kreveta i izvukla veliku plastičnu kesu ispod njega. Unutra se nisu nalazili meso i cigarete. Već slatkiši.

„Moraš da odneseš čokoladu Drugaru."

Prošlo je nekoliko sekundi pre nego što je Elsa shvatila na kakvog drugara misli. A kada je shvatila, užasnuto je pogledala baku.

„Jesi li POLUDELA? Hoćeš da UMREM?"

Baka prevrnu očima.

„Nemoj tu da mi se prenemažeš. Zar hoćeš da kažeš da se jedan vitez od Mijame ne usuđuje da izvrši svoj zadatak?"

Elsa se uvređeno izbeči na nju.

„Baš je zrelo što mi pretiš time."

„Baš je zrelo reći *zrelo*!", narugala se baka.

Elsa joj istrže plastičnu kesu. Bila je puna malih šuštavih kesica sa čokoladicama punjenim karamelom. Baka je pokazala.

„Važno je da skineš papir sa svakog komada. Inače će strašno gunđati."

Elsa jogunasto začkilji u kesu.

„A šta treba da kažem? Pa on uopšte i ne zna ko sam ja!"

Baka frknu tako glasno da je zvučala kao da istresa nos.

„Naravno da zna. Gospode bože. Reci mu samo da mu se tvoja baka izvinjava."

Elsa uzdignu obrve.

„Izvinjavaš se za šta?"

„Za to što mu već nekoliko dana nisam nosila slatkiše", odgovorila je baka kao da je to nešto najnormalnije.

Elsa ponovo pogleda u kesu.

„Strašno je neodgovorno poslati jedino unuče na takav zadatak, bako. On može da me ubije."

„Nemoj da se prenemažeš", rekla je baka.
„Ma ti se prenemažeš!", frknu Elsa.
Baka je razvukla usne u osmeh. Jer uvek je tako radila. I naposletku se osmehivala i Elsa. Jer uvek tako radi. Baka priguši glas.
„Moraš potajno dati čokoladu Drugaru. Ne smeš dozvoliti da Brit-Mari to vidi. Sačekaj onaj sastanak kućnog saveta sutra uveče i tad krišom idi kod njega!"
Elsa je klimnula glavom. Iako se strašno plašila Drugara i zapravo je i dalje smatrala da je baš nenormalno neodgovorno poslati jedinu unuku na takav zadatak opasan po život. Ali baka joj je čvrsto stegnula kažiprste čitavim šakama, kao što je to imala običaj da radi, a kada neko to uradi, teško je biti uplašen. Ponovo su se zagrlile.
„Vidimo se, o ti hrabri viteže od Mijarne", prošaputa joj baka na uvo.

Jer baka nikada nije govorila zbogom. Samo vidimo se.

Dok je oblačila jaknu u hodniku, Elsa je čula mamu i baku kako razgovaraju o „tretmanu". A zatim je mama rekla Elsi da stavi slušalice na uši. Elsa je tako i uradila. Prošlog Božića je poželela slušalice i istrajno je insistirala da ih mama i baka plate po pola. Jer tako je pravedno.
A kada mama i baka počnu da se svađaju, Elsa stavi slušalice i pojača muziku i pravi se da su mama i baka glumice u nemom filmu. Elsa je od one dece koja rano nauče da je lakše ići kroz život ako možeš sam sebi da biraš saundtrek.
Poslednje je čula kako baka pita kada će moći da uzme Reno iz policije. Reno je bakin auto, za koji je govorila da ga je osvojila na partiji pokera. Naravno, to je samo auto marke Reno, ali je Elsa kada je bila mala naučila da je ime

auta Reno, pre nego što je shvatila da se ne zove samo ovaj auto tako. Zato ga je i dalje izgovarala kao ime.

Jer to je bilo veoma prikladno ime, pošto je zvučalo kao da pripada nekom francuskom starčiću koga muči kašalj, a bakin Reno jeste bio star, zarđao i Francuz, a kada je menjala brzine, zvučalo je kao kada se teški balkonski nameštaj vuče po betonu. Elsa je to znala pošto je baka ponekad vozeći Reno pušila i jela kebab, pa su joj ostajala samo kolena da njima upravlja, i tada bi nagazila kvačilo i viknula: „Sada!", a Elsa bi morala da promeni brzinu.

Elsi je to nedostajalo.

Mama je rekla baki da neće ići po Reno. A tada joj je baka uznemireno odvratila da je to zapravo njen auto, na šta joj je mama rekla da se auto ne sme voziti bez vozačke dozvole. A tada je baka nazvala mamu „mladom gospođicom" i saopštila joj kako odistinski ima vozačku dozvolu u šest zemalja. Na šta ju je mama pribrano upitala da li je slučajno jedna od tih zemalja i ova u kojoj žive. Potom je baka neko vreme samo ćutke sedela i durila se dok joj je bolničarka uzimala uzorak krvi.

Elsa je otišla da čeka kod lifta, jer nije baš obožavala špriceve, bez obzira da li ih ubadaju u ruku njoj ili baki. Sedela je na stolici i čitala *Harija Potera i Red feniksa* na ajpedu. Bio je to otprilike dvanaesti put da ga čita. Bila je to knjiga o Hariju Poteru koja joj se najmanje dopadala, i zbog toga je nije čitala više puta.

Tek kada je mama došla po nju i kada je trebalo da siđu u garažu, Elsa je shvatila da je zaboravila grifindorski šal u hodniku ispred bakine sobe. I otrčala je nazad.

* * *

Baka je sedela na ivici kreveta leđima okrenuta vratima i telefonirala, ne videvši je. Elsa je shvatila da razgovara sa svojim advokatom, jer baka mu je izdavala uputstva o tome koju marku piva treba da joj donese kada sledeći put bude dolazio u bolnicu. Elsa je znala da advokat krijumčari pivo u velikim enciklopedijama za koje baka kaže da će ih upotrebiti za svoje „istraživanje", ali su iznutra izdubljene tako da u njih mogu da stanu pivske flaše. Elsa je uzela šal sa čiviluka i baš je htela da se javi baki, kada je čula kako joj glas postaje ozbiljniji:

„Ona mi je unuka, Marsele. Blagoslovena bila njena glavica. Nikada nisam videla toliko pametnu devojčicu. Odgovornost mora biti na njoj. Ona je jedina koja može da donese pravu odluku.".

Nakratko je zavladala tišina. Zatim je baka odlučno nastavila:

„ZNAM da je ona samo dete, Marsele! Ali đavo me odneo ako nije pametnija od svih onih zamlata zajedno! A ovo je moj testament, i ti si moj advokat. Samo radi kako ti kažem!"

Elsa je stajala u hodniku zadržavajući dah. A kada je baka rekla: „Zato što NE ŽELIM još da joj to ispričam, Marsele! Zato što svi sedmogodišnjaci zaslužuju superheroje!", Elsa se okrenula i nečujno šmugnula kroz vrata sa grifindorskim šalom vlažnim od suza.

A poslednje što je čula baku kako izgovara u telefon, glasilo je:

„Ne želim da Elsa sazna da ću umreti, zato što svi sedmogodišnjaci zaslužuju superheroje, Marsele. Svi sedmogodišnjaci zaslužuju superheroje čija je jedna od supermoći to što ne mogu da dobiju kancer."

3

Kafa

Ima nečeg posebnog u vezi sa bakinom zgradom. Uvek možeš da se setiš kako miriše.

A u pitanju je, naravno, obična zgrada. Manje-više. Ima četiri sprata i devet stanova, i miriše na baku. I kafu, razume se, skoro sve vreme miriše na kafu. A ima i jasan kućni red okačen u vešernici, s naslovom „Za dobrobit svih", pri čemu je reč „dobrobit" dvaput podvučena, kao i lift koji je uvek pokvaren i kućicu za odlaganje sortiranog otpada u dvorištu, jednu pijanduru, jednog borbenog psa i jednu baku.

Obična zgrada. Manje-više.

Baka stanuje na poslednjem spratu. U stanu preko puta žive mama, Elsa i Georg. Georg je mamin nevenčani muž, a to nije sasvim jednostavno, jer je istovremeno prvi bakin sused. Georg ima brkove i malecnu kapu i voli da trči sa šorcem preko helanki i da sprema hranu na engleskom. Kada čita recepte, kaže „pork" umesto svinjetina, a baka ima običaj da kaže „sreća njegova što je tako meden, jer je inače težak kô crna zemlja". I nikada ne kaže Georg, nego ga zove samo „zamlata". Mama se strašno nervira zbog toga, ali Elsa zna da baka ne radi to da bi iznervirala mamu. Već samo zato što želi da Elsa zna da je ona na Elsinoj strani, šta god da se desi. Jer tako radite kada ste baka, a unučetovi roditelji se razvedu i pronađu nove partnere, i odjednom saopšte unučetu da će dobiti polubrata ili polusestru. Stanete na unučetovu stranu. Uvek. Bez obzira na sve. A to što pritom dovodi mamu do ludila, baka posmatra kao čist bonus.

Mama i Georg se nisu obavestili da li je Polovče poludečak ili poludevojčica. Iako su mogli. Naročito je Georgu važno da ne sazna. On Polovče sve vreme zove „ono" kako ne bi „nametao detetu rodnu ulogu". Prvi put kada je to izgovorio, Elsa je mislila da je rekao „modnu ulogu". Bilo je to veoma zbunjujuće popodne za sve prisutne.

Polovče će se zvati Elvir ili Elvira, odlučili su mama i Georg. Kada je Elsa to saopštila baki, ova se zagrcnula: „Kako, ELF-ir!?"

„Ma to ti je oblik imena Elvira, samo za poludečaka", objasnila joj je Elsa. A baka je odmahnula glavom i frknula: „Elfir? Šta, misle da klinac treba da pomogne Frodu da odnese prsten u Mordor?" Jer bilo je to neposredno pošto je baka odgledala sa Elsom sve filmove iz trilogije *Gospodar prstenova*, i to baš zato što je Elsina mama izričito rekla Elsi kako ne sme da ih gleda.

Elsa je, naravno, znala da baka ne misli ništa loše o Polovčetu. Ili Georgu. Samo govori takve stvari zato što je baka, a baka je uvek na Elsinoj strani, bez obzira na sve. Čak i onda kada je Elsa rekla baki da mrzi Georga. Pa i da čak ponekad mrzi i Polovče. A kako da ne voli baku koja od nje čuje tako užasne stvari, a ipak joj drži stranu.

* * *

Bakin stan je potpuno isti kao mamin, samo mnogo haotičniji. Jer mamin stan je nalik mami, a bakin je nalik baki. Mama voli red, a baka voli metež.

U stanu ispod bakinog žive Brit-Mari i Kent. Oni mnogo vole da poseduju stvari, i Kent stalno priča o tome koliko šta košta. Kent skoro nikada nije kod kuće, jer on je biznismen. Ili „bizniskent", kako ima običaj da govori i zatim se smeje pred ljudima koje ne poznaje. A ako ljudi ne prsnu u smeh istog trenutka, onda Kent ponovi šalu, samo još malo glasnije. Kao da je u tome bio problem.

Baka kaže da je Kent pravi mufljuz, i da reč „biznismen" zapravo potiče iz Zemlje skoro budnih, kada je neko pogrešno čuo „zini da ti kažem", što skitnice oko Mijame govore kada ih pitaju čime se bave. Elsa ne zna baš zasigurno je li to istina ili ne, ali je Brit-Mari u svakom slučaju skoro uvek kod kuće, pa Elsa pretpostavlja da ona nije biznismen. Baka kaže da je ona „džangrizalo sa punim radnim vremenom". Može se reći da se Brit-Mari i baka ne slažu baš najbolje. Što je drugi način da se kaže kako se slažu kao rogovi u vreći. „Toj babetini se duša ukiselila", govorila je baka, jer Brit-Mari je uvek izgledala pomalo kao da je slučajno strpala u usta pogrešnu čokoladicu iz bombonjere. Ona je u večernici zakačila cedulju s naslovom „Za dobrobit svih". Jer je dobrobit svih veoma važna za Brit-Mari, uprkos tome što ona i Kent jedini u zgradi imaju mašinu za pranje i mašinu za sušenje veša u stanu. Jednom pošto je Georg imao termin za pranje veša, Brit-Mari se popela sprat više, pozvonila na vrata i zatražila da razgovara sa Elsinom mamom. Nosila je plavu gužvicu koju je izvadila iz filtera mašine za sušenje veša i pružila je mami kao da je tek rođeni ptić, pa rekla:

„Mislim da si zaboravila ovo kada si prala veš, Ulrica!" A kada je Georg zatim objasnio kako je zapravo on bio zadužen za pranje, Brit-Mari ga je pogledala i osmehnula mu se, ali sasvim neiskreno. Onda je rekla „baš moderno" i osmehnula se mami krajnje dobrodušno, pa joj pružila gužvicu i rekla: „Mi u ovom udruženju vlasnika stanova za *dobrobit* svih praznimo filter mašine nakon pranja, Ulrica!"

Naravno, još ne postoji nikakvo udruženje vlasnika stanova. Ali biće ga, što Brit-Mari nije propuštala da istakne, Kent i ona će se pobrinuti za to. A u Brit-Marinom udruženju pravila će biti važna. Zbog toga je ona bakin arhineprijatelj. Elsa zna šta je to „arhineprijatelj", jer to zna svako ko čita kvalitetnu književnost.

U stanu naspram Brit-Marinog i Kentovog živi žena u crnoj suknji. Ali nju skoro nikada ne viđaju, osim kada rano ujutru i kasno uveče veoma brzo prođe od svog stana do vrata zgrade. Uvek nosi cipele s visokim potpeticama i tanku aktovku, kao i savršeno ispeglanu crnu suknju, i govori izuzetno glasno u beli kabl koji joj visi iz uva. Nikada se nikom ne javlja i nikada se ne osmehuje. Baka kaže da je suknja tako dobro ispeglana jer „da sam ja tkanina na toj ženi, ne bih se usudila da se izgužvam".

Ispod Brit-Marinog i Kentovog stana žive Lenart i Mod. Lenart pije najmanje dvadeset šoljica kafe dnevno, ali ipak uvek izgleda podjednako oduševljeno kada stavi novu da se kuva. On je druga najljubaznija osoba na svetu, i u braku je sa Mod. Mod je najljubaznija osoba na svetu i uvek ima tek ispečene kolače. Oni stanuju sa Samantom, koja spava skoro sve vreme. Samanta je frizijski bišon, ali Lenart i Mod razgovaraju s njom kao da nije. Kada Lenart i Mod piju kafu pred Samantom, ne zovu je kafa, već „piće za odrasle". Baka kaže da su njih dvoje potpuno skrenuli, ali Elsa misli kako ništa ne smeta ako je neko ljubazan poput njih. U njihovom stanu uvek ima slatkih snova i zagrljaja. Slatki snovi su vrsta sitnih kolača. Zagrljaji su obični zagrljaji.

Preko puta Lenarta i Mod stanuje Alf. On vozi Taksi i uvek na sebi ima kožnu jaknu i loše je volje. Đonovi cipela su mu tanki kao flispapir, jer ne podiže stopala dok hoda. Baka kaže da je to zbog toga što taj tip ima najniže težište u čitavom prokletom univerzumu.

U stanu ispod Lenarta i Mod žive dečak sa sindromom i njegova mama. Dečak sa sindromom je godinu dana i nekoliko nedelja mlađi od Else, i nikada ne govori. Njegova mama neprestano gubi stvari, kao da su joj džepovi bušni, kao kada u crtanom filmu pretresu lopove, a gomila stvari iz njihovih džepova ispadne veća od njih. Ali ona i dečak sa sindromom imaju nešto toplo u očima, i izgleda da im čak ni baka ništa ne zamera.

U stanu kraj njihovog, sa druge strane lifta koji nikada ne radi, stanuje Grmalj. Elsa ne zna kako se zaista zove, ali ona ga zove Grmalj jer svi pomalo zaziru od njega. I to zaista svi. Čak i Elsina mama, koja se ne plaši ničega na svetu, blago gurne Elsu u leđa kada treba da prođu pored Grmaljevog stana. Niko nikada ne viđa Grmalja, jer on nikada ne izlazi danju, ali Kent na sastancima kućnog saveta uvek govori kako „takvi ne bi trebalo da budu na slobodi! Ali tako je to kada se u ovoj kretenskoj zemlji večito nešto petlja sa psihijatrijskom negom, umesto da ljude trpaju u zatvor!" Brit-Mari je pisala vlasniku zgrade jer je uverena da Grmalj privlači tamo „druge zavisnike". Elsa ne zna tačno šta to znači. Nije baš sigurna ni da Brit-Mari zna. Ali zna da je čak i baki pogled postao drugačiji dok je tihim glasom govorila „neke stvari treba jednostavno ostaviti na miru" kada ju je Elsa jednom pitala za Grmalja, a Elsina baka se borila u Ratu bez kraja, ratu protiv senki u Zemlji skoro budnih. Dakle, baka je upoznala većinu užasnih stvorova koje je deset hiljada bajkovitih beskraja uspelo da izmašta.

Jer u Zemlji skoro budnih vreme se meri u beskrajima. Ovo je naravno nešto što bi se moglo nazvati digresijom, ali vredi reći i to da u Zemlji skoro budnih ne postoje satovi, pa tamo vreme mere onako kako im se učini. Ako im se učini kao jedan manji beskraj, onda kažu da je nešto beskrajno. Ali ako im se čini kao recimo dvadesetak puta beskrajno, onda to zovu čitav beskraj. A jedino što im se čini dužim od čitavog beskraja jeste bajkoviti beskraj, jer bajkoviti beskraj iznosi beskrajno mnogo čitavih beskraja. A najduže trajanje beskraja je deset hiljada bajkovitih beskraja. To je najveći broj koji postoji u Zemlji skoro budnih.

Ali da se sada vratimo na stvar: u samom prizemlju zgrade u kojoj svi ovi ljudi stanuju nalazi se sala za sastanke. Tamo se jednom mesečno okuplja kućni savet. To je, naravno, nešto češće nego što se kućni savet okuplja u običnim zgradama, ali stanari ove zgrade imaju privremeno stanarsko pravo, a Brit-Mari i Kent bi zaista želeli da svi koji žive u zgradi „putem demokratskog procesa" zahtevaju od vlasnika zgrade da proda zgradu u vlasništvo onima koji u njoj žive, pa da svi oni steknu trajno stanarsko pravo. A za tako nešto su potrebni sastanci kućnog saveta. Pošto niko drugi u zgradi ne želi trajno stanarsko pravo. A demokratija je da tako kažemo deo demokratskog procesa koji se Kentu i Brit-Mari najmanje dopada.

Sami sastanci su, naravno, uvek strahovito dosadni. Prvo se svi dva sata svađaju oko onoga o čemu su se svađali na prethodnom sastanku, a zatim svi povade rokovnike i svađaju se kada će imati sledeći sastanak, i tu se sastanak završava. Ali Elsa danas ipak ide tamo, jer mora da zna kada će svađa početi, kako je niko ne bi primetio kada se bude išunjala odande.

Kent još nije stigao, jer Kent uvek kasni. Ni Alf još nije stigao, jer on uvek dolazi tačno na vreme. Ali Mod i Lenart su sedeli za velikim stolom, a Brit-Mari i mama su u čajnoj kuhinji raspravljale o kafi. Samanta je spavala na podu. Mod je gurnula veliku činiju slatkih snova ka Elsi. Lenart je sedeo pored i čekao kafu. Za to vreme je pio kafu iz termosa koji je doneo sa sobom. Lenartu je važno da dok čeka pravu kafu uvek ima rezervnu kafu pri sebi.

Brit-Mari je stajala za pultom u čajnoj kuhinji sa šakama ogorčeno sklopljenim na stomaku i dobacivala nervozne poglede mami. Mama je pravila kafu. Zbog toga je Brit-Mari bila nervozna, jer je smatrala da bi najbolje bilo da sačekaju Kenta. Brit-Mari uvek misli da je najbolje sačekati Kenta. Ali mama ne voli baš naročito da čeka i više voli da lično preuzme kontrolu, pa je napravila kafu. Brit-Mari je počela da pažljivo otresa dlanom nevidljive mrve sa pulta. Uvek svuda postoje nevidljive mrve koje Brit-Mari smatra da mora da otrese. Dobrodušno se osmehnula mami.

„Snalaziš se sa kafom, Ulrica?"

Brit-Mari mamu uvek zove „Ulrica", otkako je videla da se mamino ime piše sa c umesto sa k. I tada je Brit-Mari odlučila da se mora izgovarati kao „Ulrica". Iako joj je Ulrika više puta objasnila da se u stvari izgovara „Ulrika".

„Da, hvala na pitanju", odsečno odgovori mama.

„Možda bismo ipak mogli da sačekamo Kenta?", dobrodušno je insistirala Brit-Mari.

„Svakako ćemo uspeti da skuvamo kafu i bez Kenta", pribrano je odvratila mama.

Brit-Mari je ponovo sklopila ruke u visini kukova. Osmehnula se.

„Dobro, dobro, naravno, uradi kako želiš, Ulrica. Uvek tako i radiš, naravno."

Mama je izgledala kao da broji do nekog trocifrenog broja i nastavila da odmerava kafu.

„To je samo kafa, Brit-Mari."

Brit-Mari je klimnula glavom sa razumevanjem i otresla malo nevidljive prašine sa suknje. Na Brit-Marinoj suknji uvek je bilo bar malo nevidljive prašine, koju je samo Brit-Mari mogla da vidi i koja se morala otresti.

„Kent uvek pravi veoma dobru kafu. Svi uvek kažu da Kent pravi veoma dobru kafu", rekla je.

Mod je sedela za stolom i delovala uznemireno. Jer Mod ne voli sukobe. Zbog toga je ispekla te silne kolače, jer mnogo je teže započeti sukob uz kolače. Ćušnula je rukom Elsu i došapnula joj da uzme kolačić. Elsa je uzela dva. A za to vreme je mama ljubazno govorila Brit-Mari kako „nije baš naročito teško napraviti kafu", na šta joj je Brit-Mari odvratila: „Ne, naravno da ne, ima li uopšte ičeg što žene iz tvoje porodice smatraju teškim!" I mama se osmehnula. I Brit-Mari se osmehnula. Mada nisu baš izgledale kao da se zaista osmehuju i iznutra.

Mama je duboko udahnula i odmerila još kafe, a Brit-Mari je otresla nevidljivu prašinu sa suknje i dobacila, kao u prolazu: „E, baš je lepo što ste danas ovde i ti i mala Elsa, baš je lepo, svi to mislimo."

Mama je izustila samo jedno pribrano „mmm". Dodato je još kafe. I još malo nevidljive prašine je otreseno. Onda je Brit-Mari progovorila: „Naravno, nije ti lako da inače pronađeš vreme za malu Elsu, Ulrica, to nam je svima jasno, pošto si toliko ambiciozna u svojoj *karijeri*."

Mama je onda dodala kafu pomalo kao da zamišlja da je trpa Brit-Mari u lice. Mada kontrolisano. Brit-Mari je otišla do prozora, počela da pomera neki cvet i rekla kao da samo razmišlja naglas: „A tvoj vanbračni partner je kod kuće, koliko znamo. I brine se o domaćinstvu." Tada je mama rekla: „Georg je u vešernici", i pritisnula dugme na aparatu za kafu prilično snažno. Mada kontrolisano.

Brit-Mari je klimnula glavom: „Tako se to zove, zar ne? Vanbračni partner? To je baš onako moderno, čini mi se." Ponovo se osmehnula. Dobrodušno. Onda je otresla nevidljivu prašinu sa suknje i dodala: „Naravno, nemam ništa protiv toga."

Mama se pribrano osmehnula i rekla: „Da li si time htela nešto naročito da kažeš, Brit-Mari?" A Brit-Mari ju je zgranuto pogledala, kao da je u potpunom šoku što su je tako pogrešno razumeli, i odmah zapenila: „Naravno da nisam, Ulrica! Naravno da nisam! Ništa nisam htela da kažem time, baš ništa!"

Brit-Mari je uvek sve ponavljala dvaput kada je nervozna ili ljuta, ili i jedno i drugo. Elsa se sećala one prilike kada su baka i Elsa otišle u *Ikeu* i kupile debelu plavu vunenu ćebad, a zatim je baka provela celo popodne češljajući ih, pa je sve što je završilo na podu strpala u jednu vreću. Zatim je Elsa stražarila na stepeništu sa džepnom lampom u ruci dok se baka šunjala dole u vešernicu, i tamo ispraznila čitavu vreću u mašinu za sušenje veša.

***

Brit-Mari je nedeljama nakon toga sve ponavljala dvaput.

Alf se pojavio na vratima odeven u škripavu kožnu jaknu sa oznakom *taksi* na grudima, veoma loše raspoložen. U ruci je nosio večernje novine. Pogledao je na sat. Bilo je tačno sedam.

„Dođavola, na papiru je pisalo u sedam", progunđao je ne obraćajući se nikom posebno.

„Kent malo kasni", rekla je Brit-Mari, osmehnula se i sklopila šake u visini kukova.

„Ima važan sastanak koncerna sa Nemačkom", objasnila je, kao da se Kent sastaje sa celom zemljom.

Četvrt sata kasnije, Kent je uleteo u prostoriju sa sakoom uzlepršalim kao da je mantil, derući se u svoj telefon: „Faži, Klause! Faži! Razgofaraćemo o tome na sastanku u Frankfurtu." Alf je podigao pogled sa večernjih novina, kucnuo na svoj sat i promrmljao: „Dođavola, nadam se da ti ne smeta što smo mi ostali svi stigli na vreme." Kent ga je ignorisao, umesto toga ushićeno pružio ruke prema Lenartu i Mod i iskezio se: „Hoćemo li onda da počnemo sastanak? Šta kažete? Nadam se da se u međuvremenu nije dangubilo!" Zatim se hitro okrenuo prema mami, pokazao na njen stomak i iskezio se: „Barem *ovde* se sigurno nije dangubilo!" A pošto mama nije odmah prsnula u smeh, Kent je ponovo pokazao na njen stomak i rekao: „O-v-d-e se sigurno nije dangubilo!", još jednom, samo malo glasnije. Kao da je u tome uopšte bio problem.

Mod je poslužila kolače. Mama kafu. Kent je uzeo gutljaj, poskočio i ciknuo: „Joj! Baš je jaka!" Alf je ispio čitavu šoljicu naiskap i promumlao: „Taman!" Brit-Mari je uzela malecan, malecan gutljaj, pa spustila šolju na dlan, dobrodušno se osmehnula i rekla: „I meni se čini da je malo jača, barem po mom mišljenju." Onda je krišom pogledala mamu i dodala: „Gle, i ti piješ kafu, Ulrica, iako si trudna." A pre nego što je ova stigla da joj odgovori, Brit-Mari se hitro izvukla, rekavši: „Naravno, ne kažem da je to nešto loše. Naravno da ne!"

Zatim je Kent proglasio sastanak otvorenim, i naredna dva sata su se svi svađali oko onoga oko čega su se svađali na prethodnom sastanku.

I tada se Elsa išunjala odatle tako da to niko nije primetio.

Sala za sastanke nalazila se u prizemlju, odmah kraj ulaznih vrata, pored podrumskih stepenica koje vode do ostava, garaže i vešernice. Elsa je čula Georga tamo dole. Odšunjala se stepenicama naviše, do prvog sprata. Povremeno je bacala pogled na vrata Grmaljevog stana, ali se tešila time da je napolju još dan. Grmalj nikada ne izlazi po danu.

Onda je pogledala vrata stana pored Grmaljevog, na kojima nije pisalo ime. Tamo stanuje Drugar. Elsa je stala dva metra od njih zadržavajući dah, jer se plašila da bi ovaj mogao da razvali vrata, iskoči kroz rascepljeno drvo i pokuša da je ugrize za grlo, ako je čuje da je prišla preblizu. Samo baka zove Drugara „Drugar". Svi drugi ga zovu „borbeni pas". Naročito Brit-Mari.

Elsa, naravno, ne zna kakve su tu borbe u pitanju, ali bilo kako bilo, nikada u životu nije videla tolikog psa. Kada ga čuješ kako laje kroz drvena vrata, osetiš se kao da su te pogodili medicinkom u stomak.

Videla ga je samo jedan jedini put, naravno, u bakinom stanu, nekoliko dana pre nego što se baka razbolela. Ali činilo joj se da se ne bi više prestravila ni da se našla oči u oči sa senkom u Zemlji skoro budnih.

Bila je subota, i trebalo je da baka i Elsa idu na izložbu o dinosaurusima. Bilo je to onog jutra kada je mama bez pitanja stavila grifindorski šal na pranje, i naterala Elsu da se umota u drugi. Zelene boje. Zelene kao Sliterin. Ta žena je ponekad potpuno lišena empatije, smatrala je Elsa, i uvek bi se iznova naljutila čim se seti toga.

Drugar je ležao na bakinom krevetu, kao sfinga ispred piramide. Elsa je zastala obamrla u predsoblju i samo zurila u ogromnu crnu glavu, i oči toliko tamne da je u prvi mah bilo teško zaključiti da li su uopšte oči ili ambisi koji vode pravo u lobanju zveri. Bila je veća od ičega što je Elsa ikada videla.

Baka je naravno izašla iz kuhinje i počela da oblači kaput, kao da je najprirodnija stvar na svetu što ta najveća od svih zveri leži na njenom krevetu. „Ko je... to?", prošaputala je Elsa. Baka je samo zamotala cigaretu i sasvim bezbrižno odvratila: „To je Drugar. Neće ti ništa ako ti njemu ništa ne uradiš." A njoj je bilo lako da to kaže, uznemireno je pomislila Elsa. Pa ko još zna šta uopšte može da isprovocira jednog ovakvog stvora. Elsu je jednom u školi udarila jedna od devojčica koje je mrze, samo zbog toga što je smatrala da Elsa ima „ružan šal". To je bilo jedino što joj je Elsa uradila, a ipak je udarila Elsu. A sada je Elsa stajala tu, sa uobičajenim šalom na pranju, i s potpuno drugim šalom koji joj je mama odabrala oko vrata, i ima i šta i da čuje – zver joj neće ništa ako ona njoj ne bude uradila ništa. Ali Elsa u stvari pojma nije imala kakve bi šalove zver mogla da voli ili ne voli, pa onda to stvarno i nisu bogzna kakve informacije sa kojima bi neko navodno trebalo da izgradi funkcionalnu strategiju preživljavanja. Stvarno nisu.

Elsa je naposletku u pola glasa izustila: „To nije moj šal! Mamin je! Ona nema ukusa!", i počela da uzmiče ka vratima.

Drugar je samo zurio u nju. Ili se Elsi barem tako činilo, ako su u pitanju uopšte bile oči. A potom je pokazao zube, u to je Elsa bila skoro sasvim sigurna. Ali baka je samo odmahnula glavom i promrmljala nešto kao „stvarno, ta deca" i prevrnula očima prema Drugaru. Zatim je pronašla ključeve Renoa, pa su ona i Elsa otišle na izložbu o dinosaurusima. Elsa se sećala da je baka ostavila vrata od stana odškrinuta, a kada su sele u Reno i Elsa je upitala šta Drugar radi u njenom stanu, baka joj je samo rekla: „Navratio je." Kada ju je Elsa pitala zbog čega često laje iz svog stana, baka joj je veselo odgovorila: „Laje? Eh, to radi samo kada prolazi Brit-Mari." A kada ju je Elsa zatim pitala zašto, baka se samo iskezila od uva do uva i odgovorila: „Jer mu se tako sviđa."

Potom je Elsa pitala kod koga Drugar živi, a baka joj je rekla: „Pa ne mora svako da živi kod nekog, gospode bože, ja na primer ne živim ni kod koga." I uprkos tome što je Elsa insistirala da to možda ima neke veze sa time što baka nije p-a-s, baka je odbila da bilo šta dalje objašnjava u vezi s tim.

A sada je Elsa stajala na stepeništu i skidala papir sa čokolade punjene karamelom. Prvi komad je ubacila toliko brzo da je poklopac proreza za poštu na vratima tresnuo kada ga je pustila. Ponovo je zadržala dah, osećajući otkucaje srca u celoj glavi. Ali onda se setila šta joj je rekla baka, o tome kako mora ovo da izvede brzo, da Brit-Mari dole na sastanku ne bi počela da sumnja. Jer Brit-Mari zaista mrzi Drugara. I tako je Elsa pokušala da se seti kako je ona uprkos svemu vitez od Mijame, pa je ponovo otvorila prorez za poštu, ovog puta nešto hrabrije.

Čula mu je dah. Zvučalo je kao da mu se kamenje odronjava u grudima. Elsi je srce kucalo toliko da je bila uverena kako on oseća vibracije kroz vrata.

„Moja baka te pozdravlja i izvinjava se zbog toga što dugo nije navraćala ovamo sa slatkišima!", oprezno je rekla kroz prorez za poštu, skinula papir sa čokolade i počela da ga komad po komad spušta na pod.

Preplašeno je trgnula prste sebi kada ga je čula kako se pomera. Na nekoliko sekundi je zavladala tišina. Čula je žustro krckanje dok se čokolada lomila u Drugarovim vilicama.

„Baka je bolesna", rekla mu je Elsa dok je jeo.

Nije znala da će joj reči toliko drhtavo izlaziti iz usta. Umišljala je da čuje kako Drugar diše sporije. Ubacila je još čokolade.

„Ona ima kancer", prošaputala je Elsa.

Elsa nema prijatelje, pa nije sasvim sigurna kakva je procedura u ovakvim stvarima. Ali zamišljala je kako bi, da ima prijatelje, želela da oni saznaju kada bi imala kancer. Čak i ako su ti prijatelji veći od ičeg drugog.

„Ona te pozdravlja i izvinjava ti se", prošaputala je u mrak, ubacila unutra ostatak čokolade i pažljivo zatvorila prorez za poštu.

Još je kratko stajala tu i gledala prvo u Drugarova vrata. Pa u Grmaljeva. Ako ta zver može da se krije iza jednih vrata, ne želi ni da zna šta bi moglo da se krije iza drugih, pomislila je.

Onda se polutrkom spustila stepenicama do ulaznih vrata. Georg je i dalje bio u vešernici. U sali za sastanke svi su pili kafu i svađali se.

Jer to je sasvim obična zgrada.

Manje-više.

4

Pivo

Bolnička soba je mirisala onako kako bolničke sobe mirišu kada je napolju dva stepena iznad nule a neko je sakrio flaše piva ispod jastuka na uzglavlju i otvorio prozor u pokušaju da izvetri miris dima kako Elsina mama ne bi ništa primetila.

Mirisalo je kao da sve to nije izvedeno naročito uspešno.

Baka i Elsa su igrale monopol. Baka nije pominjala kancer, zbog Else. A Elsa nije pominjala smrt, zbog bake. Jer baka nikada nije volela da priča o smrti, a naročito ne svojoj. Smrt je bakin arhineprijatelj. I tako, kada su Elsina mama i lekari izašli iz sobe da porazgovaraju tihim, ozbiljnim glasovima u hodniku, Elsa je pokušala da ne deluje zabrinuto. Ni to nije bilo naročito uspešno.

Baka se tajanstveno osmehnula.

„Jesam li ti pričala kako sam onda sredila posao zmajevima u Mijami?", upitala je na tajnom jeziku.

Dobro je imati tajni jezik u bolnici, jer u bolnicama i zidovi imaju uši, rekla je baka. Naročito kada je zidovima šef Elsina mama.

„Ahaaa! Jesi", uzdahnu Elsa na tajnom jeziku.

Baka na to potvrdno klimnu glavom. I onda joj ispriča celu priču. Jer baku nikada niko nije učio da ne priča priču. A Elsa je slušala, jer je niko nije učio kako da to ne radi.

Zato je znala da je jedna od najuobičajenijih stvari koje su ljudi govorili o baki kada baka nije u blizini glasila „ovog puta je zaista prešla sve granice". Brit-Mari je, na primer, to govorila veoma često. Elsa je pretpostavljala da baka upravo zato toliko voli kraljevinu Mijamu, jer se tamo ne može preći granica, pošto je kraljevina bezgranična. A to nije imalo značenje kao kada ljudi na televiziji opisuju sebe i kažu da „ne znaju za granice" dok zabacuju kosu unazad, već je značilo da je zaista bezgranična. Jer niko nije tačno znao gde Mijama počinje, a gde se završava. To je donekle zbog toga što je za razliku od ostalih pet kraljevina u Zemlji skoro budnih, koje su uglavnom sazdane od kamena i maltera, Mijama cela-celcata sazdana od mašte. Ima veze i sa tim što su zidine Mijame nenormalno hirovite, i ponekad se iz čista mira premeste nekoliko kilometara dublje u šumu, jer žele malo da budu „nasamo". Samo da bi se sledećeg jutra premestile podjednako duboko u grad, pošto su odlučile da ograde nekog zmaja ili trola, ili su već iz nekog razloga uvrtele sebi nešto drugo u glavu. Najčešće zbog toga što je zmaj ili bauk cele noći lokao rakiju i piškio na zidine dok su spavale.

Naime, u Mijami postoji pozamašan broj bauka i zmajeva, više nego u bilo kojoj drugoj od pet kraljevina u Zemlji skoro budnih, pošto su osnovna izvozna grana industrije u Mijami bajke. To nije poznato ljudima u stvarnom svetu uopšte uzevši, jer su ljudi u stvarnom svetu uopšte uzevši pametnjakovići, ali bauci i zmajevi imaju dobre mogućnosti za zaposlenje u Mijami pošto su svakoj bajci potrebni zlikovci. „Naravno, nije oduvek bilo tako", imala je baka običaj da prilično samozadovoljno saopšti Elsi. A Elsa bi tad prostenjala „već si pričala ovo", a baka bi tada ipak ispričala sve još jednom. Jer postojalo je vreme kada su pre svega zmajevi bili skoro potpuno zaboravljeni među pripovedačima bajki u Mijami. Naročito oni koji su već pomalo zašli u godine suočavali su se sa očajno negostoljubivim tržištem rada, objašnjavala bi baka Elsi dok je Elsa prevrtala očima. „Jednostavno, više se uglavnom nisu pisale dobre uloge za sredovečne zmajeve", govorila je baka i pravila dramsku pauzu, da bi zatim dodala: „Nisu se PISALE!" A onda bi potegla čitavu priču o tome kako su zmajevi jednostavno počeli da prave prevelike probleme u Mijami dok su se smucali okolo besposleni, bez ičeg što bi mogli da rade po ceo bogovetni dan, kako su pili rakiju i pušili cigare i posvađali se sa gradskim zidinama. I tako je na kraju narod Mijame namolio Elsinu baku da im pomogne nekim konkretnim merama na polju tržišta rada. A baka je tada došla na ideju da zmajevi treba da čuvaju blago na kraju bajki.

Sve do tada je zapravo postojao silan pripovedačko-tehnički problem, koji se ticao toga da su junaci bajki jurili za blagom, a kada bi ga pronašli duboko u nekoj pećini, jednostavno bi banuli unutra i pokupili ga. Tek tako. Nije bilo epskih završnih borbi ili dramskih vrhunaca, ničeg sličnog. „Po njima su napravili zaista bedne kompjuterske igre", govorila je baka i krajnje upućeno klimala glavom nekoliko puta, da naglasi ozbiljnost. Baka to zna, jer ju je prethodnog leta Elsa naučila da igra igru koja se zove *World of Warcraft*, i baka ju je nekoliko nedelja igrala danonoćno, sve dok mama nije zaključila da baka počinje da „pokazuje nepoželjne tendencije" i zabranila joj da ubuduće spava u Elsinoj sobi.

Ali bilo kako bilo: kada su pripovedači čuli bakinu ideju, čitav problem je razrešen za jedno popodne. „I zato danas sve bajke imaju zmajeve na kraju! Mojom zaslugom!", zakikotala bi se baka. Kao što je imala običaj.

Za svaku priliku je imala poneku priču iz Mijame, a i kad nije bilo prilike, priču bi ipak imala. Jedna se ticala Miplore, kraljevine u kojoj se čuva sva tuga, i njene princeze kojoj je čarobno blago ukrala ružna veštica, koju je zatim jurila sve vreme od tada. Druga se bavi dvojicom braće prinčeva, koji su se obojica zaljubili u princezu od Miplore, pa skoro potpuno razorili čitavu Zemlju skoro budnih u bezumnoj borbi za njenu ljubav.

Jedna bajka se bavila morskim anđelom opterećenim prokletstvom koje ga je primoravalo da luta gore-dole obalom Zemlje skoro budnih pošto je izgubio svoju dragu. A jedna bajka je govorila o „izabranom", koji je bio najobožavaniji plesač u Mimovi, a to je kraljevina iz koje potiče sva muzika. U bajci su senke pokušale da otmu izabranog kako bi uništile celu Mimovu, ali su oblakonji spasli izabranog i odleteli sa njim sve do Mijame. A kada su senke stigle za njima, svi stanovnici u svih šest kraljevina Zemlje skoro budnih ujedinili su se, prinčevi i princeze, i vitezovi i vojnici, i bauci i anđeli, i veštica, da bi zaštitili izabranog. I tako je počeo Rat bez kraja. Besneo je deset hiljada bajkovitih beskraja, sve dok se oštrodlaci nisu vratili iz planina a Vukosrce izašao iz šume i poveo armiju dobra u poslednju bitku i oterao senke nazad preko mora.

Vukosrce je, naravno, bajka za sebe, jer se rodio u Mijami, ali baš kao i svi vojnici odrastao je gore u Mibatali. On ima srce ratnika, ali dušu pripovedača, i postao je najnepobediviji ratnik viđen u svih šest kraljevina. Živeo je duboko u mračnim šumama mnogo bajkovitih beskraja, ali se vratio kada je Zemlji skoro budnih bio najpotrebniji.

Baka je ove bajke pričala otkako Elsa zna za sebe. U početku, naravno, da bi uspavala Elsu, i da bi je obučavala u bakinom tajnom jeziku, a donekle i zbog toga što je baka malo čvrknuta u glavu. Ali u poslednje vreme u pričama ima još nečeg. Nečeg što Elsa ne može tačno da identifikuje.

A to zna zbog toga što je proverila značenje reči „identifikovati".

„Vrati Istočnu stanicu", rekla je Elsa.
„Kupila sam je", pokušala je baka.
„Aha! Kako da ne! Vraćaj!", kiselo je odvratila Elsa.
„Dođavola, ovo je kao da igram monopol sa Hitlerom!", opsovala je baka i vratila Istočnu stanicu.
„Hitler bi hteo da igra samo riziko", promrmljala je Elsa, jer je potražila Hitlera na Vikipediji, i često se bunila zbog načina na koji ga baka koristi u poređenjima.
„*Touché*", promrmljala je baka, a Elsa je bila skoro sigurna da se ta reč ne koristi tako.
Potom su oko minut igrale u tišini. Jer otprilike toliko dugo bi izdržale da budu u svađi.
„Jesi li dala čokoladu Drugaru?", upitala je baka.
Elsa je klimnula glavom. Ali nije pomenula da mu je ispričala za bakin kancer. Pomalo zbog toga što je smatrala da će se baka naljutiti, a mnogo više zbog toga što ne želi da priča o kanceru. Juče ga je potražila na Vikipediji. Zatim je proverila šta znači „testament", a onda se toliko razbesnela da celu noć nije mogla da zaspi.
„Kako ste se ti i Drugar sprijateljili?", upitala je umesto toga.
Baka slegnu ramenima.
„Na uobičajen način."
Elsa nije znala šta je uobičajen način. Pošto osim bake nije imala prijatelja. Ali nije ništa rekla, jer je znala da bi se baka rastužila.

„U svakom slučaju, zadatak je obavljen", tiho je rekla umesto toga, što je predstavljalo veoma tešku rečenicu na tajnom jeziku, ako je to na ovom mestu uopšte važno za priču, što naravno uopšte nije slučaj.

Baka je žustro klimnula glavom i bacila pogled prema vratima, kao da se boji da ih nadgledaju. Potom je zavukla ruku ispod jastuka. Flaše su zazvečale jedna o drugu i opsovala je kada joj se malo piva prosulo na uzglavlje, ali je zatim pronašla neku kovertu i tutnula je Elsi u ruku.

„Unutra je tvoj sledeći zadatak, viteže Elsa. Ali smeš da je otvoriš tek sutra."

Elsa ju je sumnjičavo odmerila.

„Mislim, jesi li ikada čula za mejl?"

„Budalaština! Ovakve stvari se ne smeju slati mejlom!"

Elsa je odmerila težinu koverte u ruci. Pritisnula je izbočinu na dnu.

„Šta je unutra?"

„Pismo i ključ", rekla je baka.

Odjednom je izgledala ozbiljno i uplašeno. A to su dva veoma neuobičajena emotivna izraza kod bake. Ispružila je ruke i uhvatila Elsine kažiprste.

„Sutra ću te poslati na najveću potragu za blagom na koju sam te ikada poslala, hrabri moj viteščiću. Jesi li spremna za to?"

Baka je oduvek volela potrage za blagom. U Mijami se potrage za blagom ubrajaju u sportove. Možete se takmičiti u tome, pošto je ta disciplina prisutna na OI. Samo što „OI" u Mijami označava „Okultne igre", pošto su svi učesnici nevidljivi. Nije to baš sport za publiku.

Ali i Elsa je, naravno, volela potrage za blagom. Naravno, ne baš toliko kao baka, jer niko ni u jednoj kraljevini bilo gde u deset hiljada bajkovitih beskraja ne može da voli potrage za blagom kao baka. Ali Elsa je volela potrage za blagom zbog toga što su samo bakine i njene. A baka je umela da bilo šta pretvori u potragu za blagom. Kao onda kada su bile u kupovini, a baka je zaboravila gde je parkirala Reno. Ili kada je baka nagovorila Elsu da pregleda svu njenu poštu i plati bakine račune, jer je baka smatrala da je to smrtno dosadno. Ili kada je u školi bio dan na otvorenom, a Elsa je znala da će je starija deca pod tušem udarati smotanim peškirima.

Uz baku je sve potraga za blagom. Ona ume da pretvori parking u čarobne planine, a smotane peškire u zmajeve koji moraju biti nadmudreni. A Elsa je uvek junak priče.

Ali Elsa nikada ranije nije videla baku ovakvu. Sve što baka govori uvek zvuči kao napola šaljivo, ali ovo nije zvučalo tako. Baka se nagnula ka njoj.

„Onaj ko dobije ključ znaće šta treba uraditi s njim. Moraš zaštititi zamak, Elsa."

Baka je zgradu u kojoj stanuju uvek zvala „zamak". Elsa je uvek mislila da je to samo zbog toga što je malo čvrknuta u glavu. Ali sada je počela da se koleba.

„Zaštiti zamak, Elsa. Zaštiti svoju porodicu. Zaštiti svoje prijatelje!", odlučno ponovi baka.

„Koje prijatelje?", upita Elsa.

Baka joj obujmi lice šakama i osmehnu joj se.

„Biće ih. Sutra ću te poslati u potragu za blagom, i to će biti čudesna bajka i veličanstvena avantura. A ti mi moraš obećati da me nećeš mrzeti zbog toga."

Elsu su oči pekle dok je treptala.

„Zbog čega bih te mrzela?"

Baka je pomilova po kapcima.

„Bakina je privilegija da nikada ne mora da pokaže svoje najgore mane svom unučetu, Elsa. Bakina je privilegija da nikada ne mora da priča kakva je protuva bila pre nego što je postala baka."

„Pa, ja znam poprilično mnogo tvojih najgorih mana!", pobunila se Elsa, i odmah dodala: „Kao na primer, to što ne znaš da se ajfon ne može sušiti u tosteru!"

Nadala se da će to baku nasmejati. Ali nije. Baka je samo žalosno prošaputala:

„Biće to veličanstvena avantura i čudesna bajka. Ali moja je krivica što na kraju postoji zmaj, dragi moj viteže."

Elsa je začkiljila prema njoj. Jer nikada ranije nije čula baku da izgovara to. Obično bi rekla kako je njena „zasluga" što na kraju bajki postoje zmajevi. Nikada „krivica". Baka je sedela pred njom sva klonula, manja i krhkija nego što ju je Elsa ikada ranije videla. Nimalo nalik na superheroja.

Baka ju je poljubila u čelo.

„Obećaj mi da me nećeš mrzeti kada budeš saznala ko sam bila. I obećaj mi da ćeš štititi zamak. I da ćeš štititi svoje prijatelje."

Elsa nije znala šta to sve znači, ali je obećala. Onda ju je baka grlila duže nego ikada ranije.

„Uruči pismo onome koji čeka. On neće hteti da ga primi, ali reci mu da je od mene. Reci mu da ga tvoja baka pozdravlja i izvinjava mu se."

Zatim je obrisala suze Elsi sa obraza. A Elsa joj je skrenula pažnju da se kaže „onome ko čeka", a ne „koji". Malo su se prepirale oko toga, kao i obično. Zatim su igrale monopol, jele buhtle sa cimetom i pričale o tome ko bi pobedio u fajtu između Harija Potera i Spajdermena. Potpuno besmislena rasprava, naravno, smatrala je Elsa. Ali baka je volela da truća o takvim stvarima, jer je suviše nezrela da shvati kako bi ga Hari Poter razbio.

E sad, Elsa voli Spajdermena. Nije stvar u tome. Ali protiv Harija Potera? Ma daj. Hari Poter bi ga razbio.

Baka je izvadila još buhtli sa cimetom iz velikih papirnih kesa pod drugim jastukom na njenom uzglavlju. Nije da je baš imala potrebu da krije buhtle sa cimetom od Elsine mame onako kako mora da krije pivo od nje, ali joj se sviđalo da ih čuva zajedno, pošto je volela i da ih jede zajedno. Pivo i buhtle sa cimetom su bakino omiljeno jelo. Elsa je prepoznala natpis na kesama, pošto baka jede buhtle sa cimetom samo iz jedne jedine pekare jer kaže da niko drugi ne shvata kako se spremaju prave buhtle sa cimetom iz Mireve. Naime, najbolje buhtle sa cimetom prave se u Mirevi, a one su inače nacionalno jelo u celoj Zemlji skoro budnih. Jedna vrlo loša strana ovoga sastoji se u tome što nacionalno jelo sme da se jede samo kada je Dan državnosti. Ali veoma dobra strana vezana za Dan državnosti u Zemlji skoro budnih je to što on pada svakog dana. „I eto rešenja, reče baka koja se pokakila u slivnik", imala je običaj baka da kaže. A Elsa se od sveg srca ponadala da to ne znači kako baka namerava da koristi slivnik sa otvorenim vratima.

„Hoćeš li zaista ozdraviti?", oprezno je upitala Elsa na kraju, sasvim preko volje, kao što je uobičajeno za jednu skoro osmogodišnjakinju kad postavlja pitanje na koje uopšte ne želi da sazna odgovor.

„Naravno da hoću!", odgovori baka uvereno, iako je sigurno videla na Elsi da zna da ona laže.

„Obećaj mi", zahtevala je Elsa.

A tada se baka nagnula i prošaputala joj na uvo na tajnom jeziku:

„Obećavam, moj dragi, dragi viteže. Obećavam da će biti bolje. Obećavam da će biti dobro."

Jer baka uvek to govori. Biće bolje. Biće dobro.

„A inače i dalje mislim da bi onaj Spajdermen odrao onog tipa Harija", dodala je baka, namerno provocirajući.

„Ma daj SABERI se, šta pričaš!!!", planula je Elsa, iako je znala da je upravo to reakcija koju je baka i htela da postigne. A tada se baka široko osmehnula. Na kraju se osmehnula i Elsa. Iako je zapravo smatrala da negde mora da postoji granica, a ako granica negde postoji, onda bi trebalo da se nalazi upravo tamo gde neko tvrdi kako postoji heroj koji bi mogao da odere Harija Potera. To je Elsino mišljenje. Ali nastavile su da jedu buhtle sa cimetom. I da igraju monopol. Pa nije bilo baš lako nastaviti sa durenjem.

I sunce je zašlo. I zavladala je tišina. A Elsa je ležala tik uz baku u uzanom bolničkom krevetu. I jedva da su stigle da zatvore oči, a oblakonji su došli po njih, i zajedno su krenule u Mijamu.

A u jednoj zgradi na drugom kraju grada svi su se prestrašeno trgnuli iz sna jer je, kako im se činilo, borbeni pas iz stana na prvom spratu bez upozorenja počeo da zavija. I to glasnije i potresnije od bilo čega što je neko od njih čuo da dopire iz najdubljih dubina neke životinje. Kao da peva sa tugom i čežnjom deset hiljada bajkovitih beskraja. Zavijao je satima. Zavijao do zore.

A kada je jutro stiglo u bolničku sobu, Elsa se probudila u bakinom naručju. Ali baka je ostala u Mijami.

5

Ljiljani

Kada imate baku, to je kao da imate vojsku.

Za unuče je vrhunska privilegija kada zna da je neko na njegovoj strani, uvek, bez obzira na sve. Čak i kada nije u pravu. U stvari, naročito tada.

Baka je istovremeno mač i štit, i to je sasvim posebna vrsta ljubavi kakvu pametnjakovići ne razumeju. Kada su u školi rekli da je Elsa drugačija kao da je to nešto loše, i kada se vratila kući sa modricama, a direktor rekao da ona „mora da se prilagodi" i da „provocira reakcije druge dece", baka je stajala uz nju. Nije joj dozvolila da se izvini. Nije joj dozvolila da preuzme krivicu na sebe. Baka nikada nije rekla da Elsa „ne treba da obraća pažnju, jer im tada više neće biti toliko zabavno da je zadirkuju" ili da „jednostavno treba da ode odatle". Baka je znala za bolje od toga. Baka je razumela više. Baka je od onih sa kojima možete da krenete u rat.

Baka je uvek bila u Elsinom timu.

* * *

A svake večeri je postojala po jedna priča iz Mijame. Što je usamljenija Elsa bivala u stvarnom svetu, to je veća postajala njena armija u Zemlji skoro budnih. Što su je jače bubecali peškirima po danu, to su čudesnije bile avanture u koje je izjahivala noću. U Mijami joj niko nije govorio kako treba da se prilagodi. Zato Elsa nije bila naročito impresionirana kada ju je tata prvi put odveo u onaj hotel u Španiji i rekao joj da je tamo sve „*all inclusive*". Jer kada imate baku, ceo život je *all inclusive*.

Nastavnici u školi su govorili kako Elsa ima „probleme sa koncentracijom". Ali to nije istina. Ona manje-više napamet ume da izrecituje sve knjige o Hariju Poteru. Ume da nabroji tačne supermoći svih Iks ljudi i tačno zna koga bi od njih Spajdermen mogao, a koga ne bi mogao da pobedi u fajtu. I ume da nacrta skoro sasvim pristojnu kartu sa početka *Gospodara prstenova* zatvorenih očiju. Dobro, ako baka ne stoji pored nje i vuče papir i stenje kako je to neeenormalno dosadno i kako bi umesto toga naravno radije otišla Renoom nekud da „nešto radi". Baka je pomalo nemirna. Ali pokazala je Elsi svaki ćošak Mijame i svaki ćošak ostalih pet kraljevina u Zemlji skoro budnih. Čak i ruševine Mibatale, koju su senke opustošile na kraju Rata bez kraja. Elsa je stajala sa bakom na liticama uz obalu gde se žrtvovalo devedeset devet snežnih anđela i gledala preko mora kojim će se jednog dana senke vratiti. I zna sve o senkama, jer baka uvek govori kako neprijatelje moraš poznavati bolje nego sebe samog.

Senke su u početku bile zmajevi, ali u sebi su nosile zlo i tamu koji su bili toliko snažni da su se pretvorile u nešto drugo. Nešto mnogo opasnije. One mrze ljude i njihove bajke, i mrze ih već toliko dugo i snažno da je naposletku tama u njima obavila cela njihova tela, sve dok im se oblici više nisu mogli razaznati. Zato ih je toliko teško pobediti, jer mogu da iščeznu u zidovima i zemlji i da odlebde nekud drugde. Bile su divlje i krvožedne, a ako vas ugrizu ne umrete, već vas snađe beskrajno gora sudbina od toga: izgubite maštu. Ona iščili kroz ranu i ostavi vas sive i prazne. I tako venete iz godine u godinu dok vam od tela ne ostane samo ljuštura. Sve dok se više niko ne bude sećao nijedne bajke. A bez bajki će Mijamu i čitavu Zemlju skoro budnih zadesiti nemaštovita smrt. Što je najgora vrsta smrti.

Ali Vukosrce je pobedio senke u Ratu bez kraja. Izašao je iz šuma kada je bio najpotrebniji bajkama i oterao senke u more. A jednog dana će se senke vratiti, i možda joj zato baka sada priča sve te priče, razmišljala je Elsa. Da bi je pripremila.

Dakle, nastavnici nisu bili u pravu. Elsa nije imala problema sa koncentracijom. Samo se koncentrisala na prave stvari.

Baka kaže da će ljudi koji razmišljaju sporo uvek optuživati one koji razmišljaju brzo da imaju problema sa koncentracijom. „Idioti ne mogu da shvate da su ne-idioti možda već stigli do kraja neke misli i prešli na drugu misao pre njih. Zato su idioti uvek toliko uplašeni i agresivni. Jer idiote ništa ne može uplašiti toliko kao pametna devojčica."

Obično je to govorila Elsi kada bi Elsa imala naročito težak dan u školi u pogledu koncentracije. Tada su imale običaj da leže u bakinom gigantskom krevetu, ispod svih onih crno-belih fotografija na bakinom plafonu, i sklapaju oči samo do trenutka kada ljudi na fotografijama počnu da plešu. Elsa nije znala ko su oni, baka ih je samo zvala svojim „zvezdama", jer su kada se svetlost uličnih lampi probije kroz venecijanere svetlucali poput noćnog neba. Tu su stajali muškarci u uniformama i drugi muškarci u lekarskim mantilima, kao i nekoliko muškaraca bez ikakve odeće. Visoki muškarci, nasmešeni muškarci, muškarci sa brkovima, niski zdepasti muškarci sa šeširima, i svi su oni stajali kraj bake i delovali kao da je upravo izvalila neku masnu šalu. Nijedan nije gledao u objektiv, jer nijedan nije mogao da odvoji pogled od nje.

A baka je bila mlada. Bila je lepa. Bila je besmrtna. Stajala je kraj putokaza sa slovima koja Elsa nije umela da pročita i ispred šatora u pustinji između muškaraca sa puškama u rukama.

I na svim fotografijama je bilo dece. Neka su imala zavijene glave, a neka su ležala u bolničkim krevetima sa cevčicama koje im vode do tela, a jedno je imalo samo jednu ruku i patrljak na mestu druge. Ali jedan dečak uopšte nije delovao povređeno. Izgledao je kao da bi mogao bos da pretrči sto kilometara. Bio je Elsinih godina i imao je toliko gustu i čupavu kosu da bi u njoj mogao da izgubiš ključeve i pogled kao da je upravo pronašao tajnu zalihu vatrometa i sladoleda. Oči su mu bile krupne i okrugle, i toliko crne da su beonjače oko njih izgledale kao kreda na crnoj tabli. Elsa nije znala ko je on, ali ga je zvala „Dečak Vukodlak", jer joj se takvim činio.

Imala je običaj da zamišlja kako će upitati baku nešto više o Dečaku Vukodlaku. Ali baš kada bi to pomislila, očni kapci bi joj se sklopili za trunčicu previše, i u sledećem trenutku bi se ona i baka nalazile svaka na leđima svog oblakonja i letele nad Zemljom skoro budnih, da bi se zatim spustile kraj kapije Mijame. Tada bi Elsa pomislila kako će pitati baku sutra.

A jednog dana više nije bilo sutra.

Elsa je sada sedela na klupi pred velikim prozorom. Smrzavala se toliko da su joj zubi cvokotali. Njena mama je pričala sa ženom koja je zvučala kao kit. Ili je u svakom slučaju zvučala onako kako Elsa zamišlja da kitovi zvuče. Naravno, teško je to znati kada nikada u životu niste sreli pravog kita, ali zvučala je otprilike kao što je bakin gramofon zvučao nakon što je baka pokušala da napravi robota. Bilo je pomalo nejasno kakvu je to vrstu robota baka zamislila, ali u svakom slučaju nije baš ispalo sjajno. I posle je gramofon kada se pusti ploča zvučao kao kit. Elsa je tog popodneva naučila šta su ploče, a šta CD-i. Tada je shvatala zbog čega stari ljudi izgledaju kao da uvek imaju vremena napretek, pošto su pre nego što se pojavio *Spotifaj* sigurno trošili skoro sve svoje vreme na menjanje pesama.

Stegnula je kragnu jakne i šal Grifindora čvršće oko brade. Te noći je pao prvi sneg. Kao preko volje. Kao da su prve pahulje naglas frktale dok su se topile na asfaltu, kako bi naglasile da u stvari ne rade ovo zato što im je tako rečeno, već zato što same tako hoće. Sada ih već ima toliko da će uskoro moći da se prave snežni anđeli.* Elsa to obožava.

U Mijami snežnih anđela ima preko cele godine. Mada oni, naravno, nisu naročito prijatni, kako je uvek gunđala baka. Prilično su arogantni, misle da su bogzna šta i uvek se žale na osoblje kada ručavaju u nekoj od gostionica. „Njuše vino i prave slične gluposti", govorila je baka. Ali Elsa nije smatrala da je baš strašno što neko misli da je bogzna šta kada zaista jeste bogzna šta.

Ispružila je nogu tako da joj pahulje padaju na cipelu. Mrzela je da sedi na klupi napolju i čeka mamu, ali ipak je to radila, jer je od toga jedino još više mrzela da sedi na stolici unutra i čeka mamu.

Htela je kući. Sa bakom. Jer sada kao da je čitava zgrada čeznula za bakom. Ne ljudi koji u njoj stanuju, već sama

---
* Kod nas „slike u snegu". (Prim. prev.)

građevina. Zidovi su škripali i cvileli. A Drugar je neprekidno zavijao iz svog stana cele dve noći. Brit-Mari je naterala Kenta da pozvoni na vrata Drugarovog stana, ali niko mu nije otvorio. Drugar je samo zalajao toliko glasno da je Kent naleteo na zid. I tako je Brit-Mari pozvala policiju. Dugo je već mrzela Drugara. Nekoliko meseci ranije išla je sa protestnim spiskom koji je svako u zgradi trebalo da potpiše, kako bi mogli da ga pošalju vlasniku zgrade i zahtevaju da „onaj jezivi borbeni pas" bude izbačen.

„Ne možemo imati pse u ovom udruženju vlasnika stanova. To je pitanje bezbednosti! Opasno je za decu, a na decu moramo misliti!", objasnila je Brit-Mari svima, kao što to rade ljudi koji često misle na decu. Iako su jedina deca u zgradi Elsa i dečak sa sindromom, a Elsa je prilično sigurna da Brit-Mari baš mnogo i ne brine za Elsinu sigurnost.

Dečak sa sindromom živi u stanu preko puta jezivog borbenog psa, ali njegova mama je bezbrižno rekla Brit-Mari kako se njoj ipak čini da borbeni pas više zazire od dečaka nego obrnuto. Baka nije mogla da zaustavi smeh dok je to pričala Elsi, ali se Elsa nije nasmejala sve dok nije bila potpuno sigurna da zbog toga Brit-Mari neće napraviti spisak kojim se zahteva zabrana dece. Jer sa Brit-Mari se nikad ne zna.

Lenart i Mod bili su jedini koji su se upisali na spisak, ne zbog toga što zaista imaju nešto protiv borbenih pasa, već zato što inače veoma teško odbijaju bilo koga, a naročito Brit-Mari. Kada je baka videla spisak s njihovim imenima, sišla je do njih i pitala ih kako mogu da potpišu poziv na zabranu držanja pasa u zgradi kada i sami imaju Samantu. Lenart i Mod su izgledali veoma iznenađeno. „Ali ovo se tiče pasa, a ne Samante", oprezno je rekao Lenart. Mod je klimnula glavom podjednako oprezno i pojasnila: „Samanta je inače frizijski bišon."

Baka nije mogla da ispriča ovu priču a da pritom ne naziva Lenarta i Mod imenima za koja je Elsa morala da je ispravi i saopšti joj da se u stvari kaže „ometenost psihičkih funkcija". A baka je na to promrmljala nešto o tome kako „danas sve mora da bude tako prokleto politički korektno" i zapalila novu cigaretu.

Brit-Mari je u svakom slučaju sa dobrodušnim osmehom objasnila baki kako se zapravo radi o tome da Samanta „nikako nije jedan od onih jezivih borbenih pasa!", na šta je Elsa pomislila kako se to ipak ne može znati zasigurno, jer koliko god veselo izgledala, možda unutar sebe ipak vodi borbu. Ali nije to rekla naglas. Jer sa Brit-Mari se nikad ne zna.

Elsa je skočila sa klupe i počela da šetka okolo po snegu, da povrati toplotu u nogama. Pored velikog prozora gde radi žena-kit nalazila se prodavnica hrane. Na njoj je stajala tabla. „CUFTE 49.90". Elsa je pokušala da se pribere, jer mama joj uvek kaže da mora pokušati da se pribere. Ali naposletku je ipak izvadila svoj crveni flomaster iz džepa jakne i nacrtala lepu i vidljivu kosu crticu iznad „C", tako da je sada pisalo „ĆUFTE".

Pogledala je rezultat i sa olakšanjem klimnula glavom. Vratila je flomaster u džep, pa ponovo sela na klupu. Zabacila je glavu, zažmurila i osetila kako joj se pahulje sitnim, hladnim stopama spuštaju na lice. Kada joj je miris dima dopro do nozdrva, u prvi mah je mislila da umišlja. U početku je zapravo bilo izvanredno osetiti taj prodoran miris u nosu i ustima, i Elsa se, i ne shvatajući tačno zbog čega, osetila sigurno i toplo.

Ali zatim je osetila nešto drugo. Nešto što joj lupka iza rebara. Kao signal za uzbunu.

* * *

Čovek je stajao nešto dalje. U senci solitera. Nije ga videla baš sasvim jasno, uspevala je da nazre samo crveno oko cigarete među njegovim prstima, kao i da je veoma mršav. Kao da nema jasne konture. Stajao je upola okrenut od nje, kao da je uopšte nije ni video.

A Elsa nije ni znala zbog čega se uplašila, ali je uhvatila sebe kako poseže rukama oko klupe u potrazi za oružjem. To je bilo veoma čudno, jer to inače nikada ne radi u stvarnom svetu. U stvarnom svetu joj je prvi instinkt uvek da trči, dok samo u Mijami, poput svih ostalih vitezova, ovako poseže za mačem kada nasluti opasnost. A ovde nema nikakvih mačeva.

Kada je ponovo podigla pogled, čovek je i dalje stajao okrenut od nje, ali skoro da bi se mogla zakleti da se sada nalazio nešto bliže. I dalje je stajao u senci, iako se odmaknuo od solitera. Kao da senka ne potiče od zgrade, već od čoveka samog. Elsa trepnu, a kada je ponovo otvorila oči, više joj se nije činilo da se čovek približio.

Znala je da je to uradio.

Skliznula je sa klupe, uzmakla prema velikom prozoru, posegnula za kvakom na vratima. Projurila kroz otvor. Unutra se zaustavila, dišući grčevito, pokušavajući da nadvlada zadihanost. Tek kada su se vrata zatvorila za njom uz jedno tiho, ljubazno pling, shvatila je zašto se osećala sigurno zbog dima cigarete. Čovek je pušio istu vrstu kao i njena baka. Elsa bi je svuda prepoznala pošto je baka imala običaj da pusti nju da joj pomogne u motanju cigareta, jer baka je govorila kako „Elsa ima tako male prste da su prosto savršeni za ove sitne petljavine".

Kada je pogledala kroz prozor, više nije znala šta su senke, a šta ne. Na tren je umislila da čovek i dalje stoji na drugoj strani ulice, a u sledećem da ga uopšte i nije videla.

Poskočila je kao preplašena životinja kada su joj se mamine ruke spustile na ramena. Osvrnula se razrogačenih očiju pre nego što su joj noge klecnule. Umor joj je otupeo sva čula u maminom zagrljaju. Nije spavala dva dana i dve noći. Mamin ispupčeni stomak bio je dovoljno veliki da na njemu balansira šolje za čaj. Georg je tvrdio da priroda na taj način pruža priliku trudnici da se malo odmori.

„Sada idemo kući", mama joj je meko prošaputala na uvo.

Elsa je raširila oči da odagna umor i iskobeljala joj se iz ruku.

„Prvo hoću da pričam sa bakom!"

Mama je delovala smožden. Elsa je to znala, jer je u pitanju bila reč iz rečnice. A na rečnicu ćemo se vratiti kasnije u toku priče. Jedno po jedno.

„To… dušo moja… nisam sigurna da je to dobra ideja", prošaputa mama.

Ali Elsa je već protrčala pored recepcije i ušla u sledeću prostoriju. Čula je ženu-kita kako viče za njom, a zatim i mamin glas kako je pribrano moli da propusti Elsu.

Baka ju je čekala nasred sobe. Unutra je mirisalo na ljiljane, a to je mamino omiljeno cveće. Baka nije imala omiljeno cveće, jer biljke u bakinom stanu nikada nisu živele duže od jednog dana, a u jednom veoma neobičnom slučaju samospoznaje, što je na kraju njeno omiljeno unuče s popričnim oduševljenjem pozdravilo, baka je zaključila da bi, kad je već tako, bilo baš nepošteno prema prirodi da ima omiljeno cveće.

Elsa je stala nešto dalje, šaka potišteno gurnutih u džepove jakne. Žustro je tresnula cipelama o pod da otrese sneg.

„Ne želim da učestvujem u ovoj potrazi za blagom jer je imbecilna!"

Baka nije odgovarala. Nikada nije odgovarala kada zna da je Elsa u pravu. Elsa je otresla još snega sa cipela.

„TI si imbecilna", odbrusila joj je.

Baka nije odgovorila ni na to. Elsa je sela na stolicu kraj nje i ispružila ruku sa pismom.

„Možeš sama da pošalješ ovo imbecilno pismo", prošaputala je.

Prošla su dva dana otkako je Drugar počeo da zavija. Dva dana otkako je Elsa poslednji put bila u Zemlji skoro budnih i kraljevini Mijami. Niko joj nije rekao kako stvari zaista stoje. Svi odrasli su pokušali da istinu uviju u oblande, kako ne bi zvučalo opasno ili užasno ili gadno. Kao da baka uopšte nije bila bolesna. Kao da je sve samo nezgoda. Ali Elsa je znala da lažu, jer se Elsinoj baki ne događaju nezgode. Elsina baka se događa nezgodama.

I Elsa zna šta je to kancer. Piše na Vikipediji.

Kucnula je ivicu sanduka da bi dobila neku reakciju. Jer duboko u sebi i dalje se nadala da je ovo jedna od onih prilika kada je baka samo zavitlava. Kao onda kada je baka odenula Sneška Belića u pravu odeću, pa je izgledao kao čovek koji je pao sa balkona, a Brit-Mari je toliko pobesnela kada je shvatila da je reč o šali, da je pozvala policiju. A sledećeg jutra je Brit-Mari pogledala kroz prozor i otkrila da je baka napravila još jednog potpuno istog Sneška Belića, na šta je Brit-Mari „prekipelo" kako je baka rekla, pa je istrčala napolje sa lopatom za sneg. A onda je Sneško Belić odjednom skočio sa zemlje i razdrao se: „UAAAAA!!!"

Baka joj je posle pričala da je nekoliko sati ležala tamo u snegu i čekala Brit-Mari, kao i da su je u međuvremenu zapiškile barem dve mačke. „Ali vredelo je!", ushićeno je dodala baka.

Brit-Mari je naravno pozvala policiju, ali oni su joj rekli da nije krivično delo uplašiti nekog. Brit-Mari se uopšte nije složila s njima. Nazvala je baku „huliganom".

Elsi je to nedostajalo.

A baka ovoga puta nije ustala. Elsa je lupala pesnicama o ivicu sanduka, ali baka se nije odazivala, pa je Elsa lupala sve jače i jače, kao da će time odagnati sve što je loše. I sve što je pokvareno. Naposletku je skliznula sa stolice, kleknula na pod i prošaputala:

„Znaš li da lažu i govore da si 'otišla'? Da smo te 'izgubili'. Niko ne kaže da si 'mrtva'."

Elsa je zarila nokte u dlanove dok joj se celo telo treslo.

„Ako si ti mrtva, neću znati kako da stignem do Mijame..."

Baka nije odgovarala. Elsa je prislonila čelo na donju ivicu sanduka. Osetila je hladno drvo na koži i tople suze na usnama. Zatim i mamine meke prste na potiljku, pa se okrenula i zagrlila je rukama oko vrata, pa ju je mama iznela odatle. Zauvek.

Kada je ponovo otvorila oči, sedela je u Kiji, maminom autu. Mama je stajala napolju u snegu i telefonom pričala sa Georgom. Elsa je znala da ne želi da je ona sluša, jer razgovaraju o sahrani. Nije ona, ono kao, glupa.

I dalje je držala bakino pismo u ruci. Znala je da se tuđa pisma ne smeju čitati, ali ga je ipak sigurno sto puta pročitala u poslednja dva dana. Baka je, naravno, znala da će ona to uraditi, pa je ispisala celo pismo slovima koja Elsa ne razume. Slovima sa tabli na onim fotografijama.

Elsa je uvređeno blenula u njih. Baka je uvek govorila kako ona i Elsa ne smeju imati tajni jedna pred drugom, ali samo jedna pred drugom. Sada je besnela na baku zbog te laži, jer Elsa je sada sedela pred najvećom od svih tajni, a nije mogla da pročita ni slovca. I znala je da će, ako se sada posvađa sa bakom, dostići lični rekord koji nikada neće moći da obore.

Mastilo se razlivalo po papiru dok ga je posmatrala. Čak se i po slovima koja Elsa ne razume videlo da je baka grešila u pravopisu i da su slova samo nabacana u prolazu, dok je baka u glavi već bila negde drugde. Nije stvar u tome da baka ne zna pravopis, samo razmišlja toliko brzo da slova ne uspevaju da je prate. A za razliku od Else, baka uopšte ne shvata šta je toliko bitno u pravilnom pisanju reči. „Dođavola, pa razumeš šta sam htela da kažem!", prosiktala bi svaki put kada bi doturala tajne ceduljice Elsi dok večeraju s mamom i Georgom, a Elsa joj ispravlja greške crvenim flomasterom. To je jedna od stvari oko kojih se baka i Elsa najviše svađaju, jer Elsa je smatrala da su reči i nešto više, a ne samo način da se pošalje poruka. Nešto važnije.

Odnosno svađale. Oko kojih su se najviše svađale.

U celom pismu postoji samo jedna reč koju Elsa ume da pročita. Samo jedna napisana običnim slovima, naizgled nasumično ubačena usred teksta. Tako neprimetna da ju je čak i Elsa propustila prvih nekoliko puta kada je čitala pismo.
Ponovo ga je iznova čitala sve dok više nije mogla da ga vidi koliko su joj se oči sklapale. Zarila je nokte dublje u dlanove. Osetila se iznevereno i besno iz deset hiljada razloga, a verovatno i još deset hiljada drugih koji joj još nisu ni pali na pamet. Jer zna da ovo nije nikakva slučajnost. Baka je namerno napisala tu reč da bi je Elsa pronašla.

Ime na koverti je isto ono koje se nalazi na Grmaljevom sandučetu. A jedina reč koju Elsa ume da pročita u celom pismu jeste „Mijama".

Baka je oduvek volela potrage za blagom.

6

Sredstvo za čišćenje

Ima tri posekotine na obrazu. Kao od kandži. Zna da će hteti da znaju kako je sve počelo. Elsa je trčala, tako je sve počelo. Ona dobro trči. Onaj koga često jure, izvešti se u trčanju.

Jutros je slagala mamu da joj škola počinje sat ranije nego obično. A kada je mama počela da sumnja, Elsa je odigrala kartu Lošamama. Karta Lošamama je kao Reno. Nije baš lepa, ali iznenađujuće dobro funkcioniše. „Stoput sam ti rekla da mi ponedeljkom škola počinje ranije! Čak sam ti dala i cedulju na kojoj to piše, ali me ti više uopšte ne slušaš!", frknula je Elsa ne gledajući u mamu. A tada je mama prestala da sumnja. Promrmljala je nešto o „trudničkom mozgu" i delovala posramljeno. To je najlakši način da se mama izvede iz takta, treba samo da uspete da je ubedite da je na trenutak izgubila kontrolu.

Nekada su postojale samo dve osobe na celom svetu koje znaju kako dovesti mamu do toga da izgubi kontrolu. A sada postoji samo jedna. To je strašno mnogo moći u rukama nekog ko još nema ni osam godina.

Elsa se autobusom vratila kući iz škole. Usput je zastala da kupi četiri kesice čokolade punjene karamelom u prodavnici. Zgrada je bila mračna i tiha, kako to samo bakina zgrada može da bude kada u njoj nema bake, kao da je i njoj nedostajala. Elsa se pažljivo sakrila od Brit-Mari, koja je krenula da baci đubre pritom ne noseći nikakvo đubre sa sobom. Kada je Brit-Mari proverila sadržaj svih kanti i napućila usta, kao što to uvek radi kad ugleda nešto za šta je u tom trenutku odlučila da će potegnuti na sledećem sastanku kućnog saveta, izgubila se niz ulicu u pravcu prodavnice hrane, da se tamo malo prošeta i pući usne. Elsa se ušunjala na ulazna vrata i popela se prvim stepeništem do međusprata. Tamo je više od dvadeset minuta stajala pred vratima stana drhteći od straha i besa, sa pismom u ruci. Bes je bio upućen baki. Strah Grmalju. I tako je sve počelo.

Nedugo zatim potrčala je tako brzo da joj se činilo da gazi po vrelom pesku svaki put kada bi stopalom dodirnula tlo. A sada je sedela u sobici sa drečavim crvenim posekotinama kao od kandži na licu i čekala mamu, za koju je znala da će zahtevati da zna kako je sve počelo. A Elsa mrzi ponedeljke, jer tako je sve i počelo. Kada je nastupio ponedeljak.

Zavrtela je globus postavljen uz ivicu stola. Direktor je delovao kao da mu se to baš i ne dopada. Zato je nastavila to da radi.

„Da li bi bila ljubazna da prestaneš sa tim, Elsa", rekao je direktor bez znaka pitanja na kraju rečenice.

„Vazduh je besplatan", obavestila ga je Elsa.

Rektor je natmureno izdahnuo kroz nozdrve. Pokazao je na rane na njenom licu.

„Dakle? Jesi li spremna da ispričaš kako je sve ovo počelo?"

Nije ga udostojila odgovora.

Ali baka je to pametno smislila. Elsa je to morala da joj prizna. I dalje ju je strašno nervirala ova imbecilna potraga za blagom, ali je bilo pametno od bake što je u pismu reč „Mijama" napisala običnim slovima. Jer Elsa je stajala tamo na stepeništu i prikupljala hrabrost najmanje sto beskraja pre nego što je pozvonila na vrata. A da baka nije znala da će Elsa pročitati pismo iako ljudi ne smeju da čitaju tuđa pisma, i da nije napisala „Mijama" običnim slovima, Elsa bi samo ubacila kovertu u Grmaljev prorez za poštu i otrčala odatle. Ali sada je stajala tamo i pozvonila na vrata, jer sada je nameravala da zatraži od Grmalja odgovor na njena pitanja.

Jer Mijama je bakina i Elsina. Samo njihova. Elsin bes zbog toga što je saznala da baka namerava da je podeli s još nekom tamo budaletinom bio je veći od straha pred čudovištem. Dobro, možda ne baš *mnogo* veći od straha pred čudovištem. Ali ipak dovoljno.

Drugar je i dalje zavijao u susednom stanu, ali ništa se nije dogodilo kada je pozvonila na Grmaljeva vrata. Pozvonila je ponovo i zalupala na vrata tako da je drvo zaškripalo, i na kraju i zavirila kroz prorez za poštu, ali unutra je sve bilo mračno. Niko se nije mrdao. Niko nije disao. Suočila se samo sa oštrim mirisom sredstva za čišćenje, od one vrste koja jurne kroz sluzokožu i počne da ti peče oči iznutra kada ga udahneš.

Ali nigde nikakvog čudovišta na vidiku. Čak ni malecnog.

I tako je Elsa skinula ranac i uzela četiri kesice čokolade punjene karamelom. Oljuštila je papir sa svake čokoladice i prosula ih kroz Drugarov prorez za poštu. Na kratak, kratak tren, stvor je prestao da zavija iznutra. Elsa je odlučila da ga zove „stvor" sve dok ne bude prokljuvila šta je zapravo u pitanju, jer bez obzira na to šta Brit-Mari govori, Elsa je bila poprilično sigurna da u svakom slučaju nije reč o nekom tamo psu. Nijedan pas nije toliki.

„Moraš da prestaneš da zavijaš, Brit-Mari će pozvati policiju, i oni će doći i ubiće te", prošaputala je kroz prorez za poštu.

Nije znala da li ju je stvor razumeo. Ali u svakom slučaju je zaćutao i jeo. Kao što rade svi racionalni stvorovi ako im ponudiš čokoladu punjenu karamelom.

„Ako vidiš Grmalja, reci mu da imam poštu za njega", rekla je Elsa.

Stvor nije odgovorio, ali mu je Elsa osetila topao dah dok je njuškao oko vrata.

„Reci mu da ga moja baka pozdravlja i izvinjava mu se", prošaputala je.

Onda je strpala pismo u ranac i autobusom se vratila u školu. A kada je pogledala kroz prozor autobusa, učinilo joj se da ga ponovi vidi. Mršavog čoveka koji je juče stajao ispred zavoda za pogrebne usluge dok je mama razgovarala sa ženom-kitom. Sada je stajao u senci kod zgrade sa druge strane ulice. Nije mu videla lice kroz duvanski dim, ali joj se hladna jeza instinktivno popela uz rebra.

Zatim je nestao.

Elsa je pomislila kako možda zato ne može da postane nevidljiva kada dođe u školu. Nevidljivost je supermoć koja može da se uvežba, i Elsa je zapravo vežbala nenormalno mnogo, ali ne deluje ako si ljut ili uplašen. Elsa je bila pomalo i jedno i drugo kada je stigla u školu. Uplašena od čoveka koji se pojavljuje u senkama a da ona ne zna zbog čega, i ljuta na baku zbog toga što je poslala pismo Grmalju, takođe i ljuta i uplašena od Grmalja, jer normalna čudovišta koja imaju bar malo vaspitanja žive duboko u crnim pećinama ili u dubinama ledenih jezera. Normalna strašna čudovišta zapravo ne žive u stanovima. Normalna strašna čudovišta zapravo ne dobijaju poštu.

Osim toga, Elsa mrzi ponedeljke. Škola je uvek najgora ponedeljkom, jer su oni koji progone druge bili prinuđeni da čekaju ceo vikend da bi nekog progonili. Cedulje na njenom ormariću uvek su najgore ponedeljkom. Možda zato ni nevidljivost nije delovala. Uvek lošije deluje ponedeljkom.

Elsa je ponovo pipnula direktorov globus. Zatim je čula kako se vrata otvaraju za njom, a direktor je ustao kao da mu je laknulo.

„Dobar dan! Izvinjavam se što ovoliko kasnim! Gužva u saobraćaju!", zadihano je govorila Elsina mama, a Elsa je osetila kako su je njeni prsti brižno pomilovali po potiljku.

Elsa se nije okrenula. Osetila je kako je i mamin telefon miluje po potiljku, jer mama ga je uvek držala u ruci. Kao da je kiborg, a telefon je deo njenog organskog tkiva.

Elsa je još demonstrativnije čeprknula globus. Direktor je ponovo seo na stolicu, nagnuo se napred i pokušao da ga diskretno izmakne izvan njenog domašaja. Pun nade se okrenuo ka mami.

„Dobro, a sada pretpostavljam da ćemo sačekati i Elsinog tatu?"

Direktor je želeo da i tata prisustvuje ovoj vrsti sastanaka, jer je izgleda smatrao da je s tatama malo lakše raspraviti ovakvu vrstu problema. Mama nije delovala naročito zadovoljna zbog ovog pitanja.

„Elsin tata je otputovao, i nažalost se neće vraćati do sutra", pribrano je odgovorila.

Direktor je izgledao razočarano.

„Dobro, naravno da mi nije namera da stvaram bilo kakvu paniku. Naročito ne vama, u vašoj situaciji…"

Pokazao je glavom na mamin stomak. Mama je delovala kao da mora i te kako da se savlađuje kako ga ne bi upitala šta tačno želi da kaže time. Direktor se nakašljao i odmah odmaknuo globus još dalje od Elsinih ispruženih prstiju. Izgledao je kao da želi da apeluje na mamu da misli na svoje dete. Ljudi uvek apeluju na mamu da misli na dete kada se unervoze zbog toga što će se razljutiti. „Mislite na dete." Nekada su mislili na Elsu kada su to govorili. Ali sada misle na Polovče.

Elsa je ispružila nogu i šutnula korpu za otpatke. Čula je da direktor i mama razgovaraju, ali nije ih slušala. Duboko u sebi nadala se da bi baka u svakom trenutku mogla da upadne unutra vitlajući pesnicama kao da ulazi u ring u nekom starom filmu. Prošli put kada su Elsu zvali kod direktora, direktor je samo zvao telefonom mamu i tatu, ali baka je ipak došla. Jer baka nije bila od onih koje morate da pozovete.

Elsa je i tada sedela i vrtela globus na direktorovom stolu. Dečak koji joj je tada napravio modricu takođe je prisustvovao sa svojim roditeljima. Direktor se tada okrenuo Elsinom tati i rekao: „Pa, znate, ovo je zapravo samo jedna tipična šala među dečacima…" A zatim je posvetio poprilično vremena pokušajima da Elsinoj baki objasni šta bi u tom slučaju trebalo da bude „tipična šala među devojčicama", jer je to baka silno želela da zna.

Direktor je pokušavao da umiri baku objašnjavajući dečaku koji je Elsi napravio modricu da je „kukavički udarati devojčice", ali baku to nimalo nije umirilo. „Dođavola, uopšte nije kukavički udarati devojčice!", zagrmela je na direktora. „Taj klinac nije glupak zbog toga što udara devojčicu! Glupak je zato što bilo koga UDARA!" A tada se dečakov tata uzbudio i razvikao na baku zbog toga što je njegovog sina nazvala glupakom, dok mu je baka odgovarala kako iz ovih stopa ide kući da Elsu nauči kako da „šutne dečake u glavni prekidač", i da će zatim videti „koliko je super tući se sa devojčicama"! Onda je direktor zamolio sve da se prizovu pameti. I to su svi i učinili, na jedno kraće vreme. Ali onda je direktor zatražio da se dečak i Elsa uhvate za ruke i jedno drugo zamole za izvinjenje, na šta je baka poskočila sa stolice i upitala: „A zašto bi, zaboga, Elsa trebalo da zamoli za izvinjenje!?" A na to joj je direktor odgovorio da Elsa ipak treba da preuzme na sebe deo krivice, pošto je u stvari „provocirala" dečaka, a tu se u stvari mora razumeti da je dečaku bilo „teško da se savlada". I tu je baka pokušala da gađa globusom direktora, ali je mama u poslednjoj sekundi uspela da uhvati baku za ruku, pa je projektil poleteo pod pogrešnim uglom, i globus je umesto toga pogodio direktorov kompjuter i razbio ekran. „BILA SAM ISPROVOCIRANA I NISAM MOGLA DA SE SAVLADAM!", zaurlala je baka na direktora dok ju je mama odvlačila u hodnik.

Nije lako sa bakom kada je isprovocirana. Nimalo.

Zbog toga je Elsa uvek cepala sve ceduljice koje su joj lepili na ormarić. Na njima je pisalo da je ružna. Da je odvratna. Da će je ubiti. Elsa ih je cepala na komadiće toliko sitne da su se jedva videli i bacala ih u različite korpe za otpatke po celoj školi. Bilo je to delo milosrđa, da ih baka nikada ne bi videla. Bilo je to delo milosrđa prema piscima cedulja, jer bi ih baka satrla da je saznala za njih.

Elsa se upola pridigla sa stolice i hitro se nagnula preko stola i ponovo zavrtela globus. Direktor je delovao očajno. Elsa se zadovoljno spustila na stolicu.

„Zaboga, Elsa! Šta ti je to na obrazu!", kriknula je mama sa uzvičnikom na kraju kada je ugledala tri crvene rane.

Elsa je bez odgovora slegnula ramenima. Mama se okrenula ka direktoru. Oči su joj plamtele.

„Šta joj je to na obrazu?"

Direktor se promeškoljio.

„Dobro de. Da se sad malo priberemo. Mislite, kažem vam opet, mislite na dete."

Kada je izrekao ovo poslednje, nije pokazivao na Elsu, pokazivao je na mamu. Elsa je ispružila nogu i ponovo šutnula korpu za otpatke. Mama je duboko udahnula i zatvorila oči. Zatim je pribrano premestila korpu za otpatke bliže stolu. Elsa ju je uvređeno pogledala, pa utonula toliko duboko u stolicu da je morala da se drži za naslone za ruke kako ne bi skliznula na pod, pa ispružila nogu toliko da je vrhovima prstiju jedva, jedva dodirnula ivicu korpe. Mama je uzdahnula. Elsa je uzdahnula još glasnije. Direktor je pogledao njih dve, pa zatim globus na svom stolu. Privukao ga je malo bliže sebi.

„Dooobro...", počeo je naposletku i malodušno se osmehnuo mami.

„Ovo je bila teška nedelja za celu porodicu", odmah ga je prekinula mama, tonom kao da se izvinjava.

Elsa je to mrzela.

„Svi osećamo empatiju zbog toga", rekao je direktor onako kako ljudi koji ne znaju šta empatija znači upotrebljavaju tu reč.

„Naravno, to se neće ponoviti", rekla je mama.

Direktor se ponovo osmehnuo i nervozno pogledao globus.

„Nažalost, ovo nije prvi konfliktan incident u kom se Elsa našla u ovoj školi."

„Nije ni poslednji", odvratila je Elsa.

„Elsa!", ciknu mama.

„Mama!!!", ciknu Elsa sa tri uzvičnika.

Mama je uzdahnula. Elsa je uzdahnula još glasnije. Direktor se nakašljao i uhvatio globus obema rukama, pa rekao:

„Mi, odnosno hoću reći mi školsko osoblje i ja lično, naravno pošto smo se posavetovali sa socijalnim radnikom, smatramo da bi Elsi mogla koristiti pomoć psihologa da kanališe svoju agresiju."

„Psihologa? Da nije to možda malo previše dramatično?", oklevajući odvrati mama.

Direktor odbrambeno podiže dlanove kao da moli za izvinjenje, ili možda kao da namerava da počne da glumi kako svira daire.

„Nije da mi mislimo da nešto *nije u redu* sa njom! Nipošto! Mnogoj deci sa posebnim potrebama koriste odlasci kod psihologa. Toga se ne treba stideti!"

Elsa je ispružila vrhove nožnih prstiju i prevrnula korpu.

„Vi možete da idete kod psihologa", rekla je direktoru.

„Elsa!", oštro se brecnula mama.

„MAMA!!!" brecnula se Elsa još oštrije.

Direktor je odlučio da premesti globus na sigurnost poda kraj svog stola. Mama se nagnula prema Elsi, očigledno se izuzetno naprežući da ne podigne glas.

„Ako kažeš direktoru i meni koja su te deca zadirkivala, možemo ti pomoći da razrešiš konflikte umesto da svaki put ispadne ovako, dušo."

Elsa je podigla glavu, usta toliko stisnutih da su izgledala kao linija povučena grafitnom olovkom. Posekotine na obrazu prestale su da krvare, ali su i dalje bleštale kao neonske lampe. Kao da na lice treba da joj se spusti neki malecni, malecni svemirski brod.

„Niko se ne druži s tužibabama", kratko je zaključila.

Mama je zurila u nju.

„Ma šta... đođav... Elsa! Ko ti je to rekao?"

Elsa je skrstila ruke.

„Internet."

„Molim te, Elsa", pokušao je direktor, uz grimasu koja je, kako je Elsa pretpostavljala, bila njegov način da se osmehne.

„U crkvi se moli", odgovorila je Elsa, bez i najmanjeg osmejka.

„Mi, odnosno školsko osoblje i ja lično, smatramo da bi Elsa možda ponekad mogla da pokuša da jednostavno ode odavde kada oseti da predstoji konflikt..."

Elsa nije čekala mamin odgovor. Jer znala je da je mama ipak neće braniti. Zato je podigla ranac sa poda i ustala sa stolice.

„Možemo li sada da krenemo?"

Tada joj je direktor rekao da može da izađe u hodnik. Zvučao je kao da mu je laknulo. Pa je tako i uradila, dok je mama ostala unutra da se izvinjava. Elsa je to mrzela.

Trčala je. Tako je sve počelo. Ali nije imala nameru da to priča direktoru. Nije imala nameru da to priča ikome, jer time ništa neće promeniti. Sada samo želi da ode kući, pa da se već jednom završi taj ponedeljak.

Bio je poslednji čas pred ručak kada je neka nastavnica pametnjakovićka rekla da će im domaći zadatak za božićni raspust biti da napišu sastav na temu „Književni junak kome se divim". Zatim će se prerušiti u tog junaka i pričati o njemu u prvom licu. Trebalo je da onda svi dignu ruke i po redu izaberu po jednog junaka, a nastavnica je onda prvo zapisivala ime heroja na spisak, pa na cedulju, i predavala cedulju učeniku. Elsa je naravno nameravala da uzme Harija Potera, ali već je bio zauzet. I tako je kada je na nju došao red izabrala Spajdermena. A tada se jedan od dečaka iza nje naljutio zbog toga. I nastala je svađa. „Ne možeš da uzmeš

Spajdermena!", vikao je dečak. A Elsa je na to odgovorila: „Baš šteta! Pošto sam ga uzela!" A dečak je onda rekao: „TI si šteta!" A Elsa je frknula: „*Sure!*"* Jer to je njena omiljena reč na engleskom. Dečak je onda viknuo da Elsa ne može da bude Spajdermen, jer „samo dečaci mogu da budu Spajdermen"! A Elsa mu je odgovorila da on može da bude Spajdermenova devojka. On je tada gurnuo Elsu na radijator. A Elsa je njega udarila knjigom.

Elsa u stvari i dalje misli da bi trebalo da joj bude zahvalan zbog toga, jer to je otprilike bilo najbliže što će taj dečak ikada prići nekoj knjizi. Ali onda je nastavnica dotrčala i zaustavila celu stvar rečima da niko ne može da bude „Čovek-pauk", jer „Čovek-pauk postoji samo na filmu, pa nije književni junak". A tada se Elsa možda eventualno malčice preterano uzrujala i pitala nastavnicu da li je slučajno čula za izdavačku kuću *Marvel*. Ispostavilo se da nastavnica nije čula za nju. A na to je Elsa šokirano povikala: „I VAS PUŠTAJU DA UČITE DECU!?" Posle je morala da ostane po završetku časa i veoma dugo „razgovara" sa nastavnicom, iako je govorila samo nastavnica.

Elsa zna da je drugačija. I zna da zato nema nijednog druga. Ali ostala deca je ne mrze zbog toga što je drugačija, jer gomila dece u školi je drugačija. U svakom razredu ima najmanje dvoje ili troje drugačije dece. Ali Elsa ne uzmiče. Normalna deca je mrze zbog toga. Kao da misle da će sva drugačija deca pokrenuti revoluciju ako vide jedno drugačije dete koje ne uzmiče, pa zato moraju da proganjaju i tuku Elsu sve dok se ne preda. Dok ne prestane da misli da je superheroj.

Dečak i još nekoliko njih sačekali su je kada je izišla. Nevidljivost nije funkcionisala, jer Elsa je bila previše ljuta.

---

* Engl.: ma sigurno. (Prim. prev.)

Zato je pritegla kaiševe ranca tako da joj prione za leđa kao mala koala, i potrčala.

Dobra je u trčanju. Kao i sva drugačija deca. Čula je kako je jedan od dečaka zaurlao „drži je!", pa zatim lupu koraka iza sebe po zaleđenom asfaltu. Čula je njihovo dahtavo disanje. Trčala je toliko brzo da je udarala kolenima u rebra, i da nije bilo ranca, uspela bi da preskoči ogradu i stigne do ulice, i tada je nikada ne bi uhvatili. Ali jedan dečak je uhvatio ranac. A ona je, naravno, mogla da se izvuče iz njega i pobegne.

Ali unutra se nalazilo bakino pismo za Grmalja. Zato se okrenula i potukla.

Pokušala je da radi kao i obično i zaštiti lice, pošto nije želela da se mama rastuži zbog modrica. Ali nije mogla da istovremeno štiti lice i ranac. I tako je ispalo kako je ispalo. „Treba da biraš svoje bitke ako možeš, ali ako bitka izabere tebe, treba da šutneš đubre u glavni prekidač!", govorila je baka Elsi, pa je Elsa tako i radila. Dobra je u tuči, iako mrzi nasilje. Kada često dobijaš batine, izveštiš se u tuči. Zbog toga je sada juri toliko njih istovremeno.

Mama je izašla iz direktorove kancelarije posle najmanje deset bajkovitih beskraja, i krenule su pustim školskim dvorištem ne govoreći ni reč. Elsa je sela na zadnje sedište Kije obuhvativši rukama ranac. Mama je izgledala nesrećno.

„Molim te, Elsa…"

„Pih! Pa nisam ja počela! On je rekao da devojčice ne mogu da budu Spajdermen!", odvratila je Elsa braneći se.

„Dobro, ali zašto se tučeš?", slomljeno upita mama.

„Zato!", odgovori Elsa.

„Nisi ti malo dete, Elsa. Uvek kažeš da treba da se odnosim prema tebi kao prema odrasloj osobi. Pa onda prestani da mi odgovaraš kao malo dete. Zašto se tučeš?"

Elsa je čeprkala gumeni obrub na vratima.

„Zato što sam se umorila od trčanja."

Tada je mama pokušala da se protegne do zadnjeg sedišta i nežno je pomiluje po ranama na obrazu, ali je Elsa trgnula glavu. Mama uzdahnu.

„Ne znam šta da radim", rekla je i zadržala plač.

„Ne moraš ništa da radiš", promumlala je Elsa.

Mama je izvezla Kiju unazad sa parkinga. Vozila je kroz tihe beskraje od one vrste koju samo majke i ćerke umeju da stvore između sebe.

„Možda bi ipak trebalo da odemo kod psihologa", rekla je naposletku.

Elsa je slegnula ramenima.

„*Whatever.*"*

To je njena druga omiljena reč na engleskom. Mama je nije pitala gde ju je naučila.

„Ovaj… Elsa… dušo, znam da ti je ovo sa bakom strašno teško palo. Smrtni slučaj je težak za sve…"

„Ne znaš ti ništa!", prekinula ju je Elsa i povukla gumeni obrub tako snažno da je pljesnuo o prozor kada ga je pustila.

Mama je progutala knedlu.

„I ja sam tužna, Elsa. Ona je bila i moja mama, ne samo tvoja baka."

Elsa je okrenula glavu sa hladnim gnevom.

„Mrzela si je. Tako da nemoj da lupaš."

„Ne mrzim je. Ona mi je bila mama."

„Svađale ste se UVEK! Sigurno si u stvari SREĆNA što je mrtva!!!"

Elsa je zažalila što je izgovorila ovo poslednje. Ali bilo je prekasno. Tišina je potrajala tokom svih mogućih beskraja, a ona je čeprkala gumeni obrub sve dok mu ćošak nije spao

---

* Engl.: kako god; nebitno. (Prim. prev.)

životinjama, a ne na sedištima automobila. Komplikovano je to. I pomalo licemerno. Ali Elsa radi na tome.

„Kod Audija uvek znaš šta ćeš dobiti", složio se tata.

Tatin prethodni auto takođe se zvao Audi. Tata voli da zna šta će dobiti. Prošle godine su u nekom trenutku preuredili prodavnicu blizu tatinog i Lisetinog stana, i Elsa je bila primorana da na tati obavi sve one testove koje je videla na televizijskoj reklami, kako bi bila sigurna da se tata nije šlogirao.

Kada su stigli kući, tata ju je ispratio od Audija do ulaznih vrata zgrade. Brit-Mari je stajala pogurena u mraku odmah iza njih, kao neki besni kućni patuljak na straži. Elsa je pomislila kako čovek, naravno, ne može očekivati ništa dobro kada ugleda Brit-Mari. „Ta babuskera je kao koverta iz poreskog", govorila je baka. Tata je izgledao kao da se slaže s tim, jer Brit-Mari je bila jedna od retkih pojava u vezi s kojima su se on i baka slagali.

„Dobar dan", oklevajući je rekao tata Brit-Mari.

„Dobar dan", rekla je Elsa.

„Aha, gle, dobar dan, dobar dan!", odvratila je Brit-Mari, iskoračila iz mraka i dvaput brzo udahnula, kao da usisava dim nevidljive cigarete.

Onda je delovala kao da se pribrala, pa se dobrodušno osmehnula. U ruci je držala ukrštenicu. Brit-Mari je silno volela ukrštenice, jer u njima postoje veoma jasna pravila. Elsa je primetila da ih rešava grafitnom olovkom. Baka je uvek govorila da je Brit-Mari tip žene koja mora da popije dve čaše vina i oseti se zaista ludo i divlje da bi uopšte mogla i da pomisli na rešavanje ukrštenica hemijskom.

Brit-Mari je napravila nervozan gest u Elsinom pravcu.

„Znate li čije je ovo?", upitala je i pokazala na dečja kolica privezana za gelender ispod oglasne table.

Elsa ih je tek sada primetila. I bilo je baš čudno što se tu nalaze, jer u zgradi nije bilo male dece, osim Polovčeta, a ono i dalje svuda ide u mami. Brit-Mari nije izgledala kao da se bavi dubljom filozofijom ove situacije.

„Dečja kolica na stepeništu su zabranjena! To je rizik od požara!", objavila je i odlučno sklopila ruke, tako da je ukrštenica sada štrčala kao neki ne baš mnogo strašan mač.

„Da. Piše ovde na ceduljici", potvrdila je Elsa predusretljivo i pokazala na urednu ceduljicu okačenu na zid baš iznad dečjih kolica, na kojoj je pisalo: „Ne ostavljati dečja kolica ovde. Rizik od požara."

„Na nju sam i mislila!", odvrati Brit-Mari za trunčicu povišenim glasom.

Ali dobrodušno.

„Ne razumem", rekao je tata, kao da ne razume.

„Naravno, pitam se da niste vi okačili tu cedulju! Eto šta se pitam!", rekla je Brit-Mari, pa napravila malecan korak napred i malecan korak nazad, kao da hoće naročito da naglasi ozbiljnost.

„Nešto nije u redu sa ceduljom?", upitala je Elsa.

Brit-Mari je dvaput duboko udahnula.

„Naravno da ne, naravno da ne. Ali u ovom udruženju vlasnika stanova nije *običaj* da se cedulje tek tako postavljaju a da se prethodno ne obaveste ostali stanari zgrade!"

„Ovde valjda i nema pravog udruženja vlasnika stanova?", upitala je Elsa.

„Nema ga, ali će ga biti!", odbrusi Brit-Mari, pri čemu joj je iz usta izletelo malo pljuvačke na slovu *b* u reči „biti".

Onda se pribrala i ponovo se dobrodušno osmehnula Elsi.

„Ja sam odgovorna za obaveštavanje u upravi ovog udruženja. Nije običaj da se cedulje postavljaju bez javljanja licu odgovornom za obaveštavanje u upravi udruženja!"

Prekinuo ju je pseći lavež toliko glasan da se staklo na ulaznim vratima zatreslo.

Brit-Mari i tata su poskočili. Elsa se promeškoljila s nelagodom. Juče je čula mamu kada je rekla Georgu da je Brit-Mari pozvala policiju da uspava Drugara. Izgleda da je sada čuo Brit-Marin glas, a Drugar baš kao ni baka nije umeo da drži jezik za zubima ni na tren kada čuje Brit-Marin glas.

Brit-Marine oči su se suzile, a njen usiljeno dobrodušan osmeh ispao je više usiljen nego dobrodušan.

„Pozvala sam policiju zbog tog jezivog borbenog psa!", obavestila je Elsinog tatu.

Tata je delovao pomalo nervozno, jer se tata unervozi od jezivih borbenih pasa. Elsa se nakašljala i hitro pokušala da promeni temu.

„Možda niste bili kod kuće?", Elsa iznenada upita Brit-Mari, pokazujući na cedulju na zidu.

Delovalo je barem privremeno, jer je Brit-Mari zaboravila da se uzrujava zbog borbenog psa, pošto se ponovo uzrujala zbog cedulje. Naime, za Brit-Mari je najvažnije bilo da joj nikada ne ponestane stvari koje je uzrujavaju.

„Pa valjda se niko ne šunja okolo da bi postavljao cedulje kada ljudi nisu kod kuće, kakvi su to razbojnički fazoni", odgovorila je Brit-Mari na način za koji je Elsi bilo veoma teško da zaključi da li predstavlja pitanje ili tvrdnju.

Elsa je ponovo klimnula glavom. Pomislila je da bi možda trebalo da kaže Brit-Mari kako bi morala da postavi cedulju o tome da onaj ko želi da sledeći put postavi cedulju mora prethodno da obavesti o tome susede. Na primer, putem cedulje. Elsa je želela da to kaže ironično. Ali onda je pogledala Brit-Mari i pomislila kako će Brit-Mari u tom slučaju verovatno krenuti okolo da sakuplja potpise o zabrani dece.

Iz stana na međuspratu ponovo se začuo pseći lavež. Brit-Mari je napućila usne.

„Zvala sam policiju, nego šta! Ali oni, naravno, ništa nisu uradili! Kažu da moramo da sačekamo do sutra, za slučaj da se pojavi vlasnik!"

Tata nije ništa odgovorio, a Brit-Mari je očigledno shvatila njegovo ćutanje kao da bi veoma rado želeo da čuje nešto više o Brit-Marinim osećanjima u vezi sa ovim.

„Kent je nekoliko puta zvao taj stan, ali kao da tamo niko i ne živi! Kao da ta zver stanuje tamo sama! Možete li to da shvatite?", zasula je brbljanjem tatu i delovala kao da namerava da rečenicu završi rečima „kakva drskost!".

Tata se pomalo oklevajući osmehnuo. Jer tata okleva pred pomišlju na borbene pse koji sami žive u stanu.

„Kakva drskost!", rekla je Brit-Mari.

Elsa je zadržala dah. Ali nije usledio nikakav lavež. Kao da se Drugar najzad prizvao pameti.

Vrata iza tate su se otvorila i unutra je zakoračila žena u crnoj suknji. Štikle su joj zalupale po podu, i glasno je govorila u beli kabl koji joj je virio iz uva.

„Dobar dan!", rekla je Elsa, da bi skrenula Brit-Marinu pažnju sa eventualnog psećeg laveža.

„Dobar dan", rekao je tata, iz čiste učtivosti.

„Aha, gle, dobar dan, dobar dan!", rekla je Brit-Mari, kao da je žena potencijalni kriminalni poturač cedulja.

Žena u crnoj suknji nije ništa odgovorila. Samo je nastavila da još glasnije priča u beli kabl, bacila ljutit pogled na njih troje i udaljila se stepenicama.

Posle nje je u hodniku zavladala duga i napeta tišina. Elsin tata se nije baš najbolje snalazio s napetim tišinama. Može se reći da su napete tišine za tatu kao kriptonit.

„Helvetika", izustio je usred nervoznog nakašljavanja.

„Kako, molim?", odvratila je Brit-Mari i još jače napućila usne.

„Helvetika. Mislim na font", nelagodno je rekao tata i pokazao glavom na cedulju na zidu.

Brit-Mari je pogledala cedulju. Pa tatu.

„Dobar... font", promumlao je tata.

To je jedna od stvari koje tata smatra važnim. Font. Kada je mama jednom došla na roditeljski sastanak u Elsinoj školi, a tata se u poslednji čas javio i rekao da ne može doći jer mu je nešto iskrslo na poslu, mama je za kaznu prijavila tatu kao dobrovoljca za izradu plakata za školsku buvlju pijacu. Tata je veoma oklevao kada je to saznao. Potom mu je trebalo tri nedelje da se odluči koji će font upotrebiti na plakatima, a kada je najzad došao i predao ih u školi, Elsina učiteljica nije htela da ih postavi, pošto je buvlja pijaca već prošla. Elsin tata je delovao kao da ne shvata kakve to ima veze.

Pomalo kao što je Brit-Mari delovala kao da ne shvata kakve veze font helvetika ima sa bilo čime u ovom trenutku. Tata je pogledao u pod i ponovo se nakašljao.

„Imaš li... ključeve?", pitao je Elsu.

Klimnula je glavom. Žurno su se zagrlili. Tata je sa olakšanjem šmugnuo napolje, a Elsa je požurila uz stepenice, pre nego što Brit-Mari stigne da ponovo započne razgovor. Ispred Drugarovog stana zastala je samo načas, osvrnula se preko ramena da bi bila sigurna da je Brit-Mari ne posmatra, pa zatim otvorila prorez za poštu i prošaputala: „Molim te, ćuti!" Znala je da ju je razumeo. Samo se nadala i da ga je briga za to.

***

Poslednje stepenište je pretrčala sa ključevima stana u ruci, ali nije ušla kod mame i Georga. Umesto toga, otvorila je vrata bakinog stana i pojurila pravo u veliki garderober. U hodniku su stajale kutije za selidbu, a u kuhinji kanta s vodom za ribanje, ali je pokušala da ne obraća pažnju na njih. Nije joj pošlo za rukom. Tama garderobera ju je okružila kako niko ne bi znao da plače.

Taj garderober je ranije bio čaroban. Elsa je umela da se opruži u njemu koliko je duga i jedva dohvati zidove vrhovima prstiju na rukama i nogama. Koliko god ona rasla, garderober je bio veliki tačno koliko treba. Baka je, naravno, tvrdila kako je to „trućanje i prokleta uobrazilja, pošto je taj garderober uvek bio sasvim iste veličine", ali Elsa ga je merila. Zato zna.

Ispružila se koliko je duga. Dodirnula oba zida. Kroz nekoliko meseci neće više morati da se proteže. Kroz godinu dana više uopšte neće moći da stane ovde. Jer više nema čarolije.

Čula je prigušene glasove Mod i Lenarta u stanu. Osetila je miris kafe, ali Lenart ju je nazvao „piće za odrasle", pa je Elsa znala da je i Samanta tu mnogo pre nego što je začula tapkanje šapa frizijskog bišona u dnevnoj sobi, a ubrzo potom i hrkanje pod bakinim stolom. Mod i Lenart treba da pospreme bakin stan i popakuju njene stvari. Mama ih je zamolila da joj pomognu, a Elsa je mrzela mamu zbog toga. Mrzela ih je sve zbog toga.

Ubrzo je začula i Brit-Marin glas. Kao da progoni Mod i Lenarta. Bila je veoma ljuta. Želela je da priča samo o tome ko je bio toliko drzak da okači onu cedulju u hodniku, i ko je bio toliko drzak da priveže dečja kolica baš ispod cedulje, a to je izgleda bilo veoma nejasno čak i za samu Brit-Mari, što ju je u stvari najviše i uzrujavalo. Ali barem više nije pominjala Drugara.

Elsa je jedan sat ležala u garderoberu kada se pojavio dečak sa sindromom. Kroz odškrinuta vrata Elsa je videla kako njegova mama posprema okolo, i kako Mod pažljivo ide za njom i podiže sve što se ruši oko nje. Brit-Mari je pokušala da ubedi nekog, bilo koga, da shvati kako su dečja kolica u hodniku zaista opasna, jer neko zaista može da se povredi. Na primer, neko dete. A na decu se mora misliti, razmišljala je Brit-Mari. Naglas.

Lenart je spustio veliki tanjir slatkih snova ispred garderobera. Elsa ga je uvukla i zatvorila vrata, ona i dečak sa sindromom su ih jeli u tišini. Dečak nije ništa govorio, pošto nikad ništa i ne govori. To je jedna od stvari koje Elsa najviše voli kod njega.

Čula je Georgov glas u kuhinji. Bio je topao i ulivao je poverenje i pitao da li bi neko želeo jaja, jer ako hoće, on će im svima isprižiti. Svi su voleli Georga, to je bila njegova supermoć. Elsa ga je mrzela zbog toga. Ništa ne ide toliko na živce kao iritantna osoba koja nema ni toliko osnovne pristojnosti da se ponaša kao seronja. Zatim je Elsa čula mamin glas, i na trenutak je poželela da istrči i baci joj se u zagrljaj. Ali nije, jer je želela da mama bude tužna. Elsa je znala da je već pobedila, ali želela je da i mama to zna. Tako da i nju podjednako kao i Elsu zaboli to što je baka mrtva.

Dečak sa sindromom je zaspao na podu u garderoberu. Njegova mama je oprezno otvorila vrata, uvukla se unutra i iznela ga. Kao da je znala da je zaspao u istoj sekundi kada je to uradila. Možda je to njena supermoć.

Mod se uvukla malo kasnije i pažljivo pokupila sve stvari koje su dečakovoj mami poispadale iz džepova dok ga je iznosila.

„Hvala za kolače", prošaputala je Elsa.

Mod ju je pomilovala po obrazu i delovala toliko tužno zbog Else da se Elsa rastužila zbog Mod.

Ostala je da sedi u garderoberu sve dok svi nisu završili sa pospremanjem i pakovanjem i otišli u svoje stanove. Znala je da mama sedi u predsoblju svog i Georgovog stana i čeka je, pa je zato prvo dugo sedela na velikoj prozorskoj dasci u hodniku. Jer želela je da mama duže čeka.

Sedela je tamo sve dok se lampe u hodniku nisu automatski pogasile. Sedela je tamo sigurno jedan sat. Sve dok se pijandura na jednom od nižih spratova nije isteturala iz svog stana i počela da udara u ogradu stepeništa kašikom za cipele, vičući kako noću nema kupanja. Pijandura je to radila nekoliko puta nedeljno. Nije to bilo ništa neuobičajeno.

„Isključite vodu!", vikala je pijandura, ali Elsa nije ništa odgovarala. Kao ni ostali. Jer ljudi u ovakvim zgradama misle da pijandure funkcionišu kao čudovišta, i da nestaju ako se pravite da ne postoje.

Elsa je čula kako se pijandura, usred najvatrenijeg pozivanja na štednju vode, spotakla i tresnula na zadnjicu, pa ju je kašika za cipele udarila po glavi. Pijandura i kašika su se dugo zatim svađale, kao dva stara prijatelja koji su se sporečkali oko novca. Naposletku je zavladala tišina. A onda je Elsa čula pesmu. Onu koju pijandura uvek peva. Elsa je sedela u mraku na stepeništu i grlila samu sebe kao da je to uspavanka otpevana samo njoj. A onda je i ona utihnula. Čula je kako pijandura utišava kašiku za cipele, ili samu sebe, i ponovo nestaje u svom stanu.

Elsa je upola sklopila oči. Pokušala je da vidi oblakonje i prva polja na rubu Zemlje skoro budnih, ali nije joj pošlo za rukom. Više nije mogla da stigne tamo. Ne bez bake.

Neutešno je otvorila oči. Pahulje su se lepile za prozorsko okno kao mokre rukavice.

I tada je prvi put ugledala Grmalja.

Bila je to jedna od onih zimskih noći kada je crnilo toliko gusto da vam se čini da je cela četvrt naglavce potopljena u kantu mraka, a Grmalj se iskrao kroz ulazna vrata, i zakoračio u osvetljeni polukrug poslednje lampe na ulici i iskoračio iz njega tako hitro da bi Elsa, da je malo jače trepnula, pomislila kako joj se učinilo. Ali sada je znala šta je videla, i jednim neprekinutim pokretom sišla je na pod i krenula niz stepenice.

Znala je da je to on, iako ga nikada ranije nije videla, pošto je bio najkrupnija osoba koju je ikada videla. Preleteo je preko snega kao životinja. Neko čudo iz bajke. Elsa je dobro znala da je ono što namerava da uradi opasno i glupavo, ali je ipak jurila niz stepenice preskačući po tri stepenika odjednom. Ili možda baš zato. Čarape su joj se okliznule na poslednjem stepeniku, pa je poletela preko poda u prizemlju i udarila bradom o kvaku. Dok joj je lice pulsiralo od bola, svom snagom je povukla vrata i zadihano požurila kroz sneg, i dalje samo u čarapama.

„Imam poštu za tebe", kriknula je u noć.

Tek je tada primetila da joj plač stoji u grlu. Ali htela je barem da vidi ko je on. Želela je da zna s kim je to baka pričala o Mijami a da to nije pominjala Elsi.

Nije bilo odgovora. Čula je njegove lake korake u snegu, iznenađujuće gipke za tako ogromnog stvora. Udaljavao se od nje. Trebalo je da se Elsa uplaši, trebalo je da strepi od toga šta bi Grmalj mogao da uradi s njom. Znala je da je dovoljno veliki da je rastrgne na komadiće jednim potezom. Ali bila je isuviše ljuta da bi se uplašila.

„Moja baka te pozdravlja i izvinjava ti se!", zaurlala je.

* * *

Nije ga videla. Ali nije čula ni krckanje snega. Stao je.

Elsa nije razmišljala. Samo je instinktivno pojurila u mrak u pravcu iz kog je poslednji put čula njegove korake. Osetila je vazduh koji je uskomešala njegova jakna. Potrčao je, ona je posrćući krenula kroz sneg i bacila se koliko je duga da bi mu uhvatila nogavicu. Kada je pala na leđa u sneg, videla ga je kako zuri dole u odsjaju poslednje ulične lampe. Elsa je stigla da oseti kako joj se suze stvrdnjavaju na obrazima od hladnoće.

Mora da je bio viši od dva metra. Visok kao drvo. Debela vunena kapa mu je visila s glave, a crna kosa mu se razlivala po ramenima. Skoro čitavo lice bilo je skriveno bradom gustom poput krzna, a u senci kape krivudao je ožiljak preko jednog oka, toliko veliki da se činilo kao da mu se koža istopila. Elsa oseti kako joj se njegov pogled uvlači u krvotok.

„Pusti!"

Njegova tamna senka zaklonila je Elsu dok je s mukom progovarala.

„Moja baka te pozdravlja i izvinjava ti se!", zadihano je izustila i pružila mu kovertu.

Grmalj je nije prihvatio. Pustila je njegovu nogavicu pošto je pomislila da će je šutnuti, ali on je uzmakao samo pola koraka. A ono što je potom izašlo iz njegovih usta ličilo je pre na režanje nego na reči. Kao da se obraća samom sebi, a ne njoj.

„Gubi se, glupa devojčice…"

Reči su pulsirale u Elsinim bubnim opnama. Zvučalo je pogrešno, na neki način. Elsa ih je razumela, ali grebale su joj slušne kanale. Kao da ne pripadaju tu.

Grmalj se okrenuo brzim, neprijateljskim pokretima. U sledećem trenutku je iščezao. Kao da je kroz neki otvor uskočio u tamu.

Elsa je ostala da leži u snegu i bori se za dah, dok joj je hladnoća pritiskala grudi. Onda je ustala i zgužvala kovertu u loptu, zamahnula i hitnula je u mrak za njim.

Nije znala koliko je beskraja prošlo pre nego što je začula otvaranje vrata iza sebe. A zatim i mamine korake, pa njeno dozivanje. Elsa joj je slepo pohrlila u zagrljaj.
„Šta radiš ovde?", uplašeno je upitala mama.
Elsa nije odgovarala. Mama joj je nežno obuhvatila lice rukama.
„Otkud ti ta modrica?"
„Sa fudbala", prošaputa Elsa.
„Lažeš", prošaputa mama.
Elsa klimnu glavom. Mama ju je čvrsto držala. Elsa je zajecala oslonjena o njen stomak.
„Nedostaje mi…"
Mama se sagnula i pritisnula svoje čelo na njeno.
„I meni."
Nisu čule kako se Grmalj kreće tamo napolju. Nisu ga videle kako podiže kovertu. Ali naposletku, ušuškana u maminom naručju, Elsa je shvatila zbog čega su reči iz njegovih usta zvučale pogrešno.

Grmalj ih je izgovorio na bakinom i Elsinom tajnom jeziku.

Možete mnogo godina voleti svoju baku a da u stvari ne znate ništa o njoj.

8

Guma

Sreda je. Ona ponovo trči.

Ovoga puta nije znala tačan razlog. Možda zbog toga što je jedan od poslednjih dana pred božićni raspust, a znaju da sledećih nekoliko nedelja neće imati koga da progone, pa moraju da se dobro ižive. Nije znala. Nije baš lako utvrditi provokativne faktore kada je reč o pametnjakovićima. Ponekad ih i nema. Ljudi koji nikada nisu bili progonjeni uvek misle da postoji razlog. „Valjda ne bi to uradili bez razloga, zar ne?", kaže ta vrsta ljudi. „Mora da si uradila nešto da bi ih isprovocirala?" Kao da maltretiranje tako funkcioniše. Oni progone Elsu zbog toga što je to što jeste. Provocira ih što ona postoji i nije im potreban nijedan drugi razlog osim tog.

Ali naravno, uzaludno je pokušavati da to objasnite toj vrsti ljudi, podjednako uzaludno kao i pokušavati da pametnjakoviću koji nosi zečju šapu jer se smatra da donosi sreću objasnite kako bi, da zečje šape zaista donose sreću, one i dalje bile u vlasništvu zečeva.

* * *

A za ovo sad niko i nije zaista kriv. Nije da je tata danas malo zakasnio po nju, već se školski dan završio malo prerano. A teško je postati nevidljiv kada lov počne još unutra u školi. I zato je Elsa trčala. Dobra je u tome.

„Drži je!", ciknula je devojčica negde iza nje.

Danas je počelo sa Elsinim šalom. Ili barem Elsa tako misli. Počela je da razvrstava ko to u školi progoni druge, i kako. Postoje oni koji samo progone decu koja se pokažu slabom. A postoje i oni koji progone samo radi zabave, koji čak i ne udaraju svoje žrtve kada ih stignu, već samo žele da im vide strah u očima. A zatim postoje i oni poput dečaka koji se potukao sa Elsom zbog Spajdermena. On progoni i tuče se iz principa, jer ne trpi da mu neko protivreči. A naročito ne neko ko je drugačiji.

Ali ova devojčica je nešto drugo. Ona želi razlog da bi progonila. Način da opravda lov. „Ona hoće da se oseća kao heroj dok progoni nekog", razmišljala je Elsa neuobičajeno bistre glave dok je jurila prema ogradi, srce joj lupalo kao opsadni ovan, a grlo gorelo kao onda kada je baka napravila smutije sa halapenjo papričicama.

Činilo joj se da je počelo od šala. Nije bila sigurna, jer nije mogla da zamisli da i najgori pametnjaković može toliko da se uzbudi zbog jednog šala. Ali zaključila je da ako zastane i pita, to nikako neće popraviti njen položaj u pregovorima. Osećala je uzbuđenost ostale dece kroz vibracije u ledu dok su gumeni đonovi njihovih čizama trupkali sve bliže. Kada pronađete razlog da nekog progonite, nikada ne morate da progonite sami. Barem ne u ovoj školi.

Elsa se prebacila preko ograde, a ranac ju je tako jako tresnuo po glavi kada je dodirnula asfalt sa druge strane da joj se na nekoliko sekundi smračilo pred očima. Snažno je povukla kaiševe obema rukama tako da joj je čvrsto prigrlio leđa i zamućenim očima zatreptala prema parkingu, gde je Audi trebalo da se pojavi svakog minuta. Čula je devojčicu kako vrišti iza nje kao uvređeni ork, a Elsa je znala šta je to jer se mama pobrinula da zabrani baki da joj dozvoli da gleda filmove *Gospodar prstenova*, i znala je da nema vremena da čeka. Zato je umesto toga pogledala nadesno, nizbrdo prema velikoj ulici. Kamioni su tutnjali kao osvajačka vojska na putu prema neprijateljskoj tvrđavi, ali kroz razmak između njih Elsa je ugledala ulaz u park na drugoj strani.

„Narko-park", kako su ga svi zvali u školi, jer tamo je bilo narkomana koji jure decu sa špricevima heroina. Barem je tako Elsa čula. Zato se strahovito plašila tog parka, što nije nikakvo čudo kada imate skoro osam godina i niste pametnjaković. To je jedan od onih parkova koje kao da nikada ne obasja dnevna svetlost, a ovo je bio jedan od onih zimskih dana kada se čini da sunce uopšte i nije izašlo.

Elsa je uspela da izdrži sve do ručka, ali čak ni neko kome nevidljivost veoma dobro ide od ruke ne može da bude zaista nevidljiv u trpezariji za ručkom. Devojčica se tako iznenadno stvorila pred Elsom da se trgnula i prosula sos za salatu na grifindorski šal. Devojčica je pokazala na njega i zarežala: „Zar ti nisam rekla da prestaneš da se šetaš okolo sa tim usranim odvratnim šalom?" Elsa je pogledala devojčicu na jedini mogući način kako se može pogledati neko ko je upravo pokazao na grifindorski šal i rekao „odvratni ružni šal". Dakle, ne toliko različito od načina na koji biste pogledali nekog ko je ugledao konja i veselo kliknuo: „Traktor!" Prvi put kada je šal privukao pažnju te devojčice, Elsa je kao očigledno pretpostavila da je devojčica jednostavno pristalica Sliterina. I tek pošto je devojčica udarila Elsu po licu, pocepala šal i bacila ga u ve-ce šolju, Elsa je shvatila da devojčica uopšte nije čitala Harija Potera. Naravno, znala je ko je on, jer svi ipak znaju ko je Hari Poter, ali nije čitala knjige. Uopšte nije shvatala ni najosnovnije stvari vezane za simboliku grifindorskog šala. A Elsa nije imala nameru da bude elitista, ništa slično, ali kako se od nekog može očekivati da se raspravlja s takvom osobom? Kako?

Normalac.

I tako, kada je devojčica danas u trpezariji ispružila ruku da strgne Elsi šal, Elsa je odlučila da upotrebi argument primereniji devojčicinom intelektualnom nivou. Jednostavno je bacila čašu sa mlekom na nju i potrčala.

Kroz hodnike, uzbrdo do drugog sprata škole, pa do trećeg. Ispod jednog stepeništa postojao je prostor koji su čistači koristili kao ostavu. Elsa se tu šćućurila obuhvativši kolena rukama i potrudila se da bude što nevidljivija dok je slušala devojčicu i njenu pratnju kako jure na četvrti sprat. Posle se krila u učionici ostatak dana.

A to je bio sasvim dovoljan razlog koji je devojčica tražila. Uspela je da isprovocira Elsu da napadne prva, i sada je devojčica bila heroj. Uvek ima takvih progonitelja u svakoj školi, i oni uvek biraju baš decu poput Else. Jer decu poput Else možete isprovocirati. Možete ih navesti da bace čašu mleka.

Tada je progon zanimljiviji. A to je za neke ljude dovoljan razlog.

Međutim, deonica između učionice i školskog ulaza bila je nezgodna. Tu se ne može biti nevidljiv, čak i za one koji su dobri u tome. Zato je Elsa morala da razradi strategiju.

Prvo se držala u blizini učiteljice dok su svi njeni drugovi kuljali iz učionice. Zatim se u gužvi provukla kroz vrata i sjurila se niz drugo stepenište. Ono koje ne vodi do glavnog ulaza. Naravno, znali su da će ona učiniti baš to, čak su i želeli da to učini, jer će je u toj klopci lakše uhvatiti. Ali čas se završio ranije, i Elsa je rizikovala pretpostavivši da časovi na donjem spratu još nisu gotovi. U tom slučaju možda ima pola minuta da pojuri stepenicama i praznim hodnikom i stekne malu prednost, dok će se progonitelji zaglaviti u novoj gužvi učenika koji će odmah zatim pokuljati iz učionica tamo dole.

Bila je u pravu. Ugledala je devojčicu i njene pajtaše na samo desetak metara iza sebe, ali nisu mogli da dopru do nje.

Baka joj je ispričala na hiljade priča iz Mijame koje su govorile o progonu i ratu. I o tome kako da izbegnete senke ako su vam za petama, kako da ih namamite u klopke i kako ih možete pobediti distrakcijom. Jer kao i svi drugi progonitelji, i senke imaju jednu veoma izraženu slabost: one svu pažnju usredsređuju na plen, umesto da gledaju čitavo okruženje. S druge strane, progonjeni čitavu pažnju usmerava na pronalaženje puta za bekstvo. Nije to neka ogromna prednost, ali jeste prednost. Elsa to zna, jer je pogledala šta znači reč „distrakcija".

I tako je gurnula ruku u džep farmerki i izvukla šaku novčića. Uvek je imala šaku novčića u džepovima, pošto takve stvari imate ako vas često progone. Baš kada je gomila dece počela da se raštrkava, a ona se približavala drugom stepeništu u pravcu izlaza, ispustila je novčiće na pod i potrčala.

Ima nečeg čudnog u vezi sa ljudima, otkrila je Elsa. Kada začuje zveckanje novčića o pod, skoro svako od nas će instinktivno zastati i pogledati dole.

Iznenadni grabež hitrih prstiju oko novčića zaustavio je progonitelje i dao joj prednost od još nekoliko sekundi. Prihvatila ih je i potrčala.

* * *

Ali sada ih je čula kako se bacaju na ogradu. Zimske cipele neutralnih boja koje dobro pasuju udarale su o izlizanu čeličnu žicu. Samo još nekoliko trenutaka pre nego što je uhvate. Elsa je pogledala levo, prema parkingu. Nigde Audija na vidiku. Pogledala je desno, prema sivom haosu na ulici i crnoj tišini u parku. Ponovo je pogledala levo, pomislivši kako je to ipak siguran izbor, pod uslovom da se tata barem jednom pojavi na vreme. Onda je pogledala desno, osećajući kako joj strah nagriza stomak kada je ugledala park kako se pomalja između kamiona koji su urlali.

Pomislila je na bakinu priču iz Mijame, o tome kako je jedan od prinčeva nekada izbegao čitav čopor senki koje su ga progonile tako što je ujahao pravo u najmračniju šumu u Zemlji skoro budnih. Senke su najužasniji užas koji je ikada nastanjivao ičiju maštu, ali čak i senke osećaju strah, rekla je baka. Čak i te prokletinje se nečeg plaše. Jer i senke imaju maštu.

„Ponekad je najsigurnije pobeći baš na ono mesto koje deluje najopasnije", rekla je baka, pa ispričala kako je princ ujahao pravo u najmračniju šumu, a senke su zastale na ivici i tamo režale. Jer čak ni one nisu znale tačno šta se krije tamo iza drveća, a ništa nije strašnije od onog što ne poznajete. I o čemu morate da upitate maštu. „Kada je reč o strahu, stvarnost ne može ni da prismrdi mašti", rekla je baka.

I tako je Elsa potrčala desno. Osetila je miris spaljene gume dok su automobili kočili na ledu. U Renou je tako mirisalo skoro sve vreme. Provukla se između kamiona i čula ih kako trube, kao i urlike svojih progonitelja iza sebe. Već je stigla do trotoara kada je osetila da je prvi među njima hvata za ranac. Bila je toliko blizu parka da je mogla da ispruži ruku u mrak, ali bilo je prekasno. Dok je padala u sneg, Elsa je bila uverena da će je udarci rukama i nogama sustići pre nego što bude uspela da podigne ruke da bi se zaštitila, ali je privukla kolena sebi, zažmurila i pokušala da zakloni lice, da mama ne bi opet bila tužna.

Čekala je tupo gruvanje u potiljak. Dok udaraju ne boli, najčešće se bol ne oseti sve do sledećeg dana. Njihovi udarci nose drugačiju vrstu patnje.

Ali ništa se nije dogodilo.

Elsa je zadržala dah.

Ništa.

Otvorila je oči, i na sve strane je vladala zaglušujuća dreka. Čula ih je kako viču. Čula je kako trče. A onda je čula i Grmaljev glas. Iz njega kao da je grmela neka iskonska snaga.

„DA JE NISTE DIRNULI. NIKAD VIŠE!"

Sve je odjekivalo.

Elsi su bubne opne podrhtavale. Grmalj nije urlao na bakinom i Elsinom tajnom jeziku, već na običnom. Ali reči su čudno zvučale u njegovim ustima. Kao da mu se na svakom slogu omakne pogrešan naglasak. Kao da ga dugo nije govorio.

Elsa je podigla glavu. Srce joj je lupalo iz sve snage, udisaji su joj zastajali na nepcu. Grmaljeve oči su zurile dole prema njoj kroz senku navučene kapuljače i one crne brade kojoj kao da nema kraja. Nekoliko sekundi su mu se grudi podizale i spuštale. Elsa je za tren instinktivno čučnula, jer je pomislila da će se njegova džinovska pesnica spustiti i odbaciti je nasred ulice. Kao džin koji prstom kvrcne miša. Ali on je samo stajao tamo teško dišući, i izgledao ljutito i zbunjeno. Naposletku je podigao ruku, kao da je teška poput malja, i pokazao nazad prema školi.

Kada se Elsa okrenula, videla je devojčicu koja ne čita Harija Potera i njene pajtaše raspršene poput papirića puštenih sa balkona. Preplašene kao da ih progone same senke.

Nešto dalje videla je Audi kako skreće na parking. Elsa je duboko udahnula i osetila vazduh u plućima prvi put posle nekoliko minuta, kako joj se činilo.

Kada se ponovo okrenula, Grmalj više nije bio tu.

9

Sapun

U stvarnom svetu postoji na hiljade bajki za koje nijedan pametnjaković ne zna odakle su došle. To je zbog toga što baš svaka potiče iz Zemlje skoro budnih, a oni tamo ne preuzimaju zasluge na sebe i ne hvališu se, nego samo rade svoj posao. A najbolje od svih bajki iz Zemlje skoro budnih dolaze iz Mijame.

Naravno, u svih šest kraljevina povremeno su proizvodili bajke, ali nijedna od tih nije ni izbliza toliko dobra kao one iz Mijame. U Mijami se bajke proizvode danonoćno, i prave ih i dalje, i to jednu po jednu, pažljivo, kao ručni rad, a ne na pokretnoj traci u nekoj tamo fabrici. A samo se one najnajfinije izvoze. Većina bude ispričana samo jednom, i zatim samo padaju na zemlju, dok one najbolje i najlepše prhnu sa usana onoga ko im je izgovorio poslednju reč i polako odlebde nad glavama onih koji ih slušaju poput malih svetlucavih papirnih lampiona, a kada se spusti noć, preuzimaju ih infanti. Infanti su sasvim malecna bića sa veoma lepim šeširima. Jašu na oblakonjima. Infanti. Dok se za šešire pre može reći da jašu na infantima, ako ćemo da budemo sitničavi. U svakom slučaju, infanti sakupljaju lampione u velike zlatne mreže, a onda se oblakonji okrenu i pojure uvis prema nebu toliko brzo da im se i sam vetar sklanja s puta. A ako se vetar ne skloni dovoljno brzo, oblakonji mu podviknu: „Ma, mrdaj se! Glupavi vetre", i pretvore se u neku vrstu životinje koja ima prste, da bi mogli vetru da pokažu srednjak.

Daleko gore na najvišem vrhu Zemlje skoro budnih, Planini priča, infanti odvežu mreže i puste priče da slobodno lete. I tako sve one bajke za koje nijedan pametnjaković ne zna odakle su pronađu sebi put do stvarnog sveta.

Kada je Elsina baka počela da pripoveda svoje priče iz Mijame, isprva su delovale kao potpuno nepovezane bajke koje priča neko pomalo čvrknut u glavu. Elsi je bilo potrebno nekoliko godina da shvati kako se sve međusobno uklapaju. Sve zaista dobre bajke funkcionišu tako.

Baka je pričala o žalosnom prokletstvu morskog anđela. Pričala je o dva brata princa koji su zaratili jer su obojica bili zaljubljeni u princezu od Miplore. Pričala je o princezi koja se, s druge strane, borila protiv veštice jer joj je ova ukrala najdragocenije blago u čitavoj Zemlji skoro budnih, i pričala je o ratnicima iz Mibatale i plesačima iz Mimove i lovcima snova iz Mireve. O tome kako su se svi oni svaki čas svađali i gložili čas oko ovog čas oko onog, sve do onog dana kada je izabrani iz Mimove pobegao senkama koje su pokušale da ga otmu. O tome kako su oblakonji odneli izabranog u Mijamu i kako su svi stanovnici Zemlje skoro budnih naposletku uvideli da postoji nešto vrednije za šta se ima smisla boriti. I tako, kada su senke okupile svoju vojsku i došle da na silu otmu izabranog, svi su ih dočekali udruženi. Čak ni kada se činilo da Rat bez kraja neće moći da se okonča na neki drugi način osim sveopštim slomom, čak ni kada je kraljevina Mibatala pala i sravnjena sa zemljom, ostale kraljevine se nisu predale. Jer znali su da će senke, ako se budu dočepale izabranog, ubiti svu muziku, a potom i svu maštu u Zemlji skoro budnih, pa više neće biti ničeg što je drugačije. A sve bajke žive od onog što je drugačije. „Samo drugačiji ljudi menjaju svet, niko normalan nikada nije baš ništa promenio", imala je običaj da kaže baka.

Onda je obično pričala o oštrodlacima. Elsa je u stvari trebalo to da shvati od samog početka. Zaista je trebalo sve ovo da shvati od samog početka.

Tata je isključio stereo-uređaj baš pre nego što je uskočila u Audi. Elsi je bilo drago što je to uradio, jer tata uvek izgleda veoma tužno kada mu ona skrene pažnju da sluša najgoru muziku na svetu, a veoma je teško ne skrenuti mu pažnju na to kada morate da sedite u Audiju i slušate najgoru muziku na svetu.

„Pojas", zamolio ju je tata kada je sela.

Elsi je srce i dalje lupalo kao da joj se u grudima održava turnir u pingpongu.

„Ćao, ćao, matora hijeno!", doviknula je tati.

Jer to je nekada dovikivala baki kada je ova dolazila po nju. A baka bi se kroz smeh razdrala: „Ćao, ćao, super devojčurku!" I tada bi sve postalo nekako bolje. Jer možete se plašiti i dok nekom dovikujete „ćao, ćao, matora hijeno!", ali to baš mnogo teže polazi za rukom.

Tata je samo izgledao kao da okleva. Elsa je uzdahnula i vezala pojas, pokušavajući da uspori puls razmišljanjem o stvarima kojih se ne boji. Tata je još više izgledao kao da okleva.

„Tvoja mama i Georg su opet u bolnici…"

„Znam", rekla je Elsa, kao što se to kaže kada je reč o nečemu što vam uopšte ne smanjuje strah.

Tata je klimnuo glavom. Elsa je bacila ranac između sedišta, tako da je pao na zadnje sedište. Tata se okrenuo, podigao ga i namestio uspravno i uredno na jedno od sedišta. Tati je važno da su stvari postavljene uspravno i uredno. Nije da ima opsesije, Elsa to zna pošto je proverila na Vikipediji. Ali uredan jeste. Dok su mama i tata još bili venčani, tata je umeo da se noću iskrade zato što nije mogao da spava znajući da su ikonice na radnoj površini maminog kompjutera u neredu. Osim toga, tata ima mek, a mama PC, a kada je mama jednom htela da upotrebi tatin kompjuter, i on je nije slušao, mama je izgubila prisebnost i vrisnula kako mrzi sve *Eplove* proizvode. A tata je tada izgledao kao da će zaplakati. Dakle, trebalo je da svi odmah na početku shvate kako taj brak neće moći dugo da funkcioniše.

Tata je spustio ruke na volan sa *Audijevim* znakom. Pošto ne postoje volani sa *Eplovim* znakom.

„Hoćeš li da radiš nešto?", upitao je, i zazvučao pomalo zabrinuto dok je izgovarao „nešto".

Elsa slegnu ramenima.

„Možemo da radimo nešto... kul", rekao je tata oklevajući.

Elsa je znala da on to radi samo da bi bio ljubazan. Jer ga grize savest zbog toga što se viđaju toliko retko, i zbog toga što sažaljeva Elsu jer je baka umrla, i zato što mu je ova sreda došla pomalo iznenadno. Elsa je to znala, jer tata nikada ne bi predložio da rade nešto kul, jer tata ne voli ništa kul. Tata se veoma unervozi od kul stvari. Jednom kada su otišli na odmor dok je Elsa još bila mala, krenuo je sa Elsom i mamom na plažu, i bilo im je toliko kul da je tata bio primoran da uzme dva paracetamola i prilegne i odmara se u hotelu celo popodne. Bilo mu je previše kul stvari odjednom, rekla je mama. „Overio je od kuloće", rekla je Elsa, a mama se na to dugo smejala.

Najčudnije u vezi s tatom bilo je to što niko drugi nije umeo kao on da izmami iz mame sve ono što je kul. Kao da je mama uvek bila suprotan pol na bateriji. Niko nije umeo da navede mamu na red i urednost kao baka, dok niko nije umeo da je navede na nered i smetenost kao tata. Jednom kada je Elsa bila mala i mama razgovarala telefonom s tatom, a Elsa je stalno iznova pitala: „Je li to tata? Je li to tata? Mogu li da pričam sa tatom? Gde je on?", mama se na kraju okrenula i dramatično uzdahnula: „Ne, ne možeš da pričaš sa tatom, jer tata je sada na nebu, Elsa!" A kada je Elsa naprečac zaćutala i samo piljila u mamu, ova je razvukla usne u osmeh: „Zaboga, samo se šalim, Elsa. U prodavnici je."

Osmeh koji je ličio na bakin.

Sledećeg jutra Elsa je ušla u kuhinju blistavih očiju dok je mama pila kafu s gomilom mleka bez laktoze, a kada ju je mama uznemireno upitala zbog čega izgleda tako tužno, Elsa je odgovorila da je „sanjala tatu na nebu". Mama je tada bila prosto izvan sebe od kajanja, i grlila je Elsu jako jako jako i stalno joj se iznova izvinjavala, a Elsa je sačekala skoro deset minuta pre nego što se osmehnula i rekla: „Zaboga, samo se šalim, mama. Sanjala sam da je u prodavnici."

Posle su se mama i Elsa često šalile s tatom i pitale ga kako je na nebu. „Je li hladno na nebu? Možeš li da letiš na nebu? Možeš li da vidiš Boga na nebu?", pitala je mama. „Imate li rezače za sir na nebu?", pitala je Elsa. I tako su se smejale sve dok ih ne zaboli stomak. Tata je delovao kao da veoma okleva dok su to radile. Elsi je to nedostajalo. Nedostajalo joj je vreme kada je tata bio na nebu.

„Je li baka sada na nebu?", upitala ga je i osmehnula se, jer je htela da se našali i očekivala od njega da će prsnuti u smeh.

Ali nije se nasmejao. Samo je izgledao tako da se Elsa postidela što je rekla nešto zbog čega tako izgleda.

„Eh, zaboravi", promrmljala je i potapšala pretinac za rukavice.

„Možemo kući. Slobodno", dodala je brzo.

Tata je klimnuo glavom, delujući kao da mu je laknulo i kao da je razočaran.

Još izdaleka su ugledali policijski auto na ulici ispred zgrade. I Elsa je začula lavež čim su iskoračili iz Audija. Hodnik je bio pun ljudi. Od Drugarovih besnih urlika iz stana čitava zgrada je drhtala na izvestan veoma nefigurativan način. Elsa je to znala, jer ako guglate reč „figurativan", prvo vam se pojavi članak na Vikipediji o „metafori".

„Imaš li... ključeve?", upitao je tata.

Elsa klimnu glavom i hitro ga zagrli. Jer tata okleva pred hodnicima punim ljudi. Ponovo je seo u Audi, a Elsa je ušla u zgradu sama. A negde ispod zaglušujuće Drugarove galame čula je i nešto drugo. Glasove. Mračne, sigurne i preteće. Imali su uniforme i kretali se ispred stana dečaka sa sindromom i njegove mame. Osmatrali su i stražarili pred Drugarovim vratima, ali očigledno su se plašili da priđu preblizu, jer su se prilepili uz naspramni zid kao da su oni fleke od trave, a zid ima na sebi novu majicu za koju je zidova mama rekla zidu da nikako ne sme da je isprlja.

Jedna policajka se okrenula. Zelene oči su susrele Elsin pogled, bila je to ista ona policajka koju su baka i ona srele u policijskoj stanici one noći kada je baka bacala govanca. Zelenooka policajka je žalosno klimnula glavom Elsi. Kao da pokušava da joj se izvini.

Elsa joj nije odgovorila, samo se progurala pored nje i potrčala.

Čula je jednog policajca kako preko telefona izgovara reči „lovac" i „likvidacija". Brit-Mari je stajala na polovini stepeništa, dovoljno blizu da može da predlaže policajcima šta bi trebalo da rade, a opet na dovoljno sigurnom odstojanju za slučaj da ona zver uspe da se probije kroz vrata. Dobrodušno se osmehnula Elsi. Elsa ju je mrzela.

Popela se do poslednjeg sprata kada je Drugar zalajao gore nego ikada, kao deset hiljada orkana iz bajke. Elsa je kroz otvore u ogradi videla policajce kako uzmiču.

A trebalo je da Elsa shvati sve još od samog početka. Zaista je trebalo.

Postoji zaista čudesan broj različitih čudesa po šumama i planinama oko Mijame, ali čak ni baka ni o jednom od njih nije govorila s tolikim poštovanjem u glasu kao kada je govorila o čudesima koje su ljudi iz Zemlje skoro budnih nazivali „oštrodlacima".

Oštrodlaci su bili kao sve što ste ikada videli ranije, a opet nimalo nalik nijednom od njih. Bili su veliki poput polarnih medveda, kretali su se gipko kao pustinjske lisice i ujedali hitro poput kobri. Bili su jači od bikova, izdržljivi kao divlji pastuvi, i imali čeljusti strašnije od tigrovih. Imali su i sjajno crno krzno meko kao letnji povetarac, a ispod njega kožu tvrdu kao oklop. U zaista starim bajkama pričalo se da su besmrtni. Bile su to bajke iz onih najstarijih bajkovitih beskraja, dok su oštrodlaci živeli u Miplori i služili kao stražari u dvorcu kraljevske porodice.

Princeza od Miplore ih je isterala iz Zemlje skoro budnih, pričala je baka uz teret krivice nalik na tužnu pesmu u svakoj tišini između reči. Princeza je još bila dete kada je poželela da se poigra s jednim štenetom dok je spavalo. Povukla ga je za rep, a ono se preplašeno probudilo i ugrizlo je za ruku.

Svi su, naravno, znali da glavnu krivicu za to snose princezini roditelji, koji je nisu učili da nikada, nikada, nikada ne budi oštrodlaka koji spava. Ali princeza se toliko uplašila, a njeni roditelji naljutili, da su morali da krivicu svale na nekog drugog kako bi uopšte mogli da oproste sebi. I tako je dvor odlučio da zauvek protera oštrodlake iz kraljevine. Dali su jednoj družini naročito bezobzirnih bauka lovaca na ucene odrešene ruke da ih love otrovnim strelama i vatrom. Oštrodlaci su naravno mogli da uzvrate, i tada se ni celokupna ratna sila Zemlje skoro budnih ne bi usudila da krene na njih, toliko su ih se plašili.

Ali umesto da se bore, oštrodlaci su se okrenuli i pobegli. Bežali su tako daleko i visoko u planine da su svi pomislili kako ih više niko neće pronaći. Bežali su sve dok deca u šest kraljevina nisu odrasla a da nikada u životu nisu videla oštrodlaka. Bežali su tako dugo da su postali legende.

Tek kada je počeo Rat bez kraja, princeza od Miplore je uvidela svoju strašnu grešku. Kada su senke pobile sve ratnike iz ratničke kraljevine Mibatale i sravnile je sa zemljom, i sada vršljale po ostatku Zemlje skoro budnih. Kada se činilo da je svaka nada izgubljena, princeza je sama izjahala kroz kapiju na belom konju. Odjahala je u planine poput vetra, a tamo su je, posle beskrajne potrage tokom koje joj je konj pao od umora i umalo je smrskao pod sobom, oštrodlaci pronašli.

Kada su senke začule grmljavinu i čule tlo kako podrhtava, za njih je već bilo prekasno. Princeza je jahala na čelu, kraj najvećih ratnika među oštrodlacima. I u tom trenutku se Vukosrce vratio iz šuma. Možda zbog toga što se Mijama nalazila na ivici propasti, pa joj je bio najpotrebniji. „Ili možda...", obično bi prošaputala baka Elsi na uvo dok su noću sedele na oblakonjima, „možda najviše zbog toga što je princeza, time što je uvidela kakvu je nepravdu nanela oštrodlacima, dokazala da kraljevine zaslužuju da budu spasene."

Rat bez kraja završio se tog dana. Senke su proterane nazad preko mora. A Vukosrce je ponovo iščezao u šumama. Ali oštrodlaci su ostali, i do današnjeg dana služe kao princezina telesna garda u Miplori. Na straži pred kapijom njenog dvorca.

Elsa je sada čula Drugara kako izbezumljeno laje. Setila se šta je baka rekla o tome da ga „to zabavlja". Elsa se spontano postavila pomalo sumnjičavo prema Drugarovom smislu za humor, ali onda se setila šta je baka rekla o tome da Drugar ne mora da živi ni sa kim, jer ni baka ne živi ni sa kim, na šta je Elsa primetila da se i ne mogu baš porediti baka i neki tamo *pas*. Elsa je shvatila zbog čega je tada baka prevrnula očima. Trebalo je da sve ovo shvati od samog početka. Stvarno je trebalo.

Jer u pitanju nije nikakav pas.

Jedan policajac je petljao nešto oko velikog svežnja ključeva. Elsa je čula kako se ulazna vrata zgrade otvaraju, a kroz Drugarov lavež čula je dečaka sa sindromom kako obema nogama istovremeno skače uz stepenice. Uvek je to radio. Plesao je kroz život.

Policija je ugurala njega i njegovu mamu u njihov stan. Brit-Mari je pobedonosno koračala sitnim, sitnim korakom na svom spratu. Elsa ju je mrzela kroz ogradu stepeništa.

Drugar je na tren potpuno zaćutao, kao da je nakratko prešao u strateško povlačenje, da prikupi snagu pred pravu borbu. Policajci su zveckali svežnjem ključeva i govorili o tome da će biti „spremni ako napadne". Zvučali su samouverenije sada dok Drugar ne laje.

Elsa je čula kako se neka druga vrata otvaraju, a zatim je začula Lenartov glas. Oprezno se raspitivao šta se to dešava. Policajci su mu objasnili kako su došli „da se pobrinu za borbenog psa". Lenart je zvučao pomalo zabrinuto. Onda je zvučao pomalo kao da ne zna tačno šta bi rekao. Zato je rekao ono što govori uvek: „Da li je neko za kafu? Mod ju je upravo skuvala."

Ali tada se ubacila Brit-Mari i odbrusila mu da valjda i sam Lenart shvata kako policija ima pametnija posla nego da pije kafu. Policajci su zvučali pomalo razočarano zbog toga. Elsa je videla Lenarta kako se vraća nazad uz stepenice. Prvo je delovao kao da razmišlja da li da ostane u hodniku, a onda je izgleda uvideo da će to najverovatnije dovesti do toga da mu se kafa ohladi, pa je zaključio da, šta god se događalo tamo u hodniku, ipak ne može biti vredno tog rizika. Ušao je u svoj stan.

Prvi lavež koji je potom usledio bio je kratak i jasan. Kao da Drugar samo isprobava glasne žice. Drugi toliko glasan da je Elsa nekoliko beskraja u ušima čula samo sirenu kako pišti. Kada je najzad utihnula, začula je silovit tresak. Pa još jedan. I još jedan. Tek kada je čula i četvrti, shvatila je šta se događa. Drugar se tamo unutra zaletao i punom snagom bacao na vrata.

Policajci su pokušavali da uđu. Drugar da izađe. Da je baka tu, verovatno bi zapalila cigaretu, prevrnula očima i rekla: „Ne, ne, ne, ja UOPŠTE ne vidim kako bi ovo moglo da se završi loše po nekog" veoma ironičnim tonom, iako baka nikada zaista nije shvatala šta je uopšte ironija.

Elsa je čula jednog od policajaca kako ponovo telefonira. Nije čula šta tačno govori, samo reči „strašno veliki i agresivan". Provirila je kroz ogradu i videla policajce kako stoje metar-dva od vrata Drugarovog stana, sa vidno sve slabijim samopouzdanjem, srazmerno sve jačim Drugarovim udarcima sa druge strane. Elsa je primetila da su se pojavila još dva policajca. Jedan je u ruci držao povodac nemačkog ovčara. Nemački ovčar nije baš izgledao kao da misli kako je ova ideja da uđu u ovaj stan kod nečega što pokušava da izađe, šta god to bilo, baš fenomenalna. Posmatrao je policajce pomalo onako kao što je Elsa posmatrala baku onda kada je pokušavala da popravi maminu mikrotalasnu rernu.

„Pa dovedite i lovca", čula je Elsa naposletku policajku sa zelenim očima kako izgovara sa umornim uzdahom.

„E, to sam i ja rekla! Baš sam tako rekla!", žustro doviknu Brit-Mari.

Zelenooka joj nije odgovorila. Ali je dobacila Brit-Mari pogled od koga je ova odmah ućutala.

Drugar se oglasio i poslednjim, sasvim jezivim lavežom. Zatim je ponovo ućutao. Nakratko je u hodniku zavladala silna buka, a onda je Elsa čula ulazna vrata kako se zatvaraju. Policajci su očigledno odlučili da lovca sačekaju nešto dalje od onoga što živi u tom stanu. Elsa ih je videla kako izlaze kroz prozor iz hodnika. Govor tela među policajcima očigledno je svedočio o tome da razmatraju ispijanje kafe. Govor tela nemačkog ovčara očigledno je svedočio o tome da razmatra rano penzionisanje.

U hodniku je iznenada zavladala takva tišina da su usamljeni sitni koraci Brit-Mari odjekivali na spratu niže. „Zver, ogavna zver, eto šta si", frktala je Brit-Mari naglas sama za sebe, a sekundu kasnije Elsa je čula kako se zatvaraju vrata njenog i Kentovog stana.

Elsa je ostala na mestu, kolebajući se. Znala je to jer je „kolebanje" reč koja se nalazi u rečnici. Elsa je videla policajce kroz prozor, a kasnije nije mogla tačno da kaže zbog čega je učinila to što je učinila. Ali nijedan pravi vitez od Mijame ne bi dopustio da bakinog prijatelja ubiju a da ne pokuša bar nešto da uradi. I tako se hitro odšunjala niz stepenice. Naročito pažljivo pored Brit-Marinog i Kentovog stana, pazeći da se na svakom međuspratu zaustavi da osluša da li policajci možda ponovo otvaraju ulazna vrata.

Najzad se našla pred Drugarovim stanom i pažljivo otvorila prorez za poštu. Unutra je sve bilo crno, ali čula je brektavi Drugarov dah.

„To s-sam j… ja", promucala je Elsa.

Nije baš tačno znala kako se započinju ovakvi razgovori. A Drugar nije ništa odgovorio. Ali s druge strane, barem nije ni skočio na vrata. Elsa je to smatrala očiglednim napretkom u komunikaciji.

„Ja sam. Ona sa čokoladom punjenom karamelom."

Drugar nije odgovarao. Ali čula ga je kako sporije diše. Reči su pokuljale iz Else kao bujica.

„Slušaj… mislim, ovo će ti možda zvučati megačudno… ali ja kao mislim da bi moja baka želela da se nekako izvučeš odavde. Razumeš? Ako na primer imaš zadnja vrata, ili tako nešto. Inače će te upucati! Možda zvuči megačudno, ali znaš, tek je stvarno megačudno što ti živiš sam u stanu… ako me razumeš…"

Tek pošto je izustila sve te reči, uvidela je da ih je govorila na tajnom jeziku. Kao test. Jer ako je sa druge strane vrata samo pas, neće je razumeti. „Ali ako bude razumeo", razmišljala je, „onda je nešto drugo." Čula je kako je nešto što je zvučalo kao šapa velika poput automobilske gume kratko zagrebalo po unutrašnjoj strani vrata.

„Nadam se da me razumeš", prošaputala je Elsa na tajnom jeziku.

Nije čula kako se vrata otvaraju iza nje. Jedino je stigla da kroz prorez za poštu shvati da se Drugar udaljio od vrata. Kao da se sprema.

Elsa je shvatila da neko stoji iza nje tako što je to osetila, pre nego što je to zaista videla. Kao što postanete svesni prisustva sablasti. Ili...

„Čuvaj!", zarežao je glas.

Elsa se bacila prema zidu dok je Grmalj bešumno prošao kraj nje sa ključem u ruci. U sledećem trenutku stajala je zarobljena između Grmalja i Drugara. A ovaj drugi je zaista bio baš najveći oštrodlak i baš najveće čudovište koje je Elsa ikada videla. Osećala se kao da joj neko pritiska pluća. Na trenutak je htela da vrisne, ali nikakav zvuk nije izašao iz nje.

Posle je sve išlo jezivo brzo. Čuli su kako se otvaraju ulazna vrata zgrade. Glasove policajaca. I još nekog, za koga je Elsa shvatila da mora biti lovac. Elsa naknadno nije bila sasvim uverena da je uopšte imala kontrolu nad svojim pokretima i da njome nije upravljala neka tamo mađijska formula, što možda i nije bilo baš neverovatno imajući u vidu da, čak i ako jeste neverovatno, opet je mnogo manje neverovatno od susreta sa pravim oštrodlakom. Ali kada su se vrata zatvorila za njom, našla se u predsoblju Grmaljevog stana.

Mirisalo je na sapun.

10

Alkohol

Prasak drveta koje je popustilo nakon što su policajci uprli ćuskijom u dovratak odjeknuo je hodnikom.
Elsa je stajala u predsoblju Grmaljevog stana i posmatrala ih kroz špijunku. Ako se to može nazvati stajanjem, pošto čisto tehnički gledano nije dodirivala tlo jer je oštrodlak seo na tepih u predsoblju, pa je bila prikleštena između zadnjice ogromne životinje i unutrašnje strane vrata. Oštrodlak je izgledao krajnje ljutito. Ne preteći, samo ljutito. Kao kad vam osica uleti u flašu soka.
Elsa se tu kraj vrata pažljivo okrenula prema njemu i prošaputala na tajnom jeziku:
„Sad ne smeš da laješ, molim te. Jer onda dolaze Brit-Mari i policajci… znaš već…"
Shvatila je da joj trenutno više panike izazivaju policajci sa druge strane vrata nego dva stvorenja s kojima upravo deli predsoblje. Naravno da to možda i nije delovalo racionalno, stvarno nije. Ali Elsa je odlučila da se u ovom trenutku više pouzda u bakine nego u Brit-Marine prijatelje.
Oštrodlak je okrenuo glavu veliku poput bojlera i iscrpljeno je pogledao.

„Ubiće te!", prošaputala je Elsa.

Oštrodlak nije baš izgledao potpuno uvereno da je on taj koji će se naći u najvećem problemu ako bude otvorila vrata i pustila ga napolje na policajce, eto takav mu je bio pogled. Ali u svakom slučaju je malo pomerio zadnjicu prema unutrašnjosti predsoblja, pa se ona oslobodila i spustila noge na pod. I ćutao je. Iako je izgledalo da to radi više zbog Else nego zbog sebe.

Policajci su sada već skoro razvalili vrata u hodniku. Elsa ih je čula kako jedni drugima dovikuju komande da budu „spremni".

Osvrnula se po predsoblju, pa pogledala u dnevnu sobu. Stan je bio veoma mali, ali najuredniji u koji je ikada kročila nogom. U njemu jedva da je bilo ikakvog nameštaja, a onaj koji se nalazio tu stajao je tačno pod pravim uglom u odnosu na ostale komade, izgledajući kao da namerava da izvrši nekakvu vrstu nameštajskog harakirija ako i zrnce prašine padne na njega. Elsa je to znala jer je pre godinu dana prošla kroz svoj samurajski period.

Grmalj je nestao u pravcu ve-cea. Unutra je dugo šumela voda pre nego što se ponovo pojavio. Pažljivo je obrisao ruke o beli peškirić koji je odmah zatim uredno složio i smestio u korpu za veš. Morao je da sagne glavu da bi prošao kroz dovratak. Elsa se osetila onako kako se Odisej sigurno osećao kod onog diva Polifema, jer Elsa je nedavno čitala o Odiseju. Ne računajući to što Polifem sigurno nije prao ruke tako pažljivo kao što to Grmalj očigledno radi. I naravno ne računajući to što Elsa uopšte nije smatrala sebe tako neverovatno uobraženom i samozadovoljnom kao što je taj Odisej iz knjige. Naravno. Ali nevezano za to. Otprilike kao Odisej.

Grmalj ju je pogledao. Nije izgledao ljutito. Pre zbunjeno, u stvari. Gotovo preplašeno. Možda se zbog toga Elsa usudila da iznenada upita:

„Zbog čega ti je moja baka slala pisma?"
Rekla je to na običnom jeziku. Jer nije želela, iz razloga koji ni njoj samoj nisu bili jasni, da razgovara s njim na tajnom jeziku. Grmaljeve obrve su se namrštile pod crnom kosom, pa je bilo teško uočiti bilo kakav izraz lica iza njih, brade i ožiljka. Bio je bos, ali je na nogama imao dve plave plastične kese, od onih kakve dobijete kod zubara. Duboke cipele su mu bile uredno složene odmah kod vrata, tačno u liniji sa ivicom otirača. Pružio je Elsi još dve plave kese, ali je hitro povukao ruku čim je ona uhvatila ćošak jedne, kao da se uplašio da će ga dodirnuti. Elsa se sagnula i navukla kese preko blatnjavih cipela. Primetila je da je već zagazila malo izvan otirača i ostavila dva polovična otiska snežne bljuzgavice na parketu.

Grmalj se sagnuo sa zadivljujućom gipkošću i počeo da briše pod novim belim peškirićem. Kada je završio, poprskao je mesto na kom su se otisci nalazili flašicom sredstva za čišćenje od kog su Elsu zapekle oči, i obrisao sve novim belim peškirićem. Onda je ustao i uredno složio peškire u korpu za veš, pa odložio flašicu na policu tako da stoji paralelno sa ivicom.

Zatim je veoma dugo stajao i zabrinuto posmatrao oštrodlaka. Ovaj je sada već legao i nekako se razlio po čitavom Grmaljevom predsoblju. Grmalj je izgledao pomalo kao da će početi da hiperventilira. Izgubio se u pravcu kupatila, pa se vratio i pažljivo, pazeći da nijednom ne dodirne nijedan deo oštrodlaka, poslagao peškiriće oko njega. Onda je otišao u kupatilo i trljao ruke pod česmom tako jako da je slivnik vibrirao kao da mobilni telefon zvoni na njemu.

Kada se vratio, držao je u ruci flašicu antibakterijskog alkoholnog gela. Elsa ga je prepoznala, jer je njime morala da istrlja ruke prilikom svake od kasnijih poseta baki. Provirila je u kupatilo kroz prostor koji se otvorio ispod Grmaljeve miške kada je ispružio ruku. Unutra se nalazilo više flašica alkoholnog gela nego što ih je verovatno bilo u celoj maminoj bolnici.

Grmalj je izgledao kao da mu je beskrajno neprijatno. Odložio je flašicu i istrljao ruke alkoholnim gelom, kao da su obavijene nevidljivom dodatnom kožom koju pokušava da skine. Potom je demonstrativno podigao šake velike poput lopata prema Elsi i odlučno klimnuo glavom.

Elsa mu je pružila svoje dlanove velike možda kao lopatice za plažu. Sipao je alkoholni gel na njih i, kako se činilo, davao sve od sebe da ne izgleda isuviše zgađeno. Sasvim kratko je utrljala alkoholni gel u kožu, pa instinktivno obrisala višak o nogavice pantalona. Grmalj je izgledao pomalo kao da će se baciti na pod i briznuti u očajnički plač.

Umesto toga je sipao još alkohola na svoje šake i trljao, trljao, trljao. Onda je primetio da je Elsa uspela da gurne jednu njegovu cipelu tako da je sada stajala ukoso u odnosu na drugu. Sagnuo se i poravnao cipelu. Pa opet alkoholni gel.

Elsa ga je pogledala iskosa.

„Ti imaš opsesije?"

Grmalj nije ništa odgovorio. Samo je jače trljao šake, kao da pokušava da među njima zapali vatru.

„Čitala sam o tome na Vikipediji", rekla je Elsa.

Grmaljeve grudi podizale su se i spuštale dok je ogorčeno disao. Izgubio se u pravcu kupatila, odakle je ponovo čula šum vode.

„Moj tata pomalo ima opsesije!", doviknula je Elsa za njim, ali je odmah potom dodala: „Mada ne baš kao ti. Ti si otprilike stvarno čvrknut!"

Tek naknadno je shvatila da to zvuči uvredljivo. To joj uopšte nije bila namera. Samo je htela da razgraniči tatine sitne, jadne amaterske opsesije od Grmaljevih opsesija na profesionalnom nivou.

Grmalj se ponovo pojavio u predsoblju. Elsa mu se ohrabrujuće osmehnula. Oštrodlak je izgledao kao da je prevrnuo očima, pa se okrenuo na bok i dohvatio njen ranac, pošto je sasvim očigledno mislio da u njemu ima dajma. Grmalj je izgledao kao da pokušava da ode na neko srećnije mesto unutar svog uma. I tako su dreždali tu: oštrodlak, dete i čudovišni grmalj sa potrebom za čistoćom i redom koja nije baš dobro prilagođena društvu oštrodlaka i dece.

Sa druge strane vrata, policajci i lovac su upravo provalili u stan sa opasnim borbenim psom i otkrili očigledno odsustvo opasnog borbenog psa. Strašno su se uzrujali. Čak je nemački ovčar iznenada počeo da laje. Naravno, baš zbog navedenog odsustva.

Elsa je pogledala oštrodlaka. Pa Grmalja.

„Zašto ti imaš ključ od... njegovog... stana?", upitala je Grmalja.

Grmalj je delovao kao da diše s većim naporom.

„Ostavila si pismo. Od bake. Ključ. U koverti", muklo je odgovorio naposletku.

Elsa ga je ponovo iskosa pogledala.

„Je li ti baka napisala da se pobrineš za njega?"

Grmalj je preko volje klimnuo glavom.

„Napisala je 'zaštiti zamak'."

Elsa je klimnula glavom. Pogledi su im se susreli tek na tren. Grmalj je izgledao baš onako kako izgledate kada biste želeli da svi već jednom odu kući i malo prljaju svoja predsoblja za promenu. Elsa je pogledala oštrodlaka.

„Zbog čega ono toliko zavija noću?", upitala je Grmalja.

Oštrodlak nije delovao naročito oduševljeno time što ona o njemu govori u trećem licu. To jest, ako je to uopšte treće lice, jer oštrodlak nije bio sasvim siguran što se tiče gramatike u ovom slučaju. Grmalj je izgledao kao da su mu već dosadila sva ta silna pitanja.

„On tuguje", tiho je rekao u pravcu oštrodlaka i nastavio da trlja ruke, iako već odavno više nije bilo ničeg za utrljavanje.

„Zbog čega?", upita Elsa.

Grmaljev pogled je i dalje počivao na njegovim šakama.

„Tuguje za tvojom bakom."

Elsa pogleda oštrodlaka. Oštrodlak joj je uzvratio pogled crnim, tužnim očima. Elsa je kasnije pretpostavljala da je baš u tom trenutku počeo da joj se jako, jako sviđa. Ponovo je pogledala Grmalja.

„Zbog čega je moja baka poslala pismo tebi?"

Još jače je protrljao ruke.

„Stari prijatelji", začulo se iz crnila kose i brade pred njom.

„Šta je pisalo u pismu?", Elsa je odmah zahtevala da zna, napravivši pola koraka izvan tepiha u predsoblju, ali kada je na Grmalju uočila vidljive znake da će doživeti napad paničnog straha, s dužnim poštovanjem je ustuknula nazad.

Na Vikipediji ima mnogo informacija o paničnom strahu.

„Izvini", promrmljala je.

Grmalj je zahvalno klimnuo glavom.

„Pisalo je izvini. Samo izvini", rekao je i zavukao se dublje u kosu i bradu.

„A zbog čega se moja baka izvinjava tebi?", odbrusi mu Elsa, mada nenamerno.

Osećala se veoma neupućeno u ovu priču, a Elsa je mrzela da se oseća neupućeno u priče.

„To nije tvoja stvar", tiho odvrati Grmalj.

„Ali jeste MOJA baka!", bila je uporna Elsa.

„Ali i moje izvinjenje", odgovorio je Grmalj.
Elsa je prekrstila ruke.
„*Touché*", objavila je na kraju.
Grmalj nije podigao pogled. Samo se okrenuo i ponovo ušao u kupatilo. Još šuma vode. Još alkoholnog gela. Još trljanja. Oštrodlak je podigao Elsin ranac zubima, i sada je već zavukao celu njušku unutra. Zarežao je veoma razočarano kada je otkrio očigledno odsustvo čokoladnog školskog pribora u njemu.

Elsa začkilji prema oštrodlaku, a ton joj je sada postao stroži:
„Govorio si našim tajnim jezikom kada sam ti dala pismo! Na njemu si rekao 'glupa devojčice'! Da li te je baka naučila našem tajnom jeziku?"

Tada je Grmalj prvi put zaista podigao pogled. Oči su mu se iznenađeno razrogačile. Elsa je zurila u njega otvorenih usta.

„Nije me naučila. Ja sam… naučio nju", tiho je izgovorio Grmalj na tajnom jeziku.

Sada se Elsa borila da dođe do daha.
„Ti si… ti si…"

Glas joj je podrhtavao. U glavi joj je bilo kao onda kada je zaspala u Kiji, pa ju je mama malčice previše naglo probudila kada su se zaustavili na benzinskoj pumpi, a Georg se oduševljeno prodrao: „*Ko* je za proteinsku štanglicu???"

I baš u trenutku kada je čula policajce kako u hodniku zatvaraju ostatke vrata na oštrodlakovom stanu, i praćeni ogorčenim protestima Brit-Mari napuštaju zgradu, Elsa se zagledala pravo u Grmaljeve oči. Bile su toliko crne da su beonjače izgledale kao kreda na tabli.

„Ti si… dečak vukodlak."

A u sledećem dahu je prošaputala na tajnom jeziku:
„Ti si Vukosrce."

Grmalj je tužno klimnuo glavom.

11

Proteinska štanglica

Bakine bajke iz Mijame po pravilu su bile veoma dramatične. Bilo je tu ratova, oluje, progona, spletki i sličnog, jer je upravo takve akcione bajke baka volela. Retko su se bavile svakodnevnim životom u Zemlji skoro budnih. Zato je Elsa znala tek nešto malo o tome kako se grmalji i oštrodlaci slažu kada ne predvode vojsku i kada na vidiku nema senki s kojima treba da se bore.

Ne baš sjajno, kako se ispostavilo.

Počelo je tako što je oštrodlak potpuno izgubio strpljenje za Grmalja kada je Grmalj pokušao da opere pod ispod oštrodlaka dok je oštrodlak i dalje ležao na njemu, a pošto Grmalj nikako nije želeo da dodirne oštrodlaka, slučajno mu je prsnuo alkoholni gel u oko. Elsa je bila primorana da se umeša kako ne bi došlo do prave tuče, a kada je Grmalj potom krajnje ogorčeno počeo da nagovara Elsu da navuče po jednu od onih plavih kesa na svaku od oštrodlakovih šapa, oštrodlak je pomislio kako neka granica ipak mora da postoji. I tako ih je Elsa, kada je napolju počelo da se smrkava i kada je bila sigurna da u hodniku više nema policajaca, obojicu isterala napolje u sneg ispred zgrade, da bi mogla na miru da razmisli o tome šta dalje da radi u ovoj situaciji.

Naravno, mogla je da se brine da li će ih Brit-Mari ugledati sa balkona, ali bilo je tačno šest, a Brit-Mari i Kent večeraju tačno u šest. Jer Brit-Mari kaže da samo varvari večeraju u bilo koje drugo vreme osim tačno u šest. Ako Kentov telefon zazvoni u bilo kom trenutku između šest i pola sedam, Brit-Mari od šoka ispusti pribor na stolnjak i prasne: „*Ko* li to može biti u ovo doba, Kente? Usred *obeda*!"

Elsa je zavukla bradu pod grifindorski šal i pokušala da razborito razmisli. Oštrodlak je i dalje izgledao prilično uvređeno zbog one stvari sa plavim plastičnim kesama, pa je počeo da uzmiče u žbunje sve dok mu samo njuška nije virila iz granja. Tu je ostao da stoji i veoma nezadovoljno posmatra Elsu. Prošao je skoro ceo minut pre nego što je Grmalj uzdahnuo i uputio joj rečit gest.

„Kaki", promrmljao je Grmalj i pogledao na drugu stranu.

„Izvinjavam se", posramljeno je rekla Elsa oštrodlaku i okrenula se.

Ponovo su govorili običnim jezikom, jer je Elsa osećala u stomaku nešto nalik na tamno klupko kada bi progovorila tajnim jezikom sa bilo kim drugim osim s bakom. Grmalj, naravno, nije izgledao kao da bi želeo da govori bilo kojim jezikom. Oštrodlak je za to vreme izgledao pomalo onako kao što čovek izgleda kada neko natrapa na njega dok obavlja svoje potrebe, a njima dvoma je bio potreban čitav minut da shvate koliko je neprikladno da stoje tu i zure, a Elsa je tek tada uvidela da to sigurno nije mogao obaviti već nekoliko dana, ako to nije radio u svom stanu. Što je pak isključila jer nije mogla da shvati kako bi mogao da manevriše u toaletu, a bila je prilično uverena da se nije pokakio na pod, jer joj se uopšte nije činilo da bi se jedan oštrodlak spustio toliko nisko. Zato je pretpostavila da se jedna od supermoći oštrodlakâ sastoji u tome da mogu da se pritrpe nenormalno dugo.

Okrenula se prema Grmalju. Ovaj je protrljao ruke i ogorčeno pogledao u otiske u snegu, kao da bi najradije sasvim poravnao sneg peglom.

„Jesi li ti vojnik?", upitala je Elsa, pokazujući na njegove pantalone.

Odmahnuo je glavom. Elsa je i dalje pokazivala na njegove pantalone, jer je takvu vrstu viđala na vestima.

„To su vojničke pantalone."

Grmalj klimnu glavom.

„Pa ako nisi vojnik, zašto onda nosiš vojničke pantalone?", unakrsno ga je ispitivala Elsa.

„Stare pantalone", kratko je odvratio Grmalj.

„Odakle ti taj ožiljak?", upitala je Elsa i pokazala na njegovo lice.

„Nezgoda", još kraće je odvratio Grmalj.

„*No shit, Sherlock?* A ja mislila da si namerno to uradio sebi!", odgovorila je Elsa, malo neprijatnije nego što je nameravala.

„*No shit, Sherlock?*" je bio jedan od njenih omiljenih izraza na engleskom. Bio je to malo sarkastičniji način da kažete „ma nemoj mi reći?" veoma ironično. Njen tata je uvek govorio da ne treba koristiti engleske reči ako već postoji savršeno dobra zamena na maternjem jeziku, ali Elsa nije smatrala da baš u ovom slučaju postoji savršeno dobra zamena. A nije htela da bude neprijatna.

„Nisam htela da zvučim neprijatno. Samo me je zanimalo o kakvoj je nezgodi reč", promumlala je.

Grmalj nije gledao u nju.

„Obična nezgoda", zarežao je.

„Ma je li! Hvala na informaciji!", odvratila je Elsa malo sarkastičnije nego što je nameravala.

Onda je uzdahnula, kako zbog Grmalja tako i zbog same sebe. Grmalj je nestao pod ogromnom kapuljačom svoje jakne.

„Sada je kasno. Treba spavati."

Shvatila je da misli na nju, a ne na sebe. Ona je pokazala na oštrodlaka.

„On noćas mora da spava kod tebe."

Grmalj ju je pogledao kao da mu je upravo rekla da se go uvalja u pljuvačku i zatim protrči kroz fabriku markica sa ugašenim svetlom. Ili možda ne baš sasvim tako. Ali otprilike. Odmahnuo je glavom tako da mu se kapuljača zanjihala poput jedra.

„Neće spavati tamo. Ne može. Neće spavati tamo. Ne može. Ne može. Ne može."

Elsa se podbočila i izbečila na njega.

„Ma je li tako? Nego gde si mislio da će da spava?"

Grmalj se uvukao dublje pod kapuljaču. Pokazao je na Elsu. Elsa frknu.

„Mama mi nije dozvolila da nabavim ni sovu! Zamisli koliko će šiznuti ako dođem kući sa *ovim*?"

Oštrodlak je izašao iz žbunja praveći veliku buku i delujući uvređeno. Elsa se nakašlja u znak izvinjenja.

„Izvini. Nisam mislila ništa loše kada sam rekla *ovim*."

Oštrodlak je delovao pomalo kao da želi da promumla „ma sigurno da nisi". Grmalj poče da trlja ruke sve brže i brže, pomalo paničnog izgleda, i prošišta negde u pravcu zemlje:

„Govance u krznu. Ima govance u krznu. Govance u krznu."

Elsa pogleda oštrodlaka. Pa Grmalja. Onda pogleda oštrodlaka i primeti da zaista ima malo govanceta na krznu. Prevrnula je očima.

„Okej, ne možeš da spavaš kod njega, pošto će u tom slučaju otprilike imati srčani udar. Smislićemo nešto drugo...", sa uzdahom je rekla oštrodlaku.

Grmalj nije ništa rekao. Ali se brzina kojom je trljao ruke pomalo smanjila. Oštrodlak je seo u sneg i trljao zadnjicu da bi skinuo govance. Grmalj se okrenuo i izgledao kao da pokušava da u mozak strpa neku nevidljivu gumicu kako bi izbrisao sećanje na ovo.

Elsa je oklevala nekoliko sekundi. Onda je krenula prema njemu.

„Šta je baka napisala u pismu?", upitala je u pravcu njegovih leđa.

Grmalj je zvučno disao ispod kapuljače.

„Napisala je izvini", rekao je ne okrećući se.

„I šta još? To pismo je bilo podugačko!", nije se predavala Elsa.

Grmalj je uzdahnuo i zavrteo glavom, pa klimnuo prema ulazu u kuću.

„Sada je kasno. Spavati."

Elsa odmahnu glavom.

„Tek kada mi ispričaš za pismo!"

Grmalj se okrenuo prema njoj i izgledao pomalo kao što biste verovatno izgledali da vas neko održava u budnom stanju kada ste veoma umorni tako što vas u jednakim razmacima iz sve snage udara u lice jastučnicom punom jogurta. Ili otprilike tako. Podigao je pogled, spustio obrve i odmeravao Elsu kao da pokušava da zaključi koliko bi daleko mogao da je baci.

„Napisala je *zaštiti zamak*", zarežao je.

Elsa je koraknula prema njemu, da bi pokazala kako ga se ne boji. To jest da bi to pokazala sebi, jer je bila prilično sigurna da je njemu prilično svejedno.

„I još?"
Pognuo se pod kapuljačom i počeo da se udaljava kroz sneg.
„Zaštiti sebe. Zaštiti Elsu."

Onda se udaljio kroz mrak i iščezao. Često će tako iščezavati, kako će Elsa kasnije saznati. Zaista je bio dobar u tome, imajući u vidu koliko je veliki.

Elsa začu prigušeno dahtanje sa druge strane dvorišta i okrete se. Ugledala je Georga kako džogira prema kući. Znala je da je to Georg jer je na sebi imao helanke sa šorcem preko i najzeleniju jaknu na svetu. Nije video nju i oštrodlaka, pošto je bio zauzet skakanjem na klupu sa spojenim nogama. Georg veoma mnogo vežba trčanje i skakanje po svemu i svačemu. Elsa ponekad pomisli kako je neprestano na audiciji za sledeću video-igru *Super Mario*.

„Dolazi!", hitro je prošaputala Elsa oštrodlaku, da bi ga uvela unutra pre nego što ih Georg ugleda.

I na svoje iznenađenje je primetila da ju je ogromna životinja poslušala. Oštrodlak joj se očešao o noge tako da ju je krzno zagolicalo sve do vrha glave, i umalo nije pala od udarca. Nasmejala se. On ju je pogledao i izgledao kao da se takođe nasmejao.

Osim bake, bio je to prvi drugar koga je Elsa ikada imala.

Uverila se da Brit-Mari ne krstari po hodniku i da ih Georg još nije ugledao, pa je zatim povela oštrodlaka u podrum. Pojedinačne ostave bile su označene brojevima stanova, a bakina je bila otključana i prazna, ne računajući nekoliko žutih *Ikeinih* kesa punih besplatnih novina. Elsa ih je raširila po hladnom betonskom podu da bi bilo malo udobnije.

„Moraćeš ovde da ostaneš noćas. Sutra ćemo pronaći bolje skrovište", prošaputala je.

Oštrodlak nije delovao preterano impresionirano, ali se sklupčao i prevrnuo na bok, nonšalantno vireći prema delovima podruma u kojima je svetlo ostalo ugašeno. Elsa je pogledala u pravcu u kom je gledao oštrodlak, pa u njega samog.

„Baka je uvek govorila da ovde ima duhova", strogo je rekla.

Oštrodlak je nonšalantno ležao na boku, a očnjaci veliki poput šiljaka za led svetlucali su kroz tamu.

„Ne smeš da uplašiš duhove, čuješ li me!", opomenula je Elsa oštrodlaka.

Oštrodlak je zarežao. Elsi je bilo žao duhova.

„Ako budeš bio dobar, sutra ću ti doneti još čokolade", obećala je.

Oštrodlak je delovao kao da razmatra ponudu. Elsa se nagnula i poljubila ga u njušku.

Zatim se popela stepenicama i pažljivo zatvorila vrata podruma za sobom. Odšunjala se ostatkom stepenica ne paleći svetlo, kako bi umanjila rizik da je neko vidi, a kada je došla do Brit-Marinog i Kentovog stana, sagnula se i poslednje stepenište savladala u dugačkim skokovima. Bila je gotovo sigurna da Brit-Mari tamo dole viri kroz špijunku. Umela je da oseti njen pogled na sebi kao kada Sauron svojim urokljivim okom posmatra svet u *Gospodaru prstenova*.

Sledećeg jutra su i Grmaljev stan i ostava u podrumu bili mračni i pusti. Georg je odvezao Elsu u školu jer je mama već bila otišla u bolnicu, pošto su tamo kao i obično imali neku krizu, a mamin posao je da rešava krize.

Georg je celim putem pričao o proteinskim štanglicama. Kupio je celu kutiju, kako je rekao, a sada ne uspeva nigde da ih pronađe. Georg voli da priča o proteinskim štanglicama. I raznim stvarima koje imaju funkciju. O funkcionalnoj odeći i funkcionalnim patikama za trčanje, na primer. Georg voli funkcije. Elsa se nadala da nikada neće izmisliti proteinske štanglice sa funkcijom, jer tada će Georgu verovatno eksplodirati glava. Ne zbog toga što bi Elsa obavezno smatrala kako je to nešto naročito loše, već zato što bi mama bila tužna, a i imale bi pune ruke posla oko čišćenja. Georg ju je ostavio na parkingu i još jednom je pitao je li videla njegove iščezle proteinske štanglice. S dosadom je zastenjala i izašla.

Ostala deca su se držala na odstojanju. Oprezno su je držala na oku. Glasina o Grmaljevoj intervenciji ispred parka se proširila, ali je Elsa znala da će to kratko potrajati. Dogodilo se isuviše daleko od škole. Sve što se dogodi izvan škole isto je kao da se dogodilo i u svemiru, jer ovde u školi ipak nije zaštićena. Možda će moći da odahne na nekoliko sati, ali oni koji je progone ponovo će isprobati gde se nalazi granica, a kada se budu usudili da nasrnu na nju, udariće jače nego ikada ranije.

Znala je da se Grmalj nikada neće približiti ogradi zbog nje, jer škole su pune dece, a deca su puna bakterija, i posle toga Grmalju ne bi bio dovoljan ni sav alkoholni gel ovog sveta.

Ali uprkos svemu, uživala je u slobodi tog prepodneva. Bio je to pretposlednji dan pred božićni raspust, i kroz dva dana će moći nekoliko nedelja da se odmara od trčanja. Nekoliko nedelja bez cedulja na svom ormariću o tome kako je ružna i kako će je ubiti.

Na prvom odmoru dozvolila je sebi šetnju duž ograde. Povremeno bi jako povukla kaiševe ranca, kako bi se uverila da ne visi suviše labavo. Znala je da je neće progoniti na tom odmoru, ali nije lako otarasiti se navika. Ako vam ranac visi labavo, trčite sporije.

Naposletku je dozvolila sebi da odluta u mislima. Verovatno ga zato nije videla. Razmišljala je o baki i Mijami, pitala se kakav je plan baka imala kada ju je poslala na ovu potragu za blagom, ako je uopšte imala ikakav plan. Baka je uvek izmišljala dobar deo svojih planova u hodu, pa je Elsi bilo teško da zna šta će biti sledeći korak u potrazi za blagom sada kada ona više nije tu. Najviše od svega se pitala šta je baka mislila kada je rekla da se plaši da će je Elsa zamrzeti kada bude saznala nešto više o njoj. Zasad je Elsa saznala samo da je baka imala izvesne sumnjive drugare, a ni za to se ne može reći da je predstavljalo naročit šok.

Elsa je, naravno, shvatala da ono što je baka rekla o „onome što budeš pre nego što postaneš baka" mora imati neke veze sa Elsinom mamom, ali najradije bi izbegla da pita mamu za to. U poslednje vreme bi se sve što Elsa kaže mami završavalo svađom. A Elsa je to mrzela. Mrzela je to što ne može ništa da sazna a da se ne posvađa.

I mrzela je što je toliko usamljena, onako kako to samo možete biti bez bake.

I sigurno ga zato nije videla. Jer nalazila se najviše dva-tri metra od njega kada ga je najzad primetila, što je prilično nenormalno kada vam se približava oštrodlak. Sedeo je kraj kapije, odmah s druge strane ograde. Iznenađeno se nasmejala. I on je izgledao kao da se nasmejao, ali u sebi.

„Jutros sam te tražila", rekla mu je i izašla na ulicu, iako to nije dozvoljeno za vreme odmora.

Oštrodlak je izgledao kao da je malo slegnuo ramenima. Da je uopšte imao ramena.

„Jesi li bio fin prema duhovima?", upita Elsa.

Oštrodlak nije izgledao kao da je tako. Pa ipak mu se obesila oko vrata. Zavukla je ruke duboko u gusto, crno krzno, pa ciknula: „Čekaj, imam nešto za tebe!" Oštrodlak je halapljivo zavukao njušku u ranac čim ga je otvorila, ali je delovao krajnje razočarano pošto ju je izvukao odatle.

„To su proteinske štanglice", rekla je Elsa izvinjavajući se. „Nemamo čokolade kod kuće jer mama ne želi da jedem slatkiše, ali Georg kaže da su megadobre!"

Oštrodlaku se uopšte nisu svidele. Zato je pojeo možda samo devet komada. Kada se oglasilo zvono, Elsa ga je ponovo zagrlila jako, jako, jako i prošaputala: „Hvala što si došao!"

Znala je da su je sva druga deca u školi videla da to radi. Nastavnici su možda mogli i da izbegnu da primete najvećeg i najcrnjeg oštrodlaka koji je niotkud iskrsao kraj ograde na prvom odmoru, ali nijedno dete na svetu ne bi.

Tog dana niko nije ostavio cedulje na Elsinom ormariću.

12

Menta

Baka je uvek imala problema sa autoritetima.

Elsa to zna zbog toga što je jedan od nastavnika u njenoj školi jednom rekao da Elsa teško podnosi autoritete, na šta je direktor dodao: „To je sigurno nasledila… od bake." Direktor je zatim panično pogledao po sobi, kao da mu se slučajno omaklo „Voldemor" pre nego što je stigao da razmisli.

Elsa je naravno iz principa uvek smatrala da direktor nije u pravu, ali baš tog puta možda i nije sasvim pogrešio. Jer baki je jednom uprkos svemu policija zabranila da prilazi aerodromu na razdaljinu manju od petsto metara, baš zbog toga što je imala manjih problema sa autoritetima, a Elsa nikada nije čula da se to dogodilo nekoj drugoj baki osim njenoj.

Počelo je tako što je Elsa trebalo da avionom otputuje u Španiju, gde su je čekali tata i Liseta. Jer tada je tata upravo bio upoznao Lisetu, i smatrao je da će se Elsa manje ljutiti zbog toga ako je bude odveo negde gde ima bazena. Naravno, bio je u pravu. Razume se da se možete strašno ljutiti na svog tatu čak i na mestima gde ima bazena, ali je to mnogo, mnogo teže.

Mama je bila na nekoj strašno važnoj konferenciji, pa je baka odvezla Elsu na aerodrom u Renou. Elsa je tada još bila mala, pa je sa sobom svuda vukla plišanog lava, a jedan čuvar na sigurnosnoj proveri tražio je od nje da stavi lava na pokretnu traku kako bi prošao kroz skener. Ali Elsa nije imala poverenja u skener, pa je odbila da pusti lava, na šta je drugi čuvar pokušao da joj ga otme. Tada se baka razbesnela onako kako to samo bake mogu kada neko pokuša da otme lava njihovom unučetu. Nastala je maltene tuča između bake i čuvara, što se završilo tako što se baka na sav glas drala: „Posrani fašisti! Hoćete li i mene da pretresete? A? Hoćete li da proverite da nisam sakrila nekoliko lavova sa eksplozivom u gaćama? Je l' to hoćete?"

Elsa je tek naknadno shvatila da je baki trebalo da skrene pažnju kako se pogrešno izrazila, pošto je zvučalo kao da lavovi imaju eksploziv u gaćama. Baka bi se na to verovatno nasmejala. A tada možda ne bi zbacila odeću sa sebe i gola projurila kroz sigurnosnu proveru.

Baka je zaista umela da se svuče nenormalno brzo.

Bila je to jedna od onih priča koje su neprijatne u trenutku kada se dogode, ali su smešne za kasnije prepričavanje. S tom razlikom što je ova bila prilično smešna i kada se dogodila. Jer ako neko ne misli da su goli ljudi koji trče smešni, onda mu sigurno fali neka daska u glavi, po Elsinom čvrstom uverenju. A kada se najzad ukrcala u avion, stjuardese su već čule šta se dogodilo, pa je Elsa mogla da pije koliko god hoće soka tokom čitavog leta do Španije. A Elsa stvarno voli sok.

Ali prethodno su, naravno, ona i baka morale prilično dugo da sede u nekoj kancelariji na aerodromu s nekim prilično ljutitim čovekom kome je kabl virio iz uva. Zatim su se pojavila dva policajca i rekla baki da više nikada ne sme da se vrati na aerodrom i da je to što je upravo uradila zapravo ozbiljno krivično delo za koje se ide u zatvor. „Ma kako da ne, vi pokušavate da otimate lutke maloj deci iz ruku, a onda JA ispadam terorista!?", povikala je baka i razmahala se rukama, pa su policajci zapretili da će joj staviti lisice.

Ali Elsa nije morala da ispusti lava iz ruku tokom celog putovanja. Ni za sekund. A baki je jedino to bilo važno.

„U Mijami nema aerodroma. A kada bi ih bilo, lav bi proveravao kofere onim dripcima sa carine, a ne obrnuto", ogorčeno je saopštila baka Elsi kada joj se ova javila telefonom iz Španije. Elsa ju je volela zbog toga.

Sada je stajala sama na balkonu u bakinom stanu. Često su stajale tako. Tu joj je baka prvi put pokazala oblakonje i pričala joj o Zemlji skoro budnih, odmah pošto su se Elsini mama i tata razveli. Te noći je Elsa prvi put videla Mijamu. Slepo je zurila u tamu i osećala veću čežnju za bakom nego ikada ranije. Ležala je na bakinom krevetu i zurila u sve one fotografije na plafonu, pokušavajući da prokljuvi o čemu je to baka pričala u bolnici kada je rekla Elsi kako joj mora obećati da je neće zamrzeti. I kako je „privilegija svake bake da nikada ne mora da svom unučetu pokaže šta je bila pre nego što je postala baka". Elsa je provela sate pokušavajući da prokljuvi kakvu bi svrhu ova potraga za blagom mogla da ima, ili gde bi se mogao nalaziti sledeći trag. Ako uopšte postoji.

Oštrodlak je spavao u podrumskoj ostavi. Elsa mu je namestila postelju od jastuka i pokrivača i žutih *Ikeinih* kesa, rasklopila četiri kartonske kutije i prilepila ih selotejpom kao zaklon na vratima, da Brit-Mari ne bi mogla da zaviri unutra ako bude sišla dole da njuška. Usred svih tih groznih stvari bilo je lepo znati da tamo spava oštrodlak. Osećate se malo manje usamljeno ako imate skoro osam godina a znate da u podrumu spava oštrodlak.

Provirila je preko ograde balkona. Učinilo joj se da je videla kako se nešto pomera u mraku na zemlji. Naravno, nije ništa mogla da vidi, ali znala je da je Grmalj tamo. Shvatila je da je baka tako isplanirala bajku. Da Grmalj čuva zamak. Da čuva Elsu.

Samo je bila ljuta na baku što joj nikada nije rekla od čega je to čuva.

Dalje niz ulicu se kroz tišinu prolomio ženski glas.

„...dobro, dobro, sad sam u svakom slučaju kupila sve vino za žurku!", ogorčeno je objavio glas kada se približio.

Žena u crnoj suknji je govorila u beli kabl. Vukla je četiri teške plastične kese koje su čas udarale jedna o drugu, čas u njene cevanice. Žena je psovala dok je vadila ključeve pred vratima zgrade.

„Da, gospode bože, sigurno će nas biti dvadesetoro! A ti znaš kako oni sa Ulfovog posla piju! Aha, baš tako, znaš šta hoću da kažem! I tako sam ja morala da kupim sve za žurku! Ulf i momci, naravno, nisu imali vremena da pomognu! Pa naravno, nego šta? Tako je! Kao da i JA ne radim od jutra do mraka?", bilo je poslednje što je Elsa čula pre nego što je žena umaršala u zgradu.

Elsa nije znala kakva je žurka u pitanju. Ni inače nije znala naročito mnogo o ženi sa crnom suknjom, osim što je uvek mirisala na mentu, nosila veoma lepo ispeglanu odeću i delovala stresirano. Baka je obično govorila da je to „zbog njenih momaka". Elsa nije baš tačno znala šta to znači.

Otresla je sneg sa cipela i ponovo ušla u stan. Mama je sedela na visokoj hoklici u kuhinji, telefonirala i nemirno vrtela u rukama jednu bakinu kuhinjsku krpu. Uvek je ona govorila u telefon, jer se činilo da nikada ne mora da sasluša ono što govori osoba sa druge strane linije. Niko nikada nije protivrečio mami. Ne zbog toga što je podizala ton ili upadala u reč, već samo zato što je jednostavno osoba s kojom niko ne želi da se svađa. Mama se pobrinula da bude tako, jer mama ne želi sukobe. Sukobi su naime štetni za efektivnost, a efektivnost je mami veoma važna. O tome veoma mnogo govori preko telefona. Georg se ponekad šali da će mama roditi Polovče na pauzi za ručak, kako ne bi narušila efektivnost bolnice. Elsa mrzi Georga zbog toga što izvaljuje te imbecilne šale. Mrzi ga zbog toga što smatra da poznaje mamu toliko dobro da sme da se šali na njen račun.

Baka je, naravno, smatrala da je efektivnost tričarija, i baš joj se žestoko fućkalo da li sukobi loše utiču na nju. Elsa je čula jednog lekara u maminoj bolnici kako kaže da je baka „jedna od onih koji umeju da zapodenu svađu i u praznoj sobi", ali kada je Elsa to ispričala baki, ova se namrštila i odbrusila: „A možda je soba prva počela, nisi razmišljala o tome, je li?" A onda je ispričala bajku o devojčici koja je rekla ne. Iako ju je Elsa čula već najmanje bezbroj puta.

Devojčica koja je rekla ne bila je jedna od prvih bajki iz Zemlje skoro budnih koje je Elsa ikada čula. Bavila se kraljicom jedne od šest kraljevina: kraljevinom Mijaudakom. Njihova kraljica je na početku bila veoma hrabra i pravedna princeza koju su svi voleli, ali je nažalost odrasla i postala uplašena, kao što se to događa sa odraslima. Počela je da voli efektivnost, i da se užasava sukoba. Kao što to odrasli rade.

I tako je kraljica jednostavno zabranila sukobe u čitavoj Mijaudaki. Svi su morali da neprestano budu složni, jer je to dobro za efektivnost. A pošto skoro svi sukobi počinju tako što neko kaže „ne", kraljica je tu reč zabranila. I sve koji bi prekršili zakon odmah su bacali u veliki ne-zatvor, a stotine vojnika u crnim odeždama koje su zvali „da-vojnici" patrolirali su ulicama i proveravali da li negde ima neslaganja. Ali čak ni to nije zadovoljilo kraljicu, pa uskoro više nije bila zabranjena samo reč „ne" već bi vas i reči poput „nije", „možda" i „šta znam" oterale pravo u zatvor, da više ne vidite beli dan. A ako biste uspeli da vidite beli dan, neki od da-vojnika bi odmah postavio nove zavese.

Posle nekoliko godina zabranili su i reči kao što su „moguće", „eventualno" i „videćemo". I naposletku se više niko nije usuđivao ništa da kaže. Onda je kraljica zaključila da bi mogla i da zabrani govor uopšte, jer skoro svi sukobi počinju tako što neko nešto kaže. Posle toga je u kraljevini nekoliko godina vladala tišina.

Sve dok jednog dana nije dojahala jedna raspevana devojčica. Svi su zurili u nju, jer je pesma bila krajnje ozbiljan zločin u Mijaudaki, pošto je donosila rizik da će neko možda smatrati pesmu dobrom, dok će neko drugi misliti suprotno, pa može da dođe do sukoba. I tako su da-vojnici nagrnuli da zaustave devojčicu, ali nisu mogli da je uhvate jer je bila veoma umešna u trčanju. I tako su da-vojnici udarili u sva zvona i pozvali pojačanje. Pa se pojavila i kraljičina lična elitna jedinica, ozloglašeni paragraf-vitezovi, koje su tako zvali zato što su jahali na jednoj posebnoj vrsti životinje, mešavini žirafe i pravilnika, koja se zvala „paragrafa". Ali čak ni paragraf-vitezovi nisu uspeli da je uhvate, pa je naposletku lično kraljica izjurila iz dvorca i zaurlala na devojčicu da prestane s pevanjem.

A tada se devojčica okrenula prema kraljici, zagledala joj se u oči i rekla: „Ne." A kada je to izgovorila, jedan kamen se odlomio sa zida oko zatvora. A kada je devojčica još jednom rekla „ne", odlomio se još jedan. I uskoro su devojčica i svi drugi ljudi u kraljevini, pa čak i da-vojnici i paragraf-vitezovi, ustali i povikali: „Ne! Ne! Ne!", i tada se ceo zatvor srušio. I tako je narod Mijaudake naučio da kraljica ima moć samo dok se svi njeni podanici plaše sukoba.

Ili je barem Elsa mislila da je to pouka bajke. Pomalo zna da je tako zbog toga što je proverila reč „pouka" na Vikipediji, a pomalo zato što je prva reč koju je Elsa naučila da kaže bila „ne". Mama i baka su se baš mnogo, mnogo svađale oko toga.

   Doduše, mnogo su se svađale i oko svega drugog, razume se. Na primer, efektivnosti. Mama je uvek veoma pribrano govorila kako je ona „neophodna za funkcionalnu poslovnu aktivnost", dok joj je baka uvek odvraćala prilično nepribranom vikom kako „valjda bolnica i ne treba da bude neka tamo usrana poslovna aktivnost"! Jednom je baka rekla Elsi da je mama postala šef samo zbog toga što je bila željna tinejdžerske pobune, a najgora pobuna koju je Elsina mama uspela da smisli bila je da „postane ekonomista". Elsa nikada nije sasvim tačno razumela šta to znači. Ali kasnije te večeri, kada su mislile da Elsa spava, Elsa je čula mamu kako frkće: „Šta ti znaš o meni kao tinejdžerki? Pa ti nikada nisi bila ovde!" Bio je to jedini put da je Elsa čula mamu kako se obraća baki na ivici plača. A tada je baka sasvim ućutala i više nikada nije Elsi pominjala tu stvar s tinejdžerskom pobunom.

Mama je prekinula vezu i stala nasred kuhinje s krpom u ruci, sa izrazom kao da je nešto zaboravila. Pogledala je Elsu. Elsa joj je oklevajući uzvratila pogled. Mama se osmehnula s poteškoćom.

„Hoćeš li mi pomoći da spakujem neke bakine stvari u kutije?"

Elsa je klimnula glavom. Iako to uopšte nije htela. Mama je sada uporno pakovala kutije svake večeri, iako su joj i lekari i Georg rekli da se malo primiri. Mama to baš i ne voli. Da joj govore šta da radi i da se primiri.

„Sutra po podne će te tata sačekati ispred škole", rekla je mama kao usput, dok je štriklirala stvari na listi za pakovanje.

Bila je napravljena u *Ekselu*. Mama voli *Eksel*.

„Zato što ćeš raditi dokasno?", upita Elsa, naizgled bez ikakve naročite namere.

„Treba... malo duže da ostanem u bolnici", rekla je mama, pošto nije volela da laže Elsu.

„Zar onda ne može Georg da dođe po mene?", upita Elsa nevino, iako sa potpuno suprotnom namerom.

Mama je izduvala vazduh kroz nos.

„Georg će sa mnom u bolnicu."

Elsa je pakovala stvari u kutiju ne obazirući se na to da li poštuje redosled napisan u *Eksel* dokumentu.

„Je li Polovče bolesno?"

Mama ponovo pokuša da se osmehne. Nije joj baš pošlo za rukom.

„Ne brini se, dušo."

„To ti je najsigurniji način da počnem da se brinem megamnogo", odvratila je Elsa.

Mama je uzdahnula i nastavila da štriklira stvari u *Eksel* dokumentu, iako se videlo da joj nije lako da to uradi. Jer je za efektivnost loše ako počne da pakuje iznova, čak i ako je ovo dosad pogrešno spakovano.

„Komplikovano je", rekla je.

Jer mama uvek tako radi. Izražava se u *Fejsbuk* statusima.

„Sve je komplikovano ako ti ništa ne objašnjavaju", kiselo je primetila Elsa.

Mama je ponovo izduvala vazduh kroz nos.

„Molim te, Elsa, to je samo rutinska kontrola."

„Ne, nije, jer se tokom trudnoće ne radi toliko rutinskih kontrola. Nisam ja glupa. Mislim, mogu sve da pročitam na Vikipediji."

Mama je protrljala slepoočnice i skrenula pogled.

„Molim te, Elsa, nemoj da počinješ sa mnom svađu i oko ovog."

„Kako sad *i oko ovog*? Oko čega sam se JOŠ to svađala s tobom?", frknula je Elsa onako kako biste uradili da vam je skoro osam godina i osećate se pomalo kao da vas neko optužuje.

„Ne viči", pribrano ju je zamolila mama.

„NE VIČEM!", povika Elsa prilično nepribrano.

Zatim su obe dugo gledale u pod. Tražile su svaka svoj način da kažu izvini. Nijedna nije znala odakle da počne da traži. Elsa je zatvorila poklopac kutije, ustala, otišla u bakinu spavaću sobu i zalupila vrata.

U stanu je zatim vladala potpuna tišina više od četvrt sata. Jer Elsa je bila ljuta, toliko ljuta da je počela da meri vreme u minutima umesto u beskrajima. Ležala je na bakinom krevetu i zurila u crno-bele fotografije na plafonu. Dečak Vukodlak je izgledao kao da joj maše i smeje se. Duboko u sebi upitala se kako neko ko se tako smeje može da izraste u nekog neizmerno tužnog poput Grmalja.

Čula je zvono na vratima, pa zatim još jedno, koje je usledilo za prvim mnogo, mnogo brže nego što bi se očekivalo od neke sasvim normalne osobe koja zvoni na vratima. Dakle, mogla je to biti samo Brit-Mari.

„Eto me", pribrano se oglasila mama hodajući kroz hodnik, ali Elsa joj je čula u glasu da je plakala.

Reči su odmah pokuljale iz Brit-Mari, kao da ju je neko navio.

„Zvonila sam na vrata vašeg stana! Niko mi nije otvorio!"

Mama uzdahnu.

„Nije. Nismo kod kuće. Ovde smo."

„U zgradi se nalazi borbeni pas bez nadzora! I auto tvoje majke je u garaži!", izgovorila je Brit-Mari toliko brzo da je bilo jasno kako ni sama ne može da odredi šta je od to dvoje više uzrujava.

„Za šta bi prvo želela da me optužiš?", umorno upita mama.

Elsa se uspravila u bakinom krevetu i počela da sluša koncentrisanije, ali bio joj je potreban skoro ceo minut da bi shvatila šta je Brit-Mari upravo izgovorila. Tada je iskočila iz kreveta, prinuđena da prizove u pomoć sve veštine samosavlađivanja kako ne bi odmah izjurila u hodnik, jer nije želela da probudi sumnju u Brit-Mari.

Brit-Mari je stajala u hodniku jednom šakom odlučno držeći drugu i dobrodušno se osmehivala mami.

„U ovom udruženju vlasnika stanova ne možemo imati borbene pse bez nadzora, Ulrica. To ti je sigurno jasno, to zaista mora biti jasno čak i *tebi*!"

„Ovo nije nikakvo udruženje vlasnika", odvratila je mama, ali je izgledala kao da je odmah zatim zažalila što je to izrekla.

„Nije, ali će *biti*", odbrusila je Brit-Mari, promenila položaj šaka i dvaput klimnula glavom kako bi naglasila ozbiljnost.

„A u ovom udruženju vlasnika zaista ne možemo dozvoliti da divlji borbeni psi jure okolo. To je opasno za decu, a istovremeno je i sanitarni problem, eto šta je, sanitarni problem!"

„Ti si sanitarni problem", promrmljala je Elsa.

Brit-Mari se okrenula uz siktaj, obrve su joj se spojile u oblik dlakave larve.

„Molim?"

„Ništa", promumla Elsa.

Brit-Mari i larva su nastavile da se beče na nju. Mama se nakašljala.

„Pas je sigurno iščezao daleko odavde, Brit-Mari. Ne bih se uznemiravala zbog njega…"

Brit-Mari se okrenu ka mami i osmehnu joj se dobrodušno.

„Ne, ne, naravno da ne, Ulrica. Naravno da ne. Ti nisi od onih koji se mnogo uzbuđuju zbog tuđe bezbednosti, naravno da ne."

Mama je delovala pribrano. Brit-Mari se osmehnula i klimnula glavom.

„Naravno, zauzeta si svojom karijerom. Tada čovek nema vremena da se brine za bezbednost svoje dece. To je nasledno, razume se. To da karijera ide ispred dece. U tvojoj porodici se uvek radilo tako."

Mamino lice je bilo sasvim opušteno. Ruke su joj mirno visile kraj bokova. Jedino ju je odavalo to što je lagano, lagano stiskala pesnice. Elsa je nikada nije videla da to radi.

I Brit-Mari je to primetila. Ponovo je promenila položaj ruku. Izgledala je kao da ju je oblio znoj. Osmehnula se malo ukočenije.

„Ne kažem da ima nečeg pogrešnog u tome, Ulrica, razume se. Razume se da ne. Ti sama praviš svoje izbore i biraš prioritete, razume se!"

„Da li si htela još nešto?", polako je upitala mama, ali neka nijansa u njenom pogledu sada se promenila, zbog čega je Brit-Mari napravila mali, malecni korak u pravcu hodnika.

„Ne, ne, ništa više. Baš ništa više!"

Elsa je promolila glavu pre nego što je stigla da se okrene i ode.

„Šta ste ono rekli za bakin auto?"

Ogorčenost je ponovo prostrujala Brit-Marinim glasom, ali sada je izbegavala mamin pogled.

„Stoji u garaži. Stoji parkiran u garaži na mom parking-mestu. I ako ne bude *odmah* premešten odatle, pozvaću policiju!"

Elsa je zaboravila da sakrije iznenađenje.

„Kako je bakin auto dospeo tamo?"

„Pa, ja stvarno ne znam! Nije moja dužnost da to znam!", odbrusila je Brit-Mari tako oporo da je zaboravila na dobrodušan osmeh.

Zatim se ponovo okrenula prema Elsinoj mami, sa novostečenom hrabrošću.

„Auto se mora pomeriti momentalno, u suprotnom zovem policiju, Ulrica!"

Elsina mama je klimnula glavom sa novostečenom pomirenošću.

„Ne znam gde su ključevi od auta, Brit-Mari."

„Ne znaš. Ne znaš. Ali nije moj zadatak da to znam, valjda u toj tvojoj porodici barem možete da brinete o tome gde vam se nalaze ključevi od sopstvenog auta", odbrusi Brit-Mari.

Elsina mama protrlja slepoočnice.

„Treba mi pilula protiv glavobolje", tiho je rekla za sebe.

Brit-Mari je izgledala kao da se istog trenutka setila kako se dobrodušno osmehuje. Pa je to i učinila.

„Kada ne bi pila toliko kafe, možda te glava ne bi bolela toliko često, Ulrica!"

I onda se Brit-Mari odmah okrenula i otišla niz stepenište toliko brzo da niko nije stigao da joj odgovori.

* * *

Mama je zatvorila vrata kontrolisano i pribrano, ali ne baš isto onoliko kontrolisano i pribrano kao obično, primetila je Elsa. Mama je krenula prema kuhinji. Telefon joj je zazvonio. Elsa je išla za njom i pažljivo je posmatrala.

„Šta je htela time da kaže?", upita Elsa

„Ne odobrava što pijem kafu dok sam trudna", odgovori mama.

Pravila se glupa. Elsa je mrzela kada se pravi glupa.

„Ma naravno, mislila sam baš na to", rekla je Elsa.

Mama je uzela telefon s radne površine.

„Moram da se javim, dušo", rekla je.

„Šta je Brit-Mari htela da kaže onim da u našoj porodici *karijera ide ispred dece* i *to je nasledno*? Mislila je na baku, zar ne?", zahtevala je da zna Elsa.

Telefon je nastavio da zvoni.

„Iz bolnice je, moram da se javim", rekla je mama.

„Ne, ne moraš!", naredi Elsa.

Stajale su ćutke i posmatrale jedna drugu dok je telefon još dvaput zvonio. Sada su Elsine pesnice bile stisnute. Mamini prsti su se prikradali ekranu.

„Moram da se javim, Elsa."

„Ne, ne moraš!"

Mama je zažmurila i podigla telefon do uva. Dok je počela da govori, Elsa je već stigla da zalupi za sobom vrata bakine spavaće sobe.

Kada je mama pola sata kasnije oprezno otvorila vrata, Elsa se pravila da spava. Mama se prišunjala i ušuškala ćebe oko nje. Poljubila ju je u obraz. Ugasila lampu.

Kada je Elsa jedan sat kasnije ustala, mama je spavala na sofi u dnevnoj sobi. Elsa se prišunjala i ušuškala nju i

Polovče ćebetom. Poljubila je mamu u obraz. Ugasila je lampu. Mama je u ruci i dalje držala bakinu kuhinjsku krpu.

Elsa je iz jedne od kutija u hodniku izvadila džepnu lampu i obula cipele.

Jer sada je znala gde se nalazi sledeći trag u bakinoj potrazi za blagom.

13

Vino

Dobro. U stvari je malo zapetljano za objašnjavanje. Ali tako je to sa mnogim stvarima u bakinim bajkama. Pre svega, mora se razumeti da nijedno biće u Zemlji skoro budnih nije tužnije od morskog anđela, i tek kada se Elsa prisetila cele te priče, cela bakina potraga za blagom odjednom joj je postala logična.

Naime, Elsin rođendan je baki uvek bio veoma važan, to se mora reći na početku. Možda zbog toga što je Elsin rođendan dan posle Božića, a Božić je veoma važan svima ostalima, pa nijedno dete koje slavi rođendan dan posle Božića ne dobija baš istu količinu pažnje kao dete koje ga slavi u avgustu ili aprilu. Zato je to baka nadoknađivala, čak i previše. Inače je bila sklona tome. Iako joj je mama zabranila da planira žurke iznenađenja posle onog dana kada je baka ispalila vatromet u restoranu koji služi hamburgere i malčice zapalila neku sedamnaestogodišnjakinju koja je bila preobučena u klovna i trebalo je da tu posluži kao „zabava za decu". I bila je zabavna, Elsa je to morala reći u devojčinu odbranu. Elsa je neke od najboljih psovki koje zna naučila baš tog dana.

Stvar je samo u tome da se u Mijami ne dobijaju pokloni za rođendan. Nego se daju. A pritom bi trebalo da poklanjate ono što imate kod kuće i do čega vam je veoma stalo, i da to poklanjate ljudima do kojih vam je stalo još više. Zbog toga svi u Mijami jedva čekaju rođendane, i odatle potiče izraz „šta možeš da dobiješ od nekog ko ima sve?". Naravno, zapisali su ga u nekoj bajci, a infanti su bajku izneli u stvarni svet, a posle ga je mnoštvo pametnjakovića pogrešno protumačilo kao „šta možeš da DAŠ nekome ko ima sve". Ali ništa drugo se ne bi moglo ni očekivati. Ipak su to isti pametnjakovići koji su uspeli da pogrešno protumače i samu reč „tumačiti", koja u Mijami uopšte ne znači to. U Mijami je „tumač" biće koje bi se najjednostavnije moglo opisati kao mešavina između koze i čokoladnog keksa. Veoma je nadareno za jezike i odlično je na roštilju, ali je onda Elsa postala vegetarijanac, a baka više nije smela da priča tu priču, pošto bi njom potpuno izludela Elsu.

Bilo kako bilo: Elsa se dakle rodila drugog dana Božića pre skoro osam godina. Bilo je to istog onog dana kada su naučnici zabeležili gama zračenje iz onog magnetara. Tog dana se takođe pojavio cunami u Indijskom okeanu. Elsa zna da je to nenormalno veliki talas izazvan zemljotresom. Samo na moru. Dakle, više je kao neki moretres, ako ćemo da budemo sitničavi. A Elsa je prilično sitničava.

Dvesta hiljada ljudi je umrlo u istom trenutku kada je Elsa počela da živi. Elsina mama ponekad, kada misli da je Elsa ne čuje, kaže Georgu da je grize savest zbog toga što joj je baš taj dan najsrećniji u životu.

* * *

Elsa je imala pet godina i trebalo je da napuni šest kada je to prvi put pročitala na Vikipediji. A na proslavi njenog šestog rođendana baka je ispričala bajku o morskom anđelu. Da bi je naučila kako nisu sva čudovišta bila čudovišta od početka, i da ne izgledaju sva čudovišta kao čudovišta. Neka od njih nose svoja čudovišta u sebi.

Jer poslednje što su senke uradile pre nego što se završio Rat bez kraja bilo je da razore čitavu Mibatalu, onu od šest kraljevina u Zemlji skoro budnih u kojoj su se obučavali svi ratnici. Ali onda su došli Vukosrce i oštrodlaci i sve se preokrenulo, a kada su senke pobegle iz Zemlje skoro budnih, jurnuli su sa strahovitom brzinom preko mora kraj obale šest kraljevina. Od otisaka njihovih stopala na površini vode nastali su strahoviti talasi, koji su se jedan po jedan sudarali dok se nisu pretvorili u jedan, deset hiljada bajkovitih beskraja visok. A da niko ne bi mogao da progoni senke, talas se okrenuo i zapljusnuo kopno.

Morao je da smrvi celu Zemlju skoro budnih. Mogao je da udari i opustoši dvorce i kuće i sve koji su u njima živeli gore nego što bi to mogle da učine sve vojske senki iz svih beskraja.

Tada je stotinu snežnih anđela spaslo preostalih pet kraljevina. Jer kada su svi ostali jurnuli da beže od talasa, stotinu snežnih anđela je jurnulo pravo prema njemu. Raširenih krila i sa najvećim moćima svih veličanstvenih priča u srcima stvorili su čarobni zid ispred vode i zaustavili je. Talasi su poklopili zid, ali nisu prošli kroz njega. Jer čak ni talas koji su stvorile senke nije mogao da se probije kroz stotinu snežnih anđela spremnih da umru da bi ceo jedan svet od bajki mogao da živi.

Samo se jedan od njih vratio iz vodene stihije.

I mada je baka uvek govorila da su ti snežni anđeli arogantni dripci koji zaudaraju na vino i glupiraju se, nikada im nije poricala junaštvo koje su pokazali tog dana. Jer dan kada se Rat bez kraja završio bio je najsrećniji dan za sve u Zemlji skoro budnih, osim za stotinu snežnih anđela.

Posle tog dana anđeo je tumarao gore-dole duž obale, vezan prokletstvom koje ga je sprečavalo da napusti mesto koje mu je oduzelo sve što je ikada voleo. Radio je to toliko dugo da su ljudi u selima duž obale zaboravili ko je on u početku bio i počeli da ga zovu „morski anđeo". I kako su godine prolazile, anđela je sve dublje zatrpavala lavina tuge, sve dok mu se srce nije raspuklo napola i podelilo anđelovo telo na dva dela, poput razbijenog ogledala. Kada bi se seoska deca prikrala obali da bi ga videla, na sekund su mogla da u krhotinama ugledaju lice toliko lepo da su se ruže rascvetavale od divljenja, ali krhotina je u sledećem trenutku umela da se okrene, i odatle bi u decu odjednom zurilo nešto toliko užasno, nakazno i okrutno, da bi pobegla vrišteći celim putem do kuće.

Jer nisu sva čudovišta bila čudovišta od početka, neka čudovišta su postala čudovišta od tuge.

Prema jednoj od najčešće pripovedanih bajki u celoj Zemlji skoro budnih, jednog dana je neko detence iz Mijame uspelo da razbije prokletstvo morskog anđela i spaslo morskog anđela od demona sećanja koji su ga držali zatočenog.

Kada je baka prvi put ispričala tu bajku Elsi na njen šesti rođendan, Elsa je shvatila da više nije malo dete. Zato je poklonila baki svog plišanog lava. Jer Elsi više nije bio potreban, kako je shvatila, pa je poželela da umesto nje sada štiti baku. Te noći je baka prošaputala Elsi na uvo da će, ako se njih dve ikada budu razdvojile, i ako baka nekud ode, poslati lava da Elsi ispriča gde se nalazi.

Elsi je bilo potrebno par dana da se seti toga. Tek ove večeri, kada je Brit-Mari ispričala da se Reno iznenada našao u garaži a da niko ne zna kako je tamo dospeo, Elsa se setila gde je baka postavila lava na stražu.

U Renoov pretinac za rukavice. Tamo je baka čuvala svoje cigarete. A nijednoj stvari u bakinom životu nije toliko bio potreban lav stražar.

I tako se Elsa smestila na suvozačkom sedištu Renoa i duboko disala. Vrata auta kao i obično nisu bila zaključana, jer baka nikada nije ništa zaključavala, i još se osećao na dim. Elsa je znala da je to loše, ali pošto je dim pripadao baki, sada ga je uvlačila što je dublje mogla.

„Nedostaješ mi", prošaputala je u presvlaku sedišta.

Zatim je otvorila pretinac. Pomerila je lava i izvukla pismo. Na njemu je pisalo „Isporučiti naj hrabrijem vitezu iz Mijame". Sledilo je ime i adresa.

Baka se zaista nije najbolje snalazila sa pravopisom.

Elsa je izašla iz Renoa i potapšala oštrodlaka iza ušiju.

„Hvala što si čuvao stražu, obećavam da ću ti sutra doturiti više slatkiša", rekla je i tutnula mu ostatak proteinskih štanglica iz torbe.

Oštrodlak ih je progutao u jednom zalogaju i odgegao se nazad prema otvorenim vratima podrumske ostave. Elsa je gledala za njim dok nije stigao do vrata, pa se pomalo smeteno nakašljala i doviknula mu:

„Nikada ranije nisam imala druga osim bake!"

Oštrodlak je zastao. Okrenuo glavu prema njoj. I osmehnuo se. Elsa je znala da se osmehuje, čak i kada bi joj svi pametnjakovići na svetu rekli da oštrodlaci to nikada ne rade.

Trenutak kasnije odšunjala se uz podrumske stepenice s bakinim pismom u ruci i mislima u takvoj pometnji da se skoro sudarila sa Alfom.

On je stajao na vrhu stepeništa, odeven u škripavu kožnu jaknu, još lošije volje nego inače. Elsa nije znala kuda bi sa sobom.

„Šta li je sad, majku mu. Ideš gore ili dole?", hteo je da zna Alf.

„G...ore", odvratila je Elsa gledajući u pod.

Alf se nestrpljivo pomerio do zida. Elsa se provukla kraj njega osluškujući njegov teturavi korak niz stepenice. Izgledao je veoma umorno. Naravno, uvek je tako izgledao, ali danas je izgledao još umornije nego inače. Elsa je pomislila kako to možda ima neke veze s niskim težištem o kom je baka imala običaj da govori.

Ostala je da stoji uvlačeći vazduh duboko u pluća, pokušavajući da se uveri kako se on ne spušta ka ostavama, da bi naposletku umesto toga čula zatvaranje vrata garaže, i tada je odahnula i nastavila gore stepenicama.

Sedela je na najvišem stepeniku ispred bakinog stana sve dok se lampe na tavanici nisu pogasile. Prstima je stalno iznova prevlačila po bakinom rukopisu na koverti, ali je nije otvarala. Samo ju je ćušnula u ranac i ispružila se koliko je duga na hladnom podu i skoro zažmurila. Pokušavala je da se ponovo uputi u Mijamu. Satima je tamo ležala bez uspeha. Ležala je sve dok nije čula kako se vrata u prizemlju otvaraju i zatvaraju. Pretpostavila je da se to Alf vraća, iako nije čula korake, ni otvaranje ili zatvaranje vrata nekog od stanova.

Ležala je na podu i skoro žmurila sve dok noć nije obavila prozore zgrade i dok nekoliko spratova niže nije čula pijanduru kako počinje da diže dreku.

Elsina mama nije volela kada pijanduru neko zove pijandurom. „Pa šta je onda?", upitala bi Elsa, a mama bi delovala kao da okleva, glas bi joj postao nesiguran i jedva bi izustila: „To je kada... mislim to je kada je neko... umoran." A baka bi na to otpuhnula: „Umoran? Pa i to što kažeš, dođavola, naravno da se umoriš kada ločeš po celu noć!" Tada bi mama ciknula: „Mama!", a baka bi razmahnula rukama i pitala: „Ali, draga moja, pa šta sam *sada* rekla pogrešno?", a onda bi obično bilo vreme da Elsa stavi slušalice na uši.

„Gasi vodu kad kažem! Kupanje je zabranjeno noću!!!", urlala je pijandura sa nižeg sprata, ne obraćajući se nikom posebno, istovremeno izbezumljeno lupajući kašikom za cipele po gelenderu, što je odjekivalo među zidovima kao gong.

Pijandura je uvek tako radila. Urlala je, vrištala i lupala tom kašikom za cipele. Naravno, niko nikada nije izlazio da je ućutka, čak ni Brit-Mari, jer u toj zgradi je pijandura bila kao neko čudovište. Svi su se nadali da će iščeznuti ako samo budu odbijali da priznaju njegovo postojanje.

Elsa čučnu i proviri kroz prostor između stepenica. Samo je na tren ugledala pijandurine čarape dok je prolazila. Razmahivala je kašikom za cipele kao da kosi visoku travu pred sobom. Elsa ni sama nije tačno znala zbog čega, ali pridigla se na prste i odšunjala niz prvo stepenište. Možda iz čiste radoznalosti. Ili verovatnije, zbog toga što je već izmorena i ogorčena što više ne može da ide u Mijamu.

Vrata pijandurinog stana stajala su otvorena. Videla se slabašna svetlost oborene podne lampe. Na svim zidovima visile su fotografije. Elsa nikada ranije nije videla tako mnogo fotografija i živela je u uverenju da baka ima mnogo fotografija na plafonu, ali ovde ih je bilo na hiljade. Svaka je bila uokvirena belim drvenim ramom i prikazivala je dva tinejdžera i čoveka koji im mora biti otac. Na jednoj od fotografija, velikoj i smeštenoj odmah kraj vrata, čovek i dečaci su stajali na obali, sa iskričavim zelenim morem u pozadini. Dečaci imaju gumena odela. Osmehuju se. Preplanuli su. Izgledaju srećno.

Ispod rama nalazila se jedna od onih čestitki kakve se kupuju na benzinskim pumpama kada zaboravite da kupite pravu čestitku u cvećari. „Mami, od njenih dečaka", pisalo je. Kraj čestitke je visilo ogledalo. Razbijeno na komadiće.

Reči koje su zatim ispunile hodnik pojavile su se toliko naglo i bile toliko pune gneva da je Elsa izgubila ravnotežu i skliznula niz prvih četiri-pet stepenika do zida. Eho ju je zapljusnuo kao da želi da joj otkine uši.

„ŠTARADIŠTU?"

Elsa je zurila u pijanduru. Stajala je sprat ispod nje i virila kroz ogradu stepeništa. Kašiku za cipele je preteći držala pred sobom. Onda je izgledala istovremeno besno i preplašeno. Pogled joj je nesigurno lutao. Crna suknja je sada bila izgužvana. Zaudarala je na vino, Elsa je to osetila sve do svog sprata. Kosa joj je izgledala kao da su se dve ptice potukle u kutiji sa lampicama za jelku. Podočnjaci su joj bili ljubičasti.

Žena u crnoj suknji je posrnula. Sigurno je htela da vikne, ali je samo šištavo izustila:

„Ne sme se kupati noću. Voda… isključite vodu. Svi će se podaviti…"

Beli kabl u koji je uvek pričala još joj je visio iz uva, ali je njegov drugi kraj lepršao kraj njenog kuka. Nije bio uključen. Na drugom kraju nije bilo ničega, a Elsa je shvatila da ga sigurno nikada nije ni bilo, a to još malo pa osmogodišnjakinji nije baš lako da razume. Baka joj je pričala bajke o raznim stvarima, ali nikada o ženama u crnim suknjama koje šetaju okolo i prave se da telefoniraju u hodniku kako susedi ne bi pomislili da su sve to vino kupile za sebe.

Žena u crnoj suknji je izgledala zbunjeno. Kao da je iznenada zaboravila gde se nalazi. Nestala je s vidika, a u sledećem trenutku Elsa je osetila mamine ruke kako je pažljivo podižu sa stepenica. Osetila je njen topli dah na vratu i njeno „ššš" u uvu, kao da se nalaze pred srnom kojoj su se malo previše približili.

Elsa je otvorila usta, ali mama joj je stavila prst na usne. „Ššš", ponovo je prošaputala mama i čvrsto je zagrlila.

Elsa je sedela sklupčana u njenom naručju u mraku dok su posmatrale ženu u crnoj suknji kako hoda gore-dole poput zastave pocepane na vetru. Plastične kese ležale su razbacane po podu u predsoblju njenog stana. Jedna kartonska kutija s vinom se prevrnula. Poslednje kapi crvenog vina kapale su na parket. Mama je nežno dotakla Elsinu ruku. Ustale su i iskrale se nazad stepenicama.

Te noći Elsina mama je ispričala Elsi o čemu su svi u ovoj zemlji osim Elsinih roditelja pričali onog dana kada se Elsa rodila. O talasu koji je zapljusnuo plažu deset hiljada kilometara odatle i uništavao sve što mu se našlo na putu. O dvojici dečaka koji su otplivali za svojim ocem i nikada se nisu vratili.

Elsa je čula pijanduru kako počinje svoju pesmu. Jer ne izgledaju sva čudovišta kao čudovišta. Ima i onih koji svoja čudovišta nose u sebi.

14

Duvan za žvakanje

Sva su srca prepukla i sva ogledala razbijena na dan kada se Elsa rodila. Razbio ih je taj talas tolikom silinom da su se krhotine rasule po celom svetu. Neverovatne katastrofe uzrokuju neverovatne stvari u ljudima, neverovatnu tugu, neverovatno junaštvo. Više smrti nego što čovečji um može da prihvati. Dva dečaka koji su odneli svoju majku na sigurno, pa se vratili po oca. Vratili se u talas. Da porodica ne bi ostavila nekog da ostane sam. A onda su njeni dečaci upravo to uradili. Ostavili su nju samu.

Sva su ogledala razbijena i sva srca prepukla tog dana. Pukla su tako da su se čula i deset hiljada kilometara daleko.

Elsina baka je živela drugačijim ritmom od ostalih ljudi. Funkcionisala je drugačije. U stvarnom svetu, u svemu što je funkcionisalo, ona je bila haos. Ali kada se stvarni svet sruši, kada u njemu sve postane haos, tada ljudi poput Elsine bake ponekad jedini funkcionišu. To je bila njena supermoć. I tako, kada je Elsina baka pokušala da sebi zauzme mesto u svetu, mogli ste biti sigurni samo u jedno: da je u pitanju mesto od onih s kojih svi ostali pokušavaju da pobegnu. A ako bi je neko pitao zbog čega tako radi, odgovorila bi: „Zbog toga što sam lekar, dođavola, a kada sam to postala, odrekla sam se luksuza da biram kome ću spasti život."

Baki nije bilo mnogo stalo do efektivnosti i ekonomije, ali svi su je slušali tamo, u haosu. U stvarnom svetu je drugi lekari verovatno ne bi svojevoljno pratili ni do prodavnice, ali kada se svet srušio, pratili su je kao vojska. Jer neverovatne katastrofe bude neverovatne stvari u ljudima. I rađaju neverovatne superheroje.

Jednom kasno noću, dok su putovale za Mijamu, Elsa je pitala baku. O tome kako je to biti negde dok se svet ruši. O tome kako je to biti u Zemlji skoro budnih za vreme Rata bez kraja i kako je to videti talas dok udara u devedeset devet snežnih anđela. A baka je odgovorila: „To je kao nešto najgore što možeš da zamisliš, a što je smislilo najzlobnije biće koje možeš da zamisliš, pa onda sve to puta broj koji nisi u stanju ni da zamisliš." Elsa se te noći strašno uplašila, i pitala je baku šta će da rade ako se jednog dana sruši svet i tamo gde one žive.

A tada ju je baka uzela za kažiprste svojim rukama i odgovorila: „Onda ćemo raditi kao i svi, radićemo sve što možemo." Elsa joj se sklupčala u krilu i pitala: „Šta možemo da uradimo?" A baka ju je poljubila u kosu i zagrlila je čvrsto, čvrsto, čvrsto i prošaputala: „Pokupićemo što više dece možemo. I otrčati najbrže što možemo."

„Ja sam dobra u trčanju", prošaputala je Elsa. „I ja sam", odvratila joj je baka šapatom.

Na dan kada se Elsa rodila, baka je bila daleko. U jednom ratu, na mestu gde se svet srušio. Tamo je boravila već mesecima, ali je upravo bila krenula na avion. Trebalo je da se vrati kući. Tada je čula za talas koji je udario na drugom mestu, još dalje, i za sve one koji sada očajnički pokušavaju da pobegnu odande. I tako je postupila kako je postupila, odnosno otišla je tamo. Jer bili su im potrebni lekari. Uspela je da iznese mnogo dece nadomak smrti, ali ne i dečake žene u crnoj suknji. Zato je umesto toga iznela ženu u crnoj suknji. Odnela ju je kući.

Elsa i mama sede u Kiji. Jutro je i gužva u saobraćaju. U prozore udaraju snežne pahulje krupne kao jastučnice.

„Bilo je to bakino poslednje putovanje. Posle toga je došla kući", rekla je mama završavajući priču.

Elsa se nije sećala kada je prošli put čula mamu da priča tako dugačku priču. Mama skoro nikada nije pričala priče, a naročito ne one duge, ali ova je bila toliko duga da je mama sinoć zaspala usred pričanja, pa je morala da je nastavi danas, u autu na putu do škole. Priču o bakinom poslednjem putovanju i Elsinim prvim danima.

„Zašto je to bilo njeno poslednje putovanje?", upitala je Elsa.

Mama se osmehnula, istovremeno tužno i srećno, u kombinaciji osećanja kojom je samo ona na celom svetu u potpunosti vladala.

„Dobila je novi posao."

Zatim je izgledala kao da se nečeg neočekivano setila. Kao da je sećanje maločas ispalo iz vaze koja se razbila.

„Rodila si se prerano, brinuli su za tvoje srce, pa smo morali nekoliko nedelja da ostanemo u bolnici s tobom. Baka i ona su stigle kući istog dana kada i mi…"

Elsa je razumela da misli na ženu u crnoj suknji. Mama je čvrsto držala volan Kije i nastavila rasejano, za sebe:

„Nikada nisam mnogo razgovarala s njom. Mislim da niko u zgradi nije želeo da postavlja previše pitanja. Pustili smo tvoju baku da se pobrine za to. A onda…"

Uzdahnula je, a pogled joj je ispunilo žaljenje.

„…onda su godine jednostavno prošle. Bile smo zauzete. A sada je ona samo neko ko stanuje u našoj zgradi. Ako treba da budem sasvim iskrena, i zaboravila sam da se uselila tada. Vas dve ste se uselile istog dana…"

Mama se okrenula prema Elsi. Pokušala je da se osmehne. Nije joj baš pošlo za rukom.

„Jesam li zbog toga užasna osoba?"

Elsa odmahnu glavom. Htela je da kaže nešto o Grmalju i oštrodlaku, ali je odustala, jer se uplašila da bi joj mama u tom slučaju zabranila da ih dalje viđa. Mame ponekad imaju veoma čudne principe kada je reč o druženju dece sa grmaljima i oštrodlacima. Elsa je shvatila da ih se svi plaše, i da će proći mnogo vremena pre nego što svi budu shvatili da nisu onakvi kakvim ih smatraju. Baš kao i pijandura.

„Koliko često je baka putovala?", upitala je umesto toga.

Mama je čvrsto uhvatila volan. Auto metalik boje iza nje zatrubio joj je zbog toga što je ostavila prostor od nekoliko metara do vozila ispred sebe u koloni. Mama je popustila kočnicu i Kija je polako krenula napred.

„Kako kad. Zavisi od toga gde je bila potrebna i koliko dugo."

„Jesi li na to mislila onda kada je baka rekla da si postala ekonomista zbog toga što si bila ljuta na nju?"

Mama se iznenađeno okrenu prema Elsi. Auto iza nje ponovo zatrubi.

„Šta?"

Elsa je čeprkala obrub oko prozora.

„Čula sam vas. To je bilo megadavno. Kada je baka rekla da si postala ekonomista jer je to bila tvoja tinejdžerska pobuna. A ti si rekla: 'Otkud znaš? Pa ti nikada nisi bila ovde!' Na to si mislila, zar ne?"

Mama je gledala u svoje šake.

„Bila sam ljuta, Elsa. Ponekad ljudi nisu u stanju da kontrolišu ono što govore kada su ljuti."

Elsa ponovo zavrte glavom, ovoga puta iz protesta.

„Ne i ti. Ti nikada ne gubiš kontrolu."

Mama je ponovo pokušala da se osmehne.

„S tvojom bakom je zaista bilo… teže."

„Koliko si godina imala kada je deda umro?"

„Dvanaest."

„Kada ti je dvanaest godina, još nisi odrasla."

„Ne. Nisi."

„A baka te je napustila?"

„Tvoja baka je išla tamo gde je bila potrebna, dušo."

„Bila je potrebna tebi."

„Drugima je bila potrebnija."

„Jeste li se zato uvek svađale?"

Mama je udahnula duboko kako to mogu samo roditelji koji su upravo shvatili da su se upetljali u priču mnogo dublje nego što su nameravali.

„Da. Da, ponekad smo se sigurno svađale zbog toga. A ponekad oko drugih stvari. Tvoja baka i ja smo bile veoma… različite."

„Ne. Samo ste bile drugačije na različite načine."

„Možda."

„Zbog čega ste se još svađale?"

Auto iza Kije ponovo je zatrubio. Mama je zažmurila i zadržala dah. A kada je najzad pustila kočnicu i pustila Kiju da krene napred, jedva je istisnula reči između usana.

„Zbog tebe. Uvek smo se svađale zbog tebe, dušo."

„A zašto?"

„Jer kada nekog voliš jako mnogo, strašno je teško naučiti da ga deliš sa drugima."

„Kao Džin Grej", konstatovala je Elsa, kao da je to samo po sebi jasno.

„Ko?", prasnu mama, kao da uopšte nije jasno.

„Ona je superheroj. Iz *Iks ljudi*. Vulverin i Kiklop su obojica bili zaljubljeni u nju. Zato su se nenormalno mnogo svađali."

Mama je klimnula, kao da je čitavo objašnjenje učinilo stvar tek mrvicu manje nejasnom.

„Mislila sam da su ti Iks ljudi mutanti. A ne superheroji. Zar mi nisi tako objasnila prošli put kada smo pričali o njima?"

„To je komplikovano", rekla je Elsa, iako zapravo uopšte nije tako ako ste pročitali umerenu količinu kvalitetne književnosti.

„A kakvu supermoć onda ima ta Džin Grej?", upita mama.

„Telepatiju", odgovori Elsa.

„Dobra supermoć", reče na to mama.

„Opasno dobra", potvrdi Elsa.

Odlučila je da ne pominje kako je Džin Grej osim toga i telekinetičar, jer nije želela da mami dodatno zapetljava stvari više nego što je potrebno u ovom trenutku. Ipak je trudna.

I tako je Elsa umesto toga podizala obrub sa prozora. Virila je u međuprostor ispod njega. Bila je strašno umorna, onako kako ste umorni kada vam je skoro osam godina a celu noć niste ni trenuli i ljuti ste. Elsina mama nikada nije imala svoju mamu, jer je mamina mama uvek bila negde drugde i pomagala nekom drugom. Elsa nikada nije tako razmišljala o baki.

„Jesi li ljuta na mene zbog toga što je baka provodila toliko vremena sa mnom, a nimalo s tobom?", oprezno je upitala.

Mama je vrtela glavom tako žustro i istrajno da je Elsa odmah shvatila da će upravo izgovoriti neku laž.

„Ne, draga dušo moja. Nikada. Nikada!"
Elsa je klimnula glavom gledajući u međuprostor u vratima.
„Ja jesam ljuta na nju. Zbog toga što nije ispričala istinu."
„Svi imaju tajne, dušo."
„Je l' se ljutiš na mene zbog toga što smo baka i ja imale tajne?", upitala je Elsa, ne gledajući u mamu.

Pomislila je na tajni jezik kojim su uvek razgovarale da mama ne bi mogla da ih razume. Pomislila je na Zemlju skoro budnih. Pitala se da li je baka nekada vodila mamu tamo.

„Nikada se nisam ljutila...", odgovorila je mama i pružila ruku preko sedišta, pa prošaputala: „Zavidela sam."

Osećaj krivice zapljusnu Elsu kao hladna voda kada je ne očekujete.

„Na to je baka mislila", zaključila je.
„Kada?", upita mama.
Elsa dunu kroz nos.

„Rekla je da ću je zamrzeti ako budem saznala ko je bila pre nego što sam se rodila. Na ovo je mislila. Da ću saznati kako je bila baš mnogo loša mama koja je ostavila svoje dete..."

Mama se okrenula prema njoj, očiju tako sjajnih da se Elsa ogledala u njima.

„Nije me ostavila. Ne smeš mrzeti svoju baku, dušo."

A kada Elsa nije ništa odgovorila, mama joj je položila ruku na obraz i prošaputala:

„Ćerkama je posao da se ljute na svoje mame. Ali ona je bila dobra baka, Elsa. Bila je najfantastičnija baka koju bi iko mogao da zamisli."

Elsa jogunasto povuče gumeni obrub.

„Ali ostavljala te je samu? Svaki put kada bi otišla, ostavljala te je samu, zar ne? A to se ne sme raditi, jer će onda socijalno odvesti dete i smestiti ga u hraniteljsku porodicu!"

Mama je pokušala da se osmehne.

„Jesi li to pročitala na Vikipediji?"
Elsa dunu kroz nos.
„Čula sam u školi."
Mama je tromo trepnula.
„Kada sam bila mala, imala sam tvog dedu."
„Da, dok nije umro!"
„Kada je umro, imala sam komšije."
„Koje komšije?", htela je Elsa da zna.

Auto iza nje je ponovo zatrubio. Mama je napravila gest izvinjenja u pravcu zadnjeg stakla, i Kija je krenula napred.

„Brit-Mari", rekla je mama naposletku.
Elsa je prestala da čeprka obrub na prozoru.
„Šta Brit-Mari?"
„Ona se brinula o meni."
Elsine obrve poprimile su oblik besnog slova V.
„Pa zašto je onda sada tolika rospija prema tebi?"
„Nemoj tako da pričaš, Elsa."
„Ali jeste!"
Mama je uzdahnula kroz nos.
„Brit-Mari nije oduvek bila takva. Samo je… usamljena."
„Pa ima Kenta!"
Mama je trepnula toliko sporo da je zažmurila.
„Može se biti sam na mnogo različitih načina, dušo."
Elsa se vratila čeprkanju međuprostora ispod obruba.
„Ipak je nepodnošljiva rospija."
Mama je klimnula glavom.
„Kada si dovoljno dugo sama, možeš da se pretvoriš u rospiju."

Auto iza njih je ponovo zatrubio.

* * *

„Je l' zbog toga bake nema ni na jednoj staroj fotografiji iz našeg stana?", upitala je Elsa.

„Šta?"

„Bake nema ni na jednoj fotografiji iz vremena pre nego što sam se rodila. Kada sam bila mala, mislila sam da je to zbog toga što je vampir, jer oni ne mogu da se slikaju, i smeju da puše koliko god hoće a da ih grlo ne zaboli. Ali ona nije bila vampir, zar ne? Samo nikada nije bila kod kuće."

„To je komplikovano."

„Znam! Sve je komplikovano dok ti neko ne objasni! Ali kada sam pitala baku za to, ona je uvek skretala razgovor na drugu stranu. A kada sam pitala tatu, rekao je: 'Eh... eh... šta bi htela da pojedeš? Hoćeš sladoled? Evo ti sladoled!'"

Mama se iznenada nasmejala na sav glas. Nasmejala se tako da bi, da je slučajno imala milkšejk u ustima, isprskala njime čitavu instrument-tablu kroz nos. Elsa je opasno dobro imitirala svog tatu.

„Tvoj tata baš i ne voli sukobe", zakikotala se mama.

„Je li baka bila vampir ili ne?"

„Tvoja baka je putovala po celom svetu i spasavala živote deci, dušo. Ona je bila..."

Mama je izgledala kao da traži pravu reč. A kada ju je pronašla, sva se ozarila i istinski osmehnula.

„Superheroj! Tvoja baka je bila superheroj!"

Elsa je piljila u međuprostor u vratima.

„Superheroji ne ostavljaju svoju decu."

Mama je zaćutala.

„Svi superheroji moraju da podnose žrtve, dušo", pokušala je naposletku.

Ali i ona i Elsa su znale da to ne misli zaista.

* * *

Auto iza njih je ponovo zatrubio. Mamina ruka se ponovo podigla prema zadnjem staklu, izvinjavajući se. Kija se pomerila nekoliko metara unapred. Elsa je shvatila da sedi i nada se da će mama početi da viče. Ili plače. Ili bilo šta drugo. Želela je samo da je vidi kako nešto oseća. Pa je uradila ono što bi svi skoro osmogodišnjaci uradili u toj situaciji. Zavirila je u međuprostor ispod obruba na prozoru, a zatim se osvrnula po autu u potrazi za nečim što apsolutno nije namenjeno trpanju u međuprostor između obruba oko automobilskog prozora, u nameri da ga strpa baš tamo.

Otvorila je pretinac za rukavice. Pogled joj se zaustavio na paketiću žvaka. Uzela ga je i iskosa pogledala mamu. Zatim je pažljivo ugurala jednu žvaku u međuprostor u vratima. Pa još jednu. Mama je to videla, znala je da je mama to videla, ali nije ništa rekla. Ovoga puta nije izgubila kontrolu. Elsa je to mrzela.

Auto iza je zatrubio. Mamina ruka se izvinila. Kija je krenula napred.

Elsa nije shvatala kako se nekom može toliko žuriti da pređe pet metara, pa nekom trubi u koloni. U retrovizoru je pogledala čoveka u autu iza njih. Izgledao je kao da smatra kako je Elsina mama kriva što kolona postoji. Elsa je iz sve snage poželela da mama uradi isto kao kada je bila trudna s njom, da izađe iz auta i prodere se da je sada dosta.

Elsin tata je ispričao tu priču. On skoro nikada nije pričao priče, ali jedne junske večeri pre nego što je mama počela da izgleda tužno i da uveče leže sve ranije i ranije, a tata ostajao da sedi sam u kuhinji noću i preuređuje ikonice na radnoj površini maminog kompjutera i plače, sve troje su bili na žurci. Tata je tada popio tri piva i ispričao priču o tome kako je mama, kada je bila pri kraju trudnoće sa Elsom, izašla iz auta i prišla nekom čoveku u metalik autu i zapretila mu da će se „poroditi ovde i sada na njegovu prokletu haubu ako još samo jednom bude zatrubio"! Svi su se mnogo smejali ovoj priči. Naravno, ne i tata, jer on i ne voli baš mnogo da se smeje. Ali Elsa je videla da je čak i njemu smešna. Te večeri je plesao s mamom. Bio je to poslednji put da ih je Elsa videla da plešu. Tata je bio spektakularno loš u plesu, izgledao je kao neki ogromni medved koji je ustao i u tom trenutku shvatio da su mu stopala zaspala. Elsi su nedostajala. Ta medveđa stopala.

I nedostajao joj je neko ko izađe da se izdere na ljude u metalik automobilima.

Čovek u metalik autu iza njih ponovo je zatrubio.

I otprilike tada je Elsa donela odluku zbog koje će se celo to jutro pretvoriti u pravi *Fejsbuk* status, moglo bi se reći. Podigla je ranac s poda, izvadila najtežu knjigu koju je mogla da pronađe, i kada se Kija ponovo zaustavila, Elsa je naglo povukla kvaku prema sebi i iskočila na auto-put. Čula je mamu kako viče za njom, ali se nije okrenula. Samo je pojurila oko Kije, prišla metalik autu i iz sve snage raspalila knjigom po haubi.

Ostavila je za sobom veliko udubljenje. Elsi su se ruke tresle.

Čovek u metalik autu piljio je u nju kao da ne može da poveruje šta se upravo dogodilo. Pomalo kao onda kada su Elsa, mama i tata bili u Euro Diznilendu u Parizu, a Elsa je na povratku kući kasno uveče videla Pepeljugu kako piški u žbunu i dobacuje nešto za šta će Elsa kasnije naučiti da su prilično ružne francuske psovke nekom tipu u kostimu pirata.

Elsa se izbečila na čoveka. On joj je uzvraćao ukočenim zurenjem.

„Posrani gnjavator!", doviknula mu je Elsa.

Pošto joj nije odmah odgovorio, iz sve snage je raspalila knjigom još triput po haubi i preteći uperila prst u njega.

„Shvataš li da je moja mama trudna, i da ne možeš da se ponašaš kao posrani GNJAVATOR? A?"

Čovek je isprva izgledao kao da namerava da otvori vrata. Ali onda kao da se predomislio. Elsa je podigla knjigu iznad glave kao da je mač i udarila hrbatom nadole, tako da je ostavila duboku ranu na farbi haube.

Čovek ju je posmatrao pomalo izbezumljeno. Zatim se počešao po vratu. Onda je posegao rukom prema bočnom prozoru. Elsa je čula škljocaj kada su se vrata auta zaključala.

„MOŽDA SMO IMALE MALO TEŽAK DAN! Zato bi stvarno mogao da se malo pribereš, da moja mama ne bi izašla i ovde i sada porodila Polovče na haubi TVOJIH USRANIH KOLA!", zaurlala je Elsa.

Za svaki slučaj.

Čovek je gledao naniže u svoje krilo.

Elsa je stajala nasred auto-puta između metalik auta i Kije i disala tako silovito da ju je glava zabolela. Elsa je čula mamu kako viče, i baš je krenula da se vrati u Kiju, zaista jeste. Nije baš planirala sve ovo. Ali onda je osetila ruku na ramenu i čula upitan glas.

„Da li ti je potrebna pomoć?"

A kada se okrenula, tamo je stajao policajac. Osećao se na duvan za žvakanje.

„Možemo li da ti pomognemo?", ponovo je ljubazno upitao.

Izgledao je veoma mlado. Kao da se privremeno zaposlio u policiji preko letnjeg raspusta. Iako je bila zima.

„Ne prestaje da nam trubi!", branila se Elsa.

Letnji policajac je pogledao čoveka u metalik autu. Čovek u njemu se zaista trudio da slučajno ne pogleda u pravcu letnjeg policajca. Elsa se okrenula prema Kiji, i nije htela to zaista da kaže, nego su joj reči otprilike same izletele iz usta.

„Moja mama treba da se porodi, i stvarno smo imale, kao, težak dan..."

Odmah je ponovo osetila ruku letnjeg policajca na ramenu.

„Mama će da ti se porodi?", povikao je.

„Mislim, ne baš...", poče Elsa.

Ali naravno, bilo je prekasno.

Policajac je pritrčao autu. Mama je nekako uspela da se iskobelja iz njega i upravo je kretala prema njima s rukom na Polovčetu.

„Možete li da vozite?", povikao je policajac toliko glasno da je Elsa iznervirano gurnula prste u uši i demonstrativno prešla na drugu stranu Kije.

Mama je izgledala zatečeno.

„Šta? Mislim, šta? Naravno da mogu da vozim. Što pitate? Da li nešto nije..."

„Ja ću voziti ispred!", prasnuo je policajac ne slušajući do kraja, ugurao mamu u Kiju i pojurio nazad do policijskog auta.

Mama se svalila u sedište. Pogledala je Elsu. Elsa je gledala u pretinac za rukavice izbegavajući da joj uzvrati pogled.

„Šta se... ovde sada događa?", upita mama.

Policijski auto je protutnjao kraj njih sa uključenim sirenama. Privremeni policajac im je frenetično mahnuo da voze za njim.

„Mislim da želi da voziš za njim", promrmljala je Elsa gledajući na drugu stranu.

Automobili ispred njih sklanjali su im se s puta. Saobraćajna gužva se razdvajala pred njima poput kore od banane.

„Šta se… ovde… sada događa?", prošaputala je mama, dok je Kija oprezno sledila policijski auto.

„Ispalo je malo kao u *Fejsbuk* statusu, moglo bi se reći", odvratila je Elsa nakašljavajući se.

„Gde je krenuo?", upita mama, istovremeno se izvinjavajući kroz prozor svima koje je zaobilazila.

„Kaže se *kuda*", promrmljala je Elsa, jer prosto nije mogla da pređe preko toga.

„Gde. Je. Ovaj. Krenuo. Elsa?", polako je izgovorila mama na način koji bi se mogao smatrati pomalo optužujućim, ako ćemo pravo.

„Pa, pretpostavljam u bolnicu, jer misli da ćeš se poroditi", promrmljala je Elsa u pravcu pretinca.

„Da se porodim…", natmureno je konstatovala mama, dok su prolazili između automobila koji su se sklanjali u stranu pred policijskim sirenama.

„Mhm", rekla je Elsa.

„Zašto si mu rekla da se porađam?"

„Ma nisam! Ali me niko nikada ne sluša!", uvređeno je odbrusila Elsa.

„Aha! A šta si smislila da sada treba da uradim?", odbrusila je sada mama njoj, i pritom eventualno zvučala za mrvicu manje pribrano.

„Pa, već se vozimo za njim baš mnogo dugo, pa će se sigurno totalno nadrndati ako bude saznao da se ne porađaš stvarno", pedagoški je zaključila Elsa.

„MA NEMOJ!?", zaurlala je mama, ni pedagoški ni pribrano.

Elsa je izabrala da se ne upušta u raspravu o tome da li je mama ovom prilikom sarkastična ili ironična.

Zaustavile su se pred bolničkim ulazom za hitne slučajeve, i mama je zaista izgledala kao da namerava da izađe iz auta i prizna sve letnjem policajcu. Zaista jeste. Ali on ju je ugurao nazad u auto i povikao da ide po pomoć. Onda je urlajući utrčao unutra, sa govorom tela nekog kome se ključala čokolada prosula po rukama. Mama je nesrećno gledala za njim. Bila je to njena bolnica. U kojoj je ona šef.

„Biće prava gnjavaža objašnjavati ovo osoblju", promrmljala je, rezignirano oslonivši čelo na volan.

„Možda možeš da im kažeš da je ovo neka vrsta vežbe?", predložila je Elsa.

Mama nije ništa odgovorila. Elsa se ponovo nakašljala.

„Baki bi ovo bilo zabavno."

Mama se slabašno osmehnula i okrenula uvo prema volanu. Dugo su gledale jedna u drugu.

„Njoj bi ovo bilo baš prokleto zabavno", potvrdila je mama.

„Ne psuj", rekla je Elsa.

„Ti psuješ sve vreme!"

„Ja nisam ničija mama!"

Mama se ponovo osmehnu.

„*Touché.*"

Elsa je nekoliko puta otvorila pretinac za rukavice i zatvorila ga. Pogledom je prešla preko fasade bolnice. Iza jednog od tih prozora spavala je u istom krevetu s bakom one noći kada se baka poslednji put uputila u Mijamu. Sada joj se činilo da se to dogodilo strašno davno. A podjednako davno joj se činio i poslednji put kada je otišla u Mijamu.

„Kakav je to bio posao?", upitala je, najviše da ne bi razmišljala o tome.

„Šta?", trgnu se mama.

„Rekla si da je to sa cunamijem bilo poslednje bakino putovanje, jer je dobila novi posao. Kakav je to bio posao?"

Vrhovi maminih prstiju dodirnuli su Elsine kada je prošaputala odgovor.

„Bake. Dobila je posao bake. Posle toga više nikada nije nikud otputovala."

Elsa je polako klimnula glavom. Mama ju je pomilovala po ruci. Elsa je otvorila i zatvorila pretinac za rukavice. Zatim je pogledala gore kao da joj je upravo nešto palo na pamet, ali najviše zbog toga što je želela da promeni temu, jer nije želela da misli o tome koliko je u tom trenutku ljuta na baku.

„Izvini, ali šta je uopšte mislio taj policajac? Da ćeš se poroditi dok voziš auto? Zar iko može da vozi kada se nalazi pred porođajem?"

Mama ju je potapšala po ramenu.

„Iznenadila bi se kada bi znala koliko malo većina odraslih muškaraca zna o tome kako se rađaju deca, dušo."

Elsa je klimnula glavom i dunula kroz nos:

„Normalci."

Mama se nagnula i poljubila je u slepoočnicu. Elsa joj je uhvatila pogled.

„Jeste li se ti i tata razveli zbog toga što više niste imali ljubac?", upitala je tako hitro da je i samu sebe iznenadila.

Mama se ponovo zavalila u sedište. Provukla je prstima kroz kosu i zavrtela glavom.

„Zašto to pitaš?"

Elsa slegnu ramenima.

„Valjda treba o nečemu da ćaskamo dok čekamo da se policajac vrati sa ljudima kojima si ti šef i sve postane megablam za tebe…"

Mama je ponovo izgledala nesrećno. Elsa se dohvatila obruba. Shvatila je da je očigledno još prerano za takve šale.

„Valjda se ljudi venčaju zbog toga što se vole, a onda se valjda razvedu zbog toga što više nemaju ljubac", rekla je tiho.

„Jesi li to čula u školi?", upita mama sa osmehom.

„To je moja lična teorija."

Mama se nasmejala glasno i ponovo bez upozorenja. Kao provala oblaka na filmu. Elsa je razvukla usne u osmeh.

„Jesu li i deda i baka takođe ostali bez ljupca?", upitala je kada je mama završila sa smejanjem.

Mama je obrisala oči.

„Oni nisu ni bili venčani, dušo."

„A zašto nisu?"

„Tvoja baka je bila posebna, Elsa. Teško je bilo živeti s njom."

„Kako to misliš?"

Mama je protrljala kapke.

„Teško je to objasniti, dušo. Ali u to vreme nije bilo uobičajeno da se žene ponašaju kao ona. Da... nije bilo uobičajeno da iko bude nalik tvojoj baki. I nije se, na primer, događalo preterano često da žene postanu lekari. A još manje hirurzi. I akademski svet je izgledao drugačije... i tako..."

Mama je ućutala. Elsa podignu obrve.

„Jesi li i ti jedna od onih koji pričaju, a nikada ne pređu na stvar?"

Mama se osmehnula u znak izvinjenja, kao da već unapred zna da je ono što će reći glupo.

„Mislim da bi baku, da je bila muškarac iz svoje generacije, a ne žena, zvali *plejbojem*."

Elsa je dugo ćutala. Zatim je ozbiljno klimnula glavom.

„Imala je mnogo momaka?"

„Da", oprezno potvrdi mama.

„Znam nekog iz moje škole ko ima mnogo momaka", konstatovala je Elsa.

„Oh. Ne mislim da je ta devojčica iz tvoje škole...", panično se pobunila mama.

„To je dečak", ispravila ju je Elsa.

Mama je delovala zbunjeno. Elsa slegnu ramenima.

„Komplikovano je", rekla je.

Mada u stvari uopšte nije bilo. Mama je i dalje izgledala prilično zbunjeno.

„Tvoj deda je jako mnogo voleo tvoju baku. Ali oni nikada nisu... bili par. Razumeš?"

„Kapiram", odgovorila je Elsa, kao neko ko ima internet.

Zatim je ispružila ruke i obuhvatila mamine kažiprste celim šakama.

„Žao mi je što je baka bila toliko loša mama, mama!"

„Zato je bila fantastična baka, Elsa. Ti si joj bila druga šansa", rekla je mama i pomilovala Elsu po kosi, pa nastavila:

„Mislim da je tvoja baka funkcionisala toliko dobro na haotičnim mestima zato što je i sama bila haotična. Uvek je bila fantastična u katastrofalnim okolnostima. Ona nije znala kako da izađe na kraj sa svakodnevicom i svim ovim običnim stvarima."

„Kao sat koji pokazuje drugačije vreme. Nije zaista pokvaren, samo se sve vreme nalazi na pogrešnom mestu", rekla je Elsa trudeći se da ne zvuči ljutito.

Uopšte joj nije pošlo za rukom.

„Da. Možda. Samo sam htela... dakle... razlog što nema starih fotografija bake donekle je to što nije toliko često bila kod kuće. A donekle i to što sam iscepala sve koje su postojale."

„A zašto?"

„Bila sam tinejdžerka. I besna. To pomalo ide jedno sa drugim. Kod kuće je uvek bio haos. Neplaćeni računi i bajata hrana u frižideru, kada je uopšte bilo ikakve hrane, a prilično često nismo imali nikakvu, da. Bože. Teško je to objasniti, dušo. Jednostavno, bila sam ljuta."

Elsa je prekrstila ruke, zavalila se u sedište pa se upiljila kroz prozor.

„Ne treba da imaš decu ako ne želiš da se brineš o njima."
Mama je ponovo ispružila vrhove prstiju i dodirnula joj rame.
„Tvoja baka je bila stara kada me je dobila. Ili dobro, bila je podjednako stara kao i ja kada sam dobila tebe. Ali u bakino vreme to je značilo da je stara. I nije mislila da uopšte može da dobije dete. Išla je na ispitivanja."
Elsa je spustila bradu prema ključnoj kosti.
„Dakle, ti si bila greška?"
„Nesrećan slučaj."
„U tom slučaju sam i ja nesrećan slučaj."
Mamine usne su se stisnule.
„Niko nikada nije čeznuo za nečim onoliko koliko smo tvoj tata i ja čeznuli za tobom, dušo. Ti se nešto najdalje moguće što postoji od nesrećnog slučaja."

Elsa je pogledala u plafon auta i zatreptala da ukloni sjaj iz očiju.

„Je li zato red tvoja supermoć? Zbog toga što ne želiš da budeš kao baka?"
Mama slegnu ramenima.
„Jednostavno, naučila sam da sama dovodim stvari u red. Zato što se nisam oslanjala na tvoju baku. A naposletku je sve postalo još gore onda kada je bila tu. Bila sam ljuta na nju dok je bila odsutna, i još ljuća kada je bila kod kuće."
„Jesi li i dalje ljuta?"
„Da li sam zbog toga užasna osoba?"
Elsa je šutnula pod u autu.
„Ne. Da sam znala da je baka od onih koji ostavljaju svoju decu, oborile bismo rekord u neslozi!"
Mamina milovanja po njenoj kosi postala su učestalija.

„Ona je bila samohrana majka, dušo."

„Ona je bila stvarno sranje, mama."

„Nemoj tako da govoriš, molim te, Elsa. Davala je sve od sebe. Svi mi dajemo sve od sebe."

„Ne!"

„Nije tvoj posao da se ljutiš na nju."

„Dobro, ali se ipak LJUTIM. I to zbog toga što je bila takav kreten, a niko mi nije rekao za to, a sada znam i ipak mi nedostaje, i TO me naročito ljuti!!!"

Mama je iz sve snage stisnula oči i oslonila čelo na Elsino. Elsi su vilice podrhtavale.

„Ljuta sam na nju zbog toga što je umrla. Ljuta sam na nju zbog toga što je umrla i ostavila me", prošaptala je.

„I ja", prošaptala je mama.

I tada je letnji policajac izjurio sa odeljenja za hitan prijem. Pratile su ga dve bolničarke s nosilima između sebe.

Elsa se okrenula za nekoliko centimetara prema mami. Mama se za nekoliko centimetara okrenula prema Elsi.

„Šta misliš da bi tvoja baka sada uradila?", mirno je upitala mama.

„Zbrisala bi odavde", rekla je Elsa, i dalje čela oslonjenog na mamino.

Letnji policajac i bolničarke s nosilima nalazili su se samo nekoliko metara od auta kada je mama polako klimnula glavom. Potom je ubacila u brzinu, i dok su se točkovi vrteli na snegu otklizala se na ulicu i odvezla se odatle. Bilo je to nešto najneodgovornije što je Elsa ikada videla da mama radi.

Uvek će je voleti zbog toga.

15

Piljevina

Čitava Zemlja skoro budnih je naravno zemlja puna manje ili više čudnih stvorenja. Pri čemu je većina njih pre više nego manje čudna, naravno, s obzirom na to da je baka pričala priče o njima, a baka je zaista u svakom smislu bila pre više nego manje čudna. Ali među najčudnijima, čak i prema bakinim merilima, bile su kajalice. To su životinje koje žive u krdima u divljini, a pašnjaci su im nadomak Mijame. Naravno, postoje velike varijacije u onome što pasu, i u stvari niko ne zna baš tačno kako preživljavaju, imajući u vidu okolnosti. Naime, kajalice na prvi pogled izgledaju otprilike kao beli konji, ali su mnogo ambivalentnije, jer pate od biološkog defekta da nikako ne mogu da se odluče. To naravno dovodi do izvesnih praktičnih problema, pošto su kajalice kao što smo rekli životinje koje žive u krdima, a jedna kajalica će se zbog toga gotovo uvek sukobiti sa drugom kajalicom, baš kada krene na jednu stranu, a onda se pokaje. Kajalice zato imaju ogromnu duguljastu izraslinu na glavi, što je imalo za posledicu to da ih u različitim bajkama iz Mijame koje su dospele u stvarni svet mešaju sa jednorozima. U Mijami su zato pripovedači na teži način naučili da ne smeju nikada pokušati da smanje troškove plata tako što će angažovati kajalicu da obavi posao jednoroga, pošto takve bajke teže da nikada zaista ne dođu do neke poente. A osim toga niko, ali zaista niko nije oduševljen kada mora da stane iza kajalice u redu za ručak.

„I tako, nema nikakvog smisla kajati se, od toga te samo zaboli glava!", vikala je zato uvek baka i pljeskala se po čelu. Elsa se setila toga sada dok je sedela u Kiji ispred svoje škole i posmatrala mamu.

Pitala se da li se baka ijednom pokajala kada je ostavljala mamu. Pitala se da li je bakina glava bila puna izraslina. Nadala se da jeste.

Mama je trljala slepoočnice, sve vreme psujući kroz zube. Sasvim vidno se kajala zbog toga što se tako odvezla iz bolnice, jer joj je očigledno tek sada zaista sinulo da će, čim bude ostavila Elsu pred školom, morati da se ponovo odveze pravo u bolnicu i tamo šefuje.

Elsa ju je potapšala po ramenu.

„Možda možeš da se vadiš na trudnički mozak?", tešila ju je.

Mama je iz očajanja zatvorila oči. U poslednje vreme je imala i previše trudničkog mozga. Toliko da čak nije uspela ni da pronađe Elsin grifindorski šal kada ga je jutros tražila, i toliko da je neprestano ostavljala telefon na čudnim mestima. U frižideru i kanti za smeće i korpi za veš, a jednom i u Georgovim patikama za trčanje. Jutros je Elsa morala da pozove mamin telefon tri puta, što i nije baš lišeno komplikacija, jer je displej Elsinog telefona bio poprilično mutan nakon onog puta kada je upoređen sa tost-hlebom.

Ali naposletku su u svakom slučaju pronašli mamin telefon, pošto je zvonio iz Elsinog ranca. Tamo se nalazio i grifindorski šal.

„Eto, vidiš!", pokušala je mama, „ništa nije zaista nestalo sve dok tvoja mama može da ga pronađe!" Ali Elsa je samo prevrnula očima, a mama je izgledala posramljeno kada je promrmljala „trudnički mozak".

I sada je izgledala posramljeno. I puna kajanja.

„Ne verujem da će mi dozvoliti da ostanem šef u bolnici ako im kažem kako sam zaboravila da me je policijski auto dopratio do hitnog prijema, dušo."

Elsa se nagnula ka mami i potapšala je po obrazu.

„Biće bolje, mama. Biće u redu."

Baka je imala običaj da to kaže, shvatila je Elsa pošto je to izgovorila. Mama je položila ruku na Polovče i klimnula glavom glumeći samopouzdanje, da bi promenila temu.

„Po podne tata dolazi po tebe, ne zaboravi. A Georg te vozi u školu u ponedeljak. Ja tada imam konferenciju i..."

Elsa strpljivo počeša mamu po kosi.

„U ponedeljak ne idem u školu, mama. Tada je božićni raspust."

Mama je položila ruku na Elsinu i duboko udahnula kroz njen dlan. Kao da pokušava da njome napuni pluća. Kao što to mame rade sa ćerkama koje prebrzo rastu.

„Oprosti, dušo. Ja... zaboravljam."

„Nema veze", rekla je Elsa.

Ali ipak je imalo malo veze.

Čvrsto su se zagrlile pre nego što je Elsa iskočila iz auta. Sačekala je da se Kija udalji niz ulicu pre nego što je otvorila ranac i izvadila mamin mobilni, pronašla tatino ime u adresaru i poslala poruku: „Inače: ne moraš da pokupiš Elsu po podne.

Ja ću to srediti!" Elsa je znala da tako razgovaraju o njoj. Ona je nešto što treba „pokupiti" i „srediti". Kao veš. Znala je da time ne misle ništa loše, ali mislim stvarno. Nijedna sedmogodišnjakinja koja je gledala filmove o italijanskoj mafiji ne želi da je njena porodica „sredi". Ali to je, naravno, pomalo teško objasniti mami, pošto je mama izričito zabranila baki da dozvoli Elsi da gleda takve filmove.

Mamin mobilni je zavibrirao u Elsinoj ruci. Na ekranu se ukazalo tatino ime. A ispod toga: „Razumem." Elsa je to obrisala. Zatim je obrisala SMS koji je poslala tati iz odlazne pošte. Ostala je na trotoaru i brojala unazad do dvadeset. Kada je stigla do sedam, Kija je ponovo uklizala u parking, a mama je zadihano okretala ručicu za spuštanje prozora. Elsa joj je pružila mobilni. Mama je promrmljala „trudnički mozak". Elsa ju je cmoknula u obraz. Mama se opipala oko vrata i pitala Elsu je li videla njen šal.

„U desnom džepu tvog kaputa", rekla je Elsa.

Mama je izvadila šal iz džepa. Dohvatila je Elsinu glavu, privukla je sebi i jako je poljubila u čelo. Elsa je zažmurila.

„Ništa nije zaista nestalo dok tvoja ćerka može da ga pronađe", prošaputala je mami na uvo.

„Bićeš fantastična starija sestra", prošaputala joj je mama.

Elsa nije ništa odgovorila na to. Samo je ostala da stoji i maše za Kijom. Na to nije mogla da odgovori, jer nije želela da mama sazna kako ona ne želi da bude starija sestra. Ne želi da iko sazna koliko je užasna osoba, kao i da mrzi sopstvenog polubrata samo zato što će svi oni voleti Polovče više nego Elsu. Ne želi da iko sazna kako se boji da će je tada svi napustiti.

Okrenula se i pogledala školsko dvorište. Niko je još nije ugledao. Posegnula je rukom u ranac i izvadila pismo koje je pronašla u Renou. Nije prepoznala adresu, a baka je uvek bila očajna u objašnjavanju kuda treba ići. Elsa čak nije bila sigurna ni da ta adresa postoji u stvarnosti, jer je baka prilično često, kada je objašnjavala gde se nešto nalazi, koristila smernice koje više ne postoje. „To se nalazi baš tamo gde žive oni zvekani s papagajem, prođeš pored stare teniske hale, gde je nekada bila fabrika gume ili šta već beše", umela je da kaže, a kada ljudi ne bi razumeli na šta tačno misli, baka bi se toliko iznervirala da je morala da popuši dve cigarete jednu za drugom i to paleći jednu direktno na žar druge. A kada bi joj neko zatim rekao da to ne sme da radi u kući, razbesnela bi se toliko da bi posle toga zaista postalo sasvim nemoguće dobiti od nje neko ljudsko uputstvo, osim srednjeg prsta.

Elsa je zapravo poželela da iscepa pismo na deset hiljada komadića i baci ih u vetar. To je odlučila juče. Jer je bila ljuta na baku. Ali sada, pošto je mama ispričala celu priču, a Elsa videla sve te ožiljke u maminim očima, odlučila je da to ne učini. Elsa je nameravala da uruči pismo, ovo i sva druga za koja pretpostavlja da joj je baka ostavila duž puta. Nameravala je da uruči sva bakina pisma, i to će biti veličanstvena avantura i čudesna bajka, baš kao što je baka i planirala. Ali Elsa ne namerava da to uradi zbog bake.

Pre svega, trebaće joj kompjuter.

Ponovo je pogledala školsko dvorište. I baš kada se oglasilo zvono za ulazak i svi okrenuli leđa ulici, potrčala je pored ograde, naniže prema autobusu. Sišla je jednu stanicu ranije nego što je uobičajeno i utrčala u prodavnicu hrane, uputivši se pravo prema zastakljenom pultu. Deset minuta kasnije ušunjala se u podrumsku ostavu svoje zgrade i zagnjurila lice u oštrodlakovo krzno. Bilo je to njeno novo najomiljenije mesto na svetu.

„Imam sladoled u torbi", rekla je kada je naposletku podigla glavu.

Oštrodlak je sa zanimanjem isturio njušku.

„Ovo ti je *Benov i Džerijev* super kremasti sladoled, moj omiljeni", razrađivala je priču Elsa.

Oštrodlak je već pojeo više od pola dok je ona stigla do kraja rečenice. Pomilovala ga je po ušima.

„Moram samo da pronađem neki kompjuter, ti ostani ovde i… znaš već… potrudi se da se ne vidiš baš previše!"

Oštrodlak ju je pogledao onako kako to veoma veliki oštrodlak čini ako mu upravo predlažu da se ponaša kao znatno manji oštrodlak.

Elsa je obećala sebi da će pronaći skrovište bolje od tog. Uskoro.

Požurila je uz stepenice. Pažljivo je proverila da li se Brit-Mari smuca negde u blizini, a kada se uverila da je nema na vidiku, pozvonila je na Grmaljeva vrata. Nije otvarao. Ponovo je pozvonila. Bilo je tiho. Zastenjala je i otvorila njegov prorez za poštu, pa zavirila unutra. U stanu je svetlo bilo ugašeno, ali znala je da je tu.

„Znam da si tu!", povikala je.

Niko nije odgovorio. Elsa je duboko udahnula.

„Ako ne budeš otvorio, kinuću pravo unutra! A ja sam megaprehla…", počela je preteći, ali ju je prekinulo frktanje iza nje, kao kada neko pokušava da natera mačku da skoči sa stola.

Osvrnula se. Grmalj je iskoračio iz senke u hodniku. Ni za živu glavu nije mogla da shvati kako je toliki čovek sve ovo vreme uspeo da bude nevidljiv. Protrljao je ruke tako da mu je koža oko zglobova na prstima pocrvenela.

„Bez kijanja, bez kijanja molim!", uznemireno joj je skrenuo pažnju.

Elsa je prevrnula očima što je više mogla, tako da joj se učinilo da je rožnjačama dodirnula mali mozak. Znala je to pošto je pogledala anatomiju mozga na Vikipediji.

„Gospode bože, pa zar misliš da sam poremećena? Ja uopšte i nisam prehlađena!"

Grmalj je zadržao odstojanje nastavljajući da trlja ruke, i uopšte nije delovao ubeđeno. Elsa je razmahnula rukama prema vratima njegovog stana.

„Zbog čega se šunjaš ovuda po stepeništu umesto da si tamo unutra?"

Grmalj je uronio pod kapuljaču tako da mu je iz nje virila samo crna brada.

„Stražarim."

„Da li znaš šta znači kada neko malo previše drami?", upitala je Elsa.

Grmalj nije ništa odgovorio. Slegnuo je ramenima.

„Moram da pozajmim tvoj kompjuter. Jer mislim da je Georg možda kod kuće, a ne mogu da surfujem po svom mobilnom jer je ekran crkao pošto je baka imala neki incident sa njim, fantom i tosterom za hleb. Tako nešto."

Kapuljača na Grmaljevoj glavi polako se pomerila s jedne na drugu stranu.

„Nema kompjutera."

„Ma daj bre! Mogu valjda samo da ga pozajmim kako bih proverila adresu!", ciknula je Elsa mašući bakinim pismom.

Grmalj je ponovo odmahnuo glavom. Elsa je zastenjala.

„Daj mi onda barem lozinku za tvoj vaj-faj, da mogu da se prikačim mojim ajpedom!", frknula je i prevrnula očima toliko da joj se učinilo da su zenice na povratku zamenile mesta.

Grmalj je odmahnuo glavom. Elsa je zastenjala tako da se sva zatresla.

„Ja otprilike nemam 3G na ajpedu, pošto je tata kupio ajped, a mama se naljutila zato što ne želi da imam tako skupe stvari i ne voli *Epl*, pa je to bio otprilike kompromis! Komplikovano je, okej? Samo mi treba tvoj vaj-faj! Zaboga!"

„Nema kompjutera", ponovio je Grmalj.

„Nema... kompjutera?", ponovila je Elsa s nevericom.

Grmalj je odmahnuo glavom.

„Zar nemaš kompjuter?", ciknula je Elsa.

Kapuljača se pomerila s jedne na drugu stranu. Elsa je začkiljila prema njemu kao da misli da se sigurno šali s njom.

„Je li moguće da neko nema KOMPJUTER?"

Grmalj je izvadio zapečaćenu kesicu iz jednog džepa na jakni i iz nje flašicu alkoholnog gela. Pažljivo je sipao sadržinu na dlanove i počeo da je utrljava u kožu.

„Ne treba mi kompjuter", zarežao je.

Elsa je odjednom osetila potrebu da protrlja slepoočnice.

„Zaboga. I još je čudno što ljudi za tebe kažu da si psiho!"

Nije ništa odgovorio. Elsa je ljutito udahnula i osvrnula se oko sebe po hodniku. Georg bi mogao i dalje biti kod kuće, pa ne može da ode kući, jer će je on pitati zašto nije u školi. Ne može da ode ni kod Mod i Lenarta, jer su suviše fini da bi lagali, pa će, ako ih mama bude pitala jesu li videli Elsu, reći onako kako jeste. Dečak sa sindromom i njegova majka nisu kod kuće preko dana. A na Brit-Mari može jednostavno da zaboravi.

Što je najgore, to joj ne ostavlja baš mnogo mogućnosti izbora. I tako se Elsa pribrala i pokušala da razmišlja o tome kako se vitez iz Mijame nikada ne boji potrage za blagom, čak ni ako je teška. Zatim je krenula uz stepenice.

Alf je otvorio posle sedmog zvona. Stan mu je mirisao na piljevinu. Bio je odeven u nešto što bi se samo uz mnogo dobre volje moglo nazvati kućnim ogrtačem, a vlasi kose koje je još imao na glavi izgledale su kao poslednje zgrade koje klecavo odolevaju na rubu orkana. Držao je u ruci veliku belu šolju na kojoj je pisalo „Juventus", a iz nje se osećala kafa jačine koju baka nikada nije podnosila. „Kada Alf napravi kafu, možeš od samog mirisa da ustaneš iz kreveta i voziš auto celo prepodne", imala je običaj da kaže, a Elsa nije baš tačno znala šta hoće da kaže, ali je razumela šta to znači. Barem je mislila da je tako.

„Molim?", nabusito se obratio Alf Elsi.

„Znate li gde je ovo?", rekla je Elsa i tutnula mu kovertu s bakinim rukopisom.

„Zar si me probudila da bi me pitala za prokletu adresu?", odgovorio je Alf na svoj način, neljubazno, i uzeo veliki gutljaj kafe.

„Zar ste spavali?", odbrusi mu Elsa uzdignutih obrva.

Alf je uzeo još jedan gutljaj kafe i pokazao glavom na ručni sat.

„Vozio sam kasnu smenu. Tako da je za mene sada noć. Da li možda ja dolazim kod tebe noću i pitam te gluposti?"

Elsa je pogledala šolju. Pogledala je Alfa.

„Zašto pijete kafu ako spavate?"

Alf je pogledao šolju. Pa Elsu. Izgledao je kao da ništa ne razume.

„Probudio sam se i ožedneo."

„Mislim, moj tata kaže da ako popije kafu posle šest uveče, cele noći ne može da spava", rekla je Elsa.

Alf ju je posmatrao veoma, veoma dugo. Onda je posmatrao šolju veoma, veoma dugo. Zatim ponovo Elsu, ništa ne shvatajući.

„Da ne spavam? Pa to je samo kafa, dođavola."

Elsa slegnu ramenima.

„Znate li gde je to ili ne?", upitala je i pokazala na kovertu.

Alf je izgledao pomalo kao da u sebi ponavlja njeno pitanje veoma prenaglašenim i podrugljivim tonom. Uzeo je novi gutljaj kafe.

„Vozim Taksi već trideset godina."

„Pa?", upita Elsa.

„Naravno da onda znam gde se nalazi, dođavola", promrmlja Alf i pokaza na kovertu.

„Izviiinite molim vas, onda!", promrmlja Elsa zauzvrat.

Alf je iskapio šolju.

„Kod starog pogona za prečišćavanje vode", rekao je zatim.

„Šta?", upita Elsa.

Alf je izgledao očajno.

„Eh, deca i poznavanje istorije. Tamo gde je nekad bila fabrika gume, pre nego što su je ponovo premestili. I ciglana."

Elsin izraz lica jasno je govorio da pojma nema o čemu on priča.

Alf se uhvatio za ostatke kose i nestao u unutrašnjosti stana. Vratio se s novom šoljom kafe i kartom. S treskom je spustio šolju kafe na policu u predsoblju i označio debeo krug hemijskom olovkom na karti.

„Aha, tu znači! Pa tamo je galerija!", ciknula je Elsa i zatim ga iznenađeno pogledala.

„Zašto niste jednostavno rekli tako?"

Alf je odgovorio nešto što Elsa nije baš dobro čula i zatvorio joj vrata pred nosom.

„Zadržaću kartu!", veselo mu je doviknula Elsa kroz prorez za poštu.

Nije ništa odgovorio.

„Inače sam na božićnom raspustu, ako vas zanima! Zato nisam u školi!", povikala je.

Nije odgovorio ni na to.

* * *

Oštrodlak je ležao na boku, sa dve noge udobno ispružene u vazduhu kada se Elsa vratila dole u podrum, kao da je potpuno pogrešno shvatio kako treba da radi pilates. Grmalj je stajao u prolazu ispred i trljao ruke. Nije uopšte izgledao kao da mu je prijatno.

„Njuška", prošištao je i napravio pokret koji izražava gađenje svojom ogromnom šakom ispred lica, kako bi to dodatno ilustrovao.

„Ulepljena. Cela njuška... ulepljena..."

Molećivo je pogledao Elsu. Elsa je uzdahnula, zavukla glavu u ostavu i strogo uperila prst u oštrodlaka.

„Operi se oko njuške, treba da idemo."

Oštrodlak se gipko prevrnuo i ustao. Isplazio je jezik veliki kao peškir za goste u malom kupatilu kod mame i Georga i olizao sladoled s njuške.

Elsa je pogledala Grmalja. Pokazala mu je kovertu.

„Hoćeš i ti s nama?"

Grmalj je klimnuo glavom. Kapuljača mu se za nekoliko centimetara svukla sa lica, i veliki ožiljak na licu blesnuo je na tren u odsjaju neonki sa plafona. Nije čak ni pitao kuda će. Bilo je teško ne zavoleti ga samo zbog toga.

Elsa je pogledala prvo njega, pa oštrodlaka. Znala je da će se mama sigurno naljutiti zbog toga što je izostala iz škole i zbog toga što odlazi bez dopuštenja, ali kada Elsa upita mamu zašto se stalno toliko brine za Elsu, mama uvek odgovara: „Jer se plašim da će ti se nešto dogoditi!" A Elsi je zapravo bilo baš teško da zamisli kako bi išta moglo da se dogodi nekom ko kraj sebe ima jedno čudovište i jednog oštrodlaka. Zato je smatrala da bi trebalo da bude okej, imajući u vidu trenutne okolnosti.

Oštrodlak je pokušao da lizne Grmalja kada je izašao iz ostave. Grmalj je prestravljeno poskočio unazad i trgnuo ruku ka sebi, pa zatim dograbio metlu naslonjenu pred drugom ostavom. Oštrodlak je izgledao kao da se izazivački ceri, pa je mlatarao jezikom tamo-amo kroz vazduh, u dugim, provokativnim zamasima.

„Prestani!", rekla mu je Elsa.

Grmalj je ispružio metlu kao koplje ispred sebe i odgurnuo oštrodlaka tako što mu je ćušnuo četkasti kraj u njušku.

„Prestani kad sam rekla!", oštro im je oboma podviknula Elsa.

Oštrodlak je sklopio vilicu oko metle, mrveći cepke drveta među zubima.

„Presta…", poče Elsa, ali nije stigla da završi, pošto je Grmalj punom snagom zavitlao metlu i oštrodlaka preko celog podruma tako da je teška životinja silovito tresnula o zid nekoliko metara dalje.

Oštrodlak se sklupčao pa ponovo napeo telo u jednom pokretu, i već je bio usred strašnog skoka nazad i pre nego što se prizemljio. Vilice su mu bile razjapljene, a parada zuba krupnih poput kuhinjskih noževa sasvim vidljiva. Grmalj ga je dočekao isprsivši se, stegnutih pesnica.

„MA HOĆETE LI PRESTATI!", zaurla Elsa i svojim malecnim telom uskoči između dva izbezumljena bića.

„Trebalo bi da vi štitite MENE, budale jedne blesave! SABERITE SE!", vikala je tako da joj je glas pucao.

Stajala je nezaštićena između kandži oštrih poput koplja i pesnica dovoljno velikih da bi verovatno mogle da joj odvoje glavu od ramena, potpuno nenaoružana, izuzev ravnodušnošću jedne još malo pa osmogodišnjakinje prema svim svojim fizičkim nedostacima. Ali to je bilo dovoljno.

Oštrodlak je zastao u skoku i meko se prizemljio kraj nje. Grmalj je ustuknuo nekoliko koraka. Mišići su se polako opustili. Pluća su polako ispustila vazduh. Nijedan je nije gledao u oči.

„Trebalo bi da vi štitite *mene*", ponovila je Elsa tiše, pokušavajući da ne zaplače, što joj i nije baš sjajno polazilo za rukom.

„Nikada nisam imala nijednog drugara, a sada vi pokušavate da poubijate jedina dva koja sam ikada imala, i to tek što sam ih stekla. Baš ste prave budale."

Oštrodlak je oklembesio njušku. Grmalj je trljao ruke i nestao pod svojom kapuljačom. Zaljuljala se u pravcu oštrodlaka.

„Prvi si počeo", izustio je Grmalj.

Oštrodlak je uzvratio režanjem, onako kako se radi kada želite da kažete: „Pih! Ti si počeo!", ali ne umete da govorite.

„Sad je dosta!", izdra se Elsa na obojicu.

Pokušala je da zvuči ljutito, ali shvatila je da samo zvuči kao da plače. Što nije bilo istina. Ili jeste, ali baš samo malčice.

Grmalj je uviđavno podigao dlan pa ga spustio kraj nje, najbliže što je mogao da izvede a da je ne dodirne.

„Iz...vini", promumlao je.

Oštrodlak ju je ćušnuo u rame. Spustila je čelo na njegovu njušku.

„Imamo važan zadatak i zato ne možete da se tako glupirate. Moramo da uručimo ovo pismo, jer mislim da baka želi još nekom da se izvini. I mislim da će biti još pisama, i mislim da ćemo morati sve da ih uručimo, jer mislim da se u tome sastoji potraga za blagom i avantura. Tako izgleda ova bajka. Treba da uručimo sva bakina izvinjenja."

Duboko je udahnula kroz oštrodlakovo krzno i sklopila oči.

„Moramo da uručimo sva bakina izvinjenja zbog moje mame. Jer nadam se da je poslednje izvinjenje namenjeno njoj."

16

Prašina

Biće to veličanstvena avantura. Čudesna bajka.

A Elsa je, naravno, mislila da će početi vozeći se autobusom, kao neki tamo malo normalniji vitezovi koji su se upustili u neku tamo malo normalniju avanturu u malo normalnijim bajkama, gde nema raspoloživih konja ili oblakonja. Ali pošto su pet minuta čekali na stanici, a Elsa primetila da su se svi ostali ljudi na stanici uz užasnute poglede iskosa prema Grmalju i oštrodlaku pomerili što je moguće dalje ka drugom kraju stanice a da pritom na završe na drugoj stanici, shvatila je da ovo neće proći bez komplikacija.

Međutim, kada su se ukrcali u autobus, pokazalo se da oštrodlaci inače i nisu baš ludi za vožnjom autobusom. Pošto je ovaj počeo da njuška okolo gazeći ljude po prstima i obarajući torbe repom, i uspeo da malo izbalavi na jedno sedište pomalo preblizu Grmalja da bi se Grmalj osetio sasvim prijatno, Elsa je odlučila da odustane od čitavog projekta i da sve troje siđu. Nakon vožnje od tačno jedne stanice.

* * *

Elsa je čvršće vezala grifindorski šal oko lica i gurnula ruke u džepove, pa su prepešačili ceo put po hladnoći i snegu. Oštrodlak se toliko obradovao što neće morati da se vozi autobusom da je poskakivao u krugovima oko Else i Grmalja nalik na neko razigrano štene. Grmalj je izgledao zgroženo i hodao je s rukama skrštenim na leđima kao neko ko se bavi skijaškim skokovima i pokušavao da se učini što je moguće tanjim, što naravno i nije bilo naročito tanko, kako ga jezik--peškir ne bi dodirivao i šljepnuo po njemu svaki put kada čupava beštija prođe kraj njega.

Grmalj nije delovao kao da je navikao na boravak van kuće po dnevnoj svetlosti, razmišljala je Elsa. Možda zbog toga što je Vukosrce navikao da živi u mračnim šumama izvan Mijame, tamo gde se sunčeva svetlost nikada ne usuđuje da stupi. Barem bi trebalo da tamo živi sudeći po bakinim pričama, pa bi, ako ova bajka ima ikakvog smisla, to trebalo da bude logično objašnjenje.

Ljudi na koje su nailazili na trotoaru postupali su onako kako ljudi po pravilu postupaju kada ugledaju devojčicu, oštrodlaka i čudovišnog grmalja kako hodaju naporedo: prelazili su na drugu stranu ulice. Neki su, naravno, pokušavali da se prave kako to uopšte nema nikakve veze sa tim što se plaše grmaljâ, oštrodlakâ i devojčica, tako što su se demonstrativno pretvarali da glasno razgovaraju telefonom s nekim ko im sasvim iznenada daje sasvim suprotne smernice o tome kuda treba da idu. Kao što Elsin tata ponekad radi kada mu se desi da ode na pogrešnu stranu, a ne želi da nepoznati ljudi saznaju kako je on jedan od onih koji greše. Elsina mama nije imala taj problem, jer bi, ako bi otišla na pogrešnu stranu, jednostavno nastavila da hoda dalje, a onaj s kime treba da se nađe jednostavno bi morao da je sledi. Baka je imala običaj da rešava problem izdirući se na saobraćajne znakove. Svako ima neki svoj način.

Ali drugi koji su dolazili u susret avanturističkom triju naravno uopšte nisu bili tako diskretni i posmatrali su Elsu sa druge strane ulice kao da je kidnapovana. Elsa je razmišljala kako bi Grmalj sigurno mogao da bude dobar u mnogo čemu, ali kidnaper koga možete onesposobiti tako što ćete kinuti na njega ipak ne bi mogao da bude naročito uspešan kidnaper. Imao je zaista neobičnu Ahilovu petu za jednog superheroja, pomislila je. Sline.

Jedan čovek u odelu koji je hodao brzo i glasno pričao u beli kabl u uvu uopšte nije stigao da ih vidi, pa je nastavio da marširao trotoarom sve dok skoro nije udario čelom u grudi Grmalja, koji je preplašeno pokušao da uzmakne kako ga ne bi dodirnula griva natopljena gelom za kosu. Čovek u odelu je kreštavo kriknuo.

Grmalj je ustuknuo od njega i protrljao ruke kao da na njima ima pljuvačke. Oštrodlak je veselo i kratko zalajao. Čovek u odelu se oteturao odatle, bledog lica, dok se beli kabl vukao za njim po zemlji kao utikač.

Elsa je pogledala Grmalja. Pogledala je oštrodlaka. Razočarano je zavrtela glavom.

„Šteta što vas nisam poznavala za Noć veštica. S vama bi baš bilo mnogo dobro za Noć veštica."

Ni Grmalj ni oštrodlak nisu izgledali kao da razumeju šta to znači. Grmalj je nestao pod kapuljačom, tako da mu se videla samo brada. Oštrodlak je prestao da skakuće u krugovima i delovao je zadihano, kao što se to događa oštrodlacima koji više nisu štenci kada ih neko podseti da više nisu štenci. Šetnja je potrajala više od dva sata. Elsa je poželela da je Noć veštica, jer bi tada mogli da se voze autobusom a da pritom ne preplaše sve normalne ljude, pošto bi svi mislili da su se samo prerušili. Upravo je zato Elsa volela Noć veštica. U Noći veštica je normalno biti drugačiji.

Bilo je skoro podne kada su pronašli pravu adresu. Elsu su bolele noge, bila je gladna i loše raspoložena. Znala je da se jedan vitez od Mijame nikada ne bi žalio, niti se plašio velike avanture kada ga pošalju u potragu za blagom, ali niko nije rekao da vitez ne sme da bude gladan ili loše raspoložen.

Na traženoj adresi se uzdizao jedan soliter, a na drugoj strani ulice nalazila se hamburgernica. Elsa je rekla oštrodlaku i Grmalju da sačekaju i otišla tamo, iako je inače imala principe kada je reč o lancima hamburgernica, jer tako nešto imate kada vam je nepunih osam godina a umete da koristite internet i niste pametnjaković. Ali nažalost, principi se ne jedu, čak ni kada vam je skoro osam godina. I tako je kupila sladoled za oštrodlaka i hamburger za Grmalja. Kao i vegetarijanski burger za sebe. A kada je izašla, krišom je izvadila svoj crveni flomaster iz džepa i tamo gde je pisalo „Plus Meni" diskretno prežvrljala veliko slovo M i iznad dopisala malo.

Grmalj je odbio da takne čak i papir svog hamburgera, pa je oštrodlak pojeo i to. Sedeli su na klupi ispred solitera, iako ih je hladnoća ispod nule štipala za lice, dok je Elsa jela svoj vegetarijanski burger. Ili su tačnije sedeli samo Elsa i oštrodlak, jer je Grmalj posmatrao klupu kao da i ona namerava da ga lizne. A zatim je oštrodlaku deo sladoleda ispao na klupu, pa ga je bezbrižno polizao, a Grmalj je izgledao kao da ima napad gušenja. Elsa je odmah potom ponudila oštrodlaku zalogaj svog vegetarijanskog burgera, nakon čega je bezbrižno nastavila da ga jede baš tamo gde je oštrodlak zagrizao, i nakon toga je Elsa morala da pomogne Grmalju da neko vreme diše u papirnu kesu. I baš kada se umirio,

Elsa mu je skrenula pažnju da nije sigurna koliko je papirna kesa zapravo čista, a tada je Grmalj morao da čučne i prilično dugo drži rukama glavu.

Elsa i oštrodlak nisu mogli da učine mnogo toga osim da sede na klupi i čekaju ga da završi s tim. Elsa je u međuvremenu stigla da se veoma naljuti na vegetarijanski burger, pošto je bio nenormalno ukusan, a mnogo je teže imati principe kada je reč o lancima hamburgernica koji prave nenormalno ukusne vegetarijanske burgere. Zatim je zabacila glavu i pogledala uvis duž fasade zgrade. Sigurno je imala bar petnaest spratova. Izvadila je kovertu iz džepa i proučavala je.

„Jesi li gotov?", upitala je Grmalja, ali nije čekala na odgovor.

Skliznula je sa klupe i krenula da trupka kroz ulaz. Grmalj i oštrodlak su je pratili u tišini, obavijeni upadljivim mirisom alkoholnog gela. Elsa je brzo prostudirala tablu sa obaveštenjima na zidu i pronašla ime sa koverte. Ispred njega je pisalo „Leg. psiholog". Elsa nije znala šta to znači. „Leg" je na engleskom „noga", ali ona nikada nije čula za noge kojima je potreban psiholog. Ako nije u pitanju čovek koji se zove Noga, jer njima su psiholozi sigurno potrebni kao i svima drugima, zaključila je. Elsa nije želela da se meša u to. Ali i to je zvučalo kao prilično mršava ciljna grupa ako treba od nje da se izdržavate.

Bilo kako bilo, nastavila je da tabana kroz prostrano odzvanjajuće prizemlje, sve do lifta na drugom kraju. Tamo je oštrodlak zastao i nije hteo ni metar dalje. Elsa je naherila glavu i pogledala ga.

„Nemoj mi reći da se plašiš liftova?"

Oštrodlak je posramljeno pogledao u pod.

„Pa onda je stvarno sreća što se Rat bez kraja nije odvijao u soliteru, jer ne bi bilo baš mnogo vajde od vas oštrodlaka!", prostenjala je Elsa.

Oštrodlak je uvređeno zalajao na nju. Ili je to bilo namenjeno liftu. Elsa je slegnula ramenima i ušla. Grmalj je krenuo za njom posle izvesnog oklevanja, pazeći da ne dodirne nijedan zid. Oštrodlak je nestao među senkama u jednom uglu prizemlja i snužđeno se prućio na pod.

Elsa je ispitivački posmatrala Grmalja dok su se vozili. Brada mu je izvirivala ispod kapuljače kao neka velika, radoznala veverica, zbog čega je izgledao sve manje i manje opasno što ga je duže poznavala. Grmalj je očigledno primetio njen pogled, pa je nelagodno protrljao ruke. Elsa je na sopstveno iznenađenje shvatila da je to vređa.

„E pa, ako smatraš da je sve ovo tolika gnjavaža, možeš da stražariš i tamo dole. Nije da će mi se bogzna šta dogoditi dok budem uručivala pismo nožnom psihologu!", odbrusila mu je.

Rekla je to na običnom jeziku, jer je odbijala da s njim razgovara na tajnom. Ljubomora zbog toga što bakin jezik čak uopšte nije zaista bakin rasla joj je u stomaku kao tumor. Elsa je to znala pošto je na Vikipediji proverila šta znači „analogija". A znači „sličnost". Kao tumor.

„Ne moraš da budeš sve vreme tik pored mene da bi me čuvao, ako je uopšte toliko nenormalno važno da moraš da me čuvaš!", prasnula je malo ljuće nego što je nameravala, iako je zapravo od samog početka htela da to kaže ljutito.

Naime, već je počela da smatra Grmalja prijateljem, a sada se podsetila da je on tu samo zato što mu je baka rekla da je čuva. I sada je zapravo pomislila kako bi baš mogao i da se tera u šumu. I to doslovno, pošto je Vukosrce valjda i živeo u šumi, ako uopšte ima ičeg istinitog u toj bajci.

Grmalj je stajao ćutke. Lift se zaustavio. Vrata su se otvorila. Elsa je izmarširala napolje. On je hodao za njom nečujnog koraka. Prošli su pored vrata u hodniku pre nego što su naišli na ona koja pripadaju nožnom psihologu. Elsa je pokucala tako da je morala baš da se napregne kako Grmalju ne bi pokazala koliko su je nenormalno zaboleli zglobovi prstiju. Grmalj je ustuknuo prema zidu na drugoj strani uzanog hodnika, kao da je uvideo da će osoba sa druge strane vrata možda proviriti kroz špijunku, pa je želeo da joj pruži sportsku šansu da u tom slučaju vidi barem polovinu Grmalja kroz nju. Elsa je primetila da pokušava da se učini što manjim i što nestrašnijim. Nažalost, bilo je teško ne voleti ga zbog toga, čak i ako pokušate. Pa čak i ako nestrašan i nije zaista dobra reč.

Elsa je ponovo pokucala na vrata. Prislonila je uvo na bravu. Pokucala je još jednom. I još jednom ništa.

„Prazno", polako je rekao Grmalj.

„Ma nemoj mi reći?", odvrati Elsa sarkastično.

Ili ironično. Više ni sama nije bila sigurna. A nije zaista htela da se naljuti na njega, jer se zapravo ljuti na baku. Jednostavno je bila umorna. Silno, silno umorna. Osim toga, strašno su je boleli zglobovi prstiju. Osvrnula se oko sebe i ugledala dve drvene stolice.

„Nožni psiholog je možda otišao na ručak, moraćemo da sačekamo", rekla je Grmalju i bacila se na stolicu tako silovito da se oko nje uskovitlao tornado prašine.

Kinula je. Grmalj je izgledao kao da je na ivici da sam sebi iskopa oči i vrišteći otrči odatle.

„Nisam to uradila namerno! Bilo je prašnjavo!", branila se Elsa na sav glas.

Grmalj je izgledao kao da prihvata izvinjenje. Ali posle toga se držao na odstojanju od nekoliko metara. Stajao je s rukama na leđima i jedva da je mrdao i trepavicama u sledeća tri ili četiri beskraja.

Za Elsu se otprilike posle jednog i po tišina pretvorila iz prijatne u napornu, pa iz ove u nepodnošljivu. A kada se već pozabavila svime što joj je palo na pamet, lupkajući prstima po stolu, čupkajući postavu iz sedišta stolice kroz rupicu na tkanini i urezujući svoje ime noktom na kažiprstu u meko drvo na naslonu za ruke, prekinula ju je pitanjem koje je zazvučalo mnogo više optužujuće nego što joj je bila namera.

„Zašto nosiš vojničke pantalone ako nisi vojnik?"

Grmalj je tiho disao pod kapuljačom.

„Stare pantalone."

„Jesi li bio vojnik?"

Kapuljača se pomerila gore-dole.

„Rat je zlo, i vojnici su zli. Vojnici ubijaju ljude!", optužujućim tonom je rekla Elsa.

„Nisam bio ta vrsta vojnika", tiho je odgovorio Grmalj.

„Postoji samo jedna vrsta vojnika!", odbrusi mu Elsa.

Grmalj nije ništa odgovorio. Elsa je noktom urezala ružnu reč u drvo naslona za ruke. Zapravo nije htela da postavi pitanje koje je gorelo u njoj, jer nije želela da Grmalj sazna koliko je povređena. Ali nije mogla da se suzdrži. Bio je to jedan od Elsinih velikih problema, kako su govorili u školi. Nikada ne može da se suzdrži.

„Jesi li ti pokazao mojoj baki Mijamu, ili je ona pokazala tebi?"

Ispljunula je reči iz sebe. Kapuljača se nije pomerala, ali videlo se kako diše. Taman je htela da ponovi pitanje, kada se iznutra začulo:

„Tvoja baka. Pokazala. Bio dete."

Izgovorio je to kao što sve govori na običnom jeziku. Kao da se reči svađaju dok mu izlaze iz usta.

„Bio si mojih godina", zaključila je Elsa i pomislila na slike Dečaka Vukodlaka.

Kapuljača se pomerila gore-dole.

„Da li ti je pričala bajke?", tiho je upirala Elsa, nadajući se da će odgovoriti da nije, iako je već i sama znala odgovor.

Kapuljača se pomerila gore-dole.

„Jeste li se upoznali u ratu? Je li te zato zvala Vukosrce?", upitala je Elsa ne gledajući ga.

Zapravo i nije htela da postavlja dalja pitanja jer je tumor ljubomore ponovo počeo da raste. Ali kapuljača se pomerila gore-dole.

„U logoru. Logoru za one koji beže", začulo se iz mraka iza brade.

„Izbeglički logor", ispravila ga je Elsa, pa upitala:

„Je li te baka dovela ovamo? Ona ti je sredila da stanuješ u našoj zgradi?"

Iz kapuljače se čuo dug izdisaj.

„Živeo sam na mnogo mesta. U mnogo domova."

„U domovima za nezbrinutu decu?", upitala je Elsa.

Kapuljača se ponovo pomerila gore-dole.

„Zašto nisi ostao tamo?"

Kapuljača se pomerila s jedne na drugu stranu, veoma lagano.

„Loši domovi. Opasni. Tvoja baka me je odvela."

„Jesi li zato postao vojnik kada si odrastao? Da bi mogao da ideš na ista mesta kao i baka?"

Kapuljača se pomerila gore-dole.

„Jesi li i ti želeo da pomažeš ljudima? Kao i ona?"

Kapuljača se pomerila gore-dole.

„Zašto onda jednostavno nisi postao lekar kao baka?"

Grmalj je protrljao ruke.

„Krv. Ne volim… krv."

„Onda ti je baš bilo pametno što si postao vojnik!", prasnu Elsa ironično.

Ili sarkastično. Nije bila sigurna.

„Jesi li ti siroče?", upitala ga je pošto ništa nije odgovarao. Kapuljača se nije pomerala. Grmalj je ćutao. Ali videla je da brada nestaje dublje u tami. Elsa je iznenada ushićeno klimnula glavom sama za sebe.

„Kao Iks ljudi!", ciknula je sa mnogo više entuzijazma nego što je zapravo želela da pokaže.

Kapuljača se nije pomerala. Elsa se nakašljala pomalo rasejano

„Iks ljudi su... mutanti. A mnogi među Iks ljudima takođe su kao siročad. To je prilično... kul."

Kapuljača se nije pomerala. Elsa je iščeprkala još postave iz stolice i osetila se glupavo. Htela je da napomene kako je i Hari Poter siroče, a biti nalik Hariju Poteru na bilo koji način zapravo je nešto najviše kul na svetu, ali već je počela da uviđa kako Grmalj sigurno ne čita onoliko kvalitetne književnosti koliko bi se neko možda mogao ponadati. Zato je samo oćutala.

„Je li Mijama reč na tajnom jeziku? Ili tačnije, je li to reč na tvom jeziku? Mislim, ne zvuči mi kao ostale reči na tajnom jeziku? Odnosno, tvom jeziku. Hoću reći, ne zvuči kao reč na tvom jeziku. Zvuči drugačije!", upitala je, ne baš mrvicu zbrkanije nego što je nameravala.

Kapuljača se nije pomerala. Ali su se reči sada začule iz nje mekšim glasom. Ne kao sve druge reči koje inače dolaze od Grmalja, koje su sve do jedne zvučale sumnjičavo. Ovo sada je delovalo gotovo sanjivo.

„Mamin jezik. 'Mijama'. Jezik... moje mame."

Elsa je podigla pogled i zagledala se duboko u tamu ispod kapuljače.

„Zar vi niste govorili istim jezikom?"

Kapuljača se pomerila sa jedne na drugu stranu.

„Odakle je tvoja mama došla?", upita Elsa.
„Sa jednog drugog mesta. Iz drugog rata."
„Šta onda znači Mijama?"
Reči su zvučale kao uzdah.
„Znače 'volim'. Mamin jezik."
Elsa je iščupala ostatak postave iz stolice i smotala je u lopticu koju je valjala napred-nazad po naslonu za ruke kako bi izbegla da se suoči s tumorom.
„Dakle, to je bila tvoja kraljevina. Zato se zove Mijama. A ne zato što sam ja pidžamu zvala 'mijama'. E, to baš liči na nešto što bi baka uradila, izmislila je Mijamu za tebe zato da bi znao da te mama voli", promrmljala je, pa naglo zaćutala pošto je uvidela da je to izgovorila naglas iako joj je namera bila da to ostane samo misao.
Grmalj se premestio s noge na nogu. Počeo je da diše sporije. Protrljao je ruke.
„Mijama. Nije izmišljena. Nije ko bajagi. Nije za... male. Mijama. Stvarna je za... decu."
A onda, kada je Elsa zažmurila kako ne bi pokazala da se slaže, nastavio je nesigurno:
„U pismu. Bakino izvinjenje. Izvinjenje zbog mame", prošaputao je ispod kapuljače.
Elsine oči su se razrogačile, a obrve raširile.
„Šta?"
Grmaljeve grudi su se podizale i spuštale.
„Pitala si. Za bakino pismo. Šta je baka napisala. Napisala je izvini zbog mame. Nikada nismo našli... mamu."
Pogledi su im se susreli negde na sredini između njih, ravnopravno. Između njih je nastalo malo ali uzajamno poštovanje, kao između dvoje Mijamaca. Elsa je shvatila da joj on priča šta je pisalo u pismu zato što razume kako je

to kada svašta kriju od tebe samo zato što si dete. I zato je zvučala znatno manje ljutito kada je upitala:
„Jeste li tražili tvoju mamu?"
Kapuljača se pomerila gore-dole.
„A koliko dugo?"
„Uvek. Još od… logora", čulo se ispod kapuljače.
Elsina brada se spustila niže.
„Je li zato baka išla na sva ona putovanja? Zato što ste tražili tvoju mamu?"

Grmaljeve ruke su počele da se trljaju brže. Grudi su mu se podizale i spuštale. Kapuljača se spustila tek za koji centimetar. Onda se beskrajno sporo ponovo podigla.
Onda je zavladala tišina.

Elsa je klimnula glavom pogledavši u svoje krilo i bes je ponovo nerazumno proključao u njoj.
„I moja baka je bila nečija mama! Da li ste nekad možda pomislili na to?"
Grmalj nije ništa odgovorio.
„Ne moraš da me čuvaš!", odbrusi Elsa, nastavljajući da urezuje ružne reči u drvo naslona.
Tišina je potrajala najmanje jedan ili dva beskraja.
„Ne čuvar", najzad je zarežao Grmalj iza nje.
Dva crna oka su se promolila ispod kapuljače.
„Ne čuvar. Prijatelj."
Ponovo je nestao ispod kapuljače. Elsa je zaronila pogledom u pod i petom zagrebala po itisonu tako da se iz njega podiglo još prašine.
„Hvala", nabusito je prošaputala.
Njegova kapuljača se nije pomerila. Elsa je prestala da diže prašinu. Brzo je udahnula i ponovila:

„Hvala."
Ali sada je to učinila na tajnom jeziku.

Grmalj nije ništa rekao, ali kada je protrljao ruke jednu o drugu, nije to učinio onako snažno i onako brzo. Elsa je to videla. Tumor je polako ispustio vazduh.

„Ti baš i ne voliš mnogo da pričaš, a?", upitala je na tajnom jeziku.

„Nisam dugo pričao", odgovorio je Grmalj na običnom jeziku.

„Misliš, nisi dugo pričao na običnom jeziku?", upitala je ona na običnom jeziku.

„Nisam dugo pričao ni na jednom jeziku", odgovorio je na tajnom.

Elsa je zamišljeno klimnula glavom.

„A ti ne voliš mnogo da pričaš?", ponovila je na tajnom.

„Dok ti voliš, i to sve vreme", odgovorio je Grmalj.

I to je bio prvi put da se osmehnuo, koliko je Elsa mogla da se seti. Ili se skoro osmehnuo.

„*Touché*", priznala mu je Elsa.

Na običnom jeziku. Jer nije znala kako se „*touché*" kaže na tajnom.

Posle toga je između nje i Vukosrca zavladala tišina.

Elsa nije znala da kaže koliko su dugo čekali, ali nastavili su da čekaju još dugo pošto je Elsa zapravo odlučila da odustane. Čekali su sve dok se vrata nisu otvorila uz tiho pling, a žena u crnoj suknji je zakoračila u hodnik.

Otišla je pravo do vrata sa imenom napisanim na koverti, i to je učinila korakom kakav ljudi koriste kada idu prema vratima kao da nameravaju da im očitaju bukvicu. Ali onda je zastala sa jednom štiklom u vazduhu i zagledala se u ogromnog bradonju i malu devojčicu, koja je izgledala kao da mu može stati u dlan. Devojčica je zurila u nju. Žena u crnoj suknji držala je ispred sebe plastičnu teglicu sa salatom. Podrhtavala je. Izgledala je kao da razmišlja da li da se okrene i pobegne odatle, sa logikom koju mala deca primenjuju kada misle da su nevidljivi ako zažmure. Ali umesto toga je ostala da stoji nekoliko metara od njih, sa obe šake se grčevito držeći za teglicu, kao da je rub litice.

Elsa je ustala sa stolice. Vukosrce je uzmakao od obe. Da ga je Elsa posmatrala, videla bi da je to učinio sa izrazom lica koji nikada ranije nije videla kod njega. Bio je to strah od vrste za kakvu niko u Zemlji skoro budnih ne bi poverovao da je moguća kod Vukosrca. Ali Elsa ga nije posmatrala, ustala je sa stolice i gledala samo u ženu u crnoj suknji.

„Mislim da imam pismo za vas", izustila je Elsa naposletku, pošto je prethodno udahnula duboko kao da će skočiti u vodu sa visoke trampoline.

Žena u crnoj suknji stajala je nepomično, prstiju pobelelih oko teglice. Elsa je neumoljivo pružila kovertu prema njoj.

„Od moje bake je. Mislim da vas pozdravlja i izvinjava vam se zbog nečega."

Žena ju je prihvatila. Elsa je zavukla ruke u džepove jer nije baš znala šta bi s njima, kao što biste učinili sa dve velike lepljive ružičaste žvakaće gume kada ne uspete da pronađete korpu za otpatke.

Nije znala šta žena u crnoj suknji radi ovde, ali je shvatala da baka sigurno nije slučajno poslala Elsu s pismom čak ovamo. Jer u Mijami nema slučajnosti. U bajkama ne postoje koincidencije. Sve je onako kako treba da bude.

„Na koverti nije vaše ime, znam zbog toga što vam ime piše na vašem sandučetu kod nas u zgradi, ali mora biti za vas, jer bi inače ovo bila slučajnost, a u bajkama nema slučajnosti!", hitro ju je obavestila Elsa pa protegla leđa, jer vitezovi u bajkama protežu leđa.

Žena u crnoj suknji danas se osećala na mentu, a ne na vino. Pažljivo je izvadila pismo iz koverte i razmotala ga. Usne su joj se stisnule. Pismo je zadrhtalo.

„Ja... nekada sam se tako zvala, bilo je to davno. Ponovo sam uzela devojačko prezime kada sam se uselila kod vas u zgradu, ali ovako sam se prezivala kada... kada smo se tvoja baka i ja upoznale."

„Posle talasa", rekla je Elsa, i to nije bilo pitanje.

Ženine usne su se toliko stisnule da su skoro nestale.

„Da... htela sam da promenim ime i ovde, na vratima kancelarije. Ali eto. Ne znam ni sama. Nikad... nisam to uradila."

Pismo se jače zatreslo.

„Šta piše?", upitala je Elsa, jer to radite kada imate skoro osam godina i počinjete da smatrate kako je pomalo neuljudno kada vam ne govore šta piše u pismu, samo zato što ste dovoljno glupi da ga ne pročitate krišom dok ste imali priliku.

Sada se kajala zbog toga.

Lice žene u crnoj suknji pravilo je sve pokrete koji prethode plaču, ali izgleda da u njenom telu više nije bilo suza koje bi mogle da izađu iz njega.

„Tvoja baka je napisala 'izvini'", rekla je tiho.

„Zbog čega?", odmah upita Elsa.

„Zbog toga što je... što je poslala ovamo tebe", odgovorila je žena u crnoj suknji.

Elsa je nameravala da je ispravi, pokaže na Vukosrce i kaže: „Što je poslala *nas*!" Ali kada je podigla pogled, on je već bio iščezao. Nije čula pling iz lifta, ni zatvaranje vrata kod stepeništa, jednostavno je iščezao. „Kao puvanjak kroz otvoren prozor", kako je baka imala običaj da kaže kada stvari ne bi ispale onako kako bi trebalo.

Žena u crnoj suknji krenula je prema vratima na kojima je pisalo „Leg. psiholog" praćeno prezimenom koje je nekada nosila. Gurnula je ključ u bravu i hitrim pokretom pokazala Elsi da uđe, iako se videlo da ova to baš i ne želi. Kada je primetila da Elsa pogledom i dalje traži svog gorostasnog prijatelja, žena u crnoj suknji je turobno prošaputala:

„Bila sam u drugoj kancelariji kada je tvoja baka poslednji put došla s njim kod mene. Zbog toga nije znao da treba da dođeš ovamo. Nikada ne bi krenuo s tobom da je znao da se viđaš sa mnom. On… on se mene plaši."

17

Buhtla sa cimetom

U bajci iz Zemlje skoro budnih postojala je devojčica iz Mijame koja je prekinula prokletstvo i oslobodila morskog anđela. Ali baka nikada nije rekla kako.

Elsa je sedela za radnim stolom žene u crnoj suknji, u stolici za koju je pretpostavljala da je namenjena posetiocima. Sudeći po oblaku prašine koji je zapahnuo Elsu kada je sela na nju, otprilike kao da se saplela o mašinu za dim na mađioničarskoj predstavi, zaključila je kako žena i nema baš previše posetilaca. Žena se s nelagodom smestila sa druge strane stola i stalno iznova čitala bakino pismo, iako je Elsa sada već bila prilično sigurna da se samo pravi kako bi izbegla da započne razgovor sa Elsom. Žena je izgledala kao da se pokajala zbog toga što je pozvala Elsu da uđe istog trenutka kada je to učinila. Pomalo kao kada ljudi u televizijskim serijama slučajno pozovu vampire unutra, pa zatim uvide da su u pitanju vampiri i pomisle „e, dođavola", baš pre nego što ih ugrizu. Elsa je barem smatrala da to pomisle u tom trenutku. I žena je tako izgledala. Svi zidovi kancelarije bili su prekriveni policama za knjige. Elsa nikada nije videla toliko knjiga izvan biblioteke. Pitala se da li je žena u crnoj suknji ikada čula za ajped.

Zatim su joj misli ponovo odlutale ka baki i Zemlji skoro budnih. Jer ako je ova žena zaista morski anđeo, onda je to pored Vukosrca i oštrodlaka već treće stvorenje iz Zemlje skoro budnih koje stanuje u Elsinom ulazu. Elsa nije znala da li to znači da je baka sve svoje priče preuzela iz stvarnog sveta i smestila ih u Mijamu, ili da su priče iz Mijame postale toliko stvarne da su stvorenja prešla u stvaran svet. Ali Zemlja skoro budnih i hodnik se očigledno preklapaju.

Elsa se seća da je baka rekla kako „najbolje bajke nikada nisu u potpunosti stvarne, ali ni sasvim izmišljene". Na to je baka mislila govoreći o „stvarima neproverenim u stvarnosti". Za baku nije postojalo ništa što je u potpunosti jedno ili drugo. Bajke su bile potpuno stvarne, a istovremeno i potpuna suprotnost tome.

Elsa je samo poželela da joj je ispričala više o prokletstvu morskog anđela ili o tome kako se to prokletstvo skida. Jer pretpostavila je da je upravo zbog toga i poslala Elsu ovamo, a ako Elsa ne bude prokljuvila šta treba da radi, verovatno neće ni pronaći sledeće pismo. A tada nikada neće pronaći ni izvinjenje za mamu.

Pogledala je gore prema ženi sa druge strane stola i demonstrativno se nakašljala. Ženini kapci su se trznuli, ali je nastavila da zuri u pismo.

„Jeste li čuli za tipa koji je umro od previše čitanja?", upita Elsa.

Ženin pogled je skliznuo s papira i okrznuo je, pa ponovo šmugnuo ka pismu.

„Ne znam šta... to znači", rekla je žena skoro preplašeno.

Elsa uzdahnu.

„Nikada nisam videla tako nenormalno mnogo knjiga. Jeste li nekada čuli za ajped?", rekla je, da bi otprilike probila led.

Ženine oči su ponovo lagano krenule naviše. Susrele su Elsine i dugo ostale tako.

„Ja volim knjige."

„Mislite da ih ja ne volim? Ali, mislim, možete imati knjige u ajpedu. Ne morate držati milion knjiga u kancelariji", obavestila ju je Elsa.

Ženine zenice su prelazile tamo-amo preko stola. Uzela je bombonu od mente iz kutijice i stavila je na jezik, pokretima tako ukočenim kao da ruka i jezik pripadaju dvema različitim osobama.

„Ja volim… fizičke knjige."

„U ajpedu možete držati sve vrste knjiga."

Ženini prsti su blago zadrhtali. Iskosa je pogledala Elsu pomalo onako kako biste pogledali osobu koju sretnete ispred toaleta u kom ste se upravo zadržali malo predugo.

„Ne mislim na to kada kažem knjiga. 'Knjiga' je za mene i omot, naslovnica, stranice…"

„Knjiga je tekst. A tekst se može čitati u ajpedu!", obavestila ju je Elsa.

Ženine oči su se otvorile i zatvorile kao veliki ventilatori.

„Volim da držim knjigu dok čitam."

„I ajped se može držati", objasnila je Elsa.

„Mislim, volim kada mogu da prelistavam", pokušala je žena.

„I na ajpedu se može prelistavati", rekla je Elsa.

Žena je klimnula glavom sporije nego iko koga je Elsa ikada videla. Elsa je razmahnula rukama.

„Onda radite kako hoćete! Imajte milion knjiga! Ja sam, ono kao, samo pitala. Knjiga je i dalje knjiga, i ako je čitate na ajpedu. Supa je supa bez obzira na činiju iz koje je jedete."

Uglovi ženinih usta su se grčili, a koža oko njih kao da je bila na ivici pucanja.

„Nikada nisam čula tu izreku."

„Potiče iz Mijame", rekla je Elsa.

Žena je pogledala u svoje krilo. Nije ništa odgovorila.

Zaista nimalo ne izgleda kao anđeo, pomislila je Elsa. Ali s druge strane, ne izgleda ni kao pijandura. Dakle, to dvoje se možda potiru. Može biti da ovako izgleda neko ko je na pola puta.

„Zbog čega je baka dovela Vukosrce ovamo?", upita Elsa.

„Izvini... koga?", upita žena.

„Rekli ste da ga je baka dovela ovamo. I da se zbog toga plaši vas."

Žena je klimnula glavom ne baš onoliko beskrajno sporo.

„Nisam znala da ga zoveš... Vukosrce."

„Tako se zove."

„Nisam to znala."

„Aha, dobro. A zašto vas se plaši ako čak ne znate ni kako se zove?"

Žena je položila ruke u krilo i posmatrala ih kao da ih je tek sada prvi put ugledala i pita se šta zaboga rade tu.

„Tvoja... tvoja baka ga je dovela ovamo da bi govorio o ratu. Mislila je da bih mogla da mu pomognem, ali on se uplašio mene. Uplašio se mojih pitanja i uplašio se... svojih sećanja, kako mi se čini", rekla je naposletku.

A pošto je dugo udisala vazduh, dodala je:

„On je video mnogo... mnogo ratova. Skoro čitav život je proveo u ratu, na ovaj ili onaj način. A to... a to ljude navodi na nepodnošljive stvari."

„Zašto radi ono sa rukama?", upita Elsa.

„Molim?"

„Sve vreme pere ruke. Na primer, kao da pokušava da spere miris govanceta."

Žena u crnoj suknji delovala je zamišljeno. Elsa je pročistila grlo.

„Mislim, to je samo primer, taj miris govanceta. Sigurno može biti u pitanju i neki drugi miris. Hoću reći samo da je to sigurno nekakva opsesija. Dakle, mogao bi biti, kao, bilo koji miris?"

Ženini kapci su se spustili, pa podigli.

„Mozak se ponekad ponaša čudno nakon tragedije. Mislim da možda pokušava da opere…"

Zaćutala je. Spustila pogled.

„Šta?", htela je da zna Elsa.

„…krv", šuplje je izustila žena.

„Je li on nekog ubio?"

„Ne znam?"

„Je li malo odlepio?", upitala je Elsa bez okolišanja.

„Molim?"

„Pa vi ste valjda psiholog?"

„Jesam."

„Zar se ne popravljaju ti ljudi koji odlepe? Ili im se, znate, nešto otkačilo u glavi. Možda je kao neučtivo nazivati ih odlepljenim. Je li tako i s njim? Da li mu se nešto otkačilo u glavi?"

„Tako je sa svima koji su videli rat", melanholično odvrati žena.

Elsa slegnu ramenima.

„Onda nije trebalo da postane vojnik. Vojnici su krivi što postoji rat."

Ženine ruke su se polako premestile iz krila do ivice radnog stola, pa se ponovo vratile na mesto.

„Mislim da nije bio ta vrsta vojnika. Bio je mirovnjak."

„Postoji samo jedna vrsta vojnika", odbrusi joj Elsa.

I znala je da je licemerno to što je rekla. Jer ona je mrzela vojnike i mrzela je rat, ali je znala da bi, da se Vukosrce nije borio sa senkama u Ratu bez kraja, siva smrt progutala celu Zemlju skoro budnih. O tome je mnogo razmišljala. Kada se sme boriti, a kada ne. Elsa je razmišljala o tome kako je baka imala običaj da kaže: „Ti imaš moral, a ja imam dvostruki moral, pa ja pobeđujem." Ali Elsa se sada nije osećala kao pobednik.

„Možda je tako", tiho je rekla žena preko njenih misli.

„Vi i nemate baš preterano mnogo pacijenata, a?", upita Elsa zlobno, osvrćući se po sobi.

Žena nije ništa odgovorila. Rukama je nespretno posegnula za bakinim pismom. Elsa nestrpljivo uzdahnu.

„Šta još piše baka?"

„Napisala je izvini... izvini zbog različitih stvari", rekla je žena.

„Kao na primer zbog čega?"

Žena je izgledala kao da usnama uvlači majušne udisaje vazduha.

„Mnogo toga."

„Je li napisala izvini zbog toga što nije mogla da vam spase porodicu?"

Ženine zenice su se trgnule.

„Da. Između... između ostalog."

Elsa klimnu glavom.

„I zbog toga što je mene poslala ovamo?"

„Da."

„A zašto to?"

„Zato što je znala da ćeš postavljati puno pitanja."

„Kaže se 'mnogo pitanja'. A ne 'puno'", ispravila ju je Elsa.

Žena klimnu glavom.

„Mnogo. Naravno."

Izgledala je kao da se ne ljuti na Elsu zbog toga što je ispravlja. Elsi se zbog toga pomalo dopadala.

„Zar ne volite da vam postavljaju mnogo pitanja?"

„Ja sam psiholog. Pretpostavljam da sam navikla da ih ja postavljam."

„Šta znači 'Leg. psiholog'?"

„Ovlašćeni* psiholog."

„Aha. Mislila sam da znači 'nožni psiholog'. Znate, kao 'leg' na engleskom."

Žena je izgledala kao da ne zna tačno šta bi odgovorila na to. Elsa je uvređeno razmahnula rukom iznad sebe i frknula:

„Dobro! Možda sada zvuči glupo, ali u tom trenutku je delovalo, kao, malo logičnije! Sve je lako kada nešto znate unapred!"

Žena je klimnula glavom toliko sporo da je Elsa očekivala da će joj vrat zaškripati kao zarđala šarka. A zatim je sa uglovima usana učinila nešto za šta je Elsa pomislila da možda predstavlja neku vrstu osmeha. Ali više je ličilo na ukočen trzaj, kao da mišići oko njenih usta prave svoje prve korake.

Elsa se ponovo osvrnula po kancelariji. Nije bilo fotografija, kao u predsoblju ženinog stana. Samo knjige.

„Imate li neke dobre?", upitala je skenirajući police pogledom.

„Ne znam šta ti smatraš dobrim", oprezno je odgovorila žena.

„Imate li nekog Harija Potera?", upitala je Elsa.

„Ne."

---

* Šved.: *legitimerad* – ovlašćen. (Prim. prev.)

Elsine obrve su se sudarile kao da joj je teško da poveruje kako je žena to upravo izustila.

„Baš nijednu?"

„Ne."

„Imate tolike knjige, a baš nijednog Harija Potera?"

Žena je odmahnula glavom kao da se izvinjava. Elsa je delovala duboko uvređeno.

„Milion nekih tamo knjiga, a nijedan Hari Poter. I vama dopuštaju da popravljate ljude kojima se nešto otkačilo u glavi? Luuudilo", promrmljala je.

Žena nije ništa odgovorila. Elsa se zavalila u naslon i zaklatila se na zadnjim nogama stolice baš na onaj način koji njena mama zaista mrzi.

„Jeste li upoznali moju baku u bolnici posle talasa?", upitala je.

Žena je uzela još jednu bombonu s mentom iz kutijice na radnom stolu. Bez reči ih je ponudila i Elsi, ali je Elsa samo zatresla glavom.

„Da li pušite?", upita Elsa.

Žena je izgledala iznenađeno. Elsa slegnu ramenima.

„I baka je jela gomilu slatkiša kada nije smela da puši, a obično to nije smela u zatvorenim prostorijama."

„Prestala sam da pušim", rekla je žena.

„Jeste li prestali ili ste na pauzi? To nije isto", obavestila ju je Elsa.

Žena je klimnula glavom obarajući još jedan rekord u sporosti.

„To je već uglavnom filozofsko pitanje. Zato je teško odgovoriti na njega."

Elsa ponovo slegnu ramenima.

„Pa gde ste onda upoznali baku? Je li teško odgovoriti i na to?"

„To je duga priča."
„Volim duge priče."
Žena je sakrila ruke u krilu.
„Bila sam na odmoru. Odnosno... mi... moja porodica i ja. Bili smo na odmoru. I dogodilo se... dogodila se nesreća."
„Cunami, znam", rekla je Elsa.
Žena je trepnula i pritom zažmurila.
„Ja veoma mnogo čitam", ljubazno je objasnila Elsa.
Ženin pogled je lutao po sobi, i rekla je to kao usput, kao da joj je tek sada palo na pamet:
„Tvoja baka je pronašla... pronašla me je..."
Žena je počela da sisa bombonu s mentom tako snažno da su joj obrazi izgledali kao bakini onda kada je htela da „pozajmi" benzin iz Audija Elsinog tate i pokušala da ga usisa kroz plastično crevo.
„Nakon što su se moj muž i moji... moji sinovi...", počela je žena.
Poslednja reč se saplela i upala u ambis između ostalih koje su prolazile. Kao da je žena odjednom zaboravila da se nalazi usred rečenice.
„Udavili?", dopunila ju je Elsa, odmah se postidevši, jer je shvatila kako je sigurno veoma drsko upotrebljavati tu reč pred nekim čijoj se porodici to dogodilo.
Ali žena je samo klimnula glavom, i nije izgledala ljuta.
A tada je Elsa prešla na tajni jezik i oštro upitala:
„Znate li i naš tajni jezik?"
„Molim?", ote se ženi u crnoj suknji, pa iznenada pogleda pravo u nju, sa potpunim nerazumevanjem.
„Eh, ništa", promumlala je Elsa na običnom jeziku i ponovo pogledala naniže u svoje cipele.
Bio je to test. I Elsu je iznenadilo što morski anđeo ne zna tajni jezik, jer svako u Zemlji skoro budnih ga zna. Ali možda je to deo prokletstva, pomislila je.

Žena je pogledala na svoj sat.
„Zar ne bi trebalo da si u školi?"
Elsa je slegnula ramenima.
„Na božićnom sam raspustu."
Žena je klimnula glavom. Ovoga puta malo normalnijom brzinom.
„Jeste li bili u Mijami?", upita Elsa.
„Ja... ja ne znam da tako nešto uopšte ima", oprezno odvrati žena.
„Da 'postoji'", ispravila ju je Elsa.
Ženin pogled je bio prazan. Elsa prevrnu očima.
„Mijama. Dakle, jeste li bili tamo ili ne?"
„Je li to nekakva... šala?"
„Kakva sad šala?"
Žena zabrinuto pogleda svoje šake.
„Da, je li to neka vrsta onoga: 'Kuc, kuc, ko ide?'"
„Šta? Ne!", frknu Elsa.
Žena je odjednom delovala veoma nesrećno. Elsa zastenja.
„Da sam želela da se našalim, rekla bih: Jednom je neki slepi tip naišao na bar. I na sto. I na nekoliko stolica."
Žena nije ništa odgovorila. Elsa razmahnu rukama.
„Razumete? *Slepi* tip je naišao na bar i na sto..."
Žena je klimnula glavom i pogledala je u oči. Slabašno se osmehnula.
„Razumela sam. Hvala."
Elsa je natušteno slegnula ramenima.
„Kada neko razume, onda se nasmeje."
Žena je udahnula toliko duboko da onaj ko bi ubacio novčić u taj udisaj uopšte ne bi čuo kako udara u dno.
„Jesi li ga sama smislila?", upitala je zatim.
„Šta to?", odvratila je Elsa.
„Pa to, o slepom tipu."

„Ne. Baka mi je ispričala."

Ženine oči su se brzo zatvorile. Pa sporo otvorile.

„Aha. Moji sinovi su imali običaj... imali su... umeli su da se šale na taj način. Pitali bi nešto čudno, a onda bi odgovorili i smejali se na sav glas."

Kada je izgovorila reč „smejali", pridigla se na noge krhke poput krila papirnih aviona.

Zatim se sve brzo promenilo. Način na koji je stajala. Način na koji je govorila. Čak i način na koji je disala.

„Mislim da bi sada trebalo da ideš", rekla je i stala kraj prozora leđima okrenuta Elsi.

Glas joj je bio slabašan, ali gotovo neprijateljski.

„A zašto?", iznenađeno prasnu Elsa.

„Želim da odeš", oštro je ponovila žena.

„Pih! A zašto!? Prešla sam pola prokletog grada da bih vam uručila bakino idiotsko pismo, a vi jedva da ste mi išta ispričali, i sada JA treba da idem? Jeste li uopšte svesni koliko je hladno napolju?", upitala je Elsa onako kako pitate kada vam je skoro osam godina i smatrate da prema vama postupaju nepravedno, a napolju je nenormalno hladno.

Žena je i dalje stajala kraj prozora leđima okrenuta ka njoj.

„Ti... nije trebalo da dođeš ovamo."

„Došla sam ovamo zbog toga što ste vi i baka bile prijateljice."

„Nije mi potrebno nikakvo prokleto dobročinstvo! Mogu lepo da se snađem i sama!", namršteno joj odgovori žena.

„Ma sigurno, baš se super snalazite. Stvarno. Ali ja nisam ovde zbog nekog tamo dobročinstva", šokirano je izustila Elsa ustajući iz stolice u oblaku prašine.

„Ma gubi se već jednom, derište! Marš odavde!", zarežala je žena na nju, i dalje se ne okrećući.

Elsa je napregnuto disala. Preplašila ju je iznenadna agresivnost, a uvredilo to što je žena nije ni pogledala. Skliznula je sa stolice stisnutih pesnica.

„Aha! Ali u tom slučaju moja mama nije bila u pravu kada je rekla da ste samo umorni! Baka je bila u pravu! Vi ste samo jedna posrana..."

A onda se sve odvijalo kao što to obično biva kod napada besa. Ne sastoje se samo od jedne vrste ogorčenosti, već od više njih. Radi se o dugom nizu ogorčenosti zavitlanih u vulkan u nečijim grudima sve dok ne dođe do erupcije. Elsa se ljutila na ženu u crnoj suknji zbog toga što joj nije ispričala ništa što bi barem malo razjasnilo nešto u ovoj idiotskoj bajci. I ljutila se na Vukosrce zbog toga što se plašio ove idiotske nožne psihološkinje. A najviše se ljutila na baku. I ovu idiotsku bajku. Zato je već i mnogo pre nego što su joj reči sišle sa usana znala koliko je pogrešno povikati:

„PIJANDURA! VI STE SAMO PIJANDURA!!!"

U istom trenutku se gorko pokajala. Ali bilo je prekasno. Žena u crnoj suknji se okrenula. Lice joj je bilo izobličeno u hiljade krhotina razbijenog ogledala.

„Napolje!"

„Nisam hte...", poče Elsa.

Zateturala se unazad kroz kancelariju i ispružila ruke kao da želi da moli za oproštaj.

„Izvin..."

„NAPOLJE!", zapenila je žena, razmahujući histerično po vazduhu kao da traži nešto što bi bacila na nju.

I Elsa je potrčala.

Napolje. Što dalje.

* * *

Trčala je kroz hodnike i niz sva stepeništa i kroz vrata koja su vodila u prizemlje. Posrnula je u ulazu punom odjeka sa suzama u očima nalik na sočivo gusto poput kiselog mleka i naletima plača toliko silovitim da je izgubila ravnotežu, okliznula se i pala koliko je duga. Osetila je kako je ranac udara u potiljak i iščekivala bol u trenutku kada joj jagodice dotaknu pod.

Ali umesto toga je usledilo nešto drugo. Osetila je sve to meko crno krzno u istom trenutku u kom je očekivala da udari čelom pravo u beton. Tada se sve slomilo u njoj. Zagrlila je džinovsku životinju tako snažno da je osetila kako se bori za dah.

„Elsa."

Alfov glas je dopro do nje sa druge strane ulaznih vrata. Siguran u ono što govori. Nikako upitan.

„Mmm!", zapištala je kroz oštrodlakovo krzno.

„Pa dolazi već jednom. Idemo kući. Ne možeš da ležiš tu i cmizdriš, dođavola", progunđao je Alf.

Elsa je polako podigla glavu, poželevši da dovikne čitavu priču Alfu. Sve ono o morskom anđelu i tome kako ju je baka poslala u idiotsku avanturu u kojoj čak ne zna ni šta se od nje očekuje da uradi, i sve o Vukosrcu koji ju je napustio kada joj je najviše bio potreban, i sve o mami i oproštaju koji se Elsa nadala da će pronaći ovde, i sve o Polovčetu koje će doći i promeniti sve, i sve o svemu. Sve o onoj silnoj samoći u kojoj Elsa samo što se nije udavila. Poželela je da sve to dovikne Alfu. Ali znala je da ipak ne bi razumeo. Jer niko vas ne razume kada imate skoro osam godina. Ili ste stariji ili mlađi od toga.

„Otkud vi ovde?", zajecala je.

Alf je kroz uzdahe počeo da gunđa grdnju koju Elsa nije ni čula ni shvatala. Đonom je strugao po podu. Naposletku je preko volje promrmljao:

„Pa dala si mi adresu, dođavola. Neko je ipak morao da dođe po tebe. Vozim Taksi već trideset godina, a neko poput mene neće tek tako ostaviti jednu devojčicu gde bilo i kako bilo."

Nekoliko puta je ćutke udahnuo, dok nije dodao u pravcu poda:

„Tvoja baka bi me ubila da nisam došao po tebe."

Elsa je klimnula glavom brišući lice oštrodlakovim krznom.

„Hoće li i taj sa nama?", nabusito je upitao Alf pokazujući na oštrodlaka.

Oštrodlak mu je uzvratio otprilike sedamdeset pet procenata nabusitijim pogledom. Elsa je klimnula glavom pokušavajući da ne zaplače ponovo.

„Onda će morati u prtljažnik", odlučno je rekao Alf.

Naravno, nije bilo tako. Elsa je čitavim putem do kuće gnjurala lice u krzno na zadnjem sedištu. Bila je to jedna od stvarno, stvarno najboljih stvari u vezi sa oštrodlacima. Nepromočivi su.

Iz stereo-uređaja u autu začula se opera. Barem je Elsa mislila da je u pitanju opera. Zapravo se i nije baš mnogo naslušala opere u životu, ali je čula priče o njoj, pa je pretpostavila da ovako zvuči. Kada su bili negde na pola puta, Alf ju je zabrinuto pogledao u retrovizoru.

„Da li ti nešto treba?"

„Kao na primer šta?", šmrcnula je Elsa.

Alfove obrve su se nadvile nad nosom.

„Ne znam. Kafa?"

Elsa je podigla glavu i izbečila se na njega.

„Ja imam sedam godina!"

„Kakve sad to ima veze?"

„Poznajete li možda mnogo sedmogodišnjaka koji piju kafu?"

Alf je nezadovoljno odmahnuo glavom.

„Ne poznajem mnogo sedmogodišnjaka."

„Vidi se", odgovorila je Elsa.

„Dobro, da batalimo onda tu priču", progunđa Alf.

Elsa je ponovo spustila lice na oštrodlakovo krzno. Alf je tamo napred nešto opsovao, a posle nekog vremena je ćušnuo nazad papirnu kesu. Na prednjoj strani je imala naziv pekare u kojoj je baka uvek kupovala.

„Tu u kesi je jedna buhtla sa cimetom", rekao je i dodao: „Ali, dođavola, ne smeš da plačeš na nju, jer onda više neće biti ukusna."

Elsa je plakala na nju. Ipak je bila ukusna.

Kada su se vratili u zgradu, otrčala je od garaže do stana, čak i ne zahvalivši Alfu i bez pozdrava sa oštrodlakom, i ne razmišljajući o tome kako je Alf sada video oštrodlaka i možda će pozvati policiju. Prošla je pravo pored večere koju je Georg izneo na kuhinjski sto ne obrativši mu se. Kada je mama došla kući, pravila se da spava.

A kada se pijandura razvikala u hodniku te noći, Elsa je prvi put radila isto što i svi ostali u zgradi.

Pravila se da ne čuje.

18

Dim

Svaka bajka ima svog zmaja. To je bakina zasluga.

Te noći je imala strašne košmare. Uvek je mislila kako je najgore što bi moglo da se desi to da jedne večeri skoro sklopi oči i više ne može da stigne u Zemlju skoro budnih, kako je najgore što bi moglo da je zadesi upravo san bez snova. Ali ove noći je naučila da postoji i nešto gore. Jer sada nije mogla da ode u Zemlju skoro budnih, ali ju je sanjala. Videla ju je podjednako jasno kao da je tamo, samo odozgo. Kao da leži na stomaku na ogromnoj staklenoj kupoli i gleda naniže. Ne uspevajući da oseti nikakav miris niti da čuje smeh ili oseti vetar kako je golica po licu dok se oblakonji uzdižu ka nebu. To je najstrašniji san svih beskraja.
    Jer Mijama je u plamenu.
    Videla je prinčeve i princeze i oštrodlake i lovce na snove i morskog anđela i sve stanovnike svih kraljevina u Zemlji skoro budnih kako trče da se spasu. Iza njih su nastupale senke i svuda kuda bi prošle ostavljale su za sobom sivu, nemaštovitu smrt. Elsa je pokušavala da uoči Vukosrce

negde u tom infernu, ali nije ga bilo. U pepelu su ležali nemilosrdno pobijeni oblakonji. Oko njih je Mijama gorela. Sve bakine bajke su propale.

A među senkama se kretala jedna druga prilika. Vitak čovek okružen oblakom dima od cigareta. Bio je to jedini miris koji je Elsa uspevala da oseti tamo gore iznad kupole, miris bakinog duvana. Prilika se okrenula naviše i dva jasnoplava oka probila su se kroz maglu. Pramen dima curio je između tankih usana. Onda je pokazao pravo na Elsu kažiprstom iskrivljenim tako da liči na sivu kandžu i nešto kriknuo, a u sledećem trenutku su stotine senki poletele sa tla i bacile se prema svodu kupole.

Elsu je probudilo to što je iskočila iz kreveta i tresnula licem o parket. Ostala je da leži tako na podu dok joj se grudni koš nadimao i obema rukama se držala za grlo. Činilo joj se da je prošlo milion beskraja pre nego što se uverila da je u stvarnom svetu. I da je nikakva senka nije ugrizla. Nije imala košmare još od onog prvog puta kada su je baka i oblakonji odveli u Zemlju skoro budnih. Zaboravila je taj osećaj. Ustala je sva znojava i iscrpljena i pokušala da pribere misli.

Čula je kako neko govori u predsoblju. Zvučao je kao da je ljut. Naravno, „ljut" u smislu obuzetosti besom, kao što se to događa u stvarnom svetu. Ne „ljut" kao u Mijami, razume se. U Mijami je „ljut" vrsta četvoronožne životinje, veoma nalik na vuka, samo bešnje. Baka joj je pričala o njima. A ljuti su zapravo najviše besneli baš na vukove, jer su im ovi pokrali sve dobre angažmane u bajkama. To vuče korene iz vremena pre mnogo beskraja, kada je jedan ljut u poslednji čas šutnut iz neke bajke, koja bi pametnjakoviće možda i te kako podsetila na u stvarnom svetu malo poznatiju *Crvenkapu i vuka*, usled „poteškoća u saradnji". Zatim su vukovi otprilike sve preuzeli, i pojavljivali se i kao vukodlaci u svim vampirskim filmovima, i sada su vukovi nešto kao najveće zvezde u bajkama, dok većina ljutova prema onome što je baka pričala obavlja poslove u korisničkim službama različitih ustanova širom Zemlje skoro budnih, motaju cigarete, prave uvojke u krznu i krajnje su nezadovoljni svojim životima.

No dobro. To zapravo nema nikakve veze sa ovim, možda. Malo smo skrenuli s teme.

I tako: Elsa je čula kako neko govori u predsoblju. Zvučao je kao da je ljut. Na uobičajen način. A Elsa je morala da prikupi svu snagu kako bi se koncentrisala, odagnala pramičke sna i čula šta se događa.

Bio je to glas Brit-Mari. A zatim i mamin glas. Pa ponovo glas Brit-Mari.

„Aha! Ali ipak moraš razumeti, Ulrica, da je pomalo čudno što su pozvali *tebe*! Zbog čega nisu pozvali Kenta? Naime, Kent je predsednik ovog udruženja vlasnika stanova, a ja sam odgovorno lice za obaveštavanje, a zaista je *ustaljeno* da revizor u ovakvim slučajevima zove predsednika. A ne tek bilo koga!"

Elsa je shvatala da je „bilo koga" uvreda, iako je Brit-Mari, naravno, zvučala veoma dobrodušno dok je to izgovarala, i Elsa je znala da sigurno stoji u hodniku sa šakama sklopljenim na stomaku i dobrodušno klima glavom mami, onako kako to samo Brit-Mari ume.

Mamin uzdah je bio toliko dubok da se Elsi učinilo da joj se pidžama zalepršala od promaje kada je ova izgovorila:

„Ne znam zbog čega su zvali mene, Brit-Mari. Ali revizor je rekao da će danas doći ovamo i sve objasniti."

Elsa je otvorila vrata spavaće sobe i u pidžami stala u dovratak.

U predsoblju nije stajala samo Brit-Mari. Bili su tu i Lenart, Mod i Alf. Samanta je spavala na podu u hodniku. Mama je imala na sebi samo kućni ogrtač, čvrsto stegnut oko pojasa. Mod je ugledala Elsu i blago joj se osmehnula sa zdelicom kolača u naručju. Lenart je držao termos sa kafom i iz poklopca ispijao rezervnu kafu.

Alf je barem tog puta izgledao kao da nije baš skroz loše volje, što je značilo da je izgledao ogorčeno na jedan sasvim običan način. Kratko je klimnuo glavom Elsi, kao da ga je primorala da čuva neku tajnu. Tek tada se Elsa setila da ga je juče ostavila sa oštrodlakom u garaži kada je naprečac otrčala u stan. Panika je počela da raste u njoj, ali Alf je napravio odsečan gest dlanom nadole, kao da joj pokazuje da se smiri. To je i pokušala. Pogledala je Brit-Mari i trudila se da prokljuvi da li današnja uznemirenost Brit-Mari ima veze s tim što su pronašli oštrodlaka, ili je u pitanju samo potpuno uobičajena uznemirenost zbog uobičajenih tričarija. Sva sreća, delovalo je uobičajeno. A Brit-Marina uznemirenost je danas bila zaista uznemirujuće usredsređena na mamu.

„Dakle, vlasnici zgrade su *iznebuha* došli na ideju da bi mogli da nam prodaju stanove? Nakon svih onih godina i tolikih Kentovih pisama! Sada su iznebuha doneli tu odluku! Tek tako? I onda su pozvali tebe, a ne Kenta? Pa to je zaista čudno, Ulrica, zar ti ne misliš da je to čudno, Ulrica?", pitala je Brit-Mari premestivši sklopljene šake na stomaku barem pet-šest puta.

Mama je ponovo uzdahnula i smrknuto pritegla kućni ogrtač još jače.

„Možda nisu našli Kenta. A ja uprkos svemu već prilično dugo stanujem ovde, pa su valjda misli…"

„Mi u stvari stanujemo u ovoj zgradi najduže od svih, Ulrica. Kent i ja ovde stanujemo najduže od svih!", prekide je Brit-Mari.

"Alf stanuje u ovoj zgradi najduže od svih", ispravila ju je mama.

Elsa se premesti s noge na nogu.

"Baka je ovde stanovala najduže od svih", promrmljala je, ali to kao da niko nije čuo.

A naročito ne Brit-Mari.

"Mi ovde stanujemo najduže od svih, pa je onda valjda *uobičajena* stvar da bi revizor trebalo da pozove Kenta, Ulrica!", nastavila je po svom.

"Možda ga nisu našli", očajno je ponovila mama.

"On je na službenom putu! Avion mu još nije sleteo!", objasnila je Brit-Mari, sada već zvučeći za mrvicu manje dobrodušno.

"Možda ga zato i nisu našli. I zato sam te pozvala čim sam završila razgovor sa revizo...", poče mama.

"Ali valjda je ipak *uobičajeno* da se pozove predsednik udruženja vlasnika stanova!", užasnuto je prekide Brit-Mari.

"Ovo još uvek nije udruženje vlasnika stanova", uzdahnu mama.

"Ali će biti!", odlučno odvrati Brit-Mari.

Mama je pribrano klimnula glavom.

"I upravo o tome će revizor vlasnika zgrade želeti da razgovara kada bude došao ovamo. To sve vreme i govorim. A čim sam završila razgovor s njim, pozvala sam tebe. A zatim si ti razbudila celu zgradu i eto nas ovde. Šta još želiš da uradim, reci mi, molim te, Brit-Mari?"

"Da li je revizor želeo da dođe danas? Baš je on tako želeo?", upola je pitala, a upola zaključila Brit-Mari, sada u falsetu.

Mama je klimnula glavom i povukla kaiš kućnog ogrtača. Brit-Mari se uzvrpolji kao da joj je neko ubacio kofu besnih osica pod bluzu.

„Kakav je sad to način, da dođe ovamo u subotu? Molim? Kakav je to način? Pa valjda se takvi sastanci ne održavaju subotom, neće biti da je tako, Ulrica? Šta ti misliš? Je li to civilizovano? Po tvom mišljenju, naravno, jeste, Ulrica!" Mama je protrljala slepoočnice. Brit-Mari je prilično demonstrativno udahnula pa izdahnula, i okrenula se prema Lenartu, Mod i Alfu tražeći podršku. Mod je pokušala da joj se ohrabrujuće osmehne. Lenart je ponudio Brit-Mari rezervnom kafom. Alf je delovao kao da se postepeno vraća u svoje malo uobičajenije veoma loše raspoloženje.

Brit-Mari se ponovo okrete i ugleda Elsu.

„Aha! Ma nije moguće! Sada smo mi probudili i devojčicu. Nego šta smo!"

Izgovorila je „mi" kao da kaže „ti". Mama se okrenula prema Elsi i s puno ljubavi joj sklonila nekoliko neposlušnih pramenova kose sa čela.

„Revizor preduzeća koje je vlasnik ove zgrade danas je zvao i rekao da bi mogli da pristanu na to da nam prodaju stanove u kojima živimo. Kao što to Kent i Brit-Mari odavno priželjkuju. Danas će doći ovamo da razgovaramo o tome", umorno je objasnila.

„Da, ako Kent uspe da stigne. Ne možemo održati sastanak bez Kenta", ciknu Brit-Mari.

„Ne, naravno, samo ako Kent uspe da stigne", iscrpljeno se složila mama.

Brit-Mari je svaki čas tako silovito sklapala šake na stomaku da je izgledalo kao da se bavi tajnim rukovanjem u tajnom društvu čiji je jedini član.

„Smatram da će najbolje biti da sačekamo Kenta. To ja smatram. Najbolje će biti ako Kent prisustvuje tome, tako da sve ispadne kako treba. A sve mora da ispadne kako treba, Ulrica!"

Mama je klimnula glavom i protrljala slepoočnice.

„Da. Da. Da. Ali onda pozovi Kenta, zaboga."

„Avion mu još nije sleteo! Naime, on je na službenom putu, Ulrica!", odbrusi joj Brit-Mari.

Alf je nešto progunđao iza njih. Brit-Mari se osvrte. Alf gurnu ruke u džepove jakne i ponovo nešto progunđa.

„Molim?", upitale su mama i Brit-Mari uglas, ali dijametralno suprotnim tonom.

„Dođavola, rekao sam da sam poslao SMS Kentu pre dvadeset minuta kada ste počele da dižete dževu oko ovoga, a on mi je odgovorio da je na putu ovamo", rekao je Alf, i ogorčeno dodao: „Ovo budala, naravno, ne bi propustila ni za sve slatkiše na svetu."

Brit-Mari se napravila da nije čula ovo poslednje. Otresla je nevidljive mrvice sa suknje, sklopila šake i pogledala Alfa nadmoćno, pošto je očigledno znala da je nemoguće da je Kent na putu ovamo, pošto mu avion još nije sleteo, a on je inače na službenom putu. Ali onda se začulo kako se ulazna vrata dole u prizemlju otvaraju i zatvaraju, pa zatim i Kentovi koraci. Svi su znali da su koraci Kentovi, jer su veoma glasno telefonirali na nemačkom, onako kako nacisti govore nemački u američkim filmovima.

„Jezte, Klause! Jezte! Razgofaraćemo o tome u Frankfurtu!"

Brit-Mari se odmah sjurila niz stepenice njemu u susret kako bi mu ispričala o svim drskostima koje su imale drskosti da se dogode u njegovom odsustvu.

Georg se pojavio iz kuhinje iza mame odeven u helanke, šorc, jarkozelenu majicu i još zeleniju kecelju. Sve ih je veselo pogledao s tiganjem u ruci iz kog se nešto pušilo.

„Da li je neko za doručak? Ispržio sam jaja."

Izgledao je kao da namerava da doda kako ima i tek kupljenih proteinskih štanglica, ali se onda pokajao u strahu da će ostati bez njih.

„Ja sam donela malo kolača", ushićeno mu je odvratila Mod i pružila Elsi čitavu zdelu, pa je nežno pomilovala po obrazu.

„Samo ti uzmi, mogu da donesem još", prošaputala je i oprezno zakoračila u stan.

„Ima li kafe?", upitao je Lenart, zabrinuto otpio veliki gutljaj rezervne kafe i krenuo za njom.

Kent je važno domaršriao stepenicama i pojavio se na vratima. Na sebi je imao farmerke i skup sako. Elsa je to znala zbog toga što joj je Kent govorio koliko njegova odeća košta, kao da odeći dodeljuje poene u finalu Pesme Evrovizije. Brit-Mari je požurila za njim, neprestano mrmljajući: „Drskost, zar ne, Kente? Drskost je što nisu pozvali tebe, nego bilo koga? Zar to nije drsko? Pa valjda ipak ne može tako, Kente, valjda se slažeš?" Kent je čitavom šakom pokazao na Elsinu mamu i odmah izneo zahteve:

„Hoću da znam šta je tačno rekao revizor kada je zvao! Hoću da znam šta je *tačno* rekao revizor!"

Brit-Mari je uzbuđeno klimala glavom iza njega.

„Kent mora da zna šta je tačno revizor rekao kada je zvao, Ulrica. I to baš tačno šta je rekao, to Kent mora da zna. Najbolje će biti da Kent odmah sazna šta je revizor rekao!"

Ali pre nego što je mama stigla išta da kaže, Brit-Mari je otresla nevidljivu prašinu sa rukava Kentovog sakoa i drastično izmenjenim tonom mu prošaputala:

„Kente, možda bi trebalo da prvo siđeš i promeniš košulju?"

„Molim te, Brit-Mari, ovde smo usred posla", otkačio ju je Kent isto onako kako je Elsa umela da otkači mamu kada ova želi da je nagovori da obuče nešto zeleno.

Brit-Mari je izgledala nesrećno.

„Mogu da je bacim u mašinu, molim te, Kente. U plakaru imaš tek ispeglane košulje. Ne možeš nositi izgužvanu košulju kada dođe revizor, Kente, šta će tada revizor misliti o nama? Da ne umemo da peglamo košulje?", bila je uporna.

Mama je otvorila usta u pokušaju da još nešto kaže, ali je Kent ugledao Georga.

„O! Ima li jaja?", ushićeno izusti Kent.

Georg zadovoljno klimnu glavom. Kent je odmah žurno zaobišao mamu i ušao u predsoblje. Za njim je hitala Brit--Mari nabranog čela. Dok je prolazila pored mame, delovala je uvređeno i otelo joj se: „Aha, pa ne, naravno da nemaš vremena da pospremiš po kući kada si toliko posvećena karijeri, Ulrica, razume se", dok se osvrtala oko sebe. Iako je svaki milimetar stana bio pod savršenom kontrolom i uredan.

Mama je malo bolje pritegla jutarnji ogrtač i udahnula duboko i pribrano, pre nego što je uzdahnula:

„Uđite, uđite. Ma samo napred."

Elsa je jurnula u svoju sobu i presvukla se iz pidžame u farmerke što je brže mogla, da bi mogla da otrči dole i baci pogled na oštrodlaka dok su ovde gore svi zauzeti. Kentov glas je saslušavao mamu u kuhinji o tom revizoru, a Brit--Mari bi glasno izustila „mmm" između svake druge reči.

U predsoblju je ostao jedino Alf. Elsa je ćušnula palčeve u džepove farmerki i nogom strugala po pragu da ga ne bi pogledala u oči.

„Hvala što niste ništa rekli o...", počela je, ali se zaustavila pre nego što je izustila „oštrodlak".

Alf je nabusito odmahnuo glavom.

„Nije trebalo da juče tako odjuriš. Ako si već dovukla ovamo tu životinju, onda treba i da preuzmeš odgovornost za nju, iako si samo klinka."

„Ja nisam klinka!", odbrusi Elsa.

„Onda nemoj tako ni da se ponašaš", promrmlja Alf.

„*Touché*", prošaputa Elsa naniže prema pragu.

„Životinja je u ostavi u podrumu. Namestio sam malo šperploče tako da niko ne može da zaviri unutra. Rekao sam joj da drži jezik za zubima. Izgledala je kao da me je razumela. Ali moraš joj pronaći bolje skrovište. Neko će je pronaći pre ili kasnije", rekao je Alf.

Elsa je shvatila da je pod „nekim" mislio na Brit-Mari. I znala je da je u pravu. Imala je strašnu grižu savesti zbog toga što je juče ostavila oštrodlaka na cedilu. Alf je mogao da pozove policiju, a oni bi ga upucali. Elsa ga je ostavila kao što je baka ostavila mamu, i to ju je uplašilo više nego košmari.

„O čemu to razgovaraju?", upitala je Alfa i pokazala glavom na kuhinju, da bi skrenula misli.

Alf frknu.

„O prokletoj kupovini stanova."

„Šta to znači?", upita Elsa.

Alf zastenja.

„Ma, đođavola, ne mogu sad sve da ti objašnjavam. Postoji razlika između iznajmljivanja stana i vlasništva, ovaj…"

„Ali ja znam šta znači vlasništvo nad stanom, pa nisam glupa", rekla je Elsa.

„Pa što onda pitaš?", defanzivno odvrati Alf.

„Pitala sam šta znači to što razgovaraju o tome!", objasnila je Elsa, onako kako nešto objašnjavate a pritom uopšte niste jasni.

Alf gurnu ruke u džepove tako da je kožna jakna zaškripala. Nosio ju je iako je Elsina mama govorila da u zgradi ne treba nositi jakne i kapute. Elsa je pretpostavila da Alfova mama nije toliko zahtevna.

„Kent gnjavi o toj kupovini prokletih stanova još otkako se vratio ovamo, i neće biti zadovoljan sve dok se ne bude obrisao parama koje je prethodno iskenjao", objasnio je Alf, kao što to rade ljudi koji se ne druže mnogo sa sedmogodišnjacima.

Elsa je u prvi mah htela da upita šta je Alfu značilo to da se Kent „vratio ovamo", ali je odlučila da krene redom.

„Zar u tom slučaju neće i drugi zaraditi? I vi i mama i Georg i svi?", upitala je.

„Ako prodamo stanove i odselimo se, hoćemo", progunđa Alf.

Elsa je razmišljala. Alf je škripao kožnom jaknom.

„Ali to ona muvara Kent i hoće. Oduvek je želeo da se odseli odavde."

Elsa je gledala u prazno i utonula u misli. Dakle, zbog toga ona ima košmare, shvatila je. Jer ako se sva bića iz Zemlje skoro budnih sada pojavljuju u zgradi, možda zgrada postaje deo Zemlje skoro budnih, a ako svi hoće da prodaju svoje stanove, onda...

„Onda nećemo pobeći iz Mijame. Otići ćemo dobrovoljno", rekla je naglas Elsa sama za sebe.

„Šta?", upita Alf.

„Ništa", promumla Elsa.

Odjek ulaznih vrata koja su se otvorila pa zatvorila u prizemlju odjeknuo je hodnikom. Usledili su oprezni koraci uz stepenice. Revizor, oboje su shvatili.

Brit-Marin glas nadjačavao je Kentov u kuhinji. Nije uspela da izazove nikakvu Kentovu reakciju u vezi s presvlačenjem košulje, pa je to nadoknađivala uzbuđivanjem oko drugih stvari. A njih je bilo napretek. Naravno, teško joj je bilo da se odluči šta je zapravo najviše uzbuđuje, ali uspela je da redom zapreti zvanjem policije ukoliko se Elsina mama ne pobrine da se bakin auto *momentalno* premesti sa Brit--Marinog parking-mesta u garaži, kao i da Brit-Mari namerava da zahteva od policije da preseče lanac oko onih dečjih kolica koja i dalje stoje privezana na stepeništu, kao i da i te kako namerava da zatraži od vlasnika zgrade postavljanje kamera na stepeništu, kako bi se učinio kraj toj zbrci s ljudima koji ulaze i izlaze kako im se prohte i kače cedulje s obaveštenjima a da prethodno ne obaveste lice odgovorno za obaveštavanje.

„Molim te, Brit-Mari, ne mogu se tek tako postavljati kamere na stepeništu", uzdahnula je Elsina mama.

„Aha! Naravno! To ti kažeš, Ulrica, ali ako nemaš šta da kriješ, onda nemaš čega ni da se plašiš pred kamerama! Zar nije tako, Kente? Zar nije pravda na našoj strani, Kente? Zar nije tako?"

Kent je rekao nešto što Elsa nije čula. Mama je uzdahnula tako da su je svi čuli.

„U zgradi mogu postojati stanari sa zaštićenim identitetom. Postoje zakoni u vezi s nadzorom, ne može se samo…"

„A ko bi to mogao biti? Zaštićen identitet u ovoj zgradi, pa zaista ko bi sad to mogao da bude?", preneraženo ciknu Brit-Mari.

Mama je protrljala slepoočnice.

„Nisam rekla da takvog ima ovde, Brit-Mari, samo sam rekla da bi MOGLO biti takvih…"

Brit-Mari se ne slušajući okrete ka Kentu.

„Ko to ovde ima zaštićen identitet, Kente? Da li ti to razumeš? Naravno, tu je ona *individua* na prvom spratu koja stanuje pored borbenog psa, mora biti da je on u pitanju, Kente? Ipak je razumljivo da ti drogeraši imaju zaštićen identitet, da bi mogli na miru da se drogiraju!"

Izgleda da nikom nije baš bila jasna tačna logika u ovom rezonovanju. Ali Brit-Mari je na kraju prekinuo veoma nizak čovek veoma ljubaznog lica koji je sada stajao na vratima iza Alfa i nenametljivo kucao o unutrašnju stranu dovratka.

„Ja sam revizor", izgovorio je ljubazno, a tako je i izgledao.

A kada je ugledao Elsu, namignuo joj je. Kao da dele neku tajnu. Ili je Elsi to barem tako izgledalo.

Kent je autoritativno izašao iz kuhinje ruku oslonjenih na kukove kao da će zaigrati hula-hop i odmerio revizora od glave do pete.

„Dakle? Šta ćemo onda s tom kupovinom stanova? O kojoj ceni po kvadratnom metru govorimo?", odmah je zahtevao da zna.

Brit-Mari je izjurila iz kuhinje za njim i optužujući uperila prst.

„Kako ste vi ušli? Ko vas je pustio u zgradu? Kente, jesi li zatvorio ulazna vrata? U stvari, trebalo bi da budu zaključana! Upravo sam na ovo i mislila, svako može da uđe ovamo kad mu se prohte i kači cedulje! A drogeraši jure na sve strane, kao da je ovo… kao da je… ovaj… drogerašnica!"

„Vrata su bila otvorena", ljubazno je rekao revizor.

„Dobro, dobro, nego šta ćemo s kupovinom stanova? Koju ćemo cenu dobiti?", nestrpljivo je upitao Kent.

Revizor je ljubazno pokazao na svoju aktovku, pa napravio ljubazan gest u pravcu kuhinje.

„Možda da sednemo?"

„Naravno, uđite", umorno se oglasila Elsina mama iza Brit-Mari i čvršće pritegla kućni ogrtač.

„Ima kafe", ushićeno je objavio Lenart.

„I kolača", potvrdila je Mod.

„I jaja!", doviknuo je Georg iz kuhinje.

„Naravno, izvinite zbog ovog meteža, svi su u ovoj porodici strašno obuzeti svojim karijerama", dobrodušno je saopštila Brit-Mari revizoru.

Mama je dala sve od sebe kako bi se pravila da to nije čula. Nije joj baš sjajno pošlo za rukom.

* * *

Kada su već svi krenuli prema kuhinji, Brit-Mari je nakratko zastala, sklopila šake i dobrodušno pogledala Elsu.

„Pa, moraš razumeti, drago dete, da naravno nisam mislila na tvoje prijatelje i prijatelje tvoje bake kada sam rekla 'drogeraši'. Naravno, ne mogu znati da li se onaj tip koji se ovde juče raspitivao za tebe drogira ili ne. Nisam tako mislila."

Elsa je samo zinula, ne shvatajući ništa.

„Molim? Koji prijatelji? Ko se juče raspitivao za mene?"

Umalo nije upitala: „Vukosrce?", ali se zaustavila, jer nije znala kako bi Brit-Mari mogla znati da je Vukosrce njen prijatelj. A Brit-Mari je dobrodušno klimnula glavom, i uopšte nije izgledala kao da misli na Vukosrce kada je rekla:

„Tvoj prijatelj koji te je juče ovde tražio. I koga sam isterala iz hodnika. Naime, u ovom hodniku nije dozvoljeno pušenje, to mu slobodno poruči. U ovom udruženju vlasnika stanova ne radi se tako. Shvatam da ti i tvoja baka imate veoma neobične poznanike, ali pravila važe za sve, to moraš razumeti!"

Popravila je nevidljiv nabor na suknji, sklopila šake na stomaku i dodala:

„Znaš na koga mislim. Veoma je mršav i juče je pušio ovde u hodniku. Rekao je da traži jedno dete i opisao te. U stvari, izgledao je veoma neprijatno, pa sam ga isterala i rekla mu da u ovom udruženju vlasnika stanova ne gledamo blagonaklono na pušenje u hodniku."

Elsi se srce steglo. I usisalo sav kiseonik iz njenog tela.

Brit-Mari je klimnula glavom sama za sebe i udaljila se u pravcu kuhinje, mumlajući: „Neverovatno neprijatan, to sam pomislila čim sam ga ugledala. Ti drogeraši su neverovatno neprijatni tipovi."

Elsa je morala da se uhvati za dovratak da ne bi pala. Niko je nije video, čak ni Alf. Ali shvatila je šta će se upravo dogoditi u ovoj avanturi.

Jer u svakoj bajci postoji zmaj.

Baka je kriva za to.

19

Smesa za patišpanj

Bajke iz Mijame navode bezbrojne načine da se pobedi zmaj. Ali ako je taj zmaj senka, najužasniji oblik zmaja, a pritom ipak izgleda kao čovek… kako pobediti nekog takvog? Elsa nije znala ni da li bi Vukosrce uopšte bio u stanju da pobedi nekog takvog, čak i dok je bio najstrašniji ratnik u Zemlji skoro budnih. A sada? Kada se plaši slina i nije u stanju da spere sećanja na krv sa sopstvenih prstiju?

Elsa nije znala ništa o toj senci. Samo da ju je dosad videla dvaput, prvo kod pogrebnog zavoda, a zatim iz autobusa onog dana na putu do škole. Takođe ju je i sanjala, a sada zna i da ju je tražila u zgradi. A u Mijami nema slučajnosti, i u bajkama se ništa ne događa nasumično. U bajkama je sve uvek onako kako je trebalo da bude.

Dakle, baka mora da je mislila na ovo kada je rekla „zaštiti zamak, zaštiti svoje prijatelje". Elsa je samo poželela da joj je baka dala i vojsku s kojom će to učiniti.

Čekala je do kasno uveče, kada se mrak spustio dovoljno da bi jedno dete i jedan oštrodlak mogli da se odšunjaju neprimećeni ispod Brit-Marinog balkona, pre nego što ona siđe u podrum. Georg je džogirao napolju, mama je i dalje bila van kuće i pripremala sve za sutrašnji dan. Nakon jutrošnjeg sastanka sa revizorom mama je neprekidno razgovarala telefonom sa ženom-kitom iz pogrebnog zavoda, cvećarom i sveštenikom, pa zatim sa bolnicom, i ponovo sa sveštenikom. Elsa je sedela u svojoj sobi i čitala Spajdermena, jer se svim snagama trudila da ne misli na sutrašnji dan. Nije joj polazilo za rukom.

Ponela je sa sobom kolače koje je dobila od Mod za oštrodlaka, i morala je da trgne ka sebi zdelu toliko naglo da je umalo zaradila manikir očnjacima, kako jezik nalik na peškir ne bi olizao i poslednju mrvicu iz nje pošto joj je prethodno ispraznio sadržaj. Baka je uvek govorila da se pljuvačka oštrodlaka vraški teško pere, a Elsa je nameravala da zdelu vrati Mod. Naravno, kroz par dana, što je verovatniji period u kom bi jedno obično ljudsko biće uspelo da isprazni čitavu zdelu kolača. Bila je to zapravo prilično velika zdela, barem za sve ostale osim oštrodlaka.

Oštrodlak je s druge strane, pošto je bio pravi oštrodlak, sa zanimanjem prekopavao njuškom po njenom rancu kao neka neposlušna mešalica za beton. Izgledao je kao da mu je izuzetno teško da zamisli kako bi ona mogla biti toliko glupa da dođe tu sa samo jednom jedinom zdelom.

„Probaću da ti nabavim još kolača, ali zasad ćeš morati da jedeš proteinske štanglice", rekla mu je.

Oštrodlak je izgledao kao da ga je upravo nazvala „debeljko".

„Prestani tako da me gledaš! Imaju ukus čokolade!", rekla je Elsa i pružila mu proteinske štanglice.

Oštrodlak nije izgledao kao da je to popravilo stvari. Ali ipak ih je pojeo sedam. Elsa je izvadila termos.

„Ovo je smesa za patišpanj. Mada možda još uvek i nije baš prava smesa, jer nisam znala kako se pravi. Pronašla sam je u kuhinjskom ormanu, i na pakovanju je pisalo 'gotova smesa za patišpanj', ali unutra je bio samo prašak. Zato sam mu dodala vodu. Ali ispalo je više kao kaša nego smeša", promrmljala je Elsa izvinjavajući se.

Oštrodlak je delovao sumnjičavo, ali je ipak polizao svu kašu iz termosa. Za svaki slučaj. Nenormalno savitljiv jezik je jedna od najupadljivijih oštrodlakovskih supermoći.

„Neki čovek je dolazio ovamo da me traži", prošaputala mu je Elsa na uvo i pokušala da se hrabro osmehne.

„Mislim da je u pitanju jedna od senki. Moramo biti na oprezu."

Oštrodlak joj je tutnuo njušku pod bradu. Zagrlila ga je i osetila njegove napregnute mišiće ispod krzna. Pokušavao je da deluje razigrano, ali ona je shvatila da sada radi ono u čemu su oštrodlaci najbolji. Priprema se za borbu. Volela ga je zbog toga.

„Ne znam odakle dolazi, baka mi nije pričala o zmajevima te vrste", prošaputala je Elsa.

Oštrodlak joj je ponovo tutnuo njušku pod bradu i pogledao je krupnim žalostivim očima. Izgledao je kao da bi voleo da može sve da joj isprica. Elsa je poželela da je Vukosrce tu. Pre nekog vremena mu je pozvonila na vrata, ali niko joj nije otvorio. Nije želela da ga doziva jer se plašila da bi Brit-Mari mogla to da čuje i nasluti da se nešto sprema, ali je glasno šmrkala kroz prorez za poštu i ispuštala zvuke koji su jasno svedočili da je spremna da kine i to na onaj lepljivi način posle koga sve u blizini završi prekriveno kamuflažnim bojama. Ali ništa se nije dogodilo.

„Vukosrce je nestao", prošaputala je oštrodlaku.

Oštrodlak ju je ćušnuo njuškom. Elsa je pokušala da bude hrabra. Išlo joj je sasvim dobro dok su hodali kroz podrum. I prilično dobro uz stepenice. Ali kada su se našli u hodniku pred ulaznim vratima, osetila je miris duvanskog dima, od iste vrste duvana koju je pušila i baka, i sva je obamrla od istog onog straha preostalog iz košmara. Cipele su joj težile hiljadu tona. U glavi joj je tutnjalo, kao da se unutra nešto otkačilo i slobodno landara.

Čudnovato je koliko se brzo značenje nekog mirisa može promeniti, u zavisnosti od toga koji izlaz dotični odabere dok napušta mozak. Čudnovato je koliko blizu stanuju ljubav i strah.

„To nije stvarno, pametnice, samo umišljaš, nema tu nikakvog kretenskog zmaja", odlučno je uveravala sebe Elsa. Nije pomagalo. Oštrodlak je strpljivo čekao kraj nje, ali se cipele nisu pomerale.

Vetar je proneo novine kraj prozora. Od onih kakve besplatno dobijate kroz prorez za poštu iako na vratima imate natpis „Bez reklama, hvala!". Elsu su podsetile na baku. Stajala je tako u cipelama teškim hiljadu tona, a novine su je nervirale, kao simbol svega što ju je ljutilo, jer ju je baka dovela u ovu situaciju. Baka ju je poslala u ovu bajku, a to je baš onako tipično za nju. Baš kao što je za nju tipično bilo i da se svađa oko ovih besplatnih novina koje su dobijali uprkos natpisu.

Elsa se jasno sećala kako je baka pozvala redakciju novina i izgrdila ih zbog toga što ih stavljaju u njeno sanduče, iako na njemu jasno i glasno piše „Bez reklama, hvala!". Elsa je uvek mnogo razmišljala o tome zbog čega piše i „hvala", jer je Elsina mama uvek govorila da ako već ne možeš da kažeš hvala tako da zvuči kao da to zaista i misliš, onda možeš to i sasvim da batališ. A uopšte se nije činilo da natpis na bakinim vratima to zaista misli.

Ali ljudi koji su se javljali na telefon u besplatnim novinama rekli su baki kako njihove novine nisu nikakva reklama, već „obaveštenja za celu zajednicu", a to vam već mogu gurati kroz prorez za poštu rekli vi hvala ili ne. Baka je tada zahtevala da zna ko je vlasnik preduzeća koje izdaje novine, pa je zahtevala da razgovara s njim. Osobe sa druge strane linije odgovorile su baki da će jednostavno morati da pojmi da vlasnik nema vremena za takva trabunjanja.

Naravno, nije trebalo to da učine, jer je zapravo postojala gomila stvari koje baka uopšte nije mogla da „pojmi". A osim toga je, za razliku od vlasnika preduzeća koje izdaje novine, imala veoma mnogo slobodnog vremena. „Nikada se ne kači s nekim ko ima više slobodnog vremena od tebe", govorila je baka. Elsa je to obično sebi prevodila kao „nikada se ne kači s nekim ko je živahan za svoje godine".

U narednim danima baka je kao i obično sačekivala Elsu posle škole, a zatim su patrolirale kroz četvrt sa žutim *Ikeinim* kesama i zvonile na sva vrata. Ljudi su to izgleda smatrali pomalo čudnim, naročito zbog toga što su svi zapravo znali kako se žute *Ikeine* kese ne smeju iznositi iz robne kuće, ali ako bi neko počeo da postavlja previše pitanja, baka bi im samo odvratila da su njih dve iz organizacije za zaštitu životne sredine i prikupljaju papir za reciklažu. A ljudi se tada izgleda nisu usuđivali da se pobune. „Ljudi se plaše organizacija za zaštitu životne sredine, oni misle da ćemo im upasti u stan i optuživački uperiti prst u njihov otpad razvrstan prema poreklu, jer previše gledaju filmove", objasnila je baka Elsi dok su tovarile prepune kese u Reno. Elsa nikada nije sasvim razumela u kakvim je filmovima baka videla tako nešto. Osim toga, dobro je znala koliko baka mrzi organizacije za zaštitu životne sredine, koje je zvala „panda-fašistima". A žute kese zaista nisu smele da se iznose iz robne kuće.

Baka je, naravno, samo slegnula ramenima. „Ja nisam ukrala kese, samo ih recimo još nisam vratila", promrmljala je i dala Elsi crni flomaster za pisanje. Onda je Elsa rekla da za ovo želi najmanje četiri *Benova i Džerijeva* superkremasta sladoleda. Baka je na to odvratila: „Jedan!" A Elsa je onda rekla: „Tri!", na šta je baka odgovorila: „Dva!", a Elsa rekla: „Tri, ili ću reći mami!", nakon čega je baka kriknula: „Ne pregovaram s teroristima!" Elsa joj je onda skrenula pažnju da ako pogledaš reč „terorista" na Vikipediji, u definicijama te reči postoje mnoge stvari koje pristaju baki, dok baš nijedna ne pristaje Elsi. „Cilj terorista je da stvore haos, a mama kaže da je upravo to ono čime se ti baviš po ceo dan", rekla je Elsa. I tada se baka složila da Elsi kupi četiri, ako samo uzme flomaster i obeća da će držati jezik za zubima. Elsa je pristala. Kasnije u toku noći sedela je u mraku u Renou i čuvala stražu, dok je baka utrčavala u ulaz neke zgrade na drugom kraju grada i istrčavala iz njega, noseći svoje žute *Ikeine* kese. Sledećeg jutra vlasnika preduzeća koje izdaje besplatne novine probudili su susedi koji su mu zvonili na vrata, veoma uznemireni zbog toga što je neko očigledno napunio ceo lift stotinama primeraka tih besplatnih novina. Svako poštansko sanduče bilo ih je prepuno, a stajale su i prilepljene na svaki kvadratni centimetar velikih staklenih vrata u ulazu, a ispred vrata svakog stana bile su naslagane u velike hrpe koje bi se preturile i survale niz stepenice kada se vrata otvore. Na svakom primerku novina flomasterom je bilo ispisano čovekovo ime velikim urednim slovima, a odmah ispod je pisalo: „Ovo su u stvari obaveštenja za celu zajednicu!!!"

Na povratku kući te noći baka i Elsa su se zaustavile na jednoj benzinskoj pumpi i kupile sladoled. Nekoliko dana kasnije baka je ponovo pozvala redakciju besplatnih novina, i posle toga više nikada nije dobijala novine besplatno.

Elsa je pogledala besplatne novine koje su se kovitlale okolo na vetru iznad snega i pomislila kako je to bila tipična bakina fora. A Elsu sada ništa nije toliko nerviralo kao bakine fore.

„Ulaziš ili izlaziš?"

Njegov glas je poput baklje odagnao mrak u hodniku. Elsa se okrenula i nagonski poželela da mu se baci u naručje, ali se zaustavila uvidevši da bi on to verovatno primio podjednako loše kao i Vukosrce.

Alf je ćušnuo ruke u džepove tako da je kožna jakna zaškripala i oštro pokazao glavom prema ulaznim vratima.

„Ulaziš ili izlaziš? Možda bi još neko ovde hteo u prokletu šetnju, znaš."

Elsa i oštrodlak su ga pogledali pomalo neodlučno. Nešto je promrmljao, pa se provukao pored njih i otvorio vrata. Sledili su ga u stopu, iako im uopšte nije ponudio svoje društvo. Kada su zašli za ugao zgrade, izvan domašaja pogleda sa Brit-Marinog i Kentovog balkona, oštrodlak je šmugnuo u žbunje zarežavši onako kako to samo ume oštrodlak kome je potrebno malo mira. Okrenuli su se na drugu stranu. Iz žbunja se začuo uzdah olakšanja. Alfova kožna jakna je zaškripala, a čovek u njoj nipošto nije izgledao oduševljen nezvanim društvom koje mu se pridružilo u šetnji. Elsa se nakašljala u pravcu mraka i pokušala da pronađe neku temu za čavrljanje, kako bi on ostao uz njih.

„Auto ide dobro?", otelo joj se, pošto je čula tatu da to govori kada ne zna šta da kaže.

Alf klimnu glavom. I ništa više. Elsa je glasno disala.

„Šta je revizor rekao na sastanku?", upitala je umesto toga, jer se nadala da će to Alfa uznemiriti dovoljno da počne da priča onako kako to ima običaj na sastancima kućnog saveta.

Lakše je naterati ljude da pričaju o stvarima koje ne vole nego o onima koje vole, primetila je Elsa. I lakše je ne plašiti se senki u mraku ako neko priča, o čemu bilo. I uglovi Alfovih usana zaista su se malo izvili kada je postavila pitanje. Bio je to prvi put.

„Posrani revizor je rekao da su vlasnici odlučili da prodaju posrane stanove u posrano vlasništvo, ako se svi posranci u zgradi saglase sa tim."

Elsa je posmatrala uglove njegovih usana.

„Je li to dobro?"

Alf ju je zadovoljno pogledao.

„Je l' ti živiš u istoj zgradi kao i ja? Pa pre će se rešiti onaj posrani sukob u Palestini nego što će se ljudi u ovoj zgradi saglasiti oko bilo čega."

Elsa je razumela na šta misli pošto je čitala o sukobu u Palestini na Vikipediji, a pretpostavila je da Alf pod „ljudima" misli na Brit-Mari i mamu.

„Hoće li svi u zgradi prodati stanove ako postanu njihovi vlasnici?", upitala je.

Alfovi izvijeni uglovi usana vratili su se u svoje uobičajeno stanje.

„Pa, to zavisi, ali većina će valjda biti primorana da to uradi, dođavola."

„A zbog čega?"

„Atraktivan kraj. Skupi posrani stanovi. Većina stanara zgrade neće moći da priušti takve posrane kredite u banci."

„Hoćete li vi morati da se odselite?"

„Verovatno."

„A mama i Georg i ja?"

„Otkud ja to znam."

Elsa je razmislila.

„A Mod i Lenart?", upitala je zatim.

„Ti imaš baš mnogo pitanja", primetio je Alf.

„Pa šta radite ovde napolju ako vam se ne priča?", promrmljala je Elsa.

Alfova jakna je zaškripala u pravcu oštrodlaka u žbunju.

„Dođavola, samo sam izašao u posranu šetnju. Niko nije zvao tebe i onog tamo."

Elsa uzdignu čupave obrve.

„Vi baš nenormalno mnogo psujete, da li vam je to iko ikada rekao? Moj tata kaže da to pokazuje da neko ima siromašan rečnik!"

Alf se izbečio na nju. Ona mu je uzvratila bečenjem. Oštrodlak je zašuštao u žbunju. Alf je pogledao na sat i gurnuo ruke u džepove jakne.

„Mod i Lenart će morati da se odsele. I devojka i njen mali sa prvog posranog sprata, verovatno. Ne znam za onu posranu psihološkinju kod koje si bila juče. Ona sigurno ima gomilu para, ta posr..."

Zaustavio se. Počeo je da se samosavlađuje.

„Ta... osoba. Sigurno ima... strašno mnogo para ta... osoba", ispravio se.

„Šta je moja baka mislila o tome?"

Uglovi Alfovih usana ponovo su se izvili, samo na tren.

„Po pravilu, suprotno od onog što je mislila Brit-Mari."

Elsa je cipelom pravila minijaturne otiske u snegu.

„Ali možda će sve ispasti kako treba? Ako svi dobiju stanove u vlasništvo, možda će svi moći da se odsele na neko... dobro mesto?", pokušala je.

„Ovde je dobro. Lepo nam je ovde. Dođavola, ovo je naš dom", rekao je Alf.

Elsa nije protivrečila. Nije imala drugi dom osim ovog.

Besplatne novine koje je videla kroz prozor proletele su kraj nje nošene vetrom. Ili su u pitanju bile neke druge, istovetne. Na tren su se obavile oko njene noge, pre nego što su se otrgle i otkotrljale dalje, nalik na neku besnu malu morsku zvezdu. To je ponovo razbesnelo Elsu. Zbog toga je pomislila na to koliko je baka bila spremna da se svađa kako bi ih sprečila da joj ostavljaju novine u poštu. A Elsa je besnela jer je to bila tipična bakina fora, i pošto je baka to radila samo zbog Else. Uvek je bilo tako sa bakinim forama. Samo zbog Else.

Baka je inače lično volela te novine, obično bi ih trpala u cipele kada pada kiša. Ali Elsa je jednog dana na internetu pročitala koliko je drveća potrebno za pravljenje samo jednih novina, i tada je postavila natpise „Bez reklama, hvala!" na mamina i bakina vrata, jer Elsa je veliki pobornik životne sredine. Ali novine su ipak stizale, a kada je Elsa pozvala preduzeće, ismejali su je. A to nisu smeli da učine. Jer niko ne sme da ismeva bakino unuče.

Baka je mrzela životnu sredinu, ali je bila od onih s kojima možete da krenete u rat. I tako je postala terorista zbog Else. A Elsa je u stvari najviše besnela na baku zato što je želela da besni na baku. Zbog svega drugog. Zbog laži i zbog toga što je napustila mamu i što je umrla. Ali zapravo je potpuno nemoguće besneti na nekog ko je spreman da postane terorista zbog svog unučeta. I Elsa je besnela zbog toga što ne bi trebalo da besni.

Na baku se čak ne možete ni naljutiti na uobičajen način. Čak ni to nije normalno kod bake.

* * *

Ćutke je stajala kraj Alfa i žmirkala sve dok je nisu zabolele slepoočnice. Alf se trudio da izgleda ravnodušno, ali Elsa je primetila da osmatra kroz mrak, kao da nešto traži. Posmatrao je okruženje na isti način kao Vukosrce i oštrodlak. Kao da je i on na straži. Začkiljila je i pokušala da i njega uklopi u život svoje bake, kao delić slagalice. Nije mogla da se priseti da je baka ikada naročito mnogo govorila o njemu, izuzev što je imala običaj da kaže kako „taj tip ne zna da podiže noge dok hoda" i da su mu zato đonovi cipela izlizani.

„Koliko ste dobro poznavali baku?", upitala ga je.

Kožna jakna zaškripa.

„Pa, onako. Na kraju krajeva, bili smo susedi, ništa više", odgovorio je Alf neodređeno.

„Šta ste onda mislili kada ste došli Taksijem po mene? I kada ste rekli da vam baka 'nikada ne bi oprostila' da ste me ostavili tamo?", sumnjičavo upita Elsa.

Ponovo škripa.

„Pa, mislio sam, dođav... ništa nisam mislio. Samo se desilo da sam bio u prokl... blizini, eto."

Glas mu je bio usplahiren. Elsa je klimnula glavom glumeći razumevanje, ali je primetila da se Alfu to uopšte nije dopalo.

„A zašto ste sada ovde?", upitala ga je izazivački.

„Šta?"

Elsa slegnu ramenima.

„Zašto ste sa mnom došli ovamo? Zar ne bi trebalo da vozite Taksi ili radite nešto drugo u ovom trenutku?"

„Valjda vi, dođav... niste jedini koji imaju pravo da šetate, ti i to... tu", progunđao je Alf i đonom cipele pokazao prema oštrodlaku.

„Ma kako da ne", klimala je glavom Elsa prenaglašeno dramatično.

Alfova kožna jakna je zaškripala glasnije.

„Ne mogu da dopustim da ti i ta spodoba jurcate okolo sami usred noći. Tvoja baka je proklet…"

Zaustavio se. Progunđao nešto. Uzdahnuo.

„Tvoja baka mi nikada ne bi oprostila ako bi ti se nešto desilo."

Već je izgledao kao da se pokajao što je to priznao. I zato Elsa nije ništa rekla. Samo je ponovo klimnula glavom. Pokušala je da se okane postavljanja pitanja koje je želela da postavi. Nije uspela.

„Jeste li vi i moja baka radili radnju?", upitala je pošto je po njenom mišljenju prošlo apsolutno više nego dovoljno vremena, iako je u pitanju možda bilo pola minuta.

Alf je izgledao kao da ga je pogodila žutom grudvom snega u lice.

„Zar ti nisi premala da bi znala šta to znači?"

„Postoji gomila stvari za koje sam premala da znam, ali ih ipak znam jer sam dobra u saznavanju stvari", odgovorila je Elsa.

Alf je nešto progunđao, ali nije ništa odgovorio. Zato je Elsa pročistila grlo i nastavila:

„Kad sam bila mala, mama je jednom trebalo da mi objasni čime se bavi, jer sam prethodno pitala tatu, a on nije umeo da mi objasni, jer ni sam nije baš razumeo. A tada mi je mama rekla da se bavi ekonomijom. Na to sam ja upitala: 'Šta?' A ona je onda rekla: 'Ja računam koliko novca bolnica ima, da bismo znali šta možemo da kupimo.' Ja sam pitala: 'Kao u radnji?' A ona mi je odgovorila da, otprilike kao u radnji. Na to sam ja rekla da to otprilike i nije nešto naročito teško razumeti, i da je u tom slučaju tata malo sporiji. A jedan drugi put sam srela nekog tipa koji radi s mamom na maminom poslu i zove se Mike, a posle smo neki drugi put bili na jednoj žurci, i tada me je jedan pitao šta mama radi, a na to sam ja rekla: 'Mama radi radnju sa Mikeom na poslu, ali to tata ne shvata!'"

Alf je iscrpljeno stavio ruku na jedno uvo, kao da pokušava da nešto iščačka iz njega. Elsa se pomalo nesigurno nakašljala i zaustavila se.

„Ispalo je malo komplikovano", promumlala je malo pribranije.

Alf je pogledao na sat. Elsa je podigla glas:

„Ali u svakom slučaju, kasnije sam gledala na televiziji jednu seriju u kojoj su dvoje radili radnju. Tako da sada otprilike razumem šta je to! I pomislila sam da se, znate, vi i baka tako poznajete!"

Alf je klimnuo glavom sa olakšanjem, kao da se nada da će ona sada prestati sa pričom, ali je ona duboko udahnula i odmah ciknula:

„Dakle, je li toga bilo ili ne?"

„Hoće li spodoba uskoro da bude gotova? Neki ovde imaju i druga posla?", promrmljao je Alf umesto odgovora i okrenuo se prema žbunju.

Elsa ga je zamišljeno osmotrila.

„Samo sam mislila da biste vi bili bakin tip. Jer ste malo mlađi od nje, mada ste i dalje, kao, stari. A uvek je naletala na policajce koji su bili vaših godina. One koji su kao bili previše stari da bi bili policajci, ali su ipak i dalje bili to. Naravno, vi niste policajac. Ali ste takođe stari, mada ne i… previše stari. Razumete?"

Alf nije delovao kao da baš razume. A pomalo je izgledao i kao da ga hvata migrena.

„Možda bi trebalo da razmisliš o promeni ishrane, znaš", promrmljao je prema oštrodlaku i odmahnuo rukom kada je ovaj izašao iz žbunja.

Oštrodlak je izgledao povređeno onako kako to samo može izgledati oštrodlak koji voli kolače, ali je primoran da živi na samo jednoj zdeli dnevno.

Alf je okrenuo leđa daljim Elsinim pitanjima. Ušli su u zgradu jedno po jedno. Elsa je bila u sredini. Nije to velika vojska, ali je ipak vojska, razmišljala je Elsa, osetivši kako se sada malo manje plaši mraka.

Kada su se rastali u podrumu između vrata od garaže i vrata od podruma, Elsa je zagrebala cipelom po podu i upitala Alfa:

„Kakvu ste ono muziku slušali u autu kada ste došli po mene? Je li to bila opera?"

„Sto mu gromova. Još pitanja", progunđa Alf.

„Samo me je zanimalo! IZVINITE što uopšte pitam", uvređeno mu odbrusi Elsa.

Alf je zastao na vratima i prostenjao.

„Ma, dođav... jeste. Bila je to prokleta opera."

„Na kom jeziku?"

„Na italijanskom."

„Vi znate italijanski?"

„Da."

„Izistinski?"

„A koji to drugi načini postoje da se zna italijanski?", upita Alf.

„Ali znate li italijanski, znači, onako, baš skroz? Kao, govorite tečno?", upita Elsa.

Alf je pogledao na sat. Kožna jakna je zaškripala. Napravio je kratak gest u pravcu oštrodlaka u pokušaju da promeni temu.

„Moraš pronaći novo skrovište za ovog ovde, kad ti kažem. Ovde će ga pronaći pre ili kasnije!"

„Znate li onda italijanski ili ne znate?", upita ga Elsa, krajnje neraspoložena za promenu teme.

„Znam ga dovoljno da bih razumeo operu. Imaš li još neko posr... još neko pitanje?"

„Znači, govorite nešto kao operski italijanski?", vedro je zaključila Elsa.

„Kakva cepidlaka", rekao je on.

„O čemu se onda radi u operi koju smo tada slušali u autu?", bila je uporna ona.

Alf je otvorio vrata garaže.

„O ljubavi. Dođavola, radi se o ljubavi sve vreme."

Reč „ljubav" je izgovorio pomalo onako kako bi ljudi možda izgovorili reči kao što su „bela tehnika" ili „šraf sa duplim navojem".

„JESTE LI ONDA BILI ZALJUBLJENI U MOJU BAKU?", doviknu Elsa za njim, ali on je dotad već zalupio vrata.

Ona je ostala da stoji sa kezom na licu. Baš kao i oštrodlak, u to je bila skoro sigurna. A mnogo je teže plašiti se mraka i senki dok imate kez na licu.

„Mislim da je Alf sada naš prijatelj", prošaputala je.

Oštrodlak je izgledao kao da se slaže.

„On je prilično nabusit, ali mislim da je dobar. Nije nikom rekao da si ti ovde i pravio nam je društvo u mraku. Ipak su to dobre osobine za drugara, po mom mišljenju."

Oštrodlak je izgledao kao da se slaže i u vezi s tim.

„Mislim da će nam biti potrebni svi drugari koje možemo da pronađemo. Jer baka mi nije rekla šta se događa u ovoj bajci."

Oštrodlak joj je ćušnuo njušku ispod brade.

„Nedostaje mi Vukosrce", prošaputala mu je Elsa u krzno.

Oštrodlak je opet izgledao kao da se slaže.

Mada poprilično preko volje.

20

Butik

Ponovo je onaj dan. A prethodila mu je najužasnija noć.

Elsa se probudila širom otvorenih usta, ali je krik odjekivao u njenoj glavi umesto u sobi. Urlala je bezglasno, plakala na suvo, posegnula rukom da odgurne prekrivače u stranu, ali oni su već ležali na podu. Izašla je iz sobe, mirisalo je na jaja, Georg joj se oprezno osmehnuo iz kuhinje. Ona mu nije uzvratila osmehom. Delovao je tužno zbog toga. Nije je bilo briga. Kao ni inače.

Tuširala se toliko toplom vodom da joj se činilo da će joj se koža odvojiti od tela kao kora klementine. Ponovo se našla usred stana. Mama je otišla još pre nekoliko sati. Ona će sve dovesti u red, jer mama to obično radi. Sve dovodi u red. Jer danas je onaj dan.

Georg je nešto doviknuo Elsi, ali ona mu ništa nije odgovorila, a nije ga ni slušala. Obukla je odeću koju joj je mama ostavila, prošla kroz hodnik i zaključala vrata za sobom. Bakin stan je mirisao pogrešno. Mirisao je na čisto. Kutije za selidbu bacale su senke kroz predsoblje kao spomenici svemu onome što više nije tu.

Stajala je tu kod vrata, nesposobna da zakorači dalje u stan. Bila je već tu sinoć, ali sve je teže na dnevnoj svetlosti. Neprijatnije je prisećati se stvari dok se sunce probija kroz venecijanere. Oblakonji su proleteli nebom sa druge strane prozora. Bilo je to lepo jutro, ali grozan dan. Jer danas je onaj dan.

Elsu je koža još pekla od tuširanja. To ju je podsetilo kako je baka uvek izgledala kada bi izašla ispod tuša, jer bakin tuš nije radio već duže od godinu dana, a baka je, umesto da pozove vlasnike zgrade i zamoli njih da reše problem, rešila problem onako kako je to uvek činila. Koristila je mamin i Georgov tuš. A ponekad bi zaboravila da priveže kućni ogrtač dok se vraća kroz stan. Ponekad bi zaboravila i kućni ogrtač. Jednom je mama vikala na nju barem četvrt sata zbog toga što nije poštovala činjenicu da i Georg živi u maminom i Elsinom stanu. Ali to je bilo ubrzo pošto je Elsa počela da čita sabrana dela Čarlsa Dikensa, a pošto baka nije bila naročito sklona čitanju, Elsa joj ih je čitala naglas dok su se vozile Renoom, jer je Elsa želela da ima s kim da priča o njima posle. Elsa je više puta čitala naročito *Božićnu priču*, jer baka je volela božićne priče.

I tako, kada je mama rekla da baka ne sme da jurca gola okolo po stanu iz poštovanja prema Georgu, baka se okrenula, i dalje gola, prema Georgu i rekla mu: „Moje poštovanje, ipak već toliko godina živiš sa mojom ćerkom." A zatim se baka naklonila veoma duboko i veoma golišavo, pa svečano dodala: „Ja sam duh budućih Božića, Georg!"

Mama se zbog toga silno naljutila na baku, ali se trudila da to ne pokazuje, zbog Else. Zato se i Elsa trudila da zbog mame ne pokazuje koliko je ponosna na baku zato što zna da citira Čarlsa Dikensa. Nije im baš uvek išlo savršeno.

Elsa je naposletku ušla u stan, ne izuvajući se. Na nogama je imala cipele od one vrste koja grebe parket, pa joj je mama rekla da ne sme da ih nosi po kući, ali to u bakinom stanu nije imalo nikakve veze jer je parket već izgledao kao da je neko išao po njemu u klizaljkama. Kako zbog toga što je bio star, tako i zbog toga što je baka jednom zaista išla po njemu u klizaljkama.

Elsa je otvorila vrata velikog garderobera. Oštrodlak ju je liznuo po licu. Mirisao je na proteinske štanglice i smesu za patišpanj. Elsa je sinoć taman bila legla kada je shvatila da će mama danas sigurno poslati Georga u podrum da donese dodatne stolice, zato što će posle svi doći ovamo na kafu. Jer danas je onaj dan, a takvim danima svi posle negde piju kafu.

Mamin i Georgov podrum nalazi se odmah pored bakinog podruma i jedini je iz kog se mogao videti oštrodlak sada pošto je Alf postavio šperploču. Zato se Elsa sinoć odšunjala tamo, ni sama ne znajući da li se više plaši senki, duhova ili Brit-Mari, i dovela oštrodlaka ovamo gore.

„Ovde bi bilo više mesta na kojima bi mogao da se sakriješ, da baka nije mrtva", rekla je Elsa izvinjavajući se, jer garderober tada ne bi prestao da raste.

„Mada, da baka nije umrla, ti ne bi ni morao da se ovde kriješ", promrmljala je zatim.

Oštrodlak ju je ponovo liznuo po licu, proturio glavu kroz otvor i pogledom tražio njen ranac. Elsa je otrčala u predsoblje i iz njega izvadila tri kutije slatkih snova i litar mleka.

„Mod ih je sinoć ostavila kod mame", objasnila mu je Elsa kada je došao za njom, ali kada je odmah zatim škljocnuo vilicama prema njenim rukama kao da namerava da pojede kolače zajedno sa kutijom u kojoj se nalaze, strogo je podigla kažiprst.

„Dobićeš samo dve kutije! Jer jedna je za municiju!"

Oštrodlak je zbog toga malo zalajao na nju, ali se naposletku pomirio sa svojim podređenim položajem u ovim pregovorima i poslušno pojeo sadržinu dve kutije, i samo polovinu treće. Jer ipak je u pitanju bio oštrodlak. I kolači.

Elsa je uzela mleko i krenula u potragu za luškom. Osećala se pomalo glupavo, naravno, ali pošto godinama nije imala košmare, tek tada je uvidela da joj je potrebna. Prvi put kada joj je senka došla u košmar, pokušala je da sledećeg jutra samo otrese sve sa sebe. Kao što se to inače radi. Pokušala je da ubedi sebe da je u pitanju „samo košmar". Ali trebalo je da zna da nije. Naime, svi koji su nekada bili u Zemlji skoro budnih znali bi to.

I tako je večeras, pošto je ponovo sanjala isti san, uvidela gde mora da ode kako bi se borila protiv košmara. I kako bi im ponovo preotela svoje noći.

„Mireva!", odlučno je doviknula oštrodlaku, kada se pojavila iz jednog od manjih bakinih garderobera dok se za njom survavala gomila andrmolja koje mama još nije stigla da potrpa u kutije za selidbu.

„Moramo u Mirevu!", rekla je Elsa oštrodlaku mašući luškom.

Mireva je jedna od kraljevina koje se graniče sa Mijamom. Najmanja je u Zemlji skoro budnih, pa zato često maltene zaborave na nju. Kada deca u Zemlji skoro budnih uče geografiju u školi i treba da nabroje svih šest kraljevina, uvek svi zaborave Mirevu. Čak i oni koji tamo žive. Jer Mirevci su neverovatno skromna, ljubazna i pažljiva stvorenja, koja nipošto ne žele da nepotrebno zauzimaju prostor ili nekom budu na teretu. Ali imaju jedan veoma važan zadatak, zapravo jedan od najvažnijih zadataka koje kraljevina u zemlji gde je mašta najvažnija stvar može imati: u Mirevi se obučavaju svi lovci na košmare.

Samo pametnjakovići u stvarnom svetu, koji ne znaju za bolje, mogu sebi da dozvole gluposti poput „to je bio samo košmar". Ne postoje „samo" košmari. U Zemlji skoro budnih svako zna da su košmari živa bića, mali mračni pramičci magle sačinjeni od nesigurnosti i straha koji se šunjaju oko kuća dok svi spavaju i isprobavaju sva vrata i prozore kako bi uspeli negde da se uvuku i prave nepodopštine. I zbog toga postoje lovci na košmare. A svako ko išta zna takođe zna i da morate imati lovačku pušku, lušku, da biste ulovili košmar, pa ih svaki lovac na košmare ima. A pametnjaković koji ne zna ništa bolje mogao bi naravno da pomeša lušku sa najobičnijom pejntbol puškom koju je nečija baka prepravila, sa rezervoarom za mleko sa strane, i sa praćkom prilepljenom odozgo, ali Elsa nije od pametnjakovića. Zato zna šta drži u rukama. Napunila je rezervoar mlekom i stavila kolačić u komoru za ispaljivanje ispred gumene trake na praćki za kolačiće.

Košmar ne možete ubiti, ali ga možete uplašiti. A košmari se ničeg ne plaše više nego mleka i kolačića. U pitanju je nešto u vezi sa genetskom alergijom. Duga priča. Košmari dobijaju osip i slične stvari.

„E, ove noći slobodno mogu da dođu, prokletnici!", odlučila je Elsa.

Oštrodlak je ohrabrujuće klimnuo glavom. Mada na kraju krajeva najviše zbog toga što je želeo da pojede municiju.

Kada se oglasilo zvono na vratima tačno iza nje, Elsa se od straha toliko trgnula da je na oštrodlakov neizreciv užas slučajno ispalila u njega gomilu mleka, ali baš nijedan kolačić.

„Izvini", promumlala je Elsa osećajući se trapavo dok se oštrodlak, sav mokar i krajnje netolerantan na laktozu, sklanjao s nišana puške.

Elsa je na trenutak pomislila da to zvoni košmar. Ali bio je u pitanju samo Georg. Dok je otvarao vrata, osmehivao se, a ona mu nije uzvratila osmehom. Njemu je bilo žao. Nju nije bilo briga.

„Idem dole da donesem dodatne stolice iz podruma", rekao je i pokušao da joj se osmehne onako kako to tate čine kada im dođe neki od onih dana kada se osećaju naročito nespontano.

Elsa slegnu ramenima i zalupi mu vrata u lice. Zatim se popela na oštrodlakova leđa, provirila kroz špijunku i videla da je tamo stajao sigurno još minut, tužnog izgleda. Elsa ga je mrzela zbog toga. Mama je uvek govorila Elsi kako Georg samo želi da ga ona zavoli, jer mu je stalo. Kao da Elsa to ne shvata. Znala je da mu je stalo, i baš zato nije mogla da ga zavoli. Jer nije stvar u tome da ona ne smatra da će ga zavoleti ako bude pokušala, već zna da bi ga sigurno zavolela. Jer Georga svi vole. To je njegova supermoć.

I znala je da bi se u tom slučaju samo razočarala kada se Polovče rodi, a Georg potpuno zaboravi da ona postoji. Zato je bolje da ga od samog početka ne voli.

Ako ne volite ljude, onda vas ne mogu povrediti. Budući osmogodišnjaci koje često zovu drugačijima brzo to nauče.

Skočila je sa oštrodlakovih leđa. Oštrodlak je pak uhvatio lušku čeljustima i ljubazno ali odlučno joj je uzeo iz ruke. Odšetao je nešto dalje i stavio je na jednu barsku stolicu dalje od domašaja njenih prstiju koji bi mogli povući obarač. Ali nije pojeo kolač, što bi svako ko razume koliko oštrodlaci zapravo vole kolače shvatio kao izraz najdubljeg poštovanja prema Elsi.

Ponovo se čulo zvono na vratima. Elsa ih je silovito otvorila, i baš je htela nestrpljivo da frkne na Georga kada je shvatila da tu nije Georg.

Tišina je vladala barem pet-šest beskraja.

„Zdravo, Elsa", rasejano je rekla žena u crnoj suknji.

Doduše, danas nije nosila crnu suknju, već farmerke. Mirisala je na mentu i delovala preplašeno. Kao da stoji na sceni, a Elsa je žiri koji treba da oceni njenu verziju „*I will always love you*" od Vitni Hjuston.

„Zdravo", rekla je Elsa.

Žena je disala toliko sporo da se Elsa uplašila da će se ugušiti.

„Ovaj… jako mi je žao što sam vikala na tebe u mojoj kancelariji", polako je priznala žena.

Gledale su jedna drugoj u cipele. Elsa nije znala koja bi od svih onih osećanja što su se kovitlala u njoj trebalo da izabere.

„Nema veze", izustila je naposletku.

Uglovi ženinih usana lako su zadrhtali. Koža oko njih delovala je ljuspasto.

„Malo sam se iznenadila kada si došla u kancelariju. Nemam tamo baš mnogo poseta. Ja… ne snalazim se baš dobro s posetama."

Elsa posramljeno klimnu glavom ne podižući pogled sa ženinih cipela.

„Nema veze. Izvinite što sam ja rekla ono o…", prošaputala je, ne mogavši da izusti poslednje reči.

Žena je odmahnula glavom.

„Ja sam bila kriva. Teško mi je da pričam o svojoj porodici. Tvoja baka je probala da me nagovori, ali sam se ja, eto, naljutila."

Elsa je vrhom cipele čeprkala po podu.

„I šta, kada želite da zaboravite teške stvari, onda pijete vino?"

Žena je sklopila oči i duboko udahnula.

„Ili samo da bih imala snage da se setim. Mislim da je to."

Elsa je šmrknula.

„Znači, i vi imate kvar? Kao i Vukosrce?"

„Imam kvar... na neki drugačiji način. Možda."

„I niste mogli sami sebe da dovedete u red?"

„Misliš zbog toga što sam psiholog?"

Elsa klimnu glavom.

„To ne može tako?"

Žena se osmehnula. Zamalo.

„Mislim da lekari ne mogu da operišu sami sebe. A to je otprilike isto."

Elsa ponovo klimnu glavom. Žena u farmerkama je nekoliko trenutaka izgledala kao da želi da pruži ruku prema njoj, ali je onda zastala i umesto toga se rasejano počešala po dlanu.

„Tvoja baka je u pismu napisala da želi da se... brinem o tebi", prošaputala je.

Elsa klimnu glavom.

„Očigledno je to napisala u svakom pismu."

„Zvučiš kao da si ljuta."

„Nijedno pismo nije napisala meni."

Žena u farmerkama se nekoliko sekundi klatila čitavim telom, kao da je dobila nasumičnu lokalnu anesteziju. Zatim je posegla za kesom na podu i odatle izvukla nešto.

„Ja... juče sam kupila one knjige o Hariju Poteru. Nisam baš stigla mnogo da pročitam, ali ipak..."

Elsa ju je pogledala kao da očekuje da će žena odglumiti tuš na bubnjevima u prazno i povikati: „Šalaaa!" Ali nije to uradila.

„Zar niste ranije čitali Harija Potera?", zato ju je prekinula Elsa, kao što se obično radi u takvim situacijama.

Žena je odmahnula glavom. Elsa je izgledala kao da će morati da se pridrži za nešto kako se ne bi onesvestila.

„Je li moguće da ste pročitali sve one knjige u vašoj kancelariji, a niste čitali Harija P-o-t-e-r-a?"

Žena je koraknula unazad i pogledala svoje šake, prirodna reakcija kada se nađete pred sudom jedne nepune osmogodišnjakinje.

„Sigurno ima mnogo… mnogo knjiga koje sam ja pročitala, a ti nisi."

„Ali ne i Hari Poter!"

Žena je podigla pogled. Elsa je razočarano zavrtela glavom. Žena je spustila glavu.

„Ja… ja razumem da je tebi Hari Poter važan", pokušala je.

„Hari Poter je važan svima!", odvratila je Elsa, kao da je žena upravo pitala: „Znači, kiseonik ti je baš važan, zar ne?"

Koža se ponovo izbrazdala oko ženinih usta. Duboko je udahnula još jednom, u stvari toliko duboko da se nije moglo opisati nikako drugačije do kao nenormalno dubok udisaj. Zatim je pogledala Elsu u oči i rekla:

„I meni se mnogo sviđa, to sam htela da kažem. Odavno nisam imala tako snažan doživljaj neke knjige. Kada odrasteš, to ti se skoro nikada ne događa, a najjače je baš dok si dete, a posle sve ide nizbrdo, tja. Valjda zbog cinizma. Samo sam htela da ti zahvalim što si me podsetila kako je to."

Bilo je to više reči u nizu nego što je Elsa ikada čula ženu da izgovara bez zastajkivanja. Žena joj je pružila sadržinu kese. Elsa ju je prihvatila. I to je bila knjiga. *Braća Lavlje Srce* od Astrid Lindgren. Elsi je to bilo poznato, jer joj je bila jedna od omiljenih bajki među bajkama koje ne potiču iz Zemlje skoro budnih. Čitala ju je naglas baki više puta dok su se vozile okolo u Renou. U njoj se radilo o Mršavku i Jonatanu koji su umrli i stigli u Nangijalu, gde moraju da se bore protiv tiranina Tengila i aždaje Katle.

Ženin pogled je ponovo počeo da uzmiče.

„To je knjiga *Braća Lavlje Srce*. Ja sam je... čitala mojim dečacima kada im je umrla baka. Ne znam da li si je pročitala. Ali ti... naravno da jesi!", hitro se izvinila, delujući kao da želi da istrgne knjigu Elsi iz ruku i otrči odatle.

Elsa je zavrtela glavom i čvrsto je uhvatila.

„Nisam", slagala je.

Jer bila je dovoljno pristojna da shvati kako, ako ti neko da knjigu, duguješ toj osobi pretvaranje da je nisi pročitao. Pošto se pravi dar sastoji u tome da podariš nekom doživljaj čitanja, a ne da ga dobiješ. To je jedan od osnovnih manira, za sve osim za pametnjakoviće.

Žena u farmerkama je izgledala kao da joj je laknulo. Onda je udahnula toliko duboko da je Elsa pomislila kako će joj se ključna kost otkačiti.

„Ovaj... pitala si da li smo se upoznale u bolnici. Tvoja baka i ja. Posle cunamija. Ali ja... oni... oni su izložili sva tela na jednom malom trgu. Da bi njihovi srodnici mogli da traže svoje... nakon što sam... ja... dakle, ona me je pronašla tamo. Na trgu. Sedela sam tamo... ne znam koliko. Nekoliko nedelja. Tako mi se činilo. Vratila se sa mnom ovamo avionom i ja... rekla mi je da mogu da živim ovde sve dok ne budem znala kuda... želim da odem."

Usne su se sudarale i razdvajale, kao da je kroz njih puštena struja.

„Ostala sam ovde. Jednostavno sam... ostala."

Elsa je pogledala dole u cipele, ovog puta svoje.

„Dolazite danas?", upitala je.

Krajičkom oka je videla kako žena odmahuje glavom. Izgledala je kao da želi istog trenutka da izleti odatle.

„Mislim da ja nisam... mislim da se tvoja baka veoma razočarala u mene."

„Možda se razočarala u vas zbog toga što ste se toliko razočarali u sebe", rekla je Elsa.

Iz ženinog grla se začula škripa. Elsi je bilo potrebno neko vreme da shvati kako je to smeh. Kao da je taj deo grla stajao neiskorišćen, i neko je iznenada pronašao njegov ključ, pa ušao unutra i pritisnuo neki prastari prekidač.

„Ti si zaista drugačije detence", rekla je žena.

„Nisam ja nikakvo detence. Uskoro punim osam godina!", ispravila ju je Elsa.

Žena je zažmurila i klimnula glavom.

„Da, izvini. Skoro osam godina. Ti si tada... tek si se bila rodila. Kada sam se ja doselila ovamo. Tek si se bila rodila."

„Nema ničeg lošeg u tome što sam drugačije dete, baka je rekla da samo drugačiji ljudi menjaju svet!", rekla je Elsa.

Žena je polako klimnula glavom.

„Da. Izvini. Ja... moram da idem. Samo sam htela da kažem... izvini."

„Nema veze", promrmljala je Elsa.

„Hvala za knjigu", dodala je.

Ženine oči su zatreperile, pa ponovo pogledale pravo u Elsu.

„Da li se tvoj prijatelj vratio? Vuk... kako si ga ono nazvala?"

Elsa je odmahnula glavom. U ženinim očima je bilo nečeg što je Elsi izgledalo kao iskrena briga.

„Ponekad radi tako. Nestaje. Ne treba da se brinete. On se... plaši ljudi. Nestane na neko vreme. Ali uvek se vraća. Samo mu treba malo vremena. Mislim da mu je potrebna pomoć", molećivo je rekla Elsa.

„Teško je pomoći onome ko ne želi da pomogne sam sebi", prošaputala je žena.

„Onome ko želi da pomogne sebi možda i nije potrebna pomoć od drugih", primetila je Elsa.

Žena je klimnula glavom bez reči.

„Treba da idem", ponovila je.

Elsa je poželela da je zadrži, ali je ona stigla već do polovine stepenica. Već je skoro nestala na spratu ispod kada se Elsa nagnula preko ograde, prikupila snagu i povikala:

„Jeste li ih pronašli? Jeste li pronašli vaše dečake na trgu?"

Žena je zastala. Čvrsto se uhvatila za gelender.

„Jesam."

Elsa se ugrizla za usnu.

„Verujete li u život posle smrti?"

Žena je pogledala naviše prema njoj.

„To je teško pitanje."

„Ali, mislim, znate, verujete li u Boga?", upita Elsa.

„Ponekad je teško verovati u Boga", odgovori žena.

„Jer se pitate zašto Bog nije zaustavio cunami?"

Žena je zažmurila.

„Jer se pitam zašto postoje cunamiji."

Elsa klimnu glavom.

„Taj problem se zove nešto kao 'Teodora'. Tako piše na Vikipediji."

„Misliš 'teodiceja'?", ispravila ju je žena.

„To sam i rekla!", odbrusi joj Elsa.

Žena je klimnula glavom kao da je tako, iako to uopšte nije bilo tačno.

„Ljudi kažu da 'vera može da pokreće planine'", nastavila je Elsa, ni sama ne znajući zašto, možda najviše zbog toga što nije želela da joj žena još jednom umakne pre nego što stigne da joj postavi pitanje koje je zapravo želela da pita.

„Čula sam za to", odgovorila je žena.

Elsa zavrte glavom.

„Ali to u stvari nije tačno! Jer izreka potiče iz Mijame i tiče se divkinje po imenu Vera. Ona je bila nenormalno jaka. Ali to je nenormalno duga priča, i mrzi me da je sada pričam!"

Žena je klimnula glavom sa razumevanjem. Elsa je ipak nastavila.

„Zvala se Vera i mogla je da pomera planine! Jer je bila div! A divovi su nenormalno jaki!"

Elsa je ućutala. Zamišljeno je napućila usne.

„Okej, priča nije baš TOLIKO nenormalno duga..."

Žena je izgledala kao da pokušava da pronađe neki razlog da nastavi niz stepenice. Elsa je brzo udahnula.

„Svi kažu da mi baka nedostaje sada, i da će to proći, ali ja nisam sigurna!"

Žena ju je ponovo pogledala odozdo. Brižnim pogledom.

„A zašto nisi?"

„Pa vama nije prošlo."

Ženini kapci su se upola sklopili.

„Možda ipak postoji razlika."

„U čemu?"

„Tvoja baka je bila stara."

„Za mene nije. Poznavala sam je samo sedam godina."

Žena nije ništa odgovorila. Elsa je protrljala šake onako kako je to Vukosrce često radio.

„Skoro osam", ispravila se.

Tada je žena klimnula glavom i prošaputala:

„Da. Skoro... skoro osam."

„Trebalo bi da dođete danas!", doviknula je Elsa za ženom, ali je ova već iščezla.

Elsa je čula kako se vrata njenog stana zatvaraju, a zatim je sve bilo tiho sve dok se tatin glas nije začuo sa ulaznih vrata.

Onda se pribrala, obrisala suze i naterala oštrodlaka da se ponovo sakrije u garderoberu, podmitivši ga polovinom municije za lušku. Zatim je zatvorila vrata bakinog stana ne zaključavajući ih i potrčala niz stepenice, i malo kasnije je ćutke ležala u suvozačkom sedištu Audija koje je spustila što je niže moguće i gledala kroz stakleni krov.

Oblakonji su sada plovili nešto niže. Tata je na sebi imao odelo i ćutao. Bilo je neobično, jer tata skoro nikada ne nosi odelo. Ali danas je onaj dan.

„Tata, da li ti veruješ u Boga?", upitala je Elsa na onaj način koji ga je uvek zaticao nespremnog, poput vodenog balona sa terase.

Elsa je to znala jer je baka volela vodene balone, a tata nikada nije naučio da ne ide tačno ispod njene terase.

„Ne znam", odgovorio je.

Elsa ga je mrzela zbog toga što nema odgovor, ali ga je i volela zbog toga što ne laže. Audi se zaustavio pred visokom crnom ogradom od čelika. Sedeli su i čekali.

„Da li ja ličim na baku?", upitala je Elsa ne skrećući pogled sa neba.

„Misliš, po izgledu?", upitao je tata pun oklevanja.

„Ne, nego, ono kao, mislim kao o-s-o-b-a!", uzdahnula je Elsa kao što to radite kada vam je skoro osam godina.

Tata je izgledao kao da se na trenutak bori sa oklevanjem, kao što to radite kada imate ćerke kojima je skoro osam godina. Pomalo kao da ga je Elsa upravo upitala odakle dolaze bebe. Još jednom.

„Moraš prestati da toliko često govoriš 'ono kao'. Samo ljudi sa siromašnim rečni…", počeo je jer nije mogao da se uzdrži.

Jer takav je on. Jedan od onih koji smatraju da je strašno važno da govorite „spasen" a ne „spašen".

„Ma pusti sad to!", odbrusila mu je Elsa mnogo zlobnije nego što joj je bila namera, jer danas nije bila raspoložena za njegove ispravke.

Inače jesu svaki čas ispravljali jedno drugo. To je bilo jedino što su delili. Tata je imao rečnicu u koju je Elsa stavljala teške reči koje je naučila, kao na primer „koncizan", „pretenciozan" i „rabarbara". A svaki put kada bi napunila rečnicu, dobila bi kupon za kupovinu neke knjige koju može da ubaci u ajped. Rečnica joj je pribavila čitavu seriju o Hariju Poteru, iako je znala da je tata nenormalno sumnjičav prema Hariju Poteru, pošto se tata baš i ne razume u stvari koje nisu baš skroz stvarne.

„Izvini", promumlala je Elsa.

Tata se sav skupio u sedištu. Oboje su se postideli. Zatim je on progovorio, malo manje oklevajući:

„Da. Ti veoma ličiš na nju. Sve najbolje osobine si nasledila od nje i tvoje mame."

Elsa nije ništa odgovorila, jer nije znala da li je to bio odgovor koji je želela da čuje. Ni tata nije ništa govorio, jer nije bio siguran je li to ono što je trebalo da kaže. Elsa je želela da mu kaže kako želi da više vremena živi kod njega. I da svaki drugi vikend više nije dovoljan. Želela je da vikne na njega kako, kada Polovče stigne i pokaže se kao normalno, Georg i mama više neće želeti Elsu u svojoj kući, jer svi roditelji žele normalnu decu, a ne drugačiju. A Polovče će sve vreme stajati kraj Else i podsećati sve na razliku. Želela je da vikne kako je baka pogrešila, kako drugačije nije uvek dobro, jer drugačije je mutacija, a skoro niko od Iks ljudi nema porodicu.

Želela je da se izviče. Ali nije ništa rekla. Jer znala je da neće razumeti. I znala je da on ne želi da ona više vremena živi kod njega i Lisete, jer Liseta ima svoju decu. Nedrugačiju decu.

Tata je sedeo ćutke, sa izgledom nekog ko ne želi da ima odelo na sebi. Ali baš kada je Elsa otvorila vrata Audija da bi izašla, sa oklevanjem se okrenuo ka njoj i tiho rekao:

„...ali postoje trenuci kada se svim srcem nadam da nisi baš SVE najbolje osobine nasledila od bake i mame, Elsa."

Tada je Elsa čvrsto zažmurila i oslonila čelo na njegovo rame, pa zavukla prste u džep jakne i okrenula poklopac crvenog flomastera koji joj je poklonio kada je bila mala da bi mogla da sama dopisuje pravopisne ispravke, i koji je i dalje bio najlepši poklon koji je dobila od njega.

Ili od bilo koga.

„Od tebe sam nasledila reči", prošaputala je.

On je pokušao da treptanjem izbriše ponos iz očiju. Videla je to. I želela je da mu kaže kako je lagala prošlog petka. I da mu je ona poslala poruku s maminog telefona o tome da ne mora da dođe po nju u školu. Ali nije želela da ga razočara, pa je ćutala. Jer kada ćutite, skoro nikoga ne razočarate. Svi još malo pa osmogodišnjaci to znaju.

Tata ju je poljubio u kosu. Podigla je glavu i rekla tobože onako usput:

„Hoćete li ti i Liseta imati još dece?"

„Mislim da nećemo", odgovorio je tata tužno, ali jasno.

„A zbog čega ne?"

„Imamo svu decu koja su nam potrebna."

Zvučao je pomalo kao da se zaustavio kako ne bi rekao „i više nego što nam je potrebno". Ili je barem tako delovao.

„Da li zbog mene ne želiš još dece?", upitala je Elsa, nadajući se da je odgovor ne.

„Da", rekao je.

„Zato što sam ja ispala drugačija?", prošaputala je.

Nije odgovorio. A ona nije želela dalje da čeka. Ali baš kada je htela da sa spoljne strane zalupi vrata Audija, tata se nagnuo preko sedišta i uhvatio joj vrhove prstiju, a kada mu je susrela pogled, delovao je kao da okleva. Kao i uvek. Ali onda je prošaputao:

„Zato što si ispala savršena!"

Ona ga nikada nije čula tako neoklevajućeg. Ali da je to rekla naglas, on bi joj odvratio da takva reč ne postoji. I volela ga je zbog toga.

Georg je stajao kraj kapije žalosnog izgleda. I on je bio u odelu. Elsa je projurila kraj njega, mama ju je uhvatila u zagrljaj dok joj se maskara razmazivala, a Elsa je pritisnula lice na Polovče. Mamina haljina se osećala na butik. Oblakonji su stajali nisko.

I to je bio dan kada su sahranili Elsinu baku.

21

Stearin

U Zemlji skoro budnih postoje pripovedači bajki koji kažu da svako od nas ima unutrašnji glas koji nam uvek šapuće šta bi trebalo da uradimo, a mi samo treba da ga slušamo. Elsa nikada nije zaista poverovala u to, pošto joj se nije dopadala pomisao da neki drugi glas postoji unutar nje, a baka joj je uvek govorila da samo psiholozi i tipovi koji ubijaju druge desertnim viljuškama govore o „unutrašnjim glasovima". Baka nikada nije naročito volela psihologiju. Kao ni desertne viljuške. Uprkos tome što se zaista trudila oko žene u crnoj suknji.

Ali posle nekog vremena Elsa će uprkos svemu jasno i glasno začuti neki tuđi glas u svojoj glavi. A on neće šaputati, nego vrištati. Vrištaće: „Trči!" I Elsa će trčati da spase živu glavu. Sa senkom za petama.

Naravno, nije to znala kada je ušla u crkvu. Žagor stotina stranaca koji su tiho razgovarali uspinjao se do plafona nalik na šum iz pokvarenog auto-radija. Mnoštvo pametnjakovića pokazivalo je prstom i došaptavalo se iza nje. Njihovi pogledi su je gušili.

Nije znala ko su, i zbog toga se osećala izdano. Nije želela da deli baku sa drugima. Nije želela da je podsećaju kako je baka njoj bila jedini prijatelj, dok je ona imala još stotine drugih. Nije želela da deli kako bakin život tako ni njenu smrt.

Svom snagom se usredsredila da uspravno korača kroz masu, nije želela da im dopusti da na njoj vide kako joj se čini da će se uskoro srušiti jer nema više snage da bude tužna. Crkveni pod joj je usisavao stopala, sanduk pred njom pekao joj je oči.

„Najveća snaga smrti ne sastoji se u tome što ljude može da navede da umru, već u tome što one koji ostanu živi može navesti da izgube želju za životom", pomislila je, ne uspevajući da se seti gde je to čula. Verovatno je to nešto iz Zemlje skoro budnih, kad bolje razmisli, ali imajući u vidu šta je baka mislila o smrti, ne deluje naročito verovatno. Smrt je bila bakin arhineprijatelj. Zbog toga nikada nije želela da priča o njoj. I zbog toga je postala hirurg, da bi priredila smrti što više nevolja.

„Ali možda bi moglo biti iz Miplore", pomislila je Elsa. Baka nikada nije želela da ide u Miploru kada bi se našle u Zemlji skoro budnih, ali ponekad bi ipak to učinila, ako bi Elsa navaljivala. A ponekad je Elsa išla tamo sama dok baka u nekoj gostionici u Mijami igra poker sa baukom ili se svađa zbog kvaliteta vina s nekim snežnim anđelom.

Miplora je najlepša od svih kraljevina u Zemlji skoro budnih. Drveće tamo peva, trava vam masira tabane i uvek miriše na tek pečen hleb. Kuće su toliko lepe da radi sopstvene sigurnosti morate sesti dok ih posmatrate, ali u njima niko ne živi. Koriste se samo kao skladišta. Jer sva bića iz bajki odlaze u Miploru sa svojom čamotinjom, i tamo se zatim čuva sva čamotinja koja preostane. Tokom svih bajkovitih beskraja.

Kada se nešto grozno desi u stvarnom svetu, ljudi uvek kažu da će se tuga, čežnja i bol u srcu „s vremenom smanjiti", ali to nije istina. Tuga i čežnja su stalno tu, ali kada bismo bili primorani da ih nosimo u sebi ostatak života, niko ne bi imao snage ni za šta. Čamotinja bi nas obogaljila. Zato je naposletku jednostavno spakujemo u kofer i pronađemo neko mesto gde ćemo je ostaviti.

I eto šta je u stvari Miplora, kraljevina u kojoj usamljeni putnici iz bajki lagano pristižu sa svih strana sveta, vukući za sobom glomazan prtljag pun tuge. To je mesto gde ga mogu ostaviti i ponovo se vratiti u život. A kada se putnici okrenu da krenu nazad, korak im postane lakši, jer Miplora je osmišljena tako da, na koju god stranu sveta da se okrenete dok je napuštate, uvek vam sunce obasjava put i imate vetar u leđa.

Miplorci sakupljaju sve kofere, vreće i kese čamotinje i pažljivo ih beleže u male sveske. Brižljivo raspoređuju sve vrste tuge i čežnje po različitim oblastima odgovornosti i dodeljuju ih odgovarajućim skladištima, gde ih zavode. U Miplori vlada čvrst poredak, i postoje veoma obimni propisi sa krajnje preciznim oblastima odgovornosti za sve moguće vrste tuge. Naravno, baka je Miplorce zvala „posrane birokrate", zbog svih onih formulara koje onaj ko ostavlja tugu danas mora da popuni. Ali kada je u pitanju tuga, ne sme se dozvoliti nered, kažu Miplorci. Tada bi na sve strane svi bili tužni, kako se kome prohte.

Miplora je nekada bila najmanja kraljevina u Zemlji skoro budnih, ali je posle Rata bez kraja postala najveća. Baka nije volela da putuje tamo, jer su mnoga skladišta tamo imala tablu sa njenim imenom.

I upravo se u Miplori priča o unutrašnjim glasovima, setila se sada Elsa. Miplorci veruju da su unutrašnji glasovi pokojnici koji se vraćaju da bi pomogli onima koje vole.

Baka ih je zvala „lujke".

* * *

Elsa se vratila u stvaran svet kada joj je tata pažljivo spustio ruku na rame. Čula je njegov glas kako šapuće mami: „Baš si lepo sve uredila, Ulrika." Krajičkom oka je videla kako se mama osmehuje, klima glavom u pravcu programa koji su ležali na crkvenim klupama i odgovara: „Hvala što si napravio programe. Odabrao si baš fin font!"

Elsa je sedela na samom kraju drvene klupe u prvom redu i zurila u pod dok se žamor stišavao, a misli su joj tonule u potmuli aplauz koji je nastao u odjeku stotinu zadnjica koje su istovremeno dotakle tvrdo drvo. Crkva je bila toliko puna da su ljudi stajali duž svih zidova. Mnogi među njima imali su nenormalno čudnu odeću, kao da su igrali odevni rulet kod nekog ko ne zna da čita uputstva za pranje veša.

Moraće da stavi „odevni rulet" u rečnicu, pomislila je. Pokušala je da se usredsredi na tu misao. Ali začula je jezik koji ne razume, a kada je raznala svoje ime izrečeno sa iskrivljenim izgovorom, to ju je vratilo u stvarnost. Videla je nepoznate ljude kako manje ili više diskretno pokazuju prstom na nju. Uglavnom manje. Shvatila je da svi oni znaju ko je ona, i besnela je zbog toga, i zato, kada je ugledala jedno poznato lice stešnjeno u masi kraj zida isprva nije bila u stanju da ga smesti u kontekst. Kao kada ugledate neku poznatu ličnost u kafiću i ciknete: „Ej, ćao!" instinktivno, pre nego što shvatite da vam je to mozak rekao: „Ej, ovo je neko koga poznaješ, javi mu se!", baš pre nego što je rekao: „Uh, ne, to je onaj sa televizije!" Pošto vaš mozak voli da vas napravi idiotom.

Njegovo lice je na nekoliko trenutaka iščezlo iza jednog ramena. Kada je ponovo izronilo, gledalo je pravo u Elsu. Bio je to revizor koji je juče dolazio da razgovara o kupovini stanova. Ali sada je bio odeven kao sveštenik. Iščezao je iza još jednog ramena, pa ponovo izronio. Ponovo je pogledao pravo u nju. Namignuo joj je.

Jedna sveštenica počela je da govori u dnu crkve, i Elsa se okrenula prema njoj samo na sekund, pre nego što je vratila pogled na sveštenika-revizora. Ali dotad je sveštenik-revizor već iščezao iza mora ramena. Mnoga ramena su imala glave koje su uzvraćale pogled Elsi i osmehivale se, onako kako se osmehuju ljudi koji su viđali decu samo na slikama i ne shvataju koliko je to prokleto neprijatno. Zapravo, neprijatno kao nepoznati beli kombi ispred školskog dvorišta. Pametnjakovići. Elsa je prezirala ljude koji su je videli na nekoj fotografiji iz tako ranog razdoblja njenog života da ga se ona verovatno ni sama ne seća. Pomislila je da upravo zato svi normalni ljudi mrze kada njihovi roditelji pokazuju slike na kojima su oni bebe, jer se osećate kao da vam je neko ukrao uspomene.

Sveštenik je tamo napred pričao o baki, pa zatim o Bogu, ali Elsa ga nije slušala. Pitala se da li je baka ovo htela. Nije bila sigurna da je baka volela crkvu. Baka i Elsa gotovo nikada nisu razgovarale o Bogu, jer baka je povezivala Boga sa smrću.

A sve ovo ovde je lažno. Plastika i šminka. Kao da će sve biti dobro čim obave sahranu. Za Elsu neće sve biti dobro, znala je. Oblio ju je hladan znoj. Neki od stranaca u baš nenormalno čudnoj odeći prišli su mikrofonu i govorili. Među njima neki i na stranom jeziku, dok je neka teta prevodila na drugom mikrofonu. Ali niko nije pomenuo „smrt". Svi su govorili samo da je baka „otišla" ili da su je „izgubili". Kao da je neka čarapa nestala u mašini za sušenje veša. Neki od njih su i plakali, ali ona nije smatrala da na to imaju pravo. Jer to nije njihova baka. I oni nemaju nikakvo pravo da primoravaju Elsu da se oseća kao da je baka imala i druge zemlje i kraljevine u koje nikada nije vodila Elsu.

I tako, kada je jedna debela teta sa frizurom koja je izgledala kao da se češljala tosterom dok je ležala u kadi počela da čita pesme, Elsa je pomislila kako je sada stvarno dosta, pa se progurala između klupa. Čula je mamu kako šapuće za njom, ali je nastavila da hitro korača po sjajnom kamenom podu i uspela da se progura kroz crkvena vrata pre nego što ju je iko sustigao.

Kada je izašla na zimski vazduh, osetila se kao da su je za kosu izvukli iz vrele kupke. Oblakonji su lebdeli nisko i zlokobno. Elsa je hodala polako i udisala decembarski vetar toliko duboko da joj se smračilo pred očima. Ponadala se Oluji. Oluja je oduvek spadala u omiljene Elsine superheroje, jer je njena supermoć bila da menja vreme. Čak je i baka priznavala da je to nenormalno kul supermoć.
   Elsa se ponadala da će Oluja doći i razvejati vetrom celu posranu crkvu. Celo posrano groblje. Celo posrano sve.
   U glavi su joj se komešala lica iz crkve. Je li i Alf bio tamo? Činilo joj se da jeste. Videla je i još jedno lice koje je prepoznala, policajku sa zelenim očima. Valjda. Krenula je brže, što dalje od crkve, jer nije želela da je neko od njih sustigne i pita je da li je dobro. Jer nije bila dobro. Ništa od svega ovoga nikada neće biti dobro. Želela je da izbegne da čuje žamor i shvati da pričaju o njoj. Iznad nje. Zaobilazeći je. Baka je nikada nije zaobilazi.

Zaobilazila. Nikada je nije zaobilazila.

Odmakla je pedesetak metara između nadgrobnih spomenika kada je osetila miris dima. U prvi mah je bilo nečeg poznatog u vezi s njim, nečeg oslobađajućeg. Nečeg zbog čega je Elsa poželela da se okrene i zagrli to nešto i zagnjuri nos u njega, kao što se radi s tek opranom jastučnicom u nedeljno prepodne. A onda je usledilo i nešto drugo.

U njoj se javio unutrašnji glas.

Znala je ko je čovek među spomenicima i pre nego što se okrenula. Stajao je samo nekoliko metara od nje. Nonšalantno je držao cigaretu vrhovima prstiju. Sada su se nalazili predaleko od crkve da bi iko mogao da čuje Elsin vrisak, a on joj je smirenim, hladnim pokretima preprečio put nazad.

Elsa je preko ramena pogledala prema kapiji. Dvadeset metara daleko. Kada je vratila pogled na njega, skočio je prema njoj.

I tada se unutrašnji glas javio Elsi. I bio je bakin. Ali nije šaputao. Vrištao je.

Baba je vrištala: „Trči!"

Elsa je osetila dodir njegovih grubih dlanova na ruci, ali se izvukla iz stiska. Trčala je dok ju je vetar grebao po očima poput noktiju koji stružu mraz sa prozora u autu. Nije znala koliko dugo. Beskrajno dugo. I to beskrajno u stvarnosti. A kada se sećanje na njegov pogled i njegovu cigaretu iskristalisalo u mozgu dok joj je svaki udisaj odzvanjao u plućima, shvatila je da se okliznuo. I da je zato uspela da mu izmakne. Još jedna sekunda oklevanja, i već bi je držao za haljinu, ali Elsa je bila naviknuta na trčanje. Bila je isuviše dobra.

Trčala je još dugo pošto je već bila sigurna da je više ne juri. Možda nije bežala samo od njega već i od svega drugog. Trčala je sve dok više nije znala da li joj oči suze od vetra ili tuge. Trčala je sve dok nije shvatila da je stigla skoro do škole.

Usporila je. Osvrnula se. Oklevala. Zatim je utrčala pravo u crni park sa druge strane ulice dok je haljina lepršala oko nje. Unutra je čak i drveće delovalo neprijateljski. Sunce se nije probijalo. Čula je raštrkane glasove, vetar koji urla u granama, sve dalje i dalje brujanje saobraćaja. Zadihana i izbezumljena, oteturala se ka unutrašnjosti parka. Čula je još glasova. Čula je da neko od njih viče za njom: „Ehej! Devojčice!"

Zastala je, iscrpljena. Sručila se na jednu klupu. Čula je kako se isti glas približava. Shvatila je da želi da joj naudi. Park kao da se skupljao pod pokrivač tame. Čula je još jedan glas pored prvog, zaplitao je i spoticao se o reči kao da je stavio pogrešnu cipelu na pogrešnu nogu. Oba glasa su se ubrzala. Uvidela je opasnost, pa se ponovo pokrenula i potrčala. Baš kao i oni. Shvatila je, iznenadno i sa očajanjem, da je zbog zimskog mraka sve u parku izgledalo istovetno, da ne zna kako da izađe odatle, i da je ovo bila idiotska ideja. Zaboga, ona je sedmogodišnjakinja koja nenormalno mnogo gleda televiziju, kako je mogla da bude toliko glupa? Ovako ljudi završavaju na slikama odštampanim na tetrapacima sa mlekom, ili gde već u današnje vreme stavljaju poternice za nestalom decom u televizijskim serijama!

Ali bilo je prekasno. Potrčala je između dve guste, crne žive ograde koje su obrazovale uzak hodnik, osećajući otkucaje srca u grlu. Nije znala zbog čega je uopšte utrčala u park. Nijedan čovek pri zdravoj pameti to nikada ne bi svojevoljno učinio, ovdašnji narkomani će je uhvatiti i ubiti baš kao što su pričali svi u školi. Prvog dana u školi posle božićnog raspusta reći će: „Jesmo li REKLI?", eto šta će reći. Elsa je mrzela kada neko to kaže. Trebalo je da ostane kod crkve. Zar je trebalo? Nije znala ko je čovek sa cigaretom, nije znala da li je on stvarno senka iz Zemlje skoro budnih, ali je bila i te kako sigurna da joj je baka doviknula da trči.

Ali ovamo? Zašto je dotrčala ovamo? Zar nije pri zdravoj pameti? Možda baš u tome i jeste stvar, pomislila je. Ona možda nije pri zdravoj pameti. Možda je utrčala ovamo zato što je želela da je neko uhvati i ubije.

Najveća snaga smrti ne sastoji se u tome što ljude može da navede da umru, već u tome što one koji ostanu živi može navesti da izgube želju za životom.

Nije čula lomljavu grana u žbunju. Nije čula pucanje leda pod njegovim nogama. Ali na trenutak su mutni glasovi iza nje iščezli, i za sekund joj se učinilo da je ispaljena pravo u olujnog oblakonja. Bubne opne su joj zapištale tako da joj je došlo da vrisne. A onda se sve ponovo utišalo. Lako se odvojila od zemlje. Sklopila je oči. Nije ih otvorila sve dok je nisu izneli iz parka.

Vukosrce je zurio u nju odozgo. Ona mu je uzvratila zurenjem ležeći u njegovom naručju. Svest joj je lutala. Da nije negde uvidela kako u celom svetu ne bi bilo dovoljno papirnih kesa u koje bi Vukosrce mogao da diše ako u snu bude zabalavila po njemu, verovatno bi odmah zaspala u njegovim rukama. Ali borila se da drži oči otvorene, smatrala je da bi sve drugo bilo pomalo neučtivo, kad joj je već spasao život i tako to. Ponovo.

„Ne smeš trčati sama. Nikada ne trči sama", režao je Vukosrce.

„Dobro, dobro", promrmljala je Elsa slabašno, pokušavajući da odagna njegove reči.

Još nije bila sigurna da li želi da bude spasena, iako je bila radosna što ga vidi. Zapravo, radosnija nego što je očekivala. Mislila je da će se više ljutiti na njega.

„Opasno mesto", zarežao je Vukosrce u pravcu parka i počeo da je spušta na zemlju.

„Znam", promrmljala je.

„Nikada više!", naredio joj je, i u glasu mu je čula strah.

Obavila mu je ruke oko vrata i prošaputala „hvala" na tajnom jeziku, pre nego što je stigao da ponovo uspravi svoje ogromno telo. Zatim je uvidela koliku mu neprijatnost pričinjava time, pa ga je odmah pustila.

„Oprala sam ruke baš temeljno, i jutros sam se tuširala megadugo!", prošaputala je.

Vukosrce nije ništa odgovorio, ali u očima mu je videla da će se kada bude stigao kući ipak maltene ceo okupati u alkoholnom gelu.

Elsa se osvrtala oko sebe. Vukosrce je protrljao ruke i odmahnuo glavom kada je to primetio.

„Nije više tu", umirio ju je.

Elsa je klimnula glavom.

„Kako si znao da sam ovde?"

Vukosrce je pogledao u asfalt.

„Čuvao sam te. Tvoja baka je rekla… da te čuvam."

Elsa je klimnula glavom.

„Čak i ako ne znam uvek da si u blizini?"

Kapuljača se pomerila gore-dole.

„Je li on zmaj? Onaj koji me je jurio. Hajde, ti znaš, je li on senka? Iz Zemlje skoro budnih?", upitala je Elsa.

Koža mu je podrhtavala od suzdržanog disanja.

„Veoma opasan. Veoma opasan za tebe. Za sve. Nikada ne trči sama!"

Elsa je klimnula glavom i osetila kako noge samo što joj nisu klecnule. Dugo je žmurila.

„Zašto si nestao? Zašto si me ostavio kod psihološkinje?", prošaputala je optužujućim tonom.

Njegovo lice je nestalo pod kapuljačom.

„Psiholozi žele da razgovaraju. Uvek. O ratu. Uvek. Ja… ne želim."

„Možda bi ti bilo bolje kada bi razgovarao?"

Vukosrce je ćutke protrljao ruke. Dugo je osmatrao niz ulicu kao da očekuje da nešto ugleda. Elsa se obgrlila rukama i shvatila da je ostavila jaknu i grifindorski šal u crkvi. Nikada joj se ranije nije desilo da zaboravi grifindorski šal.

Mislim, ko bi se još tako poneo prema grifindorskom šalu?

I ona je osmatrala niz ulicu, ne znajući zašto. Onda je osetila nešto na ramenima, a kada se osvrnula, shvatila je da joj je Vukosrce ogrnuo svoju jaknu. Vukla joj se po zemlji. Osećala se na deterdžent. Bio je to prvi put da ga vidi bez navučene kapuljače, a Vukosrce je bez nje, što je najčudnije, izgledao još krupnije. Duga kosa i crna brada vijorile su na vetru, a ožiljak je zablistao kada je sunce rasteralo oblakonje na nebu.

„Rekao si da Mijama znači 'volim' na jeziku tvoje mame, je l' tako?", upitala je Elsa, pokušavajući da ne gleda pravo u njegov ožiljak, jer je primetila da još jače trlja ruke kada to uradi.

Klimnuo je glavom. Pa pogledao niz ulicu.

„Šta znači Miplora?", upitala je Elsa.

Pošto isprva nije odgovarao, pretpostavila je da nije razumeo pitanje, pa je pojasnila:

„Jedna od šest kraljevina u Zemlji skoro budnih zove se Miplora. To je ona u kojoj se čuva sva tuga. Baka nikada ni…"

Vukosrce ju je prekinuo, ali ne s namerom da bude neučtiv.

„Žalim. Miplora. Žalim."

Elsa je klimnula glavom.

„A Mireva?"

„Sanjam."

„A Mijaudaka?"

„Usuđujem se."

„A Mimova?"

„Plešem. Ja plešem."

Elsa je pustila da joj se reči malo slegnu pre nego što je zapitala i za poslednju kraljevinu. Pomislila je na ono što je baka uvek-pričala o Vukosrcu, kako je bio nepobedivi ratnik koji je nadjačao senke i kako je to mogao da uradi samo on, pošto je imao srce ratnika, ali dušu pripovedača. Zbog toga što se rodio u Mijami, a odrastao u Mibatali.

„Šta znači Mibatala?", upitala je.

Tada ju je pogledao. Krupnim tamnim očima zaokrugljenim od svega onoga što se čuva u Miplori.

„Mibatala. 'Ja se borim'. Mibatala... gotovo je s njom. Mibatala više ne postoji."

„Znam! Senke su je uništile u Ratu bez kraja, i svi Mibatalci su izginuli, osim tebe, jer si poslednji od svog naroda i...", počela je Elsa, ali je Vukosrce počeo da trlja ruke toliko silovito da je ućutala.

Vukosrcu je kosa pala na lice. Uzmaknuo je jedan korak.

„Mibatala ne postoji. Ne borim se. Više nikada borba."

I Elsa je razumela, kao što uvek razumete takve stvari kada pogledate u oči one koji ih izgovaraju, da se on nije krio u šumama na kraju Zemlje skoro budnih zbog toga što se plašio senki. Već zato što se plašio samog sebe. Plašio se onoga što su od njega napravili u Mibatali. Plašio se sopstvene nepobedivosti.

Barem je ona smatrala da to vidi u njegovim očima. Jer o tome postoje bajke.

Zatim je videla da je ugledao nešto kako se približava ulicom. Začula je Alfov glas. Kada se okrenula, kraj ivice trotoara stajao je Taksi sa upaljenim motorom. Alf je gazio kroz sneg. Policajka je ostala kraj Taksija, dok je zelenim očima poput sokola posmatrala park s kraja na kraj. Kada je Alf podigao Elsu, još uvek umotanu u Vukosrcevu jaknu veliku poput vreće za spavanje, mirno je rekao: „Sada idemo kući, dođavola, ne možeš tu da se smrzavaš!" Ali Elsa je u njegovom glasu čula da je uplašen, uplašen onako kako to samo može biti neko ko zna šta je jurilo Elsu po groblju, a po budnom pogledu zelenih očiju policajke videla je da i ona to zna. Svi su znali mnogo više nego što su hteli da pokažu.

Elsa se nije osvrtala dok ju je Alf nosio prema Taksiju. Ipak, znala je da je Vukosrce već nestao. A kada se bacila u mamin zagrljaj pošto su se vratili do crkve, znala je da i mama zna više nego što želi da pokaže. I da je oduvek bilo tako.

Elsa je pomislila na priču o Braći Lavlje Srce. Pomislila je na aždaju Katlu, koju nijedan čovek nije mogao da pobedi. I pomislila je na užasnu krilatu zmiju Karmu, koja je na kraju jedina mogla da uništi Katlu. Jer ponekad u bajkama stvari stoje tako da užasnu aždaju može da porazi samo nešto što je još užasnije od aždaje.

Čudovište.

22

Kakao

Elsu su jurili i pre. Na stotine puta. Baš kao i sve ostale koji su drugačiji u školskom dvorištu. Ali nikada je nisu jurili kao tada na groblju, i strah je bio drugačiji. Nalik na groznicu u srcu, potpuno ju je obuzeo i držao je zarobljenu, odjekujući joj unutar glave dugo pošto je senka koja ju je jurila iščezla.

Jer uspela je da mu vidi oči baš pre nego što je potrčala, a one su izgledale kao da je spreman da je ubije. Nikada ne možete da to zaista prevaziđete kada vam je skoro osam godina, a vidite to u očima nekoga.

Ili nečega.

Dok je baka bila živa, Elsa se trudila da se nikada ne plaši. Ili se barem trudila da to nikada ne pokaže. Jer baka je mrzela strahove. U Zemlji skoro budnih strahovi su mala prgava bića oštrog krzna načinjenog od nečeg što sasvim slučajno prilično liči na plavu gužvicu iz mašine za sušenje veša, i ako im pružite i najmanju šansu, poskočiće i ugrišće vas za kožu i pokušati da vam iskopaju oči. Strahovi su kao cigarete, govorila je baka: nije teško okanuti se tih malih gadova, teško je ne početi ponovo.

Odmaodma je doneo strahove u Zemlju skoro budnih, u jednoj drugoj bakinoj bajci, a to je bilo pre mnoštva beskraja, niko više nije mogao da se seti koliko. Toliko davno da je tada postojalo samo pet kraljevina, a ne šest.

Odmaodma je drevno čudovište koje je htelo da se sve događa bez ikakvog odlaganja. Svaki put kada bi neko dete reklo „sad ću" ili „posle", ili „samo da pre toga", Odmaodma bi zaurlao sa orijaškom snagom: „Neee! Odma'! MORA DA SE URADI ODMAAA!" Deca zato mrze Odmaodma, jer deca odbijaju da prihvate Odmaodmovu laž o tome da je vreme linearno. Deca znaju da je vreme samo osećaj, pa je „odmah" za njih besmislena reč, kao što je to oduvek bila i za baku. Georg je imao običaj da kaže kako baka nije vremenski optimista, već vremenski ateista, i da je jedina religija u koju veruje kasni budizam. Elsa se veoma naljutila kada je to rekao, jer je zvučalo zaista smešno, a veoma je teško imati loše mišljenje o nekome ko je duhovit. Humor je predstavljao jedan od najiritantnijih nedostataka Georgove ličnosti.

Odmaodma je strahove odneo u Zemlju skoro budnih da bi njima zarobio decu, jer kada bi Odmaodma uhvatio neko dete, progutao bi mu budućnost. Žrtve je ostavljao bespomoćne, sa čitavim životom u kom su morale da jedu odmah i spavaju odmah i pospreme sobu bez odlaganja. Takvo dete više nikada ne može da odlaže nikakvu dosadnu stvar za kasnije i nastavi da radi ono što je zanimljivo. Preostaje samo odmah. To je sudbina gora od smrti, smatrala je baka, pa je bajka o Odmaodma počinjala podatkom o tome kako on mrzi bajke. Jer ništa ne može da u deci probudi želju da nešto odlože za kasnije kao što to mogu bajke. I tako se jedne noći Odmaodma došunjao na Planinu priča, najvišu planinu u celoj Zemlji skoro budnih i tamo izazvao ogroman odron koji je rasturio čitav vrh planine. Zatim se zavukao u jednu mračnu pećinu i čekao. Jer Planina priča je planina na čijem vrhu infanti moraju da stoje da bi mogli da puštaju bajke da odlebde do stvarnog sveta, a ako bajke ne mogu da napuste Planinu priča, kraljevina Mijama će se ugušiti, a zatim će se ugušiti i čitava Zemlja skoro budnih. Jer bajke ne mogu da žive bez dece koja će ih slušati.

Kada je stigla zora, svi najhrabriji ratnici iz Mibatale pokušali su da se popnu na planinu i poraze Odmaodma, ali nijedan nije uspeo. Jer Odmaodma je gajio strahove duboko u pećinama, poput malih jaja. A strahovi su nezgodni za uzgoj, jer rastu od pretnji. Dakle, svaki put kada neki roditelj negde zapreti detetu, to posluži kao đubrivo. „Sad ću", kaže neko dete negde, na šta roditelj poviče: „Ne, odmaaa'! Jer INAČE…" I tras, novi strah se izlegne u nekoj od Odmaodmaovih pećina.

Kada su se ratnici iz Mibatale popeli uz planinu, Odmaodma je pustio strahove na slobodu, a oni su se odmah pretvorili baš u ono čega se svaki ratnik najviše plašio. Jer sva bića imaju poneki neuništiv strah, čak i ratnici iz Mibatale, i vazduh u Zemlji skoro budnih brzo se razredio. Pripovedačima je postalo sve teže i teže da dišu.

Mada, svaki put kada bi baka to ispričala, Elsa bi je, naravno, prilično iznervirano prekinula i primetila da je ta ideja sa strahovima koji se pretvaraju u ono čega se najviše plašiš zapravo ukradena iz Harija Potera, jer tako funkcionišu bauci. A tada bi baka frknula i odvratila: „A možda je taj vajni Hari ukrao ideju od mene, aha, je li ti možda to palo na pamet?", na šta bi Elsa ciknula: „Hari Poter ne krade!" Zatim bi se dugo svađale oko toga, a naposletku bi baka odustala i promrmljala: „Ma dobro! Batali tu priču! Strahovi se ne pretvaraju! Samo ujedaju i pokušavaju da ti iskopaju oči, jesi li sada ZADOVOLJNA?" Onda bi Elsa pristala na to, i nastavile bi sa pričom.

I tako, da beskrajno dugu priču ne bismo skratili baš mnogo: Tada su se pojavila dva zlatna viteza. Svi su pokušali da ih odvrate od penjanja na planinu, ali oni ih, naravno, nisu slušali. Vitezovi su, naime, i te kako tvrdoglavi. Ali kada su se popeli na planinu, i svi strahovi pokuljali napolje, zlatni vitezovi se nisu borili. Nisu vikali i nisu psovali, kao što su radili svi drugi ratnici. Umesto toga, vitezovi su uradili jedino što se može učiniti protiv straha: smejali su se. Glasno, prkosno i podrugljivo. A svi strahovi su se jedan po jedan okamenili.

Baka je, naravno, bila malo previše sklona tome da završava bajke time što se ovo ili ono pretvori u kamen, jer su završeci uvek bili najslabija tačka njenih bajki, ali Elsa je odlučila da joj progleda kroz prste. Odmaodma je, naravno, strpan u tamnicu na neodređeno vreme, što ga je nenormalno razbesnelo. A visoki savet Zemlje skoro budnih odlučio je da imenuje po jednu grupicu stanovnika iz svake kraljevine, ratnike iz Mibatale i lovce na snove iz Mireve i čuvare tuge iz Miplore i muzičare iz Mimove i pripovedače iz Mijame, da čuvaju Planinu priča. Od okamenjenih strahova ponovo su sagradili vrh, sada viši nego pre, a u podnožju planine osnovali su novu kraljevinu: Mijaudaku. Na poljima oko Mijaudake uzgajali su hrabrost, kako niko više ne bi morao da se plaši strahova.

Zapravo, ovako. To su u svakom slučaju radili sve dok baka jednom nije ispričala da su posle žetve uzeli sve biljke hrabrosti i od njih napravili poseban napitak, od koga je svako postajao veoma hrabar. Onda je Elsa malo guglala, pa zatim skrenula pažnju baki da i nije baš naročito odgovorno koristiti takvu metaforu pred detetom. A baka je na to prostenjala: „Dobro, u redu, ali hrabrost je tada jednostavno tu! Ne uzgajaju je i ne ispijaju je, samo POSTOJI, u redu?"

I tako. To je bila cela bajka o dva zlatna viteza koji su pobedili strahove. Baka ju je pričala svaki put kada se Elsa nečega plašila, i mada je Elsa imala sijaset veoma oštroumnih primedbi na bakinu tehniku pripovedanja, svaki put je u stvari delovalo. Posle toga se uopšte ne bi toliko plašila.

Jedini strah na koji priča nije delovala bio je bakin strah od smrti. A sada više nije delovala ni na Elsu. Jer čak ni bajke ne mogu da pobede senke.

„Da li se plašiš?", upitala je mama.

„Da", potvrdila je Elsa klimajući glavom.

I mama je klimnula glavom. Nije rekla Elsi da se ne plaši i nije pokušala da joj poturi priču o tome kako ne bi trebalo da se plaši. Elsa ju je volela zbog toga.

Nalazile su se u garaži, upravo su oborile naslone sedišta u Renou. Oštrodlak je popunio baš sav slobodan prostor između njih, i mama ga je bezbrižno mazila po krznu. Nije se naljutila kada joj je Elsa priznala da ga je skrivala u ostavi. I nije se uplašila kada joj ga je Elsa pokazala. Baš nimalo. Samo je počela da ga češka iza ušiju, kao da je neko malo mače.

Elsa je ispružila ruku da opipa stomak i Polovčetove mirne otkucaje srca u njemu. Ni Polovče se nije plašilo. Jer ono je sve na mamu, dok je Elsa upola tata, a Elsin tata se plaši svega. I tako se Elsa plašila otprilike polovine svega.

A naročito senki.

„Znaš li ko je to bio? Čovek koji me je jurio?", upitala je.

Oštrodlak ju je ćušnuo glavom. Mama ju je pažljivo pomilovala po obrazu.

„Da. Znamo ko je on."
„Ko su to mi?"
Mama je izdahnula kroz nos.
„Lenart i Mod. I Alf. I ja."
Zvučalo je kao da je nameravala da navede još imena, ali se zaustavila.
„Lenart i Mod?", ciknu Elsa.
Mama je klimnula glavom.
„O da, dušo. Bojim se da ga oni znaju bolje nego iko drugi."
„Zašto mi onda nikada nisi pričala o njemu?", htela je da zna Elsa.
„Nisam htela da te plašim", odgovorila je mama.
„Baš ti je pošlo za rukom!", odbrusi joj Elsa, ni najmanje neustrašivo.
Mama je uzdahnula. Počešala je oštrodlaka po krznu. Oštrodlak je polizao Elsu po licu. I dalje je mirisao na smesu za patišpanj. Nažalost, veoma je teško naljutiti se na nekog ko miriše na patišpanj i liže vas po licu.
„On je senka", prošaputala je Elsa.
„Znam", prošaputala je mama.
„Stvarno?"
Mama je zvučala kao da je udahnula iz petnih žila.
„Tvoja baka je pokušavala da mi priča bajke, dušo. O Zemlji skoro budnih i o senkama."
„O Mijami?", upita Elsa.
„Ne. Znam da ste tamo imali stvari koje nikada nije pokazala meni. A to je bilo davno. Bila sam tvojih godina. Zemlja skoro budnih je tada još bila sasvim mala. Kraljevine još nisu imale imena."
Elsa je nestrpljivo prekinu:
„Znam! Dobile su imena kada je baka upoznala Vukosrce, i krstila ih je po rečima iz jezika njegove mame. I uzela je

njegov jezik i pretvorila ga u tajni jezik da bi ga naučila od njega i da bi mogla da razgovara s njim. Ali zašto se onda nije vratila tamo s tobom? Zašto ti baka nije pokazala celu Zemlju skoro budnih?"

Mama se lako ugrizla za usnu.

„Htela je da me povede, dušo. Mnogo puta. Ali ja nisam htela da idem."

„A zašto?"

„Porasla sam. Postala sam tinejdžerka. Bila sam ljuta. I nisam želela da mi mama dalje priča bajke preko telefona, želela sam da bude tu. Želela sam je u stvarnosti."

Elsa je skoro nikada nije čula da to izgovara. „Moja mama". Obično je govorila „tvoja baka".

Mama je pokušala da se osmehne. Nije joj uspelo.

„Ja nisam bila baš jednostavno dete, dušo. Mnogo sam se svađala. Na sve sam odgovarala sa ne. Tvoja baka me je zvala 'devojčica koja je rekla ne'."

Elsa je razrogačila oči. Mama je istovremeno uzdahnula i osmehnula se, kao da je jednim izrazom osećanja pokušala da potre onaj drugi.

„Da, ja sam se sigurno na razne načine pojavljivala u bajkama tvoje bake. Bila sam i devojčica i kraljica, čini mi se. Naposletku više nisam znala gde prestaje mašta, a gde počinje stvarnost. Ponekad mislim da to nije znala ni tvoja baka. Kada sam porasla, bilo mi je teško da živim s tim. I dalje mi je teško. Potrebno mi je veoma mnogo stvarnosti."

Elsa je ćutke ležala i zurila u plafon, dok joj je oštrodlakov dah odjekivao u uvu. Razmišljala je o Vukosrcu i morskom anđelu, koji su tolike godine stanovali u zgradi a da niko nije znao ko su. I niko ih nije pitao. Kada bi izbušili rupe u zidovima i podovima u zgradi, svi susedi bi mogli da ispruže ruke i dodirnu jedni druge, u tolikoj su blizini živeli svoje živote, pa ipak nisu znali ništa jedni o drugima. I godine su tako prolazile.

„Jesi li pronašla ključ?", upitala je Elsa, pokazujući na Renoovu instrument-tablu.

Mama je odmahnula glavom.

„Mislim da ga je tvoja baka sakrila. Verovatno samo da bi nervirala Brit-Mari. Zato i stoji parkiran na Brit-Marinom mestu…"

„Da li Brit-Mari uopšte ima svoj auto?", upitala je Elsa, pošto je videla BMW, koji je vozio Kent, s mesta na kom je ležala, jer je to bio najveći prokleti auto koji je ikada videla.

„Nema. Ali imala ga je pre mnogo godina. Bele boje. A ovo je i dalje njeno parking-mesto. Mislim da se tu radi o principima. Kod Brit-Mari se obično radi o principima", rekla je mama sa iskrivljenim osmehom.

Elsa nije baš sasvim shvatila šta to znači. Nije znala ni da li to ima bilo kakve veze.

„Pa kako je onda Reno dospeo ovamo? Ako niko nema ključ?", pomislila je naglas, iako je znala da joj mama neće odgovoriti, pošto ni ona ne zna.

Tako je i bilo. Nije joj odgovorila. A Elsa je napunila pluća i zažmurila.

„Hoću da mi pričaš o senci", rekla je zatim i pokušala da zvuči kao da je puna onoga što uzgajaju u Mijaudaki, iako joj je glas podrhtavao u grlu kao jedra na vetru.

Mama ju je ponovo pomilovala po obrazu i s naporom ustala iz sedišta, držeći ruku na Polovčetu.

„Mislim da bi to morali da ti ispričaju Mod i Lenart, dušo."

Elsa je htela da se pobuni, ali je mama već stigla da izađe iz Renoa, pa Elsa nije imala mnogo izbora osim da krene za njom. Ipak je to na kraju krajeva mamina supermoć. Mama je ponela Vukosrcevu jaknu sa sobom. Rekla je da će je oprati i dati mu je kada se bude vratio. Elsi se sviđala ta misao. Da će se on vratiti.

Nabacale su ćebad preko oštrodlaka na zadnjem sedištu, i mama ga je smireno upozorila da se ne mrda ako neko bude naišao. I on je obećao. Elsa mu je nekoliko puta obećala da će mu pronaći bolje skrovište, iako on nije baš izgledao kao da razume svrhu toga. S druge strane, delovao je krajnje zainteresovano da mu ona donese još kolača.

Alf je stajao u dnu podrumskih stepenica i stražario.

„Skuvao sam kafu", promrmljao je.

Mama je zahvalno prihvatila jednu šolju. Alf je drugu pružio Elsi.

„Pa rekla sam već da ne pijem kafu", umorno je rekla Elsa.

„Dođavola, to nije kafa, već onaj prokleti o'boj kakao", smušeno je odgovorio Alf.

Elsa je iznenađeno pogledala u šolju.

„Otkud vam?", upitala je, jer joj mama nikada nije dozvoljavala da kod kuće pije o'boj pošto sadrži previše šećera.

„Od kuće", promrmljao je Alf.

„Imate o'boj kod kuće?", sumnjičavo je upitala Elsa.

„Pa valjda sam mogao da ga kupim, majku mu! Znam da ne piješ kafu!", kiselo je odbrusio Alf.

Elsa mu se iskezila. Pomislila je kako će početi da zove Alfa „vitez od invektive", jer je čitala o invektivi na Vikipediji i uopšte je smatrala da ima premalo vitezova te vrste. Zatim je uzela veliki gutljaj o'boja i samo što ga nije ispljunula na Alfovu kožnu jaknu.

„Ehej! Koliko ste kašičica o'boja stavili unutra?"

„Ne znam, dođavola. Možda četrnaest-petnaest komada", odbrambeno je promrmljao Alf.

„Treba staviti otprilike TRI!"

Alf je delovao indignirano. Odnosno, barem je Elsa tako mislila. Jednom je stavila reč „indigniran" u tatinu rečnicu, i činilo joj se da sada pred sobom vidi pravi primer onoga što označava.

„Dođavola, treba valjda i da se oseti neki ukus", promrmljao je Alf.

Elsa je ostatak o'boja pojela kašikom.

„Znate li i vi ko me je jurio na groblju?", upitala je Alfa, sva umazana oko usta i na vrhu nosa.

Kožna jakna tiho zaškripa. Pesnice se stegnuše.

„On ne traži tebe."

„Molim? Pa mene je jurio!", pobunila se Elsa, zakašljavši se, pa je nešto malo o'boja ipak završilo na Alfovoj jakni.

Ali Alf je samo lagano odmahnuo glavom.

„Ne. On ne traži tebe."

23

Krpa za sudove

Elsa je imala hiljadu pitanja, ali nije postavila nijedno, jer je mama bila toliko umorna kada su se popele u stan da su ona i Polovče morali da prilegnu. Mami se to događa u poslednje vreme, odjednom se umori kao da joj je neko izvukao kabl iz zida. Očigledno, Polovče je za to krivo, Georg je govorio da će mama sada devet meseci svaki čas ići na spavanje jer će ih Polovče sve držati budnim sledećih osamnaest godina, tako da je ovo priprema. Elsa je sedela na ivici kreveta i češkala je po kosi, mama ju je poljubila u šake i prošaputala: „Biće bolje, dušo. Biće dobro." Baš kao što je i baka to govorila. A Elsa je strašno, strašno želela da poveruje u to. Mama se sanjivo osmehnula.

„Da li je Brit-Mari i dalje tamo?", pokazala je glavom prema vratima.

Brit-Marin glas se pojačao u kuhinji, pa je pitanje odmah postalo retoričko. Brit-Mari je naime od Georga tražila „obaveštenje" u vezi sa Renoom, koji se i dalje nalazi na Brit--Marinom mestu u garaži. „Ne možemo živeti bez pravila, Georg! To čak i Ulrica mora razumeti!", rekla je Brit-Mari dobrodušno, pritom ne zvučeći baš sasvim dobrodušno do kraja. Georg joj je veselo odgovorio da naravno razume, jer Georg ima razumevanja za sve. To je jedna od stvari koje strašno nerviraju kod Georga, i naravno da je to razdražilo Brit-Mari. Potom je Georg pokušao da ponudi Brit-Mari jajima, nakon čega Brit-Mari više nije zvučala ni najmanje dobrodušno, već je počela da insistira na tome da svi stanari moraju da „učestvuju u sveobuhvatnoj istrazi" u vezi sa dečjim kolicima koja stoje privezana u hodniku. Jer prvo je neko okačio cedulju ne obavestivši o tome Brit-Mari, a sada je neko *skinuo* istu cedulju, pritom *takođe* ne obavestivši Brit--Mari. Na kraju je Brit-Mari zaključila da je „saslušala sve osumnjičene veoma temeljno! Veoma temeljno!" Georg je obećao da će i on saslušati ponekog osumnjičenog, iako nije baš zvučao kao da zna ko bi to mogao biti. Tada Brit-Mari kao da je počela da crpi novu snagu iz njegovog slaganja s njom, pa se neko vreme zgražavala nad tim što je pritom pronašla i pseću dlaku na stepeništu. Što „jasno pokazuje da se ona zver još uvek smuca po zgradi! Nego šta! Smuca se!" Zahtevala je od Georga da „preduzme nešto". Georg nije delovao kao da baš tačno zna šta bi to trebalo da znači. A onda je Brit-Mari frknula kako će razgovarati o tome sa Kentom, to neka svakom bude jasno, i zatim je izjurila napolje, pre nego što je Georg stigao da joj odgovori. Što ionako teško da je imao nameru da učini. Zatim se po mirisu moglo zaključiti da je Georg uzeo da peče još jaja.

„Ta gnjavatorka Brit-Mari!", promrmljala je Elsa u spavaćoj sobi.

„Ne brini se, dušo, sutra ćemo pronaći bolje skrovište za tvog prijatelja", promumlala je mama upola spavajući, pa dodala sa osmehom:

„Možda da ga sakrijemo u ona dečja kolica?"

Elsa se nasmejala. Ali samo nakratko. Onda je pomislila kako misterija sa vezanim dečjim kolicima zvuči kao početak nekog baš lošeg romana Agate Kristi. Elsa je to znala zbog toga što skoro svi romani Agate Kristi postoje na ajpedu, a Agata Kristi nikada u svojim pričama nije imala tako stereotipnog negativca kakva je Brit-Mari. Možda eventualno kao žrtvu, jer Elsa je mogla da zamisli da bi nakon zagonetnog ubistva Brit-Mari koje je neko izvršio svećnjakom u biblioteci svi koji su poznavali Brit-Mari bili osumnjičeni, uz obrazloženje „matora je bila prava gnjavatorka!". Zatim se Elsa malo posramila što tako razmišlja. Samo malo.

„Brit-Mari nema loše namere, samo ima potrebu da se oseti važnom", pokušala je mama.

„I dalje je neverovatna gnjavatorka", istrajavala je Elsa.

Mama se osmehnula.

„Da. Zaista malo gnjavi. Dobro de."

Zatim se lepo namestila na jastucima, a Elsa joj je pomogla da jedan ugura ispod leđa, pa ju je mama potapšala po obrazu i prošaputala:

„Sada hoću da čujem bajke, dušo, ako se slažeš. Hoću da čujem bajke iz Mijame."

Tada je Elsa pribrano šapnula mami kako mora da skoro zažmuri, ne sasvim, a kada je mama to uradila, Elsa je imala hiljadu pitanja, ali nije postavila nijedno. Umesto toga je pričala o oblakonjima i infantima i kajalicama i lavovima i baucima i vitezovima i Odmaodma i Vukosrcu i snežnim anđelima i morskom anđelu i lovcima na snove, a kada je počela priču o princezi od Miplore i dvojici braće prinčeva koji su se borili za njenu ljubav i veštici koja je ukrala princezino blago, mama i Polovče su već zaspali.

A Elsa je imala hiljadu pitanja, ali nije postavila nijedno. Samo je navukla prekrivač preko njih dve, poljubila mamu u obraz i naterala sebe da bude hrabra. Jer morala je da radi ono što ju je baka naterala da obeća: da će štititi zamak, svoju porodicu i svoje prijatelje.

Mamina ruka je posegnula za njom kada je ustala, i baš kada je Elsa htela da ode, mama je prošaputala skoro kao da je budna:

„Niko ne bi govorio za tvog dedu da je loš otac da je on putovao nekud da spasava živote, a ne tvoja baka…"

„Ja bih! Ja bih rekla tako!", brecnu se Elsa.

„Znam, to je zbog toga što ti pripadaš budućnosti", osmehnula se mama i s naporom se okrenula.

Elsa je već stigla do vrata kada su se mamine promumlane reči probile kroz san:

„A što se tiče svih onih fotografija na plafonu bakine sobe, i sve one dece na njima, dušo. Oni su danas bili na sahrani. Sada su odrasli. Dobili su priliku da odrastu zato što im je tvoja baka spasla život…"

Potom je mama ponovo zaspala. Elsa nije bila sigurna da li se uopšte i budila.

„*No shit, Sherlock*. Nisam ni ja neka gluperda", prošaputala je Elsa i ugasila lampu.

Jer nije bilo baš toliko teško shvatiti ko su oni stranci. Samo je bilo teško oprostiti im.

Mama je spavala sa osmehom na usnama. Elsa je oprezno zatvorila vrata.

Stan se osećao na krpu za sudove. Georg je sklanjao šoljice od kafe. Stranci su danas svi bili tu i ispijali kafu posle sahrane. Svi su se s mnogo saosećanja osmehivali Elsi, a Elsa ih je mrzela zbog toga. Mrzela je što su upoznali baku pre nje. Ušla je u bakin stan i legla na bakin krevet. Svetlost uličnih lampi poigravala se u odrazima na fotografijama na plafonu kao psi sa prskalicama za vodu, a Elsa i dalje nije znala može li da oprosti baki zbog toga što je ostavila mamu da bi spasavala tuđu decu. Nije znala da li i mama može to da joj oprosti. Iako se činilo da pokušava.

Izašla je na vrata i našla se u hodniku zgrade, razmišljajući da li da siđe do oštrodlaka u garažu. Ali je umesto toga samo klonula na pod, lišena snage. Sedela je tamo čitavu večnost. Pokušala je da razmišlja, ali je umesto toga samo zatekla prazninu i tišinu tamo gde su se obično nalazile misli.

Čula je korake kako se približavaju nekoliko spratova ispod nje, jer ovo je bila jedna od onih zgrada u kojima se to čuje. Bili su meki, prigušeni, kao da su se izgubili. Uopšte nisu ličili na onaj sigurni, nervozni hod kakvim se žena u crnoj suknji obično kretala dok je uvek mirisala na mentu i govorila u beli kabl. Sada je nosila farmerke. Nije bilo kabla na vidiku. Zaustavila se desetak stepenika ispod Else.

„Zdravo", rekla je žena.

Izgledala je sićušno. Zvučala je umorno, ali umorno na neki drugačiji način nego obično. Sada je bila umorna na bolji način. I nije se osećala na mentu ili vino. Samo na šampon.

„Zdravo", rekla je Elsa.

„Otišla sam na groblje danas", polako je izgovorila žena.

„Nisam vas videla na sahrani", rekla je Elsa, ali je žena sa žaljenjem odmahnula glavom.

„Nisam bila tamo. Izvini. Ja… nisam mogla. Ali sam…"

Progutala je ostatak rečenice. Pogledala u nešto u svojim rukama.

„Otišla sam kod… mojih dečaka na grob. Nisam bila tamo baš odavno."

„Je li pomoglo?", upita Elsa.

Ženine usne su se istanjile.

„Ne znam."

Elsa je klimnula glavom. Sijalice u hodniku su se pogasile. Sačekala je da joj se oči priviknu na tamu. Naposletku je žena izgledala kao da prikuplja svu svoju snagu kako bi se osmehnula, a koža oko njenih usta ovog puta kao da više nije delovala onako ispucalo.

„Kako je prošla sahrana?", upitala je.

Elsa slegnu ramenima.

„Kao i svaka sahrana. Gomiletina ljudi."

Žena je klimnula glavom kao da je marioneta.

„Ponekad je teško deliti tugu s ljudima koje ne poznaješ. Ali mislim da… da su mnogi veoma voleli tvoju… tvoju baku."

Elsa je pustila da joj kosa padne na lice. Žena se počešala po vratu.

„Znam… mislim… znam da… da je teško. Kada znaš da je tvoja baka ostavila sve što je imala kod kuće da bi pomagala strancima negde drugde… pomagala… onakvima poput mene."

Elsa je sumnjičavo puhnula kroz nos, jer joj se učinilo kao da joj je žena pročitala misli. Elsi se to nije baš dopadalo. Osim toga kaže se „ovakvima poput mene", a ne „onakvima poput mene". Žena je izgledala kao da joj je neprijatno.

„Pa… ovaj… izvinjavam se. To se zove 'problem tramvaja'. U etici. Mislim… kada to studiraš. Na fakultetu. To je… dakle… rasprava o tome je li moralno ispravno žrtvovati jednog čoveka da bi mnogi drugi bili spaseni."

Elsa je htela nešto da kaže, ali nije znala šta bi rekla. Žena je klimnula glavom kao da se izvinjava.

„Sigurno to možeš da pronađeš na Vikipediji."

Elsa je slegnula ramenima. Žena je delovala potišteno.

„Izgledaš mi kao da si ljuta", primetila je.

Elsa je frknula kroz nos i razmislila zbog čega je najviše ljuta. Bio je u pitanju podugačak spisak.

„Nisam na vas. Samo sam ljuta na onu gnjavatorku Brit--Mari", odlučila je naposletku.

Žena zbunjeno klimnu glavom.

„Razumem."

Elsa nije baš bila sigurna da je to slučaj, pa je razradila priču:

„Brit-Mari je jednostavno neverovatna gnjavatorka! Tolika je gnjavatorka da je to nešto nalik na virus gnjavatorluka, i ako previše vremena provedete u njenoj blizini, zaraziće vas, pa ćete i sami postati neverovatan gnjavator!"

Žena je posmatrala ono što je držala u rukama, šta god to bilo. Trupkala je prstima po njemu.

„Nemoj se boriti protiv čudovišta, jer i sama možeš postati jedno od njih. Ako dovoljno dugo gledaš dole u ambis, i ambis će se zagledati u tebe."

„O čemu govorite?", prasnu Elsa, ali žena joj se ipak dopala jer je razgovarala sa Elsom kao da nije dete.

Za decu je to veoma simpatična osobina.

„Izvini, to je... to je bio Niče", rekla je žena rasejano.

Ponovo se počešala po vratu.

„On je bio nemački filozof. To je... eh, sigurno ga pogrešno citiram. Ali mislim da to možda znači da ako mrziš onoga ko mrzi, dolaziš u opasnost da postaneš kao onaj koga mrziš."

Elsa se trgnu.

„Baka je uvek govorila: 'Ne šutiraj govno, jer smrdi!'"

Tada je Elsa prvi put čula ženu u crnoj suknji kako se naglas smeje. Mada je danas nosila farmerke.

„Da, da, to je možda još bolji način da se to kaže."

Bila je lepa dok se smeje. Pristajalo joj je. Zatim je napravila dva koraka prema Elsi i protegla se koliko je god mogla kako bi joj dodala kovertu koju je držala u rukama a da ne mora da joj priđe zaista blizu. A reči su joj ponovo iščezle negde dole u tamnim provalijama.

„Ovo je stajalo na njihovom… na grobu… na grobu mojih dečaka. Ja ne… ne znam ko je to stavio tamo. Ali tvoja baka… možda je nekako prokljuvila da ću doći…"

Elsa ga je prihvatila. Žena u farmerkama se udaljila niz stepenice pre nego što je stigla da podigne pogled sa koverte. Na njoj je pisalo: „ZA ELSU! DATI LENARTU I MOD!"

I tako je Elsa pronašla treće bakino pismo.

Kada je otvorio vrata, Lenart je držao šolju kafe u ruci. Mod i Samanta su stajali iza njega i delovali ljubazno. Mirisali su na kolače.

„Imam pismo za vas", objavila je Elsa.

Lenart ga je prihvatio i baš je hteo nešto da kaže, ali je Elsa nastavila:

„Od moje bake je! Verovatno se izvinjava, jer to je već uradila u svakom pismu!"

Lenart ljubazno klimnu glavom. Mod klimnu glavom još ljubaznije.

„Strašno nam je žao zbog svega ovoga sa tvojom bakom, draga moja Elsa. Ali sahrana je bila fantastično lepa, po našem mišljenju. Baš nam je drago što smo došli."

„Kafa je bila mnogo dobra!", dodao je Lenart pohvalno i mahnuo Elsi da uđe u stan.

„Da! Uđi, uđi, ima slatkih snova!", navaljivala je Mod.

„Da! Mogu da skuvam još kafe!", kliknuo je Lenart.

„Imamo i kakao, Alf će doneti o'boj", saopštila je Mod ushićeno.

Samanta je zalajala. Čak je i lavež bio ljubazan. Elsa je uzela jedan kolač iz pružene kutije napunjene do vrha. Blago se osmehnula Mod.

„Imam prijatelja koji baš mnogo voli slatke snove. A ceo dan je proveo sam. Mislite da bi bilo okej da ga dovedem ovamo?"

Mod i Lenart su klimnuli glavama bezbrižno kako to samo umeju ljudi koji ne znaju kako se odmahuje glavom.

„Naravno da smeš, drago dete!", ciknu Mod.

„Skuvaću još kafe!", oduševljeno je rekao Lenart.

Mod je potapšala Elsu po ruci i istrajno ponavljala:

„Razume se da možeš da dovedeš prijatelja! RAZUME se!"

Mod nije izgledala kao da baš sve razume kada se nešto kasnije oštrodlak našao na ćilimu u njenoj kuhinji. Tako bi se to moglo reći ukratko.

Naročito pošto je on doslovno sedeo na celom ćilimu.

24

Slatki snovi

„Rekla sam vam da voli slatke snove!", veselo je rekla Elsa.

Mod je bez reči klimnula glavom. Lenart je sedeo na drugom kraju stola sa izbezumljenom Samantom u krilu. Oštrodlak je jeo kolače, po deset odjednom.

„Koja je to rasa?", veoma tiho je Lenart upitao Elsu, kao da se pribojava da će se oštrodlak uvrediti.

„Oštrodlak!", zadovoljno je odvratila Elsa.

Lenart je klimnuo glavom onako kako biste učinili kada pojma nemate šta to znači. Mod je otvorila novu kutiju i pažljivo je odgurkivala preko poda vrhovima nožnih prstiju. Oštrodlak ju je ispraznio mljacnuvši triput. Podigao je glavu i pogledao Mod očima krupnim poput felni. Mod je izvadila još dve kutije, trudeći se da ne izgleda polaskano. Nije joj baš pošlo za rukom.

„Da li ta rasa postoji u klubu radnih pasa?", upitao je Lenart dok je oštrodlakova njuška zaranjala u more kolača.

„Ne bih rekla", odgovorila je Elsa.

„Ni ja", rekao je Lenart, pokušavajući da odvrati Samantu od sakrivanja glave u prostor između njegovog grla i uva.

„Dakle, ljudi ih uzimaju za ljubimce?", nesigurno je upitala Mod, pokušavajući da izgleda kao da namerava da ga pomazi.

Elsa zamišljeno pogleda oštrodlaka.

„Ne znam. Oštrodlaci u bajkama čuvaju zamkove princeza. Tako da pretpostavljam da jeste."

„Dakle, pas čuvar", zaključio je Lenart.

Elsa je klimnula glavom. Lenart je izgledao kao da se odmah zadovoljio tim odgovorom i mnogo više se opustio pošto je uspeo da negde svrsta to stvorenje.

„Znači, kraljevskog je porekla?", upitala je Mod delujući impresionirano.

„Otprilike", odgovorila je Elsa.

„Bilo kako bilo, zaista obožava slatke snove", rekla je Mod sa osmehom i dala mu još dve kutije.

„Šta kažete na kafu?", upitao je Lenart, kao da se uplašio da je kafa nekud pobegla, i ustao sa frizijskim bišonom koji mu je visio na stomaku kao mladunče kengura koje se čvrsto prikačilo.

Možete reći štošta o Samanti, ali da bi se ona opustila, nije dovoljno da nešto bude kraljevskog porekla. Naročito ne ako je to što je kraljevskog porekla dovoljno veliko da bi moglo da zameni Samantu za trunčicu prašine među šapama.

„Hoćeš li buhtlu sa cimetom, Elsa, dušo? Mogu da je zagrejem u mikrotalasnoj!", ponudila se Mod.

Elsa je klimnula glavom jer, otprilike, ne možete odbiti buhtlu sa cimetom u Modinoj kući, pošto bi to bilo zaista glupavo.

„Izvini, da li možda i ti jedeš buhtle sa cimetom?", obratila se Mod oštrodlaku.

Oblikovala je usnama svaki glas u reči buhtla sa cimetom, kao da se oštrodlak nalazi na suprotnoj strani šanka negde gde svira veoma glasna muzika.

Oštrodlak je pojeo buhtle sa cimetom.

„Mislim da nas dvoje možemo dobro da se slažemo", poverljivo mu je prošaputala Mod dok je, dvadesetak sekundi kasnije, vadila još četiri kese iz zamrzivača.

Oštrodlak je delovao kao da predlog smatra krajnje primamljivim.

Elsa je pogledala bakino pismo. Ležalo je razmotano na stolu. Lenart i Mod su sigurno stigli da ga pročitaju dok je ona išla po oštrodlaka u podrum. Lenart je primetio kako ga posmatra i spustio joj ruku na rame.

„Bila si u pravu. Tvoja baka je napisala izvinjenje."

„Zbog čega?"

Mod je dala oštrodlaku buhtle sa cimetom i polovinu duguljaste vekne hleba.

„Pa, znaš, to je bio pozamašan spisak. Tvoja baka je ipak bila…"

„Drugačija", ubacila se Elsa.

Mod se toplo nasmejala i pomazila oštrodlaka po glavi. Lenart je pokazao glavom na pismo.

„Pre svega je zamolila za izvinjenje zbog toga što nas je tako često grdila. I što je tako često bila ljuta. I svađala se i pravila nevolje. Ali to zaista nije nešto zbog čega bi trebalo da se izvinjava, jer svako to radi ponekad!", rekao je kao da želi da zamoli za izvinjenje zbog toga što baka moli za izvinjenje.

„Ne i vi", pomislila je Elsa, a pomislila je i kako ih voli zbog toga. Mod se zakikotala.

„I zamolila je izvinjenje za onaj put kada je sa balkona pogodila Lenarta svojom, kako se zvaše, puškom za pembol!"

Odjednom je delovala kao da se postidela.

„Je l' se tako zove? Pembol?"

Elsa je klimnula glavom. Iako nije tako. Mod je delovala ponosno.

„Jednom je tvoja baka uspela da njome pogodi Brit-Mari, pa je na Brit-Marinom cvetnom sakou ostala velika ružičasta fleka. A to je bio Brit-Marin omiljeni sako, a fleku nije uspela da skine ni venišom! Možeš li to da zamisliš?"

Mod se zakikotala. Nakon čega je odmah delovala veoma posramljeno.

„Naravno, Brit-Mari se veoma naljutila. Naravno, baš je zlobno od mene što se smejem tome."

Elsa nije smatrala da je to mnogo važno.

„Zbog čega se još baka izvinila?", upitala je u nadi da će čuti još priča o tome kako je neko upucao Brit-Mari puškom za pembol.

Ili da je upucao Brit-Mari bilo čime. Elsa nije izbirljiva. Ali Lenart je delovao kao da želi da propadne u zemlju od neprijatnosti. Pogledao je Mod, a kada mu je ona klimnula glavom, Lenart se okrenuo prema Elsi:

„Tvoja baka se izvinila zbog toga što nas je zamolila da ti ispričamo celu priču. Sve što moraš da znaš."

„Kakvu priču?", upitala je Elsa, ali tek što je to izgovorila, shvatila je da neko stoji iza nje.

Okrenula se u stolici. Dečak sa sindromom je stajao na vratima spavaće sobe sa plišanim lavom u naručju. Pogledao je Elsu, ali kada mu je ona uzvratila pogled, pustio je da mu kosa padne na čelo. Kao što je to Elsa imala običaj da radi. Bio je više od godinu dana mlađi od nje, ali skoro podjednako visok, a imali su i istu frizuru i gotovo istu boju kose. Razlikovalo ih je jedino to što je Elsa drugačija, a dečak ima sindrom. Sindrom je veoma poseban način da se bude drugačiji.

Dečak nije ništa rekao, jer to inače nikada nije radio. Ali ga je Mod poljubila u čelo i prošaputala: „Košmar?", a dečak je klimnuo glavom, pa je Mod otišla po veliku čašu mleka i celu kutiju slatkih snova, uzela ga za ruku i povela nazad u spavaću sobu, otresito rekavši: „Hajde, da ga odmah oteramo!"

Lenart se okrenuo prema Elsi.

„Mislim da je tvoja baka želela da krenem od početka."

I tog dana je Elsa čula priču o dečaku sa sindromom. Priču koju nije čula nikada ranije. Priču užasnu poput onih priča koje vas navedu da poželite da zagrlite sami sebe najjače što možete dok ih slušate. Lenart je pričao o dečakovom tati, koji je imao u sebi više mržnje nego što bi iko očekivao da može da stane u jednog jedinog čoveka. Tata je uzimao narkotike, i Lenart je tu stao, uplašen da će se Elsa uplašiti, ali je ona ispravila leđa i ćušnula šake u oštrodlakovo krzno i rekla da se ne plaši. Lenart ju je upitao da li zna šta su to narkotici, a ona mu je odgovorila da je čitala o tome na Vikipediji.

Lenart je pričao kako je tata postajao neko drugo stvorenje kada uzme to o čemu piše na Vikipediji. Duša bi mu se smračila. Tukao je dečakovu mamu dok je bila trudna, jer nije želeo da postane ničiji tata. Lenartovi treptaji postali su duži, i rekao je da je to možda bilo zbog toga što se tata plašio da će dete postati kao on. Pun mržnje i nasilja. I tako, kada se dečak rodio, i lekari rekli da ima sindrom, tata je bio van sebe od besa. Nije mogao da prihvati da je dete drugačije. Možda zbog toga što je mrzeo sve što je drugačije. Možda zbog toga što je, kada bi pogledao dečaka, video sve ono što je drugačije u njemu samom.

I tako je pio alkohol, uzimao još više onoga sa Vikipedije, i nestajao je po čitavu noć, a ponekad i nedeljama, a niko nije znao gde je. Ponekad je dolazio kući sasvim smiren i pažljiv. Ponekad je plakao i objašnjavao da je bio primoran da se drži podalje dok sav bes ne iščili iz njega. Kao da je u njemu živela neka tama koja je pokušavala da ga promeni i protiv koje se borio. Nakon toga je umeo da bude spokojan nedeljama. Mesecima.

Ali onda ga je jedne večeri tama potpuno savladala. Tukao ih je i tukao i tukao sve dok se više nijedno od njih nije pomeralo. A zatim je pobegao.

Modin glas se šunjao kroz tišinu koju je Lenart ostavio za sobom u kuhinji. Dečak sa sindromom je hrkao u spavaćoj sobi, što je bio jedan od prvih zvukova koje je Elsa ikada čula od njega. Vrhovi Modinih prstiju prebirali su po praznim kutijama od kolača na radnoj površini u kuhinji.

„Mi smo ih pronašli. Prethodno smo dugo pokušavali da je privolimo da uzme dečaka i ode, ali ona se strašno plašila. Svi smo se strašno plašili. On je užasno opasan čovek", prošaputala je.

Elsa je čvršće stegla oštrodlaka.

„Šta ste uradili onda?"

Mod se sva skupila kraj kuhinjskog stola. U ruci je imala kovertu, istovetnu onoj koju je donela Elsa.

„Poznavali smo tvoju baku. Iz bolnice. Da, znaš, draga mala Elsa, u to doba smo Lenart i ja imali kafić. Na ulazu u bolnicu. Tvoja baka je svraćala tamo svaki dan. Uvek je kupovala naše slatke snove."

„Uvek ih je zvala 'kolači iz Mireve'", setio se Lenart, a Mod je potvrdila glavom:

„Da, i tako smo na kraju i nazvali kolače. 'Mirevci'. Deset mirevaca i pet buhtli sa cimetom, to je tvoja baka uzimala iz dana u dan. Moja sestra ima malu pekaru južno odavde, i ja joj i dalje povremeno pravim kolače, a tvoja baka je nastavila da kupuje buhtle sa cimetom kod nje tokom svih onih godina pošto smo..."

Zaustavila se i pomalo posramljeno odmahnula rukom sama za sebe, kao što to radite kada ste stari i shvatate da vam priče pomalo izmiču iz ruku.

„Zapravo i ne znam kako je to počelo. Ali tvoja baka je bila od onih kojima se ljudi poveravaju, razumeš li šta hoću da kažem? Nisam znala šta da radim. Nisam znala kome da se obratim. Svi smo se strašno plašili, ali ja sam je pozvala. Došla je usred noći, u svom starom, zarđalom autu..."

„Reno!", ciknula je Elsa, jer joj se iz nekog razloga učinilo da i on zaslužuje da bude pomenut po imenu u ovoj priči ako je već on bio taj koji je spasao sve.

Lenart se nakašljao s tužnim osmehom.

„Njen Reno, da. Došla je njime. A mi smo poveli dečaka i njegovu mamu s nama, i tvoja baka nas je dovezla ovamo. Dala nam je ključeve od stanova. Tada nisam baš tačno znala kako je došla do njih, ali rekla je da će ona rešiti sve sa vlasnicima zgrade. Otad stanujemo ovde."

„A tata? Šta se desilo kada je shvatio da su svi otišli?", želela je da zna Elsa, iako s druge strane to uopšte i nije želela.

Lenartova šaka je potražila Modine prste.

„Ne znamo. Ali tvoja baka je došla ovamo sa Alfom, predstavila nam Alfa i rekla kako će on pokupiti sve dečakove stvari. Ona i Alf su se vratili tamo, i pojavio se dečakov tata, i bio je... tada je bio u potpunom mraku. Do same srži. Strašno je udario Alfa..."

Lenart jeućutao onako kako to čine ljudi koji se iznenada sete da razgovaraju sa detetom. Premotao je priču unapred i nastavio.

„Naravno, već je bio daleko kada je policija stigla. A Alf, gospode, ne znam šta je bilo s njim. U bolnici su mu stavili zavoje i sam se dovezao kući i više nikada nije rekao ni reč o tome. Dva dana kasnije ponovo je vozio Taksi. Taj tip je napravljen od čelika."

„A tata?", navaljivala je Elsa.

„Nestao je. Nigde ga nije bilo nekoliko godina. Mislimo da nam je još odonda pratio trag, pre svega dečakov, ali toliko dugo ga nije bilo da smo se nadali…", rekao je Lenart iućutao kao da su reči suviše gorke da bi ih stavio u usta.

„Ali sada nas je pronašao", dopunila ga je Mod.

„A kako?", upita Elsa.

Lenartov pogled je okrznuo površinu stola.

„Alf misli da je pronašao umrlicu tvoje bake, znaš. Pomoću nje je pronašao pogrebni zavod. A tamo je pronašao…", počeo je, ali kao da se onda ponovo setio.

„Mene", prošaputala je Elsa dok su joj otkucaji srca odjekivali celim telom.

Lenart je klimnuo glavom, a Mod mu je pustila ruku, zaobišla oko stola i zagrlila Elsu.

„Mila moja Elsa! Moraš razumeti da on mnogo godina nije video dečaka. A vi ste podjednake visine i imate istu frizuru. Mislio je da si ti naše unuče."

Elsa je zatvorila oči. U slepoočnicama joj je tutnjalo kao da dva magneta pokušavaju da prokopaju put kroz njenu lobanju svaki put kada udahne, i Elsa je prvi put u svom životu upotrebila čistu i krajnju snagu volje da bi se uputila u Zemlju skoro budnih a da nije bila ni blizu toga da zaspi. Uz pomoć najmoćnije mašte koju je uspela da prizove, dozvala je oblakonje i odletela u Mijaudaku. Prikupila je svu hrabrost koju je mogla da ponese u sebi. I tako je pogledala u Lenarta i Mod i rekla:

„Dakle, vi ste dečakovi baka i deka po majci?"

Suze s Lenartovog nosa dobovale su po stolnjaku poput kiše na prozorskom simsu.

„Ne. Mi smo mu baka i deka po ocu."

Elsa je začkiljila prema njima.

„Vi ste roditelji dečakovog tate?"

Mod je udahnula i izdahnula, pomilovala oštrodlaka po glavi i otišla po čokoladnu tortu. Samanta je oprezno pogledala oštrodlaka. Lenart je otišao po još kafe. Šolja je podrhtavala tako da se malo prosulo preko ivice.

„Elsa, znam da zvuči užasno oduzimati ocu njegovo dete. I pritom učiniti tako nešto svom sinu. Ali kada neko postane baka ili deka, onda je uvek pre svega baka ili deka...", sumorno je prošaputao.

„Baka ili deka iznad svega! Uvek!", dopunila ga je Mod srčano, iako su je oči pekle onako kako Elsa nije mislila da je moguće kada je reč o Mod.

Zatim je Elsi dala kovertu koju je donela iz spavaće sobe. Rukopis je bio bakin. Elsa nije prepoznala ime, ali je shvatila da je u pitanju dečakova mama.

„Tako se zvala ranije. Pre nego što nam je policija dala one zaštićene identitete, ili kako se već zovu", rekla je Mod, pa nastavila najmekšim glasom kojim je mogla da joj se obrati:

„Tvoja baka je ostavila ovo pismo kod nas pre nekoliko meseci. Rekla je da ti moraš da ga uručiš. Znala je da ćeš doći ovamo", rekla je.

Elsa je klimnula glavom i zažmurila.

„Znam. To je potraga za blagom. Baka je volela potrage za blagom."

Lenart je žalosno uzdahnuo. Njegov i Modin pogled ponovo su se susreli, pa je objasnio:

„Ali bojim se da prvo moramo da ti ispričamo nešto o našem sinu, Elsa. O Semu. Da, on se zove Sem. I to je jedna od stvari za koje se tvoja baka izvinila u tvom pismu. Izvinila se zbog toga što je… spasla život Semu…"

Modin glas se raspadao sve dok se reči nisu pretvorile u sitne šaptaje:

„A onda se izvinila zbog toga što se prethodno izvinila za to, izvinila se zbog toga što je zažalila što je našem sinu spasla život. Izvinila se zbog toga što više nije znala da li smatra da on treba da preživi. Iako je bila lekar…"

S druge strane prozora prikrala se noć. Kuhinja je mirisala na kafu i čokoladnu tortu. A Elsa je slušala priču o Semu. Sinu najljubaznije i druge najljubaznije osobe na celom svetu, koji je ipak ispao veći zlikovac nego što je to iko mogao da nasluti. Koji je postao tata dečaku sa sindromom, koji je opet u sebi imao manje zla nego što bi se moglo očekivati da je moguće, kao da je njegov tata uzeo sve za sebe i ništa nije ostavio drugima. Čula je priču o tome kako je i Sem nekada bio mali dečak, i o Mod i Lenartu koji su tako dugo čeznuli za detetom i koji su ga voleli kao što roditelji vole svoju decu. Kao što svi roditelji, čak i oni naj-naj-najgori, ponekad moraju voleti svoju decu. Tako se Mod izrazila. „Jer inače ne možeš biti čovek, ja jednostavno ne mogu da shvatim da bi neko inače mogao da bude čovek", prošaputala je. I uporno je ponavljala kako to mora biti njena krivica, jer nije mogla da zamisli da bi se dete moglo roditi kao zlo. Mora da je majčina krivica ako dečak koji je nekada bio tako mali i bespomoćan izraste u nešto tako užasno, potpuno je sigurna u to. Uprkos tome što joj je Elsa rekla kako je baka uvek govorila da su neki ljudi jednostavno seronje, i za to nije kriv baš niko drugi osim tih istih seronja.

„Ali Sem je uvek bio tako ljut, ne znam otkud je sav taj bes došao. Mora da je u meni postojao neki mrak koji sam prenela njemu, a ne znam odakle se stvorio", slomljeno je šaputala Mod.

Onda je pričala o dečaku koji je rastao i uvek se tukao, uvek je mučio drugu decu u školi, uvek je progonio one koji su drugačiji. O tome kako je odrastao i postao vojnik i otputovao u daleke zemlje jer je bio gladan rata, i kako je tamo upoznao jednog prijatelja. Svog prvog pravog prijatelja. O tome kako su svi koji su to videli rekli da ga je to promenilo, i probudilo nešto dobro u njemu. I prijatelj je bio vojnik, ali druga vrsta vojnika, bez one gladi. Postali su nerazdvojni. Sem je govorio da je njegov prijatelj najhrabriji ratnik koga je ikada video.

Zajedno su se vratili kući, i prijatelj je upoznao Sema s devojkom koju je poznavao, a ona je videla nešto u Semu, i Lenart i Mod su makar na jedan trenutak u životu takođe videli to, neki nagoveštaj nekog drugog. Sema izvan tame.

„Mislili smo da će ga ona spasti, svi smo se tako usrdno nadali da će ga ona spasti, jer to je bilo kao u nekoj bajci, a kada tako dugo živiš u tami strašno je teško da ne poželiš da veruješ u bajke", priznala je Mod dok ju je Lenart držao za ruke.

Ali onda su nastupile životne okolnosti, uzdahnuo je Lenart, kao što se to događa u mnogim bajkama. A možda krivica i nije bila Semova. Ili je u potpunosti bila baš Semova. Možda neki ljudi pametniji od nas mogu da presude je li svaki čovek u potpunosti odgovoran za sva svoja dela ili ne, rekao je Lenart. Ali Sem se vratio u rat. I iz njega se kući vratio mračniji.

„Ranije je bio idealista, uprkos svoj toj mržnji i besu bio je idealista, zato je i želeo da postane vojnik", žalosno je dodala Mod.

* * *

Tada je Elsa zamolila da se posluži Modinim i Lenartovim kompjuterom.

„Mislim, ako imate kompjuter!", dodala je izvinjavajući se, jer se setila istog ovakvog razgovora sa Vukosrcem.

„Naravno da imamo kompjuter", odgovorio je Lenart ne shvatajući.

„Valjda u današnje vreme baš svako ima kompjuter?", rekla je Mod blago.

„Ma, siiigurno", pomislila je Elsa i odlučila da na to skrene pažnju Vukosrcu sledeći put kada se bude pojavio. Ako uopšte bude bilo sledećeg puta.

Lenart ju je poveo pored spavaće sobe, a Elsa je primetila da je Mod poređala slatke snove u širok krug oko dečakovog kreveta. U radnoj sobici u dnu stana Lenart je rekao da je njihov kompjuter naravno veoma star, pa će morati da ima malo strpljenja. A na stolu u sobi se nalazio najglomazniji kompjuter koji je Elsa ikada videla, iza samog kompjutera se nalazila ogromna kutija, a na podu je stajala još jedna.

„Šta je to?", upitala je Elsa i pokazala na nju.

„Pa to je u stvari kompjuter", rekao je Lenart.

„A to tu?", upitala je Elsa i pokazala gore.

„To je monitor", rekao je Lenart i pritisnuo veliko dugme na kutiji smeštenoj na podu, pa dodao:

„Eh, biće potrebno nekoliko minuta dok se pokrene, moraćemo malo da sačekamo."

„Nekoliko MINUTA?", ciknula je Elsa, pa promrmljala: „Vau. Stvarno je star."

Ali kada se veoma stari kompjuter napokon pokrenuo, a Lenart joj uz mnoga „ako" i „ali" obezbedio pristup internetu, i pošto je pronašla ono što je tražila, vratila se nazad u kuhinju i sela naspram Mod.

„To znači sanjar. Mislim na reč 'idealista'. Znači sanjar."

„Da, da, može se tako reći", ljubazno je odvratila Mod sa osmehom.

„Nije da se može tako reći. To je značenje", ispravila ju je Elsa.

A Mod je na to klimnula glavom još ljubaznije. Zatim je pričala o idealisti koji je postao cinik, a Elsa je znala šta to znači, pošto je jedan pedagog u predškolskom jednom rekao to za Elsu. Kada je mama čula za to, nastala je gužva, ali je pedagog ostao pri svom stavu. Elsa se ne seća tačnih pojedinosti, ali je to verovatno bilo onda kada je ostaloj deci u predškolskom ispričala kako se prave kobasice.

Pomislila je kako možda razmišlja o takvim stvarima zato što joj je to neka vrsta odbrambenog mehanizma. Jer ova bajka jednostavno sadrži previše stvarnosti. A kada imate nepunih osam godina, lako se dogodi da se suočite sa previše stvarnosti.

Mod je pričala kako je Sem otišao u novi rat. Kraj njega je bio i njegov prijatelj, i zajedno su štitili neko seoce nekoliko nedelja od ljudi koji su iz razloga koji nadilaze Modin razum želeli da pobiju sve njegove stanovnike. Naposletku su radio-vezom dobili naređenje da odu odatle, pošto je situacija bila isuviše opasna, ali je Semov prijatelj odbio. Ubedio je Sema i ostale vojnike, te su ostali tamo sve dok nije stiglo još vojnika pa je selo bilo sigurno, a tada su poveli svu ranjenu decu koju su mogli da smeste u svoje automobile i povezli ih do najbliže bolnice. Nekoliko desetina kilometara odatle. Jer Semov prijatelj je poznavao jednu ženu koja je tamo radila kao lekar, a svi su govorili da je ona najbolji hirurg na svetu.

Na putu kroz pustinju naleteli su na minu. Eksplozija je bila strahovita. Na sve strane vatra i krv.

„Da li je neko poginuo?", upitala je Elsa, ne želeći da zna odgovor.

„Svi", odgovorio je Lenart, ne želeći da izgovori tu reč naglas.

Svi osim Semovog prijatelja i Sema. Sem je ostao bez svesti, ali ga je prijatelj izvukao iz vatre, i Sem je bio jedini koga je stigao da spase. Prijatelj je i sam imao gelere u licu i užasne opekotine, ali kada je čuo pucnjavu i shvatio da su se našli u zasedi, zgrabio je pušku i pojurio u pustinju i nije prestao da puca sve dok samo on i Sem nisu jedini ostali da leže tamo u pustinji, dišu i krvare.

Oni koji su pucali na njega bili su samo dečaci. Bili su deca baš kao i deca koju su vojnici upravo pokušali da spasu. Semov prijatelj je to video kada je došao do njihovih beživotnih tela, s njihovom krvlju na rukama. I posle toga više nikada nije bio onaj stari.

Neumorno je nosio Sema kroz pustinju, i srušio se tek kada je stigao do bolnice, a Elsina baka im potrčala u susret. Spasla je život Semu. Očekivala je da će malo hramati na jednu nogu, ali će preživeti, a u bolnici je Sem počeo da puši cigarete Elsine bake. Baka se u pismu izvinila i zbog toga.

Mod je spustila foto-album pred Elsu pažljivo kao da je u pitanju neko majušno biće sa sopstvenim osećanjima. Pokazala je na sliku majke dečaka sa sindromom. Stajala je između Lenarta i Moda u venčanici, a sve troje su se smejali.

„Mislim da je Semov prijatelj bio zaljubljen u nju. Ali upoznao ju je sa Semom, i njih dvoje su se zaljubili jedno u drugo. Ne verujem da im je Semov prijatelj to ikad rekao. Njih dvojica su bili kao braća, možeš li to da zamisliš? Mislim da je njegov prijatelj jednostavno bio previše fin da bi rekao i reč o tome šta oseća prema njoj, razumeš?"

Elsa je razumela. Mod se osmehnula.

„Taj Semov prijatelj je uvek bio tako nežan mladić. Oduvek sam mislila da ima pesničku dušu. On i Sem su bili toliko različiti. Neverovatno je teško zamisliti kako je on bio u stanju da uradi sve ono što je bio primoran da uradi kako bi Semu spasao život. I da je to mesto moglo da od njega napravi tako užasnog…"

Dugo je ćutala. Tuga je dobovala po stolnjaku.

„Ratnika", prošaputala je i okrenula list u foto-albumu.

Elsa nije morala da pogleda sliku da bi znala šta se na njoj nalazi.

Tamo je stajao Sem, negde u pustinji. Nosio je uniformu i oslanjao se na štake. Kraj njega je stajala Elsina baka sa stetoskopom oko vrata. A između njih je stajao Semov najbolji prijatelj. Vukosrce.

25

Jelka

Da se razumemo, baka nije bila od onih koji pričaju svinjarije o oblakonjima. Naravno da nije. Ili dobro, u svakom slučaju nije bila od onih koji sve vreme pričaju svinjarije o oblakonjima. Ili barem ne kada to drugi mogu da čuju. Ili hajde dobro, barem ne kada to oblakonji mogu da čuju.

„Ali oni ponekad zaista umeju da budu prave uštve!", imala je običaj da tvrdi baka kada bi se Elsa pobunila. Jer Elsa je veliki obožavalac oblakonja, pošto su oni toliko važni za sve stanovnike Zemlje skoro budnih, a osim toga je baš dobro imati ih u svom timu kada se igrate pogađanja.

„Ali problem je samo u tome što oni to ZNAJU! A tada te uštve postaju prokleto PRKOSNE!", nervirala se baka. A da biste to razumeli, morali biste eventualno da razumete kako baka i Elsa imaju prilično složen sistem uvreda.

Uštva je nešto gora od kretena, što ne mora da znači da je baš budalasta kao budala, ali je na primer mnogo gora od zvekana. Mada nije ni izbliza tako nezgodna kao đubre, što je najgadnija verzija uštve. A naravno ni toliko nezgodna kao pametnjaković, što je gnjavator koji je pritom i budala.

A kada bi baka i Elsa bile primorane da sve ovo objasne nekom ko to ne shvata, taj neko najverovatnije i tako ne bi shvatio, i možda bi trebalo početi od toga da se tom nekom objasni šta je davež, jer su Elsa i baka stalno ljude nazivale davežima.

Ali to bi naravno bilo idiotsko pitanje. Jer davež je davež. I to svako zna.

Ako nije u pitanju teški davež, to jest. A to je baš najgora vrsta daveža.

Ali dobro, bilo kako bilo: oblakonji su bili ti koji su spasli izabranog, kada su se senke prikrale kraljevini Mimovi da ga kidnapuju. Jer dok je Mijama sagrađena od mašte, Mimova je sagrađena od ljubavi. Bez ljubavi nema ni muzike, bez muzike nema Mimove, a izabrani je bio najomiljeniji u celoj kraljevini. Da su ga senke zarobile, to bi na kraju srušilo čitavu Zemlju skoro budnih. Ako Mimova padne, pašće i Mireva, a ako padne Mireva, pašće Mijama, a ako Mijama padne, pašće i Mijaudaka, a za padom Mijaudake uslediće i pad Miplore. Jer bez muzike ne mogu postojati snovi, a bez snova ne može biti bajki, a bez bajki ne postoji hrabrost, a bez hrabrosti niko ne bi imao snage da podnese tugu, a bez muzike i snova i bajki i hrabrosti i tuge postojala bi još samo jedna kraljevina u Zemlji skoro budnih: Mibatala. Ali Mibatala ne može da opstane sama, jer bi svi njeni ratnici bili bezvredni bez ostalih kraljevina, jer više ne bi imali ništa za šta se vredi boriti.

I to je baka maznula iz Harija Potera, tu priču o nečemu za šta se vredi boriti. Ali Elsa joj je oprostila jer je zvučalo prilično dobro. Mislim, dozvoljeno je krasti ako iz toga ispadne nešto dobro.

I dakle upravo su oblakonji ugledali senke kako se šunjaju između kuća u Mimovi, i uradili ono što oblakonji rade, sjurili su se naniže poput strela i ponovo se uzdigli poput moćnih brodova, pretvorili su se u dromedare i jabuke i matore ribare sa cigarama, a senke su uletele pravo u klopku. Jer uskoro više nisu znale šta ili koga progone. Oblaci su iščezli u jednom nebeskom udahu, a na jednom od njih je iščezao i izabrani. I uputio se pravo u Mijamu.

Tako je počeo Rat bez kraja. A da nije bilo oblakonja, tako bi se i završio, tog istog dana, i senke bi odnele pobedu. I Elsa je smatrala da bi zbog toga trebalo pokazati izvesnu zahvalnost prema oblakonjima. Čak i ako su uštve.

Elsa je cele noći bila u Zemlji skoro budnih. Sada je mogla da ode tamo kad god to poželi, i činilo joj se kao da to nikada nije bilo teško. Nije znala zašto, ali pretpostavljala je da je to zbog toga što više nema šta da izgubi. Senka se sada nalazi u stvarnom svetu, Elsa zna ko je on, i ona zna ko je baka bila i ko Vukosrce jeste i kako se sve to uklapa. Više se ne boji. Zna da će rat doći i da je neizbežan, i neobično se smireno oseća zbog toga.

A Zemlja skoro budnih ne gori, kao što je gorela u snu. Podjednako je lepa i spokojna kao i uvek kada jaše kroz nju. Tek kada se probudila, shvatila je da je izbegla da odjaše u Mijamu. Jahala je u svih ostalih pet kraljevina, čak i u ruševine na mestu gde se nalazila Mibatala pre Rata bez kraja, ali ne u Mijamu. Jer nije želela da sazna da li je baka tamo.

Nije želela da zna, za slučaj da baka nije tamo.

Tata je stajao na vratima njene sobe. Odjednom je bila potpuno budna, kao da ju je neko probudio tako što joj je u nos ubrizgao mentol sprej za nos. Što inače, vredi napomenuti, funkcioniše nenormalno dobro ako želite nekog da probudite. Elsa je to znala jer to znate kada imate takvu vrstu bake kao ona.

„Šta se dogodilo? Je l' se mama razbolela? Šta je sa Polovčetom?", izustila je Elsa i poskočila iz kreveta s kapcima još teškim od strahova i senki.

Tata je oklevao. I delovao pomalo kao da ništa ne razume. Ali uglavnom je oklevao. Elsa je treptanjem otrla kapljice rose s rožnjača i setila se da je mama na sastanku u bolnici, pošto je pokušala da probudi Elsu pre nego što je otišla, ali se Elsa pravila da spava. A Georg je u kuhinji pržio jaja, pošto je maločas bio tu i pitao je da li i ona želi neko, ali se ona pravila da spava.

Zato je zbunjeno pogledala tatu.

„Šta onda radiš tu? Nije na tebe red da me čuvaš."

Tata se nakašljao oklevajući. Izgledao je onako kako tate izgledaju kada iznenada shvate da je nešto što su obično radili zbog toga što je to važno njihovim ćerkama odjednom postalo nešto što njihove ćerke sada rade zbog toga što je to važno njihovim tatama. Ta granica je veoma tanka i lako se prelazi. Ni tate ni ćerke nikada ne zaboravljaju trenutak kada se to desi.

Elsa je u glavi izbrojala dane.

„Izvini", promrmljala je kada se setila.

„Nema veze, shvatam da imaš mnogo da radiš", rekao je tata oklevajući i okrenuo se da pođe.

„Ma čekaj!", zašištala je Elsa za njim, iako joj nije bila namera da baš toliko zašišti.

Bila je u pravu, nije bio u pitanju tatin dan. Ali je ipak i pogrešila, jer je danas bio dan uoči Badnjeg dana, što je zaista nenormalno čudno zaboraviti kada imate nepunih osam godina. Jer dan pre Badnjeg dana je njen i tatin dan. Dan za jelku.

* * *

Da, ovde sledi još jedna od onih takozvanih „stranputica".
Ali dan za jelku je, kao što mu to ime suptilno nagoveštava,
dan kada Elsa i tata kupuju jelku. Plastičnu jelku, razume se,
jer Elsa odbija da kupi pravu. Ali pošto se tata toliko raduje
kada ima priliku da kupuje jelku sa Elsom, ona insistira da
joj je svake godine potrebna nova plastična jelka. Naravno,
neki ljudi bi pomislili kako je to čudna tradicija, ali je baka
imala običaj da kaže kako „svako dete razvedenih roditelja
ima pravo da povremeno bude pomalo ekscentrično".

Mama se, naravno, silno ljutila na baku zbog te priče sa
plastičnom jelkom, jer ona voli miris prave jelke i uvek je
govorila kako je plastična jelka nešto što je baka uvrtela Elsi
u glavu. Naravno, to je bila čista laž, tvrdila je baka, što je,
naravno, bila čista laž. Jer baka je pričala Elsi o velikom balu
u Mijami, a pošto saslušate tu priču, morate biti zaista totalni
pametnjaković pa da kupite jelku kojoj je neko amputirao
noge i prodao je u ropstvo.

U Mijami su jelke živa bića koja misle, i za obične četinare
možda su malo previše zainteresovana za dizajn enterijera. Ne žive u šumi, već u južnim krajevima glavnog grada
Mijame koji je poslednjih godina ušao u modu, i često rade
u marketingu i nose šalove i u kući. A jednom godišnje,
odmah pošto padne prvi sneg u toj godini, sve jelke se okupe na velikom trgu ispod zamka i takmiče se koja će stajati
u kojoj kući za Božić. Jelke biraju kuće, a ne obrnuto, a
redosled se određuje takmičenjem u jelka-plesu. U davna
vremena su održavali dvoboje revolverima, ali jelke su inače
tako loši strelci da je to predugo trajalo. Zato sada plešu jelka-ples, koji deluje pomalo posebno, jer jelke nemaju svoje
noge. Ako neko ko nije jelka želi da imitira jelku koja pleše,

jednostavno treba da pleše sa spojenim nogama. Praktično, na primer za diskoteke s tesnim podijumima za igru.

Elsa to zna, jer kada tata u novogodišnjoj noći popije jednu i po čašu šampanjca, ponekad igra jelka-ples u kuhinji sa Lisetom. Mada to tata, naravno, zove samo „ples".

„Izvini, tata, znam koji je dan danas!", doviknula mu je Elsa, pa uskočila u farmerke, džemper i jaknu i istrčala u predsoblje.

„Samo prvo treba nešto da obavim!", dobacila je dok je izlazila u hodnik.

Tata bi možda i stigao da je zaustavi da nije oklevao. Ali naravno da jeste. Pa od toga nije ispalo ništa.

Elsa je prethodne večeri sakrila oštrodlaka u Renou. Sa sobom je ponela činiju buhtli sa cimetom od Mod i zamolila oštrodlaka da se sakrije ispod ćebadi na zadnjem sedištu ukoliko neko uđe u garažu. „Moraš da se pretvaraš da si gomila odeće, ili televizor ili tako nešto!", rekla je Elsa, a oštrodlak nije delovao baš sasvim uvereno da bi ispao uverljiv kao televizor. I tako je Elsa morala da uzme i kesicu slatkih snova od Mod, pa je tada najzad odustao i zavukao se pod ćebad, pritom ne ličeći baš ni malčice na televizor.

Kada se okrenuo, zastenjao je od bola. Svakako je mislio da Elsa to nije primetila. I zato se Elsa pretvarala da nije. Jer su oštrodlaci ponosna stvorenja i ne traže da ih tetoše samo zbog toga što su im se zglobovi malo ukočili.

Elsa mu je poželela laku noć, odšunjala se uz stepenice i zastala u mraku pred vratima stana dečaka sa sindromom i njegove mame. Želela je da pozvoni, ali nije mogla da se natera. Nije želela da sluša još priča. Nije želela da sazna još o senkama i mraku. I tako je samo ćušnula kovertu u prorez za poštu na vratima i otrčala.

Danas su im vrata zatvorena i zaključana. Baš kao i sva ostala. Ovo je ono rano doba izjutra kada su se svi stanari zgrade koji su se probudili već uputili nekud, a niko ko se nije nikud uputio nije još budan. I tako je Elsa čula Kentov glas nekoliko spratova iznad, iako je šaputao, jer tako funkcioniše akustika na stepeništima. Elsa je to znala jer je „akustika" reč iz rečnice. Čula je Kenta kako šapuće: „Da, obećavam, doći ću večeras." Ali kada je sišla do poslednjeg sprata i prošla kraj oštrodlakovog stana i stanova u kojima stanuju Vukosrce i dečak i mama, Kent je iznenada počeo da govori glasno i viče: „Jezte, Klause! U Frankfurtu! Jezte, jezte, jezte!" Zatim se okrenuo pretvarajući se da je tek tada primetio da Elsa stoji iza njega.

„Šta to radite?", sumnjičavo je upitala Elsa.

Kent je zamolio Klausa da sačeka na vezi, onako kako uradite kada sa druge strane nema nikakvog Klausa. Na sebi je imao polo-majicu sa brojem i čikicom na konjiću na grudima. Kent je Elsi rekao da takva majica košta preko hiljadu kruna, a baka je imala običaj da kaže kako su takve majice dobre jer konj služi kao upozorenje da se unutar nje najverovatnije nalazi teški davež.

„Šta hoćeš?", usiljeno upita Kent.

Elsa je zurila u njega. Zatim u crvene plastične činijice napunjene mesom koje je postavljao na stepeništu.

„Šta je to?", upitala je iznenađeno.

Kent je odmah razmahnuo rukama, tako naglo da je umalo raspalio Klausa o zid.

„Onaj borbeni pas i dalje juri naokolo i spušta cenu stanovima!"

Elsa je oprezno ustuknula, ne skrećući pogled sa činija s mesom. Kent je ponovo spustio ruke uz telo, izgleda shvatajući da se možda izrazio pomalo nespretno, pa je pokušao ponovo, onim glasom kakav muškarci Kentovih godina smatraju da treba da koriste kako bi ih žene Elsinih godina razumele:

„Brit-Mari je pronašla pseću dlaku na stepeništu, razumeš, malecka? Ne možemo trpeti divlje borbene pse u hodniku, valjda to razumeš, malecka? To spušta cenu naših stanova, razumeš?"

Osmehnuo se onako kako se odrasli koji ne znaju za bolje osmehuju deci, pošto misle da deca nemaju mozga. Primetila je da baca nesigurne poglede prema telefonu.

„Nije da mi sad hoćemo da ubijemo tu džuk... psa! Hteo sam da kažem psa! Samo će malo 'odspavati', okej? Šta kažeš? A zatim će ga odvesti na 'selo', gde će moći da jurca okolo sa drugim džukelama. Odnosno, dobro, znaš šta sam hteo da kažem. Okej? To je u redu? Možeš li sada da budeš fina i odeš kući, svojoj mami?"

Elsa se nije osećala baš mnogo fino. I nije joj se dopalo što je Kent napravio navodnike u vazduhu dok je izgovarao „selo". Samo ljudi sa siromašnim fondom reči prave navodnike u vazduhu.

„Sa kime ste razgovarali telefonom?", upitala je.

„Sa Klausom, jednim poslovnim saradnikom iz Nemačke", odgovorio je Kent, onako kako to ljudi rade kada to uopšte nije tačno.

„Ma kako da ne", rekla je Elsa.

Kentove obrve su se skupile tako da su se gotovo spojile.

„I šta, sad stojiš tu i kontriraš mi, dete?"

Elsa slegnu ramenima.

„Mogu li onda da razgovaram sa 'Klausom'?", upitala ga je izazivački i pokazala na telefon, istovremeno praveći ironične navodnike u vazduhu.

Što su zapravo bili obični navodnici u vazduhu, kada ih pravi neko ko ima bogatiji rečnik.

„Mislim da sada treba da trčiš kod mame", ponovio je Kent, sada malo više pretećim tonom.

Elsa se nije mrdnula. Pokazala je na činije.

„Je li u njima otrov?"

Kent je nešto odlučnije stegnuo pesnicu oko Klausa.

„E, sada me slušaj, dete: psi lutalice su štetočine. A štetočine se ubi..."

Ogorčeno je udahnuo i ispravio se:

„One se *suzbijaju* otrovom. Ne možemo dopustiti da nam štetočine jurcaju okolo i da držimo olupine automobila u garaži i ostalo đubre. To će umanjiti vrednost, pa neko mora i da čisti đubre iz ove zgrade, da isto to đubre ne bi umanjivalo *vrednost*!", odbrusio je kao da sve to radi da bi svima ostalima bilo prijatno.

Ali Elsa je čula nešto zlokobno u njegovom glasu kada je pomenuo „olupine", pa se progurala kraj njega, obuzeta zlim slutnjama. Sjurila se niz podrumske stepenice. Otvorila je vrata garaže i ostala da stoji dok su joj otkucaji srca odjekivali celim telom. Dok se penjala nazad uz podrumske stepenice, udarila je kolenom u svaki stepenik.

„GDE JE RENO! ŠTA STE, DOĐAVOLA, URADILI SA RENOOM!?", izdrala se na Kenta zamahujući pesnicama prema njemu, ali je uspela da dohvati samo Klausa, pa je bacila Klausa niz stepenice tako da su se stakleni ekran i plastično kućište polomili i otkotrljali prema odrumu kao neka minijaturna elektronska lavina.

„Ma da li si poludela... je li moguće, jeb... jesi li ti *normalna*, derište jedno? Znaš li ti koliko taj telefon *košta*?", zavapio je Kent i zatim joj saopštio da košta prokletih osam hiljada kruna.

Elsa ga je obavestila da je živo zabole za to koliko košta. A tada ju je Kent sa sadističkim sjajem u očima obavestio šta je tačno uradio sa Renoom. Zbog toga što je Reno bio „hrpa smeća koja nam umanjuje vrednost"!

Elsa to zna. Jer na Vikipediji postoji članak o sadizmu.

Pojurila je stepenicama po tatu, ali se naglo zaustavila na pretposlednjem spratu. Brit-Mari je stajala na vratima svog i Kentovog stana. Svaki čas je nesigurno prekrštala šake na stomaku, i Elsa je primetila da se preznojava. Iz kuhinje za njenim leđima mirisala su božićna jela, a na sebi je imala svoj cvetni sako sa velikim brošem. Ružičasta fleka od pejntbola skoro se uopšte nije videla.

Elsine oči su se molećivo raširile.

„Ne smete pustiti Kenta da ga ubije, molim vas, Brit--Mari, to je moj drugar…", prošaputala je.

Brit-Mari ju je pogledala u oči, i na sekund je u njenom pogledu bilo saosećanja. Elsa je to videla. Ali onda se iz podnožja stepenica čuo Kentov glas kako doziva Brit-Mari da siđe sa otrovom, i Brit-Mari je na tren zažmurila, da bi se odmah zatim ponovo pojavila stara gnjavatorka Brit-Mari.

„Kentova deca dolaze sutra. Ona se plaše pasa", odlučno je saopštila.

Ispravila je nepostojeći nabor na suknji i otresla nešto nevidljivo sa cvetnog sakoa.

„Sutra ćemo imati tradicionalnu božićnu večeru. Sa uobičajenim božićnim jelima. Nismo mi varvari kao neki", dodala je suvo, tako da je bilo sasvim jasno da je umesto „neki" htela da kaže „tvoja porodica".

Zatim je zalupila vrata. Elsa je ostala da stoji i uvidela kako tata neće biti u stanju da razreši ovo, jer oklevanje nije baš zgodna supermoć kod ove vrste hitnih situacija. Bilo joj je potrebno pojačanje.

* * *

Lupala je na vrata duže od minuta dok nije začula Alfove korake kako se vuku. Otvorio je sa šoljom kafe u ruci iz koje je dopirao tako jak miris da je Elsa bila uverena kako bi kašičica mogla da stoji uspravno u njoj bez ikakve pomoći.

„Spavam", progunđao je.

„On hoće da ubije Reno!", zavapila je Elsa.

„Da ga ubije? Pa, tu nije reč ni o kakvom ubijanju. To je samo auto, dođavola", odvratio je Alf, uzeo veliki gutljaj kafe i zevnuo.

„Ma nije to nikakav auto! To je RENO!", vrisnula je Elsa potpuno izvan sebe.

Alf je uzeo još jedan gutljaj kafe. Ali onda se video nekakav majušni trzaj na pregibu kraj oka. Slepoočnice su mu zadrhtale.

„Ko ti je to rekao da će ubiti Reno, dođavola?", upitao je zamišljeno.

„Kent!"

Elsa nije stigla ni da kaže šta se nalazi na zadnjem sedištu Renoa pre nego što je Alf odložio šolju sa kafom, uskočio u cipele i krenuo niz stepenice. Onda je čula Alfa i Kenta kako urlaju jedan na drugog tako užasno da je morala da pokrije uši celim podlakticama. Nije čula šta to viču, osim gomile psovki, kao i da Kent viče nešto o vlasništvu nad stanom i tome kako „zarđale olupine" ne mogu stajati u garaži, jer će ljudi onda pomisliti da su u zgradi sve sami „socijalisti". Što je Kentov način da kaže „prokleti idioti", shvatila je Elsa. Zatim je Alf povikao „prokleti idiot", što je bio njegov način da kaže upravo to, jer Alf nije voleo mnogo ulepšavanja.

Zatim se Alf ponovo dovukao uz stepenice, izbezumljenog pogleda, i promrmljao:

„Ona propalica je dovela neku propalicu da odšlepa auto napolje."

„Znam! A na zadnjem sedištu je oštrodlak!", očajno je ciknula Elsa.

Alfove obrve su se izgubile u dva ogromna nabora koja su mu presecala čelo.

„Je li ti ćale ovde? Video sam sa prozora onaj njegov posrani Audi."

Elsa klimnu glavom. Alf odjuri dalje uz stepenice bez ijedne reči, i nešto kasnije su se Elsa i tata našli u Taksiju, iako tata to uopšte nije želeo.

„Nisam siguran da želim", rekao je tata.

„Pa dođavola, neko mora da doveze nazad taj posrani Reno", progunđao je Alf.

„A kako ćemo saznati kuda ga je Kent poslao?", upitala je Elsa, dok je tata davao sve od sebe da ne deluje baš kao da dibidus okleva.

„Dođavola, ja vozim Taksi već trideset godina", odgovorio je Alf.

„Pa?", odbrusi mu Elsa.

„I zato znam kako se pronalazi odšlepani posrani Reno!", odbrusio je Alf njoj.

Zatim je pozvao sve druge taksiste koje poznaje. A Alf poznaje sve taksiste.

Dvadeset minuta kasnije našli su se na auto-otpadu izvan grada, i Elsa je grlila haubu Renoa na jedini način na koji možete zagrliti oblakonja. Čitavim telom. Videla je da se televizor na zadnjem sedištu prilično nezadovoljno pomera, buneći se zbog toga što nije zagrlila prvo njega, ali ako vam je skoro osam godina i zaboravili ste oštrodlaka u Renou, otprilike se i ne plašite toliko za oštrodlaka koliko za sirotog radnika na otpadu koji ga slučajno pronađe.

Alf i podebeli radnik na otpadu kratko su se posvađali oko toga koliko će koštati da izbave Reno odatle. A zatim su se Alf i Elsa kratko posvađali oko toga što ona nije odmah pomenula da nema ključ Renoa. Zatim je debeljko obišao oko auta, počešao se po glavi i promumlao: „Šta je sad, dođavola, jeste li ovde negde videli moped? Mogao bih se zakleti da je jutros ovde stajao neki moped!" Onda su Alf i debeljko pregovarali o tome koliko će koštati šlepanje Renoa nazad do zgrade. I na kraju je tata morao sve to da plati.

Bio je to najbolji poklon koji je Elsa ikada dobila. Bolji i od crvenog flomastera. A kada mu je to rekla, izgledao je kao da nešto manje okleva.

Alf se pobrinuo da Reno parkiraju na bakino mesto u garaži, a ne na Brit-Marino. Tata je zurio u oštrodlaka sa izrazom lica nekog ko se pripremio za čišćenje zubnog korena kada ih je Elsa predstavila jednog drugom. Oštrodlak je prilično prkosno uzvratio pogled. Pomalo preterano prkosno, pomislila je Elsa, pa je zahtevala od njega odgovor je li on pojeo moped radnika na otpadu. Tada oštrodlak više nije delovao prkosno, već je otišao da legne ispod ćebadi i izgledao pomalo kao da možda misli da bi ljudi, ako već ne žele da jede mopede, možda mogli da mu pošalju još buhtli sa cimetom. Elsa mu je rekla da je jedenje mopeda u stvari krađa. Ili barem „nezakonito otuđenje prevoznog sredstva", kako se obavestila pošto se poslužila tatinim ajfonom i to izguglala. Ali tada se oštrodlak napravio da spava. „Kukavice", promrmljala je Elsa.

Rekla je tati, na tatino ogromno olakšanje, da može da je sačeka u Audiju. Zatim su Elsa i Alf pokupili sve crvene činije sa otrovanom hranom sa stepeništa i strpali ih u veliku crnu kesu za đubre.

„Ovo treba razvrstati prema poreklu!", nabusito je naredio Alf kada su Kent i Brit-Mari otvorili vrata, a Elsa im je ubacila kesu u predsoblje tako hitro da je pritom oborila hrpu Brit-Marinih ukrštenica sa stoličice.

Elsa je sklopila šake na stomaku i osmehnula joj se.

„Znate, u ovom udruženju vlasnika stanova zapravo postoje pravila o razvrstavanju otpada prema poreklu, i ta pravila se odnose na sve, Brit-Mari!", rekla je Elsa.

Dobrodušno.

Kent je povikao za njima kako je taj otrov koštao prokletih šeststo kruna. Brit-Mari nije rekla ništa.

Potom je Elsa otišla da sa tatom kupi plastičnu jelku. Jer Brit-Mari nije u pravu, Elsina porodica nije varvarska. Osim toga, pravi naziv je „borbarska", jer reč potiče iz Mijame i odnosi se na one koji ne ubijaju prave četinare da bi ih prodali u ropstvo. To zna svako ko nije pametnjaković.

„Možete dobiti trista", rekla je Elsa čoveku u prodavnici.

„Slušaj, dušice, u ovoj radnji nema cenjkanja", rekao je prodavac baš onim tonom koji bi se mogao očekivati od prodavca.

„Ma kako da ne!", odvratila je Elsa.

„Cena je četiristo devedeset pet", rekao je prodavac.

„Daću vam dvesta pedeset", rekla je Elsa.

Prodavac se podrugljivo osmehnuo.

„Kao što sam već rekao, d-u-š-i-c-e: U ovoj radnji nema cenj...", počeo je.

„Sada ćete dobiti samo dvesta", obavestila ga je Elsa.

Prodavac je pogledao Elsinog tatu. Elsin tata je gledao u svoje cipele. Elsa je pogledala prodavca i ozbiljno zavrtela glavom.

„Moj tata vam neće pomoći. Dobićete dvesta!"

Prodavac je iskrivio usta u nešto što bi trebalo da predstavlja izraz upućen deci koja su simpatična ali malo uvrnuta.

„Ne ide to tako, dušice."
Elsa slegnu ramenima.
„Zvala sam pre nedelju dana i poručila ovu jelku."
„Znam. Ali u ovoj radnji nema cenjkanja, duš…"
„U koliko sati zatvarate danas?", nonšalantno upita Elsa.
„Za pet minuta", uzdahnu čovek.
„A ovde imate dosta veliki magacin?", pitala je Elsa.
„Kakve sad to veze ima?", upitao je čovek.
„Samo me zanima."
„Ne. Nemamo nikakav magacin", rekao je čovek.
Pogledao je Elsu. Ona je pogledala njega.
„A radite na Badnji dan?"
„Ne."
Elsa je napućila usne izigravajući iznenađenost.
„Dakle, imate ovde jednu jelku. A nemate magacin. Koji ono danas beše dan, dušice?"

Elsa je dobila jelku za dve stotine. Uz to je besplatno dobila i kutiju lampica za balkon i ogromnog plastičnog losa.

„NE SMEŠ da se vratiš unutra i daš mu pare!", rekla je Elsa i upozoravajući uperila kažiprst u tatu dok je tovario sve to u Audi.

Tata je uzdahnuo.

„Jednom sam to uradio, Elsa. Jedan jedini put. A tada si zaista bila izuzetno neprijatna prema prodavcu."

„Pa mora se pregovarati!", rekla je Elsa.

Baka je to naučila Elsu. Tata je mrzio da ide u kupovinu i sa njom.

Audi se zaustavio ispred zgrade. Tata je kao i obično utišao zvuk na stereo-uređaju da Elsa ne bi morala da sluša njegovu muziku. Alf je izašao da pomogne tati da unese kutiju, ali je tata tvrdoglavo želeo da je nosi sam. Jer takva je tradicija, da on nosi jelku svojoj ćerki. Elsa je poželela da mu pre nego što ode kaže da bi želela da više vremena provodi kod njega kada Polovče bude stiglo. Ali nije želela da ga rastuži, pa nije ništa rekla. Samo je prošaputala: „Hvala za jelku, tata", a on se tada razveselio, pa otišao kući kod Lisete i njene dece. A Elsa je ostala da gleda za njim.

Jer niko se ne rastuži ako se ništa ne kaže. Skoro svi još malo pa osmogodišnjaci to znaju.

26

Pica

U Mijami se ne slavi Badnje veče, već noć uoči njega, jer tada se pričaju sve božićne bajke. Naravno, sve bajke u Mijami smatraju se blagom, ali su božićne bajke nešto sasvim posebno. Naime, neka sasvim obična priča može biti zabavna ili tužna ili uzbudljiva ili užasna ili dramatična ili sentimentalna, ali božićna bajka mora biti sve to istovremeno. „Božićna bajka mora biti napisana svim olovkama koje imaš", govorila je baka. A kraj joj mora biti srećan, kako je Elsa sama odlučila. Inače sve može da ide u peršun.

Elsa nije glupa, zna da će se, ako na početku bajke postoji zmaj, isti taj zmaj ponovo pojaviti pre kraja bajke. Zna da sve mora postati mračnije i užasnije pre nego što na kraju ispadne dobro. Jer sve najbolje bajke tako funkcionišu.

Ona zna da će se boriti, a već je umorna od borbe. Dakle, ovo se mora završiti srećno.

Mora.

Nedostajao joj je miris pice dok je silazila stepenicama. Baka je rekla da u Mijami postoji zakon o tome da se mora jesti pica za Božić. Naravno, baka je umela svašta da trtlja, ali Elsa se pravila da se slaže s tim zato što voli picu i zato što je božićna trpeza baš bezvezna kada ste vegetarijanac.

Pica osim toga ima taj bonus da njen miris na stepeništu svake godine dovodi Brit-Mari do ludila. Naime, Brit-Mari jedan dan pre Badnjeg dana kači božićne ukrase na vrata svog i Kentovog stana, jer Kentova deca uvek dolaze na Badnji dan, a Brit-Mari zapravo samo želi „da malo ulepša stepenište, kako bi svima bilo prijatnije!", kako je svake godine dobrodušno objašnjavala mami i Georgu. A onda bi božićni ukrasi cele godine mirisali na picu, žalila se Brit--Mari i nazvala baku „necivilizovanom".

„Šta, TA ženturača nekom govori da je necivilizovan! Dođavola, pa niko nije civilizovaniji od MENE!", frktala je baka svake godine dok se u skladu sa tradicijom šunjala noću i kačila malecne, malecne komadiće kalcone svuda po Brit-Marinom božićnom ukrasu. A kada je Brit-Mari na Badnje jutro došla kod mame i Georga, toliko besna da je sve ponavljala dvaput, baka se branila kako je u pitanju „božićni ukras sa picom", a baka je zapravo samo želela „da ga malo ulepša, kako bi svima bilo prijatnije"! Jednom joj je uspelo da ispusti celu kalconu kroz Brit-Marin i Kentov prorez za poštu, a Brit-Mari se na Badnji dan toliko iznervirala da je zaboravila broš kada je obukla cvetni sako.

Istinu govoreći, nikada niko nije u potpunosti shvatio kako je moguće tako ispustiti kalconu.

Koja pritom prođe pravo kroz prorez za poštu.

Elsa je duboko i pribrano disala na stepeništu, jer joj je mama rekla da tako radi kada se naljuti. Mama je zaista radila sve što baka nikada nije. Na primer, zamolila je Elsu da pozove Brit-Mari i Kenta na božićnu večeru, zajedno sa svim ostalim susedima. Baka to nikada nije uradila. „Samo preko mene mrtve!", zaurlala bi baka da je mama to predložila. Što inače više nije mogla da koristi u svađi, pošto sada zaista jeste mrtva, uvidela je Elsa, ali ipak. U pitanju su principi. Tako bi baka rekla da je sada ovde. Uprkos tome što je baka mrzela principe. A pogotovo principe drugih ljudi.

Ali Elsa nije mogla da odbije mamu baš u ovom trenutku, pošto je mama posle mnogo zanovetanja pristala da dozvoli oštrodlaku da se krije u bakinom stanu za Božić. Bilo je prilično teško odbiti mamu koja je pustila u kuću oštrodlaka, iako je mama i dalje uzdisala kako Elsa „preteruje" kada bi Elsa rekla da je Kent pokušao da ga ubije.

S druge strane, Elsi je bilo drago što je oštrodlak odmah pokazao da mu se uopšte ne dopada Georg. Ne zbog toga što Elsa smatra kako bi neko obavezno trebalo da ima loše mišljenje o Georgu, ali pošto ga obično niko nema, ovo je baš fino za promenu.

Dečak sa sindromom i njegova mama treba da se presele u bakin stan. Elsa je to znala pošto se celo popodne igrala sakrivanja ključeva sa dečakom, dok su mama, Georg, Alf, Lenart, Mod i dečakova mama sedeli u kuhinji i razgovarali o tajnama. Naravno, poricali su, ali Elsa je znala kakvim glasom se izgovaraju tajne. To znate kada vam je nepunih osam godina. Mrzela je što mama to skriva od nje. Kada znate da se nešto skriva od vas, osećate se kao idiot, a niko ne voli da se oseća kao idiot.

I mama bi trebalo to da zna. Barem bi ona trebalo da to zna.

Elsa je znala da su pričali o tome kako je bakin stan lakše odbraniti ako Sem dođe ovamo. Naravno, niko nije izgovorio njegovo ime, ali Elsa nije nikakav idiot i uskoro će napuniti osam godina. Znala je da će Sem pre ili kasnije doći a da mama namerava da okupi celu bakinu armiju na najvišem spratu, iako mama to ne bi nazvala vojskom. Elsa se nalazila u Lenartovom i Modinom stanu sa oštrodlakom, kada je mama rekla Mod da „spakuje samo najvažnije", trudeći se da zvuči kao da situacija uopšte nije ozbiljna. A tada su Mod i oštrodlak spakovali sve kutije s kolačima koje su mogli da pronađu u velike torbe, a kada je mama to videla, uzdahnula je i rekla: „Ali, Mod, molim te, rekla sam samo najvažnije!" A tada je Mod pogledala mamu s nerazumevanjem i odvratila: „Kolači su najvažniji."

Oštrodlak je zarežao izražavajući slaganje, zatim je pogledao mamu kao da nije ljut, već samo razočaran, pa demonstrativno ugurao još jednu kutiju kolača sa čokoladom i kikirikijem u torbu. Zatim su sve to odneli gore u bakin stan, a Georg je sve ponudio kuvanim vinom. Oštrodlak je popio više od svih. A sada su svi odrasli sedeli u maminoj i Georgovoj kuhinji i nešto tajili.

Elsa to zna. Uskoro puni osam godina.

Brit-Marina i Kentova vrata bila su prekrivena božićnim ukrasima, ali niko nije otvarao kada je Elsa pozvonila. Pronašla je Brit-Mari u samom dnu kuće, odmah kraj vrata. Stajala je s rukama sklopljenim na stomaku i neutešno piljila u dečja kolica koja su i dalje stajala vezana za gelender. Na sebi je imala cvetni sako i broš. A na zidu je visila nova cedulja.

Na prvoj je pisalo da je parkiranje dečjih kolica zabranjeno na tom mestu. Potom je neko skinuo tu cedulju. A sada je neko stavio novu. A dečja kolica su i dalje stajala tu. U stvari, nije bila u pitanju nikakva cedulja, uvidela je Elsa kada je prišla bliže. Već ukrštenica.

Brit-Mari se trgnula kada ju je ugledala.

„Aha, aha, ovo je naravno nekakva izmišljotina tvoje porodice, kao i obično, naravno! Nego šta je!"

Elsa namršteno odmahnu glavom.

„Možda u-o-p-š-t-e i nije."

Brit-Mari je otresla nevidljive mrve s revera kaputa i osmehnula se zaista dobrodušno, pri čemu uopšte nije bila dobrodušna, ali to je uostalom i bila njena stručna oblast.

„Naravno, vama je ovo smešno. To mi je jasno. Tebi i tvojoj porodici. Volite da ismevate nas ostale u zgradi. Ali ja neću odustati sve dok ne budem pronašla odgovorne za ovo ovde, to neka vam bude jasno. Ostavljanje dečjih kolica na stepeništu i lepljenje papira po zidovima predstavlja rizik od požara! Znaš, papir može da se zapali!"

Ispravila je nepostojeći nabor na haljini i otrla sa broša fleku koje nikada nije bilo tu.

„Naime, ja nisam idiot, znaš. Znam da me u ovom udruženju vlasnika stanova ogovaraju iza leđa, poznato mi je to!"

Elsi nije bilo sasvim jasno šta se u tom trenutku događa s njom, ali možda je bila u pitanju kombinacija reči „nisam idiot" i „iza leđa". Nešto veoma neprijatno, gorko i smrdljivo penjalo se Elsi uz grlo, i trebalo joj je dugo da sa gađenjem prizna sebi da je u pitanju simpatija.

Prema Brit-Mari.

Niko ne voli da se oseća kao idiot.

I tako Elsa nije rekla Brit-Mari da bi mogla za promenu da isproba kako je to ne biti takav teški davež sve vreme, ako već želi da ljudi razgovaraju s njom. Nije čak ni pomenula da ovo nije nikakvo udruženje vlasnika stanova. Samo je progutala ponos i promumlala:

„Mama i Georg su pozvali vas i Kenta na božićnu večeru sutra kod nas. Dolaze i svi ostali iz zgrade. Ili skoro svi."

Brit-Marin pogled je nesigurno skrenuo u stranu, samo na tren. Elsa je naslutila ono što je ranije u toku dana videla na vratima, kada Brit-Mari nije zaista izgledala kao da želi da Kent otruje oštrodlaka. Ali onda je Brit-Mari zatreptala i odgovorila:

„Aha, dobro, ali bilo kako bilo, ne mogu još da odgovorim na taj poziv, jer je Kent sada u kancelariji, jer naime neki u ovoj zgradi idu na *posao*. Tako reci mami. Ne odmaraju se svi čitav Božić. A Kentova deca dolaze ovamo sutra, a ona ne vole baš da jurcaju po zabavama drugih ljudi, već radije provode vreme kod Kenta i mene. I ješćemo uobičajena božićna jela, kao malo civilizovanije porodice. Eto šta ćemo. Tako reci mami!"

Onda je Brit-Mari otresla toliko nevidljivih mrvica sa sakoa da bi se od njih mogao ispeći ceo jedan nevidljiv hleb i žustro odmarširala uz stepenice, ne čekajući Elsin odgovor.

Elsa je ostala da stoji, vrti glavom i mrmlja „davež, davež, davež". Pogledala je ukrštenicu na zidu iznad dečjih kolica, nije znala ko ju je postavio tamo, ali je poželela da je to učinila baš ona, jer je to očigledno izluđivalo Brit-Mari.

Elsa je ponovo krenula uz stepenice. Pozvonila je na vrata žene u crnoj suknji. Nosila je farmerke. Delovala je umorno u pozitivnom smislu.

„Sutra priređujemo božićnu večeru kod nas. Dobrodošli ste", rekla je Elsa i dodala: „U stvari, možda će biti baš fino, jer Brit-Mari i Kent ne dolaze!"

Žena u farmerkama je provukla prstima kroz kosu sa izgledom nekog ko se smrzava.

„Ne... ne, ja... ja se ne snalazim baš dobro s ljudima."

Elsa je klimnula glavom.

„Znam. Ali se ne snalazite bogzna kako ni u samoći."

Žena ju je dugo posmatrala. Elsa joj je odlučno uzvratila pogled. Uglovi ženinih usana su zadrhtali.

„Pa... možda bih mogla da dođem. Barem... nakratko."

„Možemo da kupimo picu! Znate, ako ne volite božićna jela, hoću reći", dodala je Elsa sa puno nade.

Žena se osmehnula. I Elsa se osmehnula.

Kada je stigla do vrha stepenica, Alf je baš izlazio iz bakinog stana. Dečak sa sindromom je veselo kružio oko njega, a Alf je u jednoj ruci nosio ogromnu kutiju sa alatom, i pokušao da je sakrije kada je ugledao Elsu.

„Šta to radite?", upitala je Elsa.

„Ništa", odgovorio je Alf neodređeno.

Dečak sa sindromom je sa spojenim nogama uskočio u mamin i Georgov stan, u pravcu velike činije penastih kolača u obliku Deda Mraza. Alf je pokušao da prođe pored Else i krene stepenicama, ali mu je Elsa zapriečila put.

„Šta je to?", upitala je i pokazala na kutiju sa alatom.

„Ništa!", ponovio je Alf, pokušavajući da je sakrije iza leđa.

Mirisao je na piljevinu, Elsa je to jasno osetila.

„Ma sigurno nije ništa!", kiselo je odvratila.

Pokušala je da se ne oseća kao idiot. Nije joj baš pošlo za rukom.

Bacila je pogled na dečaka sa sindromom u stanu. Izgledao je srećno onako kako to samo može nepuni sedmogodišnjak pred punom činijom penastih kolača. Elsa se zapitala da li on čeka pravog Deda Mraza, onog koji nije napravljen od pene. Verovatno čeka. Elsa, naravno, nije verovala u Deda Mraza, ali je veoma mnogo verovala u ljude koji veruju u njega. Kada je bila mala, pisala je pisma Deda Mrazu svakog Božića, ne samo liste želja već cela pisma. Naravno, veoma malo su se bavila Božićem, a veoma mnogo politikom. Elsa je naime smatrala da se Deda Mraz nedovoljno angažuje u aktuelnim društvenim pitanjima, a smatrala je da Deda Mraz treba da bude obavešten i o tome, usred bujice pohlepnih ulagivačkih pisama za koje je pretpostavljala da ih prima svake godine od ostale dece. Naime, neko treba i da preuzme odgovornost, smatrala je Elsa. Jedne godine je osim toga videla reklamu za koka-kolu, pa se dobar deo pisma bavio time kako se Deda Mraz „prodao". Jedne druge godine videla je na televiziji dokumentarac o korišćenju dečje radne snage, a odmah zatim popriličan broj američkih božićnih komedija, a pošto je bila nesigurna u pogledu toga u kojoj meri se Deda Mrazova definicija „vilenjaka" podudara sa vilenjacima iz staronordijske mitologije, vilenjacima koji nastanjuju šume u Tolkinovom svetu ili se samo krajnje generalno odnosila na „malo niže osobe", zahtevala je od Deda Mraza da joj odmah odgovori i saopšti joj o kakvoj je definiciji reč.

Deda Mraz to nije uradio, pa je Elsa poslala još jedno, veoma dugačko i veoma ljutito pismo, koje bi se možda moglo ukratko prepričati rečju „kukavice!". A sledeće godine je Elsa naučila kako se koristi Gugl, pa je saznala da se razlog za to što joj Deda Mraz nije odgovorio sastojao u tome što Deda Mraz ne postoji. I više nije pisala pisma.

Nehotice je ispričala baki i mami kako Deda Mraz ne postoji, a mama se na to toliko užasnula da joj je kuvano vino zastalo u grlu, a kada je baka to videla, odmah se dramatično okrenula prema Elsi glumeći da je još užasnutija i prasnula: „To se NE GOVORI, Elsa! Umesto toga se kaže ometen u pogledu stvarnosti!"

Mama se na to uopšte nije nasmejala, ali nije ni bilo važno, pošto su se baka i Elsa smejale toliko da je bilo dovoljno i za nju. A dan pre Badnjeg dana Elsa je dobila pismo od Deda Mraza, u kom ju je izgrdio zbog toga što se „pravi važna", nakon čega je usledila dugačka haranga koja je počinjala rečima „nezahvalno derište" i u nastavku saopštavala da zbog toga što Elsa više ne veruje u Deda Mraza, vilenjaci ove godine neće dobiti kolektivni ugovor.

„Znam da si ti ovo napisala", frknula je Elsa na baku.

„A kako to znaš?", zajedljivo joj je odvratila baka.

„Zato što ni Deda Mraz nije toliko glup da ne bi znao kako se kaže 'kolektivni' a ne 'koletkivni' ugovor!"", ciknula je Elsa.

Potom je baka delovala nešto manje zajedljivo i izvinila se. Potom je pokušala da nagovori Elsu da skokne u prodavnicu i kupi upaljač, dok se baka „malo pribere". Ali Elsa nije pala na taj trik.

Onda je baka nabusito obukla tek kupljeni kostim Deda Mraza i zatim su se njih dve odvezle u dečju bolnicu u kojoj radi bakina prijateljica. Tamo je baka ceo dan pričala bajke deci sa užasnim bolestima, a Elsa je išla za njom i delila igračke. Bio je to najbolji Božić koji je Elsa ikada doživela. To će ubuduće biti tradicija, obećala je baka, ali tradicija nije ispala baš bogzna kakva, jer su stigle da to urade samo jednom pre nego što je baka umrla.

Elsa je pogledala dečaka sa sindromom. Zatim je pogledala Alfa i odmerila ga pogledom. Kada je dečak sa sindromom otišao dublje u stan pošto je ugledao činiju čokoladnih zeka, Elsa se ušunjala u predsoblje, otvorila kovčežić koji je tamo stajao i izvadila iz njega kostim Deda Mraza. Onda se vratila u hodnik i ćušnula ga Alfu u naručje.

Alf ga je pogledao kao da je upravo pokušao da ga zagolica.

„Šta je to?"

„Kako vam izgleda?", upita ga Elsa.

„Ma zaboravi!", huknu Alf i tutnu odeću natrag Elsi.

„Ma vi zaboravite da zaboravite", odvrati Elsa tutnuvši odeću njemu.

„Dođavola, tvoja baka je rekla da ti uopšte ne veruješ u Deda Mraza", promrmljao je Alf.

Elsa prevrnu očima.

„I ne verujem, ali valjda se ne vrti sve u ovom svetu oko mene, zar ne?"

Pokazala je prema unutrašnjosti stana. Dečak sa sindromom sedeo je na podu ispred televizora. Alf ga je pogledao i zagunđao.

„Zašto Lenart ne bude Deda Mraz?"

„Zato što Lenart ne ume da sačuva nijednu tajnu od Mod", nestrpljivo mu odgovori Elsa.

„Kakve to sad ima veze?"

„Ima veze, jer Mod ne ume da sačuva nijednu tajnu ni od koga!"

Alf je začkiljio prema Elsi. Zatim je preko volje promrmljao nešto kao naravno da ne ume. Jer Mod zaista ne bi umela da zadrži neku tajnu ni da joj je zalepljena za ruke. Kada se Georg ranije u toku večeri igrao sakrivanja ključa sa Elsom i dečakom sa sindromom, Mod je išla za njima i svaki čas šaputala: „Možda biste mogli da potražite u saksiji na polici sa knjigama?", a kada je Elsina mama rekla Mod kako je smisao igre u tome da ne znaš gde je ključ sakriven, Mod je potišteno odgovorila: „Pa deca su mi izgledala tužno dok su tražila ključ, a ne želim da budu tužna."

„Dakle, vi morate da budete Deda Mraz", saopštila je Elsa Alfu.

„A Georg?", pokušao je Alf.

„On je previsok. Osim toga, videće se da je u pitanju on, pošto će navući šorc za džoging preko Deda Mrazovog odela", objasnila je Elsa.

Alf nije delovao kao da bi mu to smetalo. Napravio je nekoliko nezadovoljnih koraka kroz hodnik, zakoračio u predsoblje, zavirio preko ivice poklopca kovčežića, kao da se nada da će pronaći neku bolju mogućnost. Ali unutra su se nalazili samo pidžame i Elsin kostim Spajdermena.

„Šta je to?", upitao je Alf i dodirnuo ga kao da će se pomeriti sam od sebe.

„Moj kostim Spajdermena", progundala je Elsa i pokušala da zatvori poklopac.

„Kada se to nosi?", upitao je Alf, sa izgledom nekog ko očekuje da čuje tačan datum godišnjeg Spajdermendana.

„Treba da ga obučem kada počne škola. Dobili smo neki zadatak", zbrzala ga je Elsa i sa treskom zatvorila kovčežić.

Alf je stajao sa odelom Deda Mraza u rukama i uopšte nije izgledao kao da mu to smeta. Elsa je zastenjala.

„Ako baš m-o-r-a-š da znaš, neću biti Spajdermen, jer očigledno devojčicama nije dozvoljeno da budu Spajdermen!"

Alf istinu govoreći uopšte nije izgledao kao da po svaku cenu mora to da sazna. Elsa je ipak frknula:

„I tako nameravam da odustanem, pošto nemam više snage da se stalno bijem sa svima!"

Alf je već krenuo da se vraća u hodnik. Elsa je prigušila plač da je on ne bi čuo. Ali možda ju je ipak čuo. Jer je zastao na uglu gelendera. Zgužvao je odelo Deda Mraza u šaci. Uzdahnuo. Rekao nešto što Elsa nije uspela da čuje.

„Šta?", iznervirano je upitala Elsa.

Alf je ponovo uzdahnuo, ovaj put glasnije.

„Rekao sam da mi se čini kako bi tvoja baka želela da možeš da se obučeš u šta god želiš", žustro je ponovio ne okrećući se.

Elsa je gurnula ruke u džepove i zagledala se u pod.

„Ostali u školi kažu da devojčice ne mogu da budu Spajdermen…"

Alf je napravio dva teturava koraka niz stepenice. Zastao. Pogledao je.

„Misliš da ti debili nisu isto rekli i tvojoj baki?"

Elsa ga je iskosa pogledala.

„Zar se ona oblačila u Spajdermena?"

„Nije."

„Pa o čemu onda govoriš?"

„Oblačila se u lekara."

Elsa je podigla glavu.

„Govorili su joj da ne može da postane lekar? Zato što je žensko?"

Alf je jednom rukom premestio nešto u kutiji sa alatom, a drugom u nju natrpao odelo Deda Mraza.

„Dođavola, sigurno su joj govorili da ne sme da uradi gomilu stvari iz gomile prokletih razloga. Ali ona je to ipak uradila. Nekoliko godina pre nego što se rodila, ženama su i dalje govorili da ne smeju da glasaju na izborima, ali sada to žene ipak smeju. Tako se protiviš debilima koji ti govore šta smeš, a šta ne smeš da radiš. Radiš uprkos njima."

Elsa je posmatrala svoje cipele. Alf je posmatrao svoju kutiju sa alatom. Zatim je Elsa ušla u predsoblje i uzela dva penasta Deda Mraza, jednog pojela, a drugog dobacila Alfu. Uhvatio ga je slobodnom rukom. Kratko slegnuo ramenima.

„Mislim da bi tvoja baka želela da se obučeš u šta god želiš."

Elsa je klimnula glavom. On je nešto progunđao i otišao. Kada je čula zatvaranje njegovih vrata i zvuk operatalijanskog, ušla je u predsoblje i uzela celu činiju penastih kolača. Zatim je uzela dečaka sa sindromom za ruku i pozvala oštrodlaka. Sve troje su prešli do bakinog stana i tamo se zavukli u čarobni garderober koji je prestao da raste kada je baka umrla. Mirisao je na piljevinu. I nekom čarolijom je porastao taman toliko da u njega stanu dva deteta i jedan oštrodlak.

Dečak sa sindromom je skoro zažmurio, a Elsa ga je povela sa sobom u Zemlju skoro budnih. Preleteli su preko svih šest kraljevina, a kada su se uputili prema Mimovi, dečak kao da ju je prepoznao. Skočio je sa oblakonja i potrčao. Kada je stigao do gradskih vrata, gde ga je zapljusnula muzika koja je dopirala iz Mimove, zaplesao je. I to sasvim čudesno. I Elsa je plesala s njim.

Jer nije važno što neki dečak ne ume da priča ako ume čudesno da igra.

27

Kuvano vino

Oštrodlak je probudio Elsu usred noći jer mu se piškilo. Ili dobro, možda ne baš usred noći. Ali tako joj se činilo, a napolju je bilo mračno, pa je Elsa sanjivo promumlala oštrodlaku kako možda nije morao baš toliko da se naliva kuvanim vinom pre nego što je otišao na spavanje, i pokušala da ponovo zaspi. Ali što je najgore, oštrodlak je tada počeo da se ponaša pomalo onako kao kada ste oštrodlak i planirate da se popiškite na grifindorski šal, na šta je Elsa zgrabila šal i pristala da uprkos svemu izađe napolje.

Elsina mama i mama dečaka sa sindromom nameštale su krevete u bakinoj gostinskoj sobi kada su se oni pojavili iz garderobera.

„Mora da piški", umorno je objasnila Elsa kada ih je njena mama ugledala.

Mama je preko volje klimnula glavom.

„U tom slučaju povedi Alfa sa sobom", zamolila ju je.

Elsa je klimnula glavom. Mama dečaka sa sindromom joj se osmehnula i ispustila jastuk iz jastučnice koju je nameravala da navuče na njega. Kada se sagnula da podigne jastuk, ispustila je jastučnicu. I naočare. Ispravila se držeći sve to zajedno u naručju i ponovo se osmehnula Elsi.

„Koliko sam razumela Mod, možda si nam ti juče ubacila pismo tvoje bake u sanduče."

Elsa je pogledala dole u svoje čarape.

„Htela sam da pozvonim, ali nisam htela, znate već. Da smetam. Otprilike tako."

Dečakova majka se osmehnula. Ispustila je jastučnicu.

„Napisala je da se izvinjava. Mislim, tvoja baka."

„Znam, to je svima napisala", potvrdila je Elsa.

Dečakova mama je podigla jastučnicu.

„Izvinila se zbog toga što više neće moći da nas štiti. I rekla je da mogu da se oslonim na tebe. Uvek. Zatim me je zamolila da te navedem da se i ti osloniš na mene."

Ispustila je jastuk. Elsa je zakoračila preko praga i podigla ga. Osmotrila ju je.

„Smem li da pitam nešto što je možda malo neučtivo?", upitala je.

„Apsolutno", odgovorila je dečakova mama i ispustila naočare u jastučnicu.

Elsa se uštinula za dlan.

„Kako samo možete da živite a da se sve vreme plašite? Mislim, kada znate da je neko poput Sema tamo negde napolju i traži vas, kako uspevate to da podnesete?"

„Molim te, Elsa…", prošaputala je Elsina mama i uputila osmeh izvinjenja dečakovoj mami, ali je dečakova mama samo odmahnula rukom kako bi pokazala da to nema nikakve veze.

Što je, nažalost, dovelo do toga da slučajno baci jastučnicu s naočarima u njoj tako da poleti preko cele sobe i prizemlji se na oštrodlaka, koji je sedeo na pragu pokušavajući da prekrsti šape preko bešike. Elsa je podigla jastučnicu. Dečakova mama se zahvalno osmehnula i stavila naočare.

„Tvoja baka je govorila da ponekad moraš da radiš i opasne stvari, jer inače nisi čovek nego govance."

„To je ukrala iz *Braće Lavlje Srce*", rekla je Elsa.

„Znam", odvratila je dečakova mama sa osmehom.

Elsa je klimnula glavom. Dečakova mama se ponovo osmehnula i okrenula se prema Elsinoj mami sa izgledom nekog ko želi da promeni temu razgovora. Možda više zbog Else nego zbog sebe.

„Znate li šta je?", upitala je, mekim pokretom pokazujući prema stomaku Elsine mame, pre nego što su joj ispale naočare.

Elsina mama se osmehnula skoro posramljeno i odmahnula glavom.

„Želimo da sačekamo da se rodi."

„Biće ono", saopštila je Elsa sa praga.

Elsina mama je izgledala kao da joj je neprijatno.

„Da. Mislim, nismo saznali pol. Georg ne želi... eh... znate. Bićemo podjednako srećni šta god bude!"

Dečakova mama je žustro odmahnula glavom.

„Ni ja nisam želela da znam pre nego što se rodio, ali sam zatim u istoj sekundi poželela da saznam sve što je moguće saznati o njemu!"

Elsina mama je lako uzdahnula, kao što se radi kada čekate bebu i navikli ste da se razne netrudne individue osećaju pozvanim da, čim im se pruži prilika za to, postavljaju pitanja o predstojećem porođaju tonom koji je obično rezervisan za policajce koji vrše saslušanje u odeljenju za narkotike. Široko se osmehnula.

„Upravo tako, i ja se tako osećam. Nije bitno šta je, samo nek je zdravo!"

Krivica je oblila mamino lice u istoj sekundi kada su joj poslednje reči prešle preko usana. Pogledala je ukoso pored Else u pravcu garderobera gde je spavao dečak sa sindromom.

„Izvini. Nisam htela da...", uspela je da izusti, ali ju je dečakova mama odmah prekinula.

„Uh, ne izvinjavaj se. Nema veze. Znam šta ljudi govore. Ali on je zdrav. Samo je dobio sve priloge duplo, može se reći."

„Ja volim sve priloge duplo!", veselo ciknu Elsa, ali zatim se postidela, nakašljala i promumlala:

„Osim u vegetarijanskom hamburgeru. Iz njega izvadim paradajz."

Na to su se obe mame nasmejale tako da je odjekivalo kroz bakin stan. A obe su izgledale kao da im je to trebalo više od svega. I tako, mada nije imala nameru, Elsa je odlučila da sebi pripiše zaslugu za to.

Alf je čekao nju i oštrodlaka u hodniku. Nije shvatila kako je mogao da zna da će izaći. Mrak ispred zgrade bio je toliko gust da bi vam grudva nestala s vidika čim biste je izbacili iz rukavice. Odšunjali su se ispod Brit-Marinog balkona da ne bi otkrili oštrodlaka, ali su nastavili da se drže fasade i pošto su zašli za ugao, gde prsti mraka ne dopiru u potpunosti. Oštrodlak je šmugnuo u žbun sa izgledom nekog kome bi dobro došle novine. Elsa i Alf su se obzirno okrenuli na drugu stranu.

Elsa se nakašljala.

„Hvala što ste mi pomogli da vratim Reno."

Alf je nešto progunđao. Elsa je ćušnula šake u džepove jakne.

„Kent je teški davež. Neko bi trebalo da otruje *njega*!"

Alfova glava se polako okrenu.

„Nemoj tako da pričaš."

„Što?", ciknu Elsa.

„Samo batali takve priče", gorko joj je odvratio Alf.

„Pa šta? On je stvarno težak davež!", objasnila mu je Elsa.

„Moguće da jeste. Ali batali takve izraze kada si sa mnom."

Elsa frknu.

„Ali vi ga sve vreme zovete 'prokleti idiot' ili tako nešto!"

Alf klimnu glavom.

„Da. Ja to mogu. Ti ne."

Elsa razmahnu rukama i ogorčeno pljunu. Barem je mislila da je delovalo ogorčeno.

„A zašto da ne?"

Alfova kožna jakna je zaškripala.

„Zato što ja mogu da ogovaram svog mlađeg brata. Ti ne."

Elsi je bilo potrebno nekoliko beskraja raznih vrsta da bi svarila tu informaciju.

„Nisam to znala", uspela je da izusti naposletku.

Alf je nešto progunđao. Elsa se nakašljala.

„Ako ste braća, zašto ste onda toliko grozni jedan prema drugom?"

„Braću i sestre ne možeš da biraš", promrmljao je Alf.

Elsa nije znala šta bi odgovorila na to. Pomislila je na Polovče. A to nije želela, pa je radije promenila temu:

„Zbog čega vi nemate devojku?", upitala je sa iskrenom radoznalošću.

„To nije tvoja briga, mala", odgovorio je Alf sa iskrenom neljubaznošću.

„Jeste li nekad bili zaljubljeni?", upitala je Elsa.

Alfova kožna jakna je zaškripala, i on se razočarano izbečio u nju.

„Dođavola, ja sam odrastao čovek. Naravno da jesam bio zaljubljen. Svako je to nekada bio."

„Koliko ste imali godina?", pitala je Elsa.

„Prvi put?", promrmljao je Alf.

„Da."

„Deset."

„A drugi put?"

Alfova kožna jakna je zaškripala. Pogledao je na sat i krenuo nazad prema zgradi.

„Nije bilo drugog puta."

Elsa je htela da pita još nešto. Ali tada su čuli. U stvari, oštrodlak ga je prvi čuo. Vrisak. Oštrodlak je istrčao iz žbuna i bacio se u mrak poput crnog koplja. Zatim ga je Elsa prvi put čula da laje. Mislila je da ga je čula i ranije, ali prevarila se. Sve što je čula ranije bilo je kevtanje i režanje u poređenju sa ovim. Od sadašnjeg laveža mozak joj se zatresao, a beton zgrade zaljuljao. Oštrodlak je zalajao kao da poziva u bitku.

Elsa je stigla prva. Trčala je bolje od Alfa.

Brit-Mari je stajala sva prebledela na metar-dva od ulaznih vrata. Kesa iz prodavnice je ležala odbačena u snegu. Iz nje su se iskotrljali lizalice i stripovi. Nekoliko metara dalje stajao je Sem. Elsa mu nije videla lice, ali znala je to po parališućem strahu koji joj je obuzeo telo iznutra.

I videla je nož u njegovoj ruci.

Oštrodlak je stajao između njih, s podignutim repom kao bičem kojim brani Brit-Mari. Prednje šape je ukopao kao betonske stubove u sneg i pokazivao je zube Semu. Sem se nije mrdao, ali Elsa je videla da okleva. Polako se okrenuo i ugledao je, njegov pogled joj je otopio kičmu. Kolena su želela da pokleknu, spuste se u sneg i utonu u njega. Nož je blistao u odsjaju uličnih svetiljki. Semova ruka je nepomično visila u vazduhu, stav mu je bio opušten i preteći. Oči su se upijale u nju, hladne i ratoborne. Ali nož nije bio uperen u nju, sada je to jasno videla.

Brit-Marino disanje probijalo se kroz tamu. Elsa je čula kako jeca. I nije znala otkud joj je došao taj instinkt, ili hrabrost, a možda je u pitanju bila samo luda odvažnost. Baka je uvek govorila kako su i ona i Elsa negde u dubini pomalo luckaste i da će zbog toga nagrabusiti pre ili kasnije.

I tako je Elsa potrčala. Pravo prema Semu. Videla je kako se nož sigurnim pokretom spušta nekoliko centimetara naniže, i da se druga šaka podiže kao kandža da bi je uhvatila u skoku. Ali nikada nije stigla do njega.

Ne shvatajući šta se događa, odjednom se sudarila s nečim suvim i crnim. Lice joj je poletelo unazad. Osetila je miris suve kože. Čula škripanje Alfove jakne.

Zatim se Alf našao pred Semom, sa istim onim zlokobnim govorom tela. Elsa je uspela da razazna neki sićušan pokret njegove desne ruke. Videla je kako mu je iz rukava jakne čekić skliznuo u dlan. Alf ga je mirno zaklatio levo-desno. Semov nož se nije pomerao. Pogledi su im bili prikovani jedan za drugog.

Elsa nije mogla da kaže koliko su dugo stajali tako. Koliko bajkovitih beskraja. Činili su joj se bezbrojnim. Činilo joj se da će umreti. Kao da će joj se srce raspuknuti od straha.

„Policija je na putu", naposletku je tiho izustio Alf.

Zvučao je kao da i sam žali zbog toga. Što neće moći ovo da okonča ovde i sada.

Semove oči su mirno prešle sa Alfa na oštrodlaka. Oštrodlakova dlaka je bila nakostrešena. Režanje je dopiralo iz pluća poput grmljavine. Slabašan osmeh prikradao se Semovim usnama, neizdrživo sporo. Zatim je samo jednom koraknuo unazad i mrak ga je progutao.

Policijski auto se zaustavio na ulici, ali Sem je dotad već odmakao daleko. Elsa se srušila u sneg kao da je odeća na njoj ispražnjena od svoje sadržine. Osetila je kako je Alfova velika šaka hvata i čula ga kako šišti oštrodlaku da trči u ulaz pre nego što ga policija ugleda. Čula je Brit-Marine uzdahe i cipele policajaca koje su krckale po snegu. Ali svest joj je već odlutala dalje.

Stidela se što se uplašila toliko da je samo zažmurila i pobegla unutar svoje glave. Nijedan vitez od Mijame ne bi toliko obamro od straha. Pravi vitez bi ostao da stoji uspravnih leđa, umesto da se krije u snu. Ali nije tu ništa mogla.

Bilo je to previše stvarnosti za skoro osmogodišnjakinju. Previše za skoro bilo koga ko je skoro bilo šta.

Probudila se u krevetu u bakinoj spavaćoj sobi. Bilo je toplo. Osetila je oštrodlakovu njušku u udolini kod ključne kosti i pomilovala ga po glavi.

„Ti si vrlo hrabar", prošaputala je.

Oštrodlak je pomalo delovao kao da smatra kako to zaslužuje kolač. Elsa je iskočila iz znojave posteljine i zakoračila na pod. Kroz vrata je videla mamu u predsoblju, posivelu u licu. Grdila je Alfa. On je ćutke stajao i trpeo. Elsa je odgurnula vrata i uletela u mamino naručje, i po njenim rukama osetila da je toliko ljuta da plače.

„Nisu oni krivi, samo su probali da me zaštite!", zavapila je Elsa.

Prekinuo ju je glas Brit-Mari.

„Ne, ja sam kriva, naravno! Ja. Za sve sam naravno kriva ja, Ulrica."

Elsa se okrenula prema Brit-Mari. Shvatila je da su u predsoblju i Mod i Lenart i mama dečaka sa sindromom. Svi su pogledali u Brit-Mari. Ona je sklopila ruke na stomaku.

„Stajao je pred ulaznim vratima i krio se tamo, ali ja sam osetila miris onih cigareta, nego šta sam. I zato sam mu rekla da se u ovom udruženju vlasnika stanova ne puši na vratima, eto tako sam mu rekla! A onda je on izvadio taj…"

Brit-Mari nije mogla da se natera da izgovori reč „nož" a da joj glas ne zadrhti. Delovala je uvređeno. Kao kada svi nešto kriju od vas, pa se osećate kao idiot.

„Naravno, svi vi znate ko je on. Znate, razume se! Ali naravno niko ne smatra da je trebalo da budem upozorena, naravno da ne. Iako sam ja odgovorna za informisanje u ovom udruženju!"

Poravnala je nabor na suknji. Ovoga puta pravi. Kesa sa lizalicama i stripovima stajala joj je kraj nogu. Mod je pokušala da nežno položi ruku na Brit-Marinu ruku, ali ju je Brit-Mari odgurnula. Mod se tužno osmehnula.

„Gde je Kent?", meko je upitala.

„Na poslovnom sastanku!", oštro joj odgovori Brit-Mari.

Alf je pogledao nju, pa kesu iz prodavnice, pa ponovo nju.

„Šta si radila napolju ovako kasno?", želeo je da zna.

Brit-Mari se izbečila na njega.

„Kentova deca uvek dobijaju lizalice i stripove kada dođu za Božić! Uvek! Išla sam u prodavnicu! I nisam ja ona koja ovde treba da se opravdava, jer ne dovlačim ja ovamo narkomane sa noževima, a ne!"

Mod je ponovo pokušala da položi ruku na njenu, ali ju je Brit-Mari otresla. Mod je ponovo posegnula prstima ka njoj.

„Izvini, Brit-Mari. Mi jednostavno nismo znali šta da kažemo. Molim te, Brit-Mari. Zar ne možeš da ipak ostaneš ovde večeras? Možda je sigurnije ako smo svi na okupu?"

Brit-Mari je čvršće sklopila ruke na stomaku i pogledala naniže prema svima njima preko vrha nosa.

„Spavaću kod kuće. Kent dolazi večeras, pa ću biti kod kuće. Uvek sam kod kuće kada Kent dođe. Tako je. Uvek!"

Iza nje se na stepenicama pojavila zelenooka policajka. Brit--Mari se osvrnula preko ramena. Zelene oči su je ispitivački osmotrile.

„E, tako, već je bilo vreme da se pojavite!", primetila je Brit-Mari sa ne baš dobrodušnim osmehom, ali onda je susrela pogled zelenih očiju i instinktivno malo uzmakla.

Zelenooka nije ništa rekla. Iza nje je stajao još jedan policajac, a Elsa je primetila da deluje prilično smeteno, pošto je upravo ugledao Elsu i mamu. Izgledao je kao da se veoma dobro seća da ih je sproveo do bolnice pa zatim bio ostavljen na parkingu.

„Pročešljaćemo okolinu sa psima", rekao je letnji policajac gledajući u pod.

Lenart je pokušao da pozove unutra njega i zelenooku na kafu, a letnji policajac je izgledao kao da to smatra privlačnijim od pročešljavanja okoline sa psima, ali je onda iskosa pogledao zelenooku i zavrteo glavom gledajući u pod. Zelenooka je progovorila onom vrstom glasa koji bez ikakvog naprezanja u potpunosti ispuni sobu.

„Pronaći ćemo ga", rekla je, i dalje ne skrećući pogled sa Brit-Mari.

Brit-Mari je izgledala kao da bi rado nešto odgovorila, i to verovatno nešto prilično ljutito o tome kako svi osim nje očigledno znaju ko je taj čovek s nožem, i još ljuće o tome kako u ovoj zgradi nema baš nikakvog reda. Na sve strane dečja kolica, cedulje i ukrštenice i pušači s noževima. Potpuna anarhija. Ali nije ništa rekla, jer izgleda da zelenooka nije dobro uticala na njeno samopouzdanje.

Zelenooka je podigla obrve i upitala:

„A šta je s borbenim psom zbog koga je Kent juče zvao, Brit-Mari? Rekao je da ste pronašli pseću dlaku u hodniku. Jeste li ga videli večeras?"

Elsa je zadržala dah. I to toliko da je zaboravila da razmisli o tome zašto zelenooka oslovljava Kenta i Brit-Mari po imenu. Kao da ih poznaje.

Brit-Mari je pogledom obuhvatila sobu, pa Elsu i mamu, i Mod i Lenarta, i mamu dečaka sa sindromom. Poslednjeg je pogledala Alfa. Njegovo lice je bilo bezizražajno. Zelenookin pogled je streljao kroz predsoblje. Elsi su dlanovi bili oznojeni kada ih je otvorila i zatvorila u pokušaju da ih umiri. Znala je da je oštrodlak u bakinoj spavaćoj sobi, tek koji metar iza nje. Znala je da je sve izgubljeno, a nije znala šta da uradi kako bi to sprečila. Nikada neće uspeti da pobegne s njim između svih onih policajaca koje je čula dole u hodniku, jer čak ni oštrodlak to ne može. Upucaće ga. Ubiće ga. Pitala se da li je senka sve vreme baš to i planirala. Jer se nije usuđivala da stupi u borbu sa samim oštrodlakom. Bez oštrodlaka i bez Vukosrca zamak je ostavljen bez odbrane.

Brit-Mari je napućila usta kada je videla da Elsa zuri u nju. Promenila je mesto ruku na stomaku i sa iznenada ponovo stečenim osećajem nadmoći frknula prema zelenookoj.

„Juče smo se možda prevarili, Kent i ja. Možda ipak nije bila u pitanju pseća dlaka, već neka druga gadost, naravno. Nije ni čudo, jer toliki čudan svet jurca gore-dole ovim hodnicima", rekla je, upola se izvinjavajući, a upola optužujući, i popravila broš na svom cvetnom sakou.

Zelenooka je uputila hitar pogled ka Elsi. Potom je žustro klimnula glavom kao da je ta priča završena.

„Noćas ćemo držati zgradu pod prismotrom."

Pre nego što je iko stigao da išta kaže, već je silazila stepenicama u pratnji letnjeg policajca koji se teturao za njom. Elsina mama je teško izdahnula i pružila ruku prema Brit-Mari, ali je Brit-Mari ustuknula.

„Naravno, vi smatrate da je veoma zabavno da krijete svašta od mene. Strašno je zabavno praviti idiota od mene, eto šta vi mislite!"

„Molim te, Brit-Mari", pokušala je Mod, ali je Brit-Mari zatresla glavom i podigla svoju kesu s poda.

„Sada idem kući, Mod! Jer Kent večeras dolazi kući, a ja ga tada čekam! A sutra dolaze Kentova deca, pa ćemo imati božićnu večeru kao svaka obična civilizovana porodica u običnom civilizovanom udruženju vlasnika stanova!"

S tim rečima je izmarširala na vrata. Ali nekako dobrodušno.

Ali Elsa je primetila kako je Alf gleda dok je odlazila. Oštrodlak je stajao na vratima spavaće sobe sa istim takvim osmehom. A Elsa je sada znala ko je Brit-Mari.

Mama je takođe sišla niz stepenice, Elsa nije znala zbog čega. Lenart je stavio kafu. Georg je doneo jaja i napravio još kuvanog vina. Mod je postavila kolače. Mama dečaka sa sindromom uvukla se u garderober kod dečaka sa sindromom, i Elsa je čula kako ga zasmejava. To je dobra supermoć.

Alf je izašao na balkon, a Elsa je krenula za njim. Dugo je oklevajući stajala iza njega pre nego što je prišla i stala naporedo s njim, pa provirila preko ograde. Zelenooka je stajala u snegu i razgovarala sa Elsinom mamom. Zelenooka se slabašno osmehivala, isto kao i baki onda u policijskoj stanici.

„One se poznaju?", iznenađeno upita Elsa.

Alf je klimnuo glavom.

„Najblaže rečeno. Kada su bile tvojih godina, njih dve su bile najbolje drugarice."

Elsa je pogledala mamu i primetila da je još ljuta. Zatim je iskosa bacila pogled na čekić koji je Alf odložio u ugao balkona.

„Jeste li hteli da ubijete Sema?", upitala je.

Alfove oči su bile ogorčene, ali iskrene.

„Ne."

„Zašto se onda mama toliko naljutila na vas?", upita Elsa.

Alfova kožna jakna se lako zatresla.

„Naljutila se zato što nije ona bila tamo sa čekićem u ruci."

Elsina ramena su se opustila, i obgrlila je rukama samu sebe kako bi se zagrejala. Alf ju je ogrnuo škripavom kožnom jaknom. Elsa se šćućurila pod njom.

„Ponekad pomislim kako bih želela da neko ubije Sema."

Alf nije ništa odgovorio. Elsa je pogledala čekić.

„Mislim… da ga ubije ili tako nešto, hoću reći. Znam da ne treba smatrati kako je neko zaslužio da umre. Ali ponekad nisam sigurna da takvi kao on zaslužuju da žive…"

Alf se naslonio na ogradu balkona.

„To je ljudski."

„Je li ljudski želeti da neko umre?"

Alf mirno odmahnu glavom.

„Ljudski je da ne budeš siguran."

Elsa se još više šćućurila pod jaknom. Pokušala je da se oseti hrabro.

„Bojim se", prošaputala je.

„I ja", rekao je Alf.

I više nisu pričali o tome.

Odšunjali su se napolje sa oštrodlakom kada su svi zaspali, ali Elsa je znala da ih je mama videla. Bila je sigurna da ih je videla i zelenooka policajka. Da ona bdi nad njima negde u tami, kao što bi radio i Vukosrce da je tu. A Elsa se trudila da ne zamera Vukosrcu što nije tu. Što ju je izneverio, iako je obećao da će je uvek štititi. Nije joj baš pošlo za rukom.

Nije razgovarala sa Alfom. Ni on nije ništa govorio. Bila je to noć uoči Badnjeg dana, ali sve se činilo jednostavno čudnim. „Ovo je baš nenormalno čudna božićna bajka", pomislila je Elsa.

Dok su se vraćali uz stepenice, Alf je nakratko zastao pred vratima Brit-Marinog stana. Elsa je videla kako gleda u njih. Gledao je u njih kao što se to radi kada postoji prvi put, ali ne i drugi. Elsa je posmatrala božićni venac koji prvi put nije mirisao na picu.

„Koliko godina imaju Kentova deca?", upitala je.

„Odrasla su", gorko je odgovorio Alf.

„Zašto onda Brit-Mari priča kako žele stripove i lizalice?", upita Elsa.

„Brit-Mari ih svakog Božića zove ovamo na večeru. Nikada ne dođu. Poslednji put kada su došli još su bili deca. Tada su voleli lizalice i stripove", muklo je odgovorio Alf.

A kada je tromim korakom krenuo uz stepenice u Elsinoj pratnji, oštrodlak je ostao da stoji. Za nekog pametnog poput Else prošlo je neopravdano mnogo vremena pre nego što je uvidela zašto.

Princeza od Miplore bila je toliko obožavana da su se dva princa borila za njenu ljubav, sve dok se nisu zamrzeli. To je ona princeza od Miplore sa blagom koje joj je ukrala veštica, nastanjena u kraljevini tuge.

Oštrodlak je čuvao kapiju njenog zamka. Jer to oštrodlaci rade u bajkama.

28

Krompir

Elsa nije prisluškivala. Jer, naime, nije od onih koji prisluškuju.

Zapravo se samo zatekla u hodniku rano sledećeg jutra i čula Brit-Mari i Kenta kako razgovaraju. Nije to namerno učinila. Zapravo je tragala za oštrodlakom. I svojim grifindorskim šalom. A vrata Kentovog i Brit-Marinog stana bila su otvorena. Iznutra je duvao hladan vazduh jer je Brit-Mari vetrila Kentovo odelo na promaji. I nije imala nameru da prisluškuje. Ali pošto je Elsa neko vreme stajala tu i slušala, shvatila je da će je, ako sada bude prošla pored vrata, Kent i Brit-Mari ugledati, pa će izgledati kao da je namerno stajala u hodniku da bi prisluškivala. Tako da je onda baš mogla i da ostane tu.

Stoga to i nije bilo baš prisluškivanje po definiciji.

„Brit-Mari!", razdrao se Kent iznutra, i to iz kupatila, sudeći po odjeku.

„Brit-Mari!", razdrao se odmah potom, kao da je Brit--Mari negde veoma daleko.

„Da?", odgovorila je Brit-Mari kao da mu je veoma blizu, na primer na pragu kupatila.

„Gde je, dođavola, moj aparat za brijanje?", razdrao se Kent, ne izvinjavajući se zbog tolikog urlanja.

Elsi se to zaista uopšte nije svidelo. Neko bi trebalo da mu kaže „jesi li normalan".

„U drugoj fioci", odgovorila je Brit-Mari.

„Zašto si ga stavila tamo? Uvek je u prvoj fioci!", tvrdio je Kent.

„Uvek je u drugoj fioci", odvratila je Brit-Mari.

Zatim se čuo zvuk otvaranja druge fioke, za kojim je usledio zvuk aparata za brijanje. Ali ne i zvuk koji bi ukazivao na to da se Kent zahvalio. Brit-Mari je izašla u predsoblje i provirila kroz ulazna vrata sa Kentovim odelom u ruci. Pažljivo je očetkala nevidljivu prašinu s jednog rukava. Nije videla Elsu, ili je Elsa barem tako mislila. A kada je Elsa uvidela da nije baš sasvim sigurna u to, uvidela je i da je sada ipak primorana da ostane tu i izgleda kao da bi i trebalo tu da stoji. Kao da je možda samo došla tu da proveri kvalitet gelendera ili tako nešto. A nipošto da prisluškuje. Sve u svemu, postalo je veoma komplikovano.

Brit-Mari je ponovo nestala u unutrašnjosti stana.

„Jesi li razgovarao s Davidom i Pernilom?", ljubazno je upitala u pravcu kupatila.

„Da, da", neljubazno joj je odvratio Kent.

„Pa kada dolaze?", želela je da sazna Brit-Mari.

„Đavo će ga znati", odgovorio je Kent.

„Ali moram da isplaniram spremanje hrane, Kente", molećivo je rekla Brit-Mari.

„To nema nikakve veze, ješćemo kada budu došli", odbrusio joj je Kent.

„Mislim da bi bilo zgodno da jedemo u šest sati", rekla je Brit-Mari, pritom zvučeći kao da nešto četka sa rukava Kentove košulje.

„Da, da, ma sigurno će doći u šest, pola sedam", rekao je Kent, tonom kao da ga uopšte nije briga za to.

„Pa u koliko onda? U šest ili u pola sedam?", pitala je Brit-Mari kao da ju je veoma briga.

„Zaboga, Brit-Mari, pa valjda je svejedno", rekao je Kent pomalo preglasno.

„Ako je svejedno, onda bi možda odgovaralo u šest?", rekla je Brit-Mari pomalo pretiho.

„Da, da, sigurno će doći otprilike tada", prostenjao je Kent.

„Jesi li im rekao da večeramo u šest?", upitala je Brit-Mari.

„Mi uvek večeramo u šest."

„Ali jesi li rekao to i Davidu i Pernili?"

„Mi od pamtiveka uvek večeramo u šest baš svake večeri, pa su valjda dosad i sami uspeli da zaključe", uzdahnuo je Kent.

„Aha. Da li ti možda sada odjednom nešto smeta u vezi s tim?", želela je da zna Brit-Mari.

„Ne, ne. Dogovorili smo se za šest sati. Ako ne dođu, onda nisu došli", odgovorio je Kent, pomalo kao da je ipak bio prilično siguran da neće doći.

„Ja samo pokušavam da priredim prijatan Božić za celu porodicu, Kente", oštro je rekla Brit-Mari, i pritom zvučala kao da četka nešto sa nečega, šta god to bilo.

„Sada moram da idem, imam sastanak s Nemačkom", rekao je Kent i izašao iz kupatila.

„Ali kada onda da stavim krompir da se peče?", doviknula je Brit-Mari za njim.

„Kad god hoćeš", odvratio je Kent.

„Deca ne mogu da jedu hladan krompir, Kente. To stvarno ne ide", insistirala je Brit-Mari.

„Dobro, dobro!", prošištao je Kent.

„Hoćemo li onda imati božićnu večeru bez Davida i Pernile? Da li to želiš da mi kažeš?", upitala je Brit-Mari.

„Ma dođavola, mogu da podgrejem hranu kada budu došli!", rekao je Kent.

„Ako budem saznala kada dolaze, mogu da se pobrinem da bude topla kada dođu", rekla je Brit-Mari.

„Ne, ne, ne! Ma onda ćemo klopati kada svi budemo tu, ako je to već toliko nenormalno važno!", zarežao je Kent.

„A kada će svi biti tu?", upitala je Brit-Mari.

„Zaboga, Brit-Mari! Znaš i sama kakva su deca. Mogu da dođu u šest, a mogu da dođu i u pola devet!"

Brit-Mari je stajala ćutke nekoliko turobnih sekundi. Zatim je duboko udahnula i pokušala da primiri glas onako kako se radi kada ne želite da vas čuju kako vrištite u sebi.

„Pa ne možemo da večeramo u pola devet, Kente."

„Ma znam to! Neka klinci onda večeraju kada budu stigli!", odvratio je Kent.

„A kada će to biti?", upitala je Brit-Mari.

„Pa *ne znam*. Rekli su u šest. Pernila će možda stvarno doći u šest. Obično je tačna. Ili možda u šest i petnaest, ako je gužva na auto-putu. Tamo su večito neki radovi", rekao je Kent, zvučeći pritom pomalo prigušeno, kao neko ko stalno potcenjuje obim svog vrata kada vezuje kravatu.

„Ako budemo počeli u šest, onda ćemo u šest i petnaest već uveliko biti za stolom, a Pernila će stići usred jela", obavestila ga je Brit-Mari i zvučala kao da je veoma ljubazno počela da mu je vezuje.

„Valjda to i sam znam!", odbrusio joj je Kent veoma neljubazno, kako to već muškarci poput Kenta rade dok im žene poput Brit-Mari vezuju kravate.

„Ne moraš da se brecaš", rekla je Brit-Mari, zvučeći pomalo kao da se breca.

„Gde su mi sad dugmad za manžetne?", upitao je Kent i počeo da tumara po stanu dok mu je oko vrata landarala poluvezana kravata.

„U drugoj fioci u komodi", odgovorila je Brit-Mari.

„Zar nisu inače u prvoj?", rekao je Kent.

„Oduvek su u drugoj", odvratila je Brit-Mari.

A sada je Elsa bila tu. Naravno, uopšte ne prisluškujući. Ali u predsoblju je visilo veliko ogledalo, odmah kod ulaznih vrata, i Elsa je stojeći u hodniku mogla da vidi Kentov odraz. Brit-Mari mu je pažljivo presavijala okovratnik košulje preko kravate. Pažljivo mu je očetkala revere sakoa.

„Kada se vraćaš kući?", tiho je upitala.

„Ne znam, dođavola, znaš već kakvi su Nemci, nemoj me čekati", odgovorio je Kent neodređeno, uzmičući prema vratima.

„Molim te, stavi košulju pravo u mašinu za veš kada dođeš kući", zamolila ga je Brit-Mari i požurila za njim da mu očetka nešto s nogavica, kao što to rade žene koje ipak čekaju svoje muževe.

Kent je pogledao na sat, onako kako to rade muškarci sa veoma skupim satovima. Elsa je to znala, jer je Kent Elsinoj mami ispričao da njegov sat košta više nego cela Kija.

„U mašinu za veš, molim te, Kente! Čim dođeš kući!", doviknula je Brit-Mari.

Kent je zakoračio u hodnik ne odgovarajući. Ugledao je Elsu. Nije uopšte delovao kao da je sumnjiči za prisluškivanje, ali sa druge strane nije delovao ni kao da mu je drago što je vidi.

„Vozdra!", rekao je i iskezio se onako kako odrasli muškarci govore deci „vozdra", pošto misle da deca tako pričaju. Elsa nije ništa odgovorila. Jer ona ne priča tako. Kentu je zazvonio telefon. Elsa je primetila da je nov. Kent je izgledao kao da želi da joj kaže koliko je koštao.

„Zove Nemačka!", rekao je Elsi, pritom delujući kao da se tek sada prisetio da je ona u najvećoj mogućoj meri bila umešana u incident na podrumskom stepeništu koji je juče izbacio njegov telefon iz stroja.

Izgleda da se setio i otrova, kao i toga koliko je koštao. Elsa je slegnula ramenima, kao da ga izaziva na tuču. Kent je počeo da urla u svoj novi telefon: „Pozdraf, Klause!", i nestao niz stepenice, obrva stisnutih kao da su izlivene od betona.

Elsa je napravila nekoliko koraka prema stepenicama, ali je zastala na vratima. U ogledalu je videla kupatilo. Brit-Mari je stajala tamo i pažljivo motala kabl Kentovog aparata za brijanje, pre nego što ga je smestila u treću fioku.

Izašla je u predsoblje. Ugledala Elsu. Sklopila ruke na stomaku.

„Aha, tako", zaključila je.

„Nisam prisluškivala!", odmah je rekla Elsa.

Brit-Mari je poravnala odeću na vešalicama u predsoblju i pažljivo prešla nadlanicom po svim Kentovim kaputima i jaknama. Elsa je ćušnula vrhove prstiju u džepove farmerki i promumlala:

„Hvala."

Brit-Mari se iznenađeno okrenula.

„Kako, molim?"

Elsa je zastenjala onako kako radite kada imate nepunih osam godina i morate dvaput da se zahvalite.

„Rekla sam: hvala. Zato što niste ništa rekli policiji o…", zaustavila se pre nego što je izgovorila reč „oštrodlak".

Brit-Mari je izgledala kao da je ipak razumela. Sklopila je ruke na stomaku.

„Pravila moraju da postoje, i to moraš razumeti, Elsa. A ja sam ovde odgovorna za obaveštavanje. Zapravo je uobičajeno da mene obaveste ako u zgradi postoji borbeni pas!"

„To nije borbeni pas", izgovorila je Elsa već nešto kiselijim glasom.

Brit-Mari je otresla suknju. Sklopila ruke.

„Naravno, naravno, nikad oni to nisu. Sve dok nekog ne ujedu."

„Neće on nikog ujesti! A vas je spasao od Sema!", frknula je Elsa.

Brit-Mari je izgledala kao da namerava nešto da odgovori. Ali je odustala. Jer je znala da je to istina. I Elsa je nameravala nešto da kaže, ali je takođe odustala. Jer znala je da joj je Brit-Mari zapravo uzvratila uslugu.

Pogledala je u stan kroz ogledalo.

„Zašto ste stavili aparat za brijanje u pogrešnu fioku?", upitala je.

Brit-Mari je otresala i otresala suknju. Sklopila je ruke.

„Ne znam o čemu govoriš", rekla je, iako je Elsa jasno videla da i te kako zna.

„Kent je rekao da obično stoji u prvoj fioci. Ali ste mu vi rekli da je uvek u drugoj. A onda ste ga, pošto je on otišao, stavili u treću", rekla je Elsa.

Brit-Mari je samo na nekoliko trenutaka delovala rasejano. Potom je delovala nekako drugačije. Možda usamljeno. Onda je prošaputala:

„Aha, dobro, možda i jesam. Možda i jesam."

Elsa ju je pogledala iskosa.

„A zašto?"

Tada je zavladala tišina koja je trajala beskrajno mnogo bajkovitih beskraja. Na kraju je Brit-Mari prošaputala, kao da je zaboravila da Elsa stoji tamo pred njom:

„Zato što volim kada viče moje ime."

Onda je Brit-Mari zatvorila vrata.

A Elsa je ostala sa spoljne strane i pokušala da pomisli nešto ružno o njoj. Nije joj pošlo za rukom.

29

Puslice

Morate verovati. Baka je to uvek govorila. Morate verovati u nešto da biste mogli da razumete bajke. „Nije baš toliko bitno u šta se veruje, ali mora se verovati u nešto, jer u suprotnom možeš jednostavno sve da batališ."

I to bi, da kažemo, uglavnom bilo to.

Elsa je pronašla grifindorski šal u snegu ispred zgrade. Tamo gde joj je ispao dok je jurila prema Semu. Zelenooka je stajala nekoliko metara dalje. Sunce tek što je bilo izašlo. Sneg je pod nogama zvučao kao kokice.

„Dobar dan", rekla je Elsa.

Zelenooka je ćutke klimnula glavom.

„Vi baš i ne pričate, ono kao, baš mnogo?", rekla je Elsa.

Zelenooka se osmehnula, ali ne ustima.

„Ono kao, baš mnogo, ne."

Elsa je vezala šal oko vrata.

„Jeste li poznavali moju baku?"

Zelenooka je bacila pogled duž zida zgrade, prema bočnoj ulici.

„Tvoju baku su svi poznavali."
Elsa je uvukla šake u rukave jakne.
„A moju mamu?"
Zelenooka je ponovo klimnula. Elsa je začkiljila prema njoj.
„Alf kaže da ste bile najbolje drugarice."
Zelenooka je pogledala levo-desno negde iza Else. Onda se zagledala pravo u nju. Klimnula je glavom. Elsa se zapitala kakav je to osećaj. Kada imaš drugaricu istih godina. Onda je ćutke stajala kraj zelenooke i posmatrala sunce kako izlazi. Biće to lep Badnji dan. Uprkos svemu.

Nakašljala se i ponovo krenula ka ulaznim vratima, ali je zastala sa rukom na kvaci.

„Jeste li stražarili cele noći?", upitala je.
Zelenooka je osmotrila ulicu. Klimnula je glavom. Elsa je rasejano cimnula kvaku.

„Hoćete li ubiti Sema ako se vrati?"
Zelenooka je lakim korakom prešla preko snega i zastala tik ispred Else. Izgledala je ozbiljno.

„Nadam se da neću."
„A zašto da ne?", upita Elsa.
„Nije moj posao da ubijam", odgovorila je zelenooka.
„A šta je vaš posao?"
„Da štitim."
„Njega ili nas?", upita Elsa optužujućim tonom.
„I jedne i druge", glasio je odgovor.
Elsine obrve su se skupile.
„Ali on je opasan. A ne mi."
Zelenooka se osmehnula, ali nije izgledala veselo.
„Kada sam ja bila mala, tvoja baka je govorila da policajac ne može da bira koga će štititi. Već mora pokušati da zaštiti svakog."

„Je li ona znala da hoćete da budete policajac?", upitala je Elsa.

„Zbog nje sam to i poželela."

„A zašto?"

Zelenooka se osmehnula. Ovoga puta stvarno.

„Zato što sam se plašila svega dok sam bila mala. A ona mi je rekla da treba da radim sve ono čega se najviše plašim. I da se nasmejem strahu u lice."

Elsa je klimnula glavom kao da to potvrđuje nešto što je već znala.

„To ste bile ti i mama."

Zelenookine plave obrve su se gotovo neprimetno uzdigle. Elsa je pokazala u pravcu horizonta između zgrada.

„Zlatni vitezovi koji su spasli Planinu priča od Odmaodma i strahova. I koji su izgradili Mijaudaku. To ste bile ti i mama."

Zelenooka je pogledom prešla preko snega, ulice i fasade zgrade.

„Pretpostavljam da smo nas dve bile mnogo toga u bajkama tvoje bake."

Elsa je otvorila ulazna vrata, zakoračila unutra i zastala.

„Jeste li prvo upoznali moju mamu ili moju baku?"

„Tvoju baku."

„Vi ste među decom na plafonu bakine spavaće sobe, zar ne?"

Zelenooka je ponovo pogledala pravo u nju. Osmehnula se na sve prave načine.

„Pametna si. Uvek je govorila da si najpametnija devojčica koju je ikada videla."

Elsa je klimnula glavom. Vrata su se zatvorila iza nje. Svanuo je lep Badnji dan. Uprkos svemu.

* * *

Potražila je oštrodlaka u podrumu i u Renou, ali oba mesta su bila prazna. Znala je da je i garderober u bakinom stanu takođe prazan, a oštrodlak sigurno nije bio u maminom i Georgovom stanu, jer nijedno normalno stvorenje ne može tamo da opstane na Badnji dan. Mama je na Badnji dan izjutra još efektivnija nego obično, a božićna efektivnost je jedna od maminih omiljenih efektivnosti, pri čemu treba imati u vidu da mama stvarno o-b-o-ž-a-v-a sve vrste efektivnosti.

Zato mama svake godine još u maju počinje da zvoca o božićnim poklonima. Ona kaže da je to zbog toga što je „organizovana", a baka bi na to obično primetila da je zapravo „opsesivna", a nakon toga bi Elsa morala prilično dugo da zadrži slušalice na ušima. Ali ove godine je mama naime odlučila da bude malo slobodnijeg duha i luckasta, pa je sačekala čak do prvog avgusta sa zahtevom da joj Elsa saopšti šta želi za Božić. Veoma se naljutila kada je Elsa odbila da joj kaže, uprkos tome što ju je Elsa otvoreno pitala da li shvata koliko se za pola godine može promeniti ličnost nekog ko ima nepunih osam godina. I tako je mama uradila ono što mama uvek radi: kupila je poklon na svoju ruku. I sve je krenulo uobičajenim putem: dođavola. Elsa je to već znala jer je znala gde mama krije sve božićne poklone, jer za to ima zaista dovoljno vremena kada imate nepunih osam godina, a božićni pokloni su kupljeni u avgustu.

I tako će Elsa ove godine dobiti tri knjige koje se bave različitim stvarima koje na ovaj ili onaj način pominju likovi iz knjiga o Hariju Poteru. Uvijene su u papir koji se Elsi veoma dopada. Elsa to zna zato što je mamin prvi poklon bio sasvim očajan, a kada je Elsa u oktobru obavestila mamu o tome, bile su u svađi otprilike mesec dana, nakon čega je mama popustila i dala Elsi pare, i tako je Elsa otišla da kupi

„šta god hoće!". I tako je i uradila. I uvila ih je u papir koji joj se veoma dopada. Zatim je paket ostavila na mamino ne baš mnogo tajno skrovito mesto, i pohvalila mamu, pošto je i ove godine bila toliko brižna i obzirna i zna tačno šta Elsa želi da dobije. A mama je na to nazvala Elsu „grinč".

Elsa se već sasvim navikla na tu tradiciju.

Pozvonila je na Alfova vrata pet-šest puta pre nego što je otvorio. Imao je na sebi kućni ogrtač i iznervirani izraz lica. U ruci mu je bila šolja kafe s natpisom „Juventus".

„Šta je sad?", upitao je bez pozdrava.

„Dobar dan!", rekla je Elsa bez odgovora na pitanje.

„Spavam", progunđao je.

„Badnji dan je", obavestila ga je Elsa.

„Poznato mi je", odvratio je.

„Pa zašto onda spavate?", upitala je Elsa.

„Noćas sam kasno legao."

„Šta ste radili?"

Alf je otpio veliki gutljaj kafe.

„Šta ćeš ovde?", odvratio je pitanjem.

„Prva sam pitala", insistirala je Elsa.

„Jesam li možda ja pozvonio tebi na vrata usred noći?", progunđao je Alf.

„Sada nije usred noći. I Badnji dan je!", pojasnila je Elsa.

„Aha", rekao je Alf.

„Jeste!", rekla je Elsa.

Otpio je još kafe. Ona je iznervirano ćušnula nogom otirač.

„Nisam pronašla oštrodlaka."

„To sam i očekivao", mirno je odvratio Alf.

„Kako to mislite očekivali ste?", upitala je Elsa nimalo mirno.

„Očekivao sam da ga nećeš pronaći."

„A zašto?"

„Zato što je ovde."

Elsine obrve su se podigle do polovine čela.

„Šta, oštrodlak je ovde?"

„Da."

„Zašto mi niste rekli?"

„Upravo jesam, dođavola."

„Zašto je ovde?"

„Zato što se Kent vratio kući jutros u pet, a tada nije smeo da se nalazi u hodniku, dođavola. Kent bi pozvao prokletu policiju da je saznao da je i dalje u zgradi."

Elsa je zavirila u Alfov stan. Oštrodlak je sedeo na podu i laptao nešto iz velikog metalnog lončeta pred sobom. I na njemu je pisalo „Juventus". To jest, na lončetu.

„Otkud ste znali kada će se Kent vratiti kući?", upitala je Alfa.

„Jer sam bio u garaži kada se vratio svojim posranim BMW-om", nestrpljivo je odgovorio Alf.

„A zašto ste u to doba bili u garaži?", strpljivo je upitala Elsa.

Alf ju je pogledao kao da je pitanje neverovatno glupo.

„Zato što sam ga čekao."

Elsa je dugo posmatrala Alfa.

„Koliko ste ga dugo čekali?", upitala je.

„Celu noć, do pet sati, maločas sam rekao, dođavola", progunđao je.

Elsi je došlo da ga zagrli. Odustala je. Oštrodlak je podigao glavu od metalnog lončeta sa izrazom neizrecivog zadovoljstva. Nešto crno mu je kapalo sa njuške. Elsa se okrenula prema Alfu.

„Alfe… jeste li dali oštrodlaku… kafu?"

„Jesam", odgovorio je Alf, uopšte ne izgledajući kao da shvata šta bi moglo biti pogrešno u vezi s tim.

„Pa on je ŽIVOTINJA! Zašto ste mu dali KAFU?", razdrala se Elsa.

Alf se počešao po ćeli, isto kao što bi se neko drugi počešao po kosi. Zatim je popravio kućni ogrtač. Elsa je primetila da na grudima ima širok ožiljak. On je video da je to primetila i namrštio se.

„Dođavola, nisam hteo da budem neuljudan", rekao je i pokazao prema oštrodlaku i kafi.

Oštrodlak je klimnuo glavom u znak slaganja.

Elsa je protrljala slepoočnice.

Alf je otišao u spavaću sobu i zatvorio vrata za sobom, a kada se ponovo pojavio, na sebi je imao kožnu jaknu sa oznakom „taksi". Iako je bio Badnji dan. Morali su da puste oštrodlaka da piški u garaži, pošto se sada ispred zgrade nalazilo više policajaca, a čak ni oštrodlak ne može naročito dugo da se strpi pošto popije lonče kafe.

Baki bi se to dopalo. Piškenje u garaži. Brit-Mari će prosto poludeti.

Mamin i Georgov stan je mirisao na puslice i zapečenu pastu sa bearnez sosom kada su se popeli gore, pošto je mama odlučila da ove godine treba svi zajedno da proslave Božić. Niko joj nije protivrečio, sa jedne strane zbog toga što je ideja bila dobra, a sa druge zato što niko nikada ne protivreči mami. Onda je Georg predložio da svako napravi svoje omiljeno jelo za božićni švedski sto. Georg je uvek imao dobre predloge, što je izuzetno nerviralo Elsu.

Omiljeno jelo dečaka sa sindromom bile su puslice, pa mu ih je njegova mama napravila. Odnosno, njegova majka je nabavila sve sastojke, Lenart ih je sakupio s poda, a Mod je napravila puslice, dok su dečak sa sindromom i njegova mama plesali.

Potom su Mod i Lenart smatrali da je važno da se i žena u crnoj suknji oseti kao da učestvuje u svemu, jer se Mod i Lenart razumeju u takve stvari, pa su je pitali da li želi da spremi nešto posebno. A žena u crnoj suknji je sela na stolicu u dnu stana, sa izrazom nekog kome je veoma neprijatno, i promumlala kako nije spremala hranu već nekoliko godina. „Kada ste sami, ne kuvate baš mnogo", rekla je. Na to se Mod veoma rastužila i izvinila se što je bila toliko bezosećajna. Tada se žena u crnoj suknji sažalila na Mod toliko da je napravila zapečenu pastu sa bearnez sosom. Jer to je bilo omiljeno jelo njenih dečaka.

I tako su svi jeli puslice i zapečenu pastu sa bearnez sosom. Jer takav je to bio Božić. Uprkos svemu.

Oštrodlak je dobio dve kofe buhtli sa cimetom od Mod, a Georg je doneo iz podruma kadicu iz vremena dok je Elsa bila beba i napunio je kuvanim vinom. Uz takav podsticaj oštrodlak je pristao da se na jedan sat sakrije u garderoberu u bakinom stanu, a zatim je mama sišla da pozove gore policajce koji su stajali ispred zgrade. Zelenooka je sedela kraj mame. Smejale su se. Bio je tu i letnji policajac, on je pojeo najviše puslica od svih i zadremao na sofi.

Samanta, koja je ipak frizijski bišon i stoga je naučila da iskazuje naklonost sasvim civilizovanom brzinom, sačekala je dok je bila sasvim sigurna da je niko ne vidi. Zatim se ušunjala u bakin stan i ušla u garderober. Možda i ne zbog toga što je razvila naklonost prema kuvanom vinu.

Žena u crnoj suknji sedela je ćutke za stolom, sasvim u dnu, u jednom uglu. Posle jela, dok je Georg prao sudove, a Mod ih brisala, a Lenart sedeo sa šoljom rezervne kafe na stoličici pred aparatom za kafu i nadgledao ga kako mu ne bi palo na pamet ništa čudno, dečak sa sindromom je prošao kroz stan i hodnik i ušao u bakin stan. Kada se vratio, oko usta je imao mrve od buhtli sa cimetom i toliko oštrodlakovih dlaka na džemperu da je izgledao kao da ga je neko pozvao na maskenbal, a on odlučio da se preruši u tepih. Uzeo je ćebe iz Elsine sobe i otišao do žene u crnoj suknji. Dugo ju je posmatrao. Potom se popeo na prste i uštinuo je za nos. Ona je užasnuto poskočila, na šta je dečakova mama ispustila onakav krik kakve mame ispuste kada im deca uštinu nepoznate ljude za nos. Ali Mod ju je pažljivo uhvatila za ruku i zaustavila je, a kada je dečak ispružio palac između kažiprsta i srednjeg prsta i pogledao ženu u crnoj suknji, Mod je ljubazno objasnila:

„To je igra. Igra se da vam je uvrnuo nos."

Žena u crnoj suknji je zurila u Mod. Zurila je u dečaka sa sindromom. Zurila je u nos. Zatim je uhvatila njega za nos. A on je prsnuo u smeh tako da su prozorska okna zapevala.

Zaspao joj je u krilu, umotan u ćebe. Kada je njegova mama uz osmeh izvinjenja pokušala da ga podigne i kaže ženi u crnoj suknji kako „uopšte nije nalik na njega da bude toliko nametljiv", tada joj je žena u crnoj suknji oklevajući dodirnula ruku i prošaputala:

„Ako... ako nije problem, ja bih... ovaj... rado bih ga zadržala kod sebe još malo..."

Dečakova mama joj je obuhvatila šaku obema rukama i klimnula glavom. Žena u crnoj suknji je spustila čelo na dečakovu kosu i prošaputala: „Hvala."

Zatim je Georg skuvao još vina, i tada je sve izgledalo skoro normalno, i skoro ni najmanje jezivo. Kada su policajci zahvalili na večeri i krenuli niz stepenice, Mod je žalosno pogledala Elsu i rekla joj kako razume da je cela ova stvar s policajcima u zgradi na Badnji dan sigurno baš neprijatna za jedno dete. Ali Elsa ju je uzela za ruku i rekla:

„Ne brinite se, Mod. Ovo je sve božićna bajka. A one uvek imaju srećan kraj."

Na Mod se videlo da veruje u to.

Jer verovati se mora.

30

Parfem

Samo je jedna osoba imala srčani udar na Badnje veče. Ali su dva srca prepukla. I zgrada više nikada nije bila ona stara.

Počelo je tako što se dečak sa sindromom probudio u kasno popodne i osetio da je gladan. Oštrodlak i Samanta su se išunjali iz garderobe pošto je ponestalo kuvanog vina. Elsa je marširala u krugovima oko Alfa i značajno klimala glavom dečaku sa sindromom i objavila: „Možda je sada vreme da odemo i kupimo NOVINE, Alfe!" Alf je nešto progunđao i otišao po Deda Mrazovo odelo. Elsa i oštrodlak su krenuli za njim u garažu. Seo je u Taksi. Kada je Elsa otvorila suvozačka vrata, zavukla glavu unutra i upitala šta to radi, uključio je motor i progunđao:

„Ako treba da budem Deda Mraz, onda bar mogu prethodno da kupim novine."

„Mislim da moja mama ne bi želela da ikud idem", primetila je Elsa.

„Niko te nije ni zvao, puštaj ta prokleta vrata!", rekao je Alf i ubacio u rikverc.

Onda je Elsa uskočila unutra. Kao i oštrodlak. Elsa je videla da je to učinio sa izvesnim naporom, kao da ima upalu mišića, ali se pravila da to ne primećuje. Kao što se pravite da ne primećujete kada stari ljudi više ne čuju šta im govorite. Upola zato što ne želite da uvide koliko su stari, a upola zbog toga što ni sami to ne želite.

Kada se Alf izdrao na nju da ne može tek tako da uskače ljudima u kola kako joj se prohte i očekuje da će je povesti, Elsa mu je odvratila kako je to Taksi, a to je upravo ono što se u njemu i radi. A kada je Alf na to nabusito uključio taksimetar i obavestio je da vožnje taksijem koštaju, Elsa mu je odvratila da tu vožnju želi kao božićni poklon od njega. Na to se Alf namrštio i neko vreme ostao tako, a zatim su krenuli na Elsin božićni poklon.

Alf je znao za kiosk otvoren čak i na Badnje veče. Kupio je novine. Elsa je kupila dva sladoleda. Oštrodlak je pojeo ceo svoj i polovinu njenog. Što je, kada znate koliko oštrodlaci vole sladoled, bilo veoma uviđavno od njega. Malo je prosuo na zadnje sedište Taksija, ali ga je Alf zbog toga grdio možda najviše deset minuta. Što je, kada znate koliko Alf ne voli oštrodlake koji prosipaju sladoled na zadnje sedište Taksija, bilo veoma uviđavno od njega.

„Smem li nešto da pitam?", upitala je Elsa, iako je i sama dobro znala da je to već pitanje.

Alf se udobnije namestio na vozačkom mestu. Pomalo kao kada bi se morž nameštao u bioskopskom sedištu. Nije joj ništa odgovorio.

„Zašto nas Brit-Mari nije odala policiji?", upitala je Elsa, ne brinući se mnogo zbog odsustva odgovora.

Alf je promrmljao nešto što Elsa nije čula i pustio Taksi da se lagano približava raskrsnici.

„Šta?", upitala je Elsa.

„Rekao sam da ponekad ume da bude zvocava. Ali ona nije zla, dođavola", objasnio je Alf.

„Ali mrzi pse", istrajavala je Elsa.

„Ma samo ih se plaši, dođavola. Kada se tvoja baka uselila, dovodila je kući gomilčinu pasa lutalica. Tada smo svi još bili klinci, Brit-Mari i Kent i ja. Jedna džukela je ujela Brit--Mari i njena keva je digla dževu", ispričao je Alf u tom zaista šokantno opširnom izlaganju za njegove pojmove.

Taksi je izašao na ulicu. Elsa je pomislila na bakine priče o princezi od Miplore.

„Dakle, vi ste bili zaljubljeni u Brit-Mari još od desete godine?", upitala je.

„Jesam", odgovorio je Alf sa razoružavajućom otvorenošću, a Elsa ga je pogledala i čekala, jer je shvatila da ga ništa drugo osim čekanja neće naterati da isprica celu priču.

Takve stvari su vam poznate kada imate nepunih osam godina.

Čekala je koliko je bilo potrebno.

I tako je posle dva crvena svetla Alf očajno uzdahnuo, kako se to već radi kada se spremate da ispričate neku priču iako uopšte ne volite da pričate priče. I onda je ispričao Brit-Marinu priču. I svoju bajku. Iako ovo poslednje nije baš nameravao.

Bilo je tu poprilično mnogo psovki, i Elsa je morala baš da se napregne kako mu ne bi ispravljala gramatiku. Ali posle mnogo „ako" i „ali" i poprilično mnogo „dođavola", Alf je ispričao kako su on i Kent odrasli sa svojom mamom u stanu gde Alf sada živi. A kada je Alf imao deset godina, jedna druga porodica se uselila u stan iznad njihovog, sa dve ćerke Alfovih i Kentovih godina. Mama je bila veoma poznata pevačica, a tata je nosio odelo i uvek bio na poslu. Starija sestra Ingrid očigledno je bila izuzetan pevački talenat, kako su Alf i Kent ubrzo shvatili. Postaće zvezda, objasnila je njena mama Alfu i Kentu. Nikada nije govorila ništa za drugu ćerku, Brit-Mari. Alf i Kent su je ipak videli. I od tada nisu odvajali oči od nje.

Niko se nije tačno sećao kada se mlada studentkinja medicine pojavila u zgradi. Jednog dana je jednostavno bila tu, u ogromnom stanu koji je zauzimao čitav najviši sprat u zgradi u to vreme, a kada ju je Alfova i Kentova majka upitala otkud to da sama stanuje u tako velikom stanu, mlada lekarka joj je odgovorila da ga je „osvojila u partiji pokera". Naravno, nije mnogo vremena provodila kod kuće, a kada jeste, uvek je sa sobom vodila neobične prijatelje, a s vremena na vreme i pse lutalice. Jedne večeri dovela je sa sobom veliku crnu džukelu koju je očigledno takođe osvojila u partiji pokera, pričao je Alf. Alf i Kent i ćerke njihovih suseda samo su želeli da se poigraju s njim, i nisu shvatili da spava. Alf je bio prilično siguran da nije hteo da ujede Brit-Mari, jednostavno se strašno uplašio. Kao i ona.

Pas je nakon toga nestao. Ali Brit-Marina majka je ipak zamrzela mladu studentkinju medicine, i ništa što bi neko rekao nije je moglo navesti da promeni mišljenje. A onda se dogodila automobilska nesreća. Na ulici baš ispred zgrade. Brit-Marina majka uopšte nije videla kamion. Od udarca se zatresla cela zgrada. Majka se prevrnula zajedno sa autom, ali se izvukla sa prednjeg sedišta samo sa ogrebotinama, dok se niko nije pojavio sa zadnjeg. Kada je videla svu tu krv, majka je ispustila najužasniji krik koji je iko ikada čuo. Mlada studentkinja medicine je izjurila napolje samo u spavaćici, sa mrvicama od buhtli sa cimetom po celom licu i ugledala dve devojčice na zadnjem sedištu. Nije imala svoj auto, a mogla je da nosi samo jednu devojčicu. Na silu je otvorila vrata i videla da jedna diše, a druga ne, pa je podigla onu koja jeste disala i potrčala. Trčala je sve do bolnice.

Alf je ućutao. Elsa ga je pitala šta je bilo sa sestrom. Alf je ćutao tri semafora. Zatim je progovorio, glasom prožetim gorčinom:

„Jezivo je kada roditelj izgubi dete. Ta porodica više nikada nije bila cela. A mamu ne treba kriviti za to. Bila je to prokleta nesreća, niko nije kriv. Ali ona to nikada nije prevazišla. A sigurno nikada nije oprostila ni tvojoj baki."

„Zbog čega?", upita Elsa.

„Zbog toga što je mislila da joj je baka spasla pogrešnu ćerku."

Elsi se činilo da je ćutala stotinu semafora.

„Je li Kent takođe bio zaljubljen u Brit-Mari?", upitala je naposletku.

„Mi smo braća. A braća se takmiče", odgovorio je Alf.

„I Kent je pobedio?"

Iz Alfovog grla pojavio se zvuk za koji Elsa nije bila sigurna da li predstavlja kašalj ili smeh.

„Ma kako da ne. Ja sam pobedio."

„Šta se onda dogodilo?"

„Kent se odselio. Oženio se, baš premlad. Dobio je decu sa nekom zlobnom rospijom. Blizance, Davida i Pernilu. Voleo je klince, ali ga je ta žena baš unesrećila."

„A šta je bilo sa vama i Brit-Mari?"

Još jedno crveno svetlo na semaforu.

„Bili smo premladi. A kada si mlad, ponašaš se kao idiot. Ja sam otputovao. Ona je ostala ovde."

„Kuda ste otputovali?"

„U rat."

Elsa je zurila u njega.
„I vi ste bili vojnik?"
Alf je provukao šaku kroz odsutnu kosu.
„Ja sam star, Elsa. Bio sam štošta, dođavola."
„A šta je bilo sa Brit-Mari?"

Crveno svetlo.

„Trebalo je da se vratim. Htela je da dođe i iznenadi me. I videla me je sa drugom ženom."
„Imali ste avanturu?"
„Da."
„A zašto?"
„Zato što se ponašaš kao prokleti idiot kada si mlad."

Crveno svetlo.

„A šta ste radili posle toga?", upitala je Elsa.
„Otputovao sam", odgovorio je.
„Na koliko dugo?"
„Prokleto dugo."
„A Kent?"
„Razveo se. Vratio se kući kod keve. Brit-Mari je i dalje bila tu. Pa, dođavola, oduvek ju je voleo. I tako su se, kada su njeni roditelji umrli, preselili u njihov stan. Kent je naime čuo da vlasnici nameravaju da rasprodaju celu zgradu u trajno vlasništvo. I tako su ostali da sačekaju lovu. Venčali su se, i Brit-Mari je svakako želela decu, ali Kent je smatrao da su mu vala dosta i ova koju već ima. I eto kako je sada."
Elsa je otvorila pretinac za rukavice i zatvorila ga.
„A zbog čega ste se vratili kući iz ratova?"

„Neki ratovi se završe. A keva se razbolela. Neko je morao da se brine o njoj."

„Zar Kent to nije radio?"

Alfovi nokti su prešli preko čela kao što to nokti rade kada kopaju po sećanjima i otvaraju vrata koja su zatvorena iz izvesnih razloga.

„Kent se brinuo o kevi dok je bila živa. On je idiot, ali je oduvek bio dobar sin, to se mora priznati tom magarcu. Kevi ničega nije nedostajalo dok je bila živa. Zatim sam se ja brinuo o njoj dok je umirala."

„A zatim?", upita Elsa.

Alf se počeša po glavi. Zaustavio se na crvenom svetlu. Više izgleda ni sam nije znao odgovor.

„Zatim sam ja valjda jednostavno… ostao."

Elsa ga je ozbiljno pogledala. Udahnula je duboko i značajno, pridajući tome veliku važnost, i rekla:

„Veoma ste mi dragi, Alfe. Ali ste pomalo ispali kreten."

Alf se ponovo nakašljao ili nasmejao.

Posle sledećeg crvenog svetla je promrmljao:

„Brit-Mari se brinula o tvojoj mami kada ti je deda umro. U vreme dok je tvoja baka još uvek mnogo putovala, znaš. Nije uvek bila džandrljiva babuskera kakva je sada."

„Znam", rekla je Elsa.

„Da li ti je baka to pričala?"

Elsa se osmehnula. Onako kako se osmehujete kada prosto ne možete to da sprečite.

„Donekle. Pričala mi je bajku o princezi u kraljevini tuge, i dva princa koji su je voleli toliko da su zamrzeli jedan drugog. I oštrodlacima, koje su princezini roditelji proterali iz kraljevine, ali koje je princeza ponovo dovela kada je počeo rat. I o veštici, koja je ukrala blago od princeze."

Ućutala je. Prekrstila ruke. Okrenula se prema Alfu.

„Ja sam to blago, zar ne?"

Alf je uzdahnuo.

„Ne razumem se baš mnogo u bajke."

„Pa potrudite se bar malo!", zahtevala je Elsa.

Alf je uzdahnuo još dublje.

„Brit-Mari je čitav život posvetila tome da bude na raspolaganju čoveku koji nikada nije kod kuće i da pokuša da navede decu koja nisu njena da je zavole. Kada je tvoj deda umro, a ona bila prinuđena da se stara o tvojoj mami, bio je to možda prvi put da se osetila…"

Izgledao je kao da traži pravu reč. Elsa mu je pomogla.

„Potrebnom."

„Da."

„A onda je mama odrasla?"

„Odselila se. Otišla na fakultet. Zgrada je postala prokleto tiha i ostala takva prokleto dugo. A onda se vratila, sa tvojim tatom, trudna."

„Ja ću postati jedina druga šansa za Brit-Mari", tiho je izustila Elsa klimajući glavom.

„A onda se tvoja baka vratila kući", rekao je Alf i stao kod znaka stop.

Ništa više nisu rekli o tome. Kako to već ide kada više nema bogzna šta da se kaže. Alf je načas spustio ruku na grudi, kao da ga je nešto zagolicalo ispod jakne. Elsa ga je pogledala.

„Jeste li ožiljak zaradili u ratu?"

Alfov pogled se promenio i postao nekako defanzivan. Slegnula je ramenima.

„Imate nenormalno veliki ožiljak na grudima. Videla sam ga dok ste nosili kućni ogrtač. Stvarno bi trebalo da nabavite novi."

Alf se nasmejao ili nakašljao.

„Nikada nisam bio u takvom ratu. Nikada niko nije pucao u mene."

„Zato vi niste poremećeni?"

„Poremećen kao ko?"

„Sem. I Vukosrce."

Alf je uzdahnuo kroz nos. Počešao se po glavi.

„Sem je bio poremećen i pre nego što je postao vojnik. I nisu svi vojnici takvi, majku mu. Ali kada se čovek nagleda takvih sranja koja su videli ti momci, potrebna mu je pomoć kada se vrati kući. A ova zemlja je baš prokleto spremna da ulaže milijarde u oružje i vojne avione, ali kada se ti momci vrate kući pošto su se nagledali sranja kojih su se nagledali, odjednom je nemoguće priuštiti da ih neko sasluša makar i na pet minuta."

Ogorčeno je pogledao Elsu.

„Ljudima se mora omogućiti da ispričaju svoje priče, Elsa. Inače se ugušimo."

Kružni tok.

„A odakle vama onaj ožiljak?", upitala je Elsa.

„Od pejsmejkera."

„Oh!", ushićeno je ciknula Elsa.

„Ti znaš šta je to?", upitao je Alf s nevericom.

Elsa je delovala pomalo uvređeno.

„Ja imam mnogo slobodnog vremena."

Alf je klimnuo glavom.

„Ti si zaista drugačije derište."
„Dobro je biti drugačiji."
„Znam."

Vozili su se auto-putem dok je Elsa pričala Alfu kako Ajronmen, koji je jedna vrsta superheroja, ima nešto kao pejsmejker. Mada je to zapravo više kao elektromagnet, jer Ajronmen ima geler od granate u srcu, a bez magneta bi ga taj geler probio, i on bi umro. Alf nije izgledao kao da je u potpunosti shvatio prefinjenije delove priče, ali je bar slušao bez upadica.

„Mada su mu na kraju trećeg filma operativno odstranili magnet!", oduševljeno je saopštila Elsa, pa se zatim nakašljala, i posramljeno dodala: „Spojler. Izvinjavam se."

Alf nije delovao kao da mu je to naročito važno. Iskreno govoreći, nije delovao ni kao da baš tačno zna šta znači „spojler", ako već nije u pitanju deo automobila.

Ponovo je počeo sneg, a Elsa je odlučila da iako su ljudi koji su joj dragi ranije ispadali kreteni, ipak mora da nauči kako da joj i dalje budu dragi. Veoma brzo će vam ponestati ljudi ako morate da diskvalifikujete sve koji su nekada ispali kreteni. Pomislila je kako to mora biti pouka ove bajke. Božićne bajke treba da imaju pouke.

Alfov telefon je zazvonio iz pregrade između sedišta. Alf je pogledao ekran i video da je broj Kentov. Nije se javio. Zvono se ponovo oglasilo.

„Nećete se javiti?", upita Elsa.

„To je Kent. Hoće da me gnjavi s nekim sranjima o onom revizoru i prokletom vlasničkom pravu na stanove, to je sve o čemu on misli. Može da peni o tome i sutra", promrmljao je Alf.

Telefon je ponovo pozvonio. Alf se nije javio. Pozvonio je ponovo. Elsa ga je iznervirano uzela i javila se, iako ju je Alf

opsovao. Sa druge strane linije čuo se ženski glas. Plakala je.
Elsa je dodala telefon Alfu. Podrhtavao mu je na uvu. Lice
mu je postalo prozirno.

Bilo je to na Badnje veče. Taksi je napravio polukružni
okret. Uputili su se u bolnicu.

Alf nije stao ni na jednom crvenom svetlu.

Elsa je sedela na klupi u hodniku i pričala telefonom s
mamom, dok je Alf u drugoj prostoriji pričao s lekarom.
Bolničarke su mislile da je Elsa unuka, pa su joj rekle da je
u pitanju srčani udar, ali će sve biti dobro. Kent će preživeti.

Ispred sobe je stajala mlada žena. Uplakana i lepa. Veoma jako je mirisala na parfem. Slabašno se osmehnula Elsi,
i Elsa joj je uzvratila osmeh. Alf je izašao iz sobe i klimnuo
glavom ženi bez osmeha, a žena je iščezla kroz vrata ne
gledajući ga u oči.

Alf nije rekao ni reč dok su išli hodnicima i spuštali
se liftom. Ćutke je tumarao ka izlazu iz bolnice i preko
parkinga, praćen Elsom. I tek tada je Elsa ugledala Brit-
-Mari. Sedela je nepomično na klupi, odevena samo u cvetni
sako, iako je napolju bio minus. Zaboravila je broš. Fleka
od pejntbola je bleštala. Brit-Marini obrazi su bili modri i
vrtela je venčani prsten na prstu. U krilu je imala jednu od
Kentovih belih košulja, mirisala je na sveže opran veš i bila
savršeno ispeglana.

„Brit-Mari?", zaškripao je Alfov glas kroz večernju tamu.
Zaustavio se na metar od nje.

Nije mu ništa odgovorila. Samo je rukom polako pogladila kragnu košulje u krilu. Pažljivo je otresla nešto nevidljivo s
njene ivice. Pažljivo je presavila manžetnu na rukavu košulje
ispod druge. Ispravila je nabor koga nije bilo.

Onda je podigla bradu. Izgledala je staro. Svaka reč kao da joj je ostavljala trag na licu.

„Ja sam oduvek bila veoma dobra u pretvaranju, Alfe!", odlučno je prošaputala.

Alf nije odgovorio. Brit-Mari je spustila pogled na sneg i okrenula venčani prsten.

„Dok su David i Pernila bili mali, uvek su govorili da sam strašno loša u izmišljanju bajki. Samo sam želela da čitam one koje postoje u knjigama. Uvek su govorili: 'Izmisli neku!', ali ja zaista ne shvatam zašto bi neko trebalo da izmišlja ovo ili ono kada već postoje knjige u kojima je sve lepo zapisano. Zaista ne shvatam. To nije civilizovano."

Sada je već podigla glas. Kao da je trebalo nekog da ubeđuje. Alf je počeo otežano da diše.

„Brit-Mari...", počeo je tiho, ali ga je ona hladno prekinula.

„Kent je rekao deci da ja ne umem da izmišljam bajke zbog toga što nemam maštu. Ali to nije istina. Uopšte nije. Ja u stvari imam neobično dobru maštu. Veoma se dobro pretvaram!"

Alf je prešao prstima preko glave i dugo žmurio. Brit--Mari je milovala košulju u svom krilu kao da je beba koja treba da zaspi.

„Ponela sam jednu tek opranu košulju. Uvek nosim tek opranu košulju ako treba da ga vidim. Jer ne koristim parfem. Stvarno nikada. Od parfema dobijam osip."

Glas joj je nekako potonuo. Gušila se.

„David i Pernila nisu došli na božićnu večeru. Bili su zauzeti, kako su rekli. Ja potpuno razumem da su zauzeti, tako je već mnogo godina, i potpuno to razumem. Onda se Kent javio telefonom i rekao da će se par sati zadržati u kancelariji. Samo par sati, pošto ima telefonsku konferenciju s Nemačkom, tako je rekao. Iako je Božić i u Nemačkoj, stvarno jeste. Ali on se nije vratio kući. Zato sam ga pozvala, jer stvarno sam morala da znam kada da stavim krompir. Nije se javljao. I onda sam zvala i zvala i zvala, jer morala sam da znam kada da stavim krompir!"

Upiljila se u Alfa sa optuživačkim izrazom na licu. Alf nije ništa govorio. Brit-Mari je nežno prevukla nadlanicom preko kragne košulje u krilu.

„Krompir se ne može jesti hladan. Nismo mi varvari."

Položila je dlanove na košulju.

„I telefon je na kraju zazvonio, ali nije bio Kent."

Donja usna joj je zadrhtala.

„Ja ne koristim parfem, ali ona koristi. Zato se uvek brinem da ima na sebi tek oprane košulje. To je sve što tražim, da stavi košulju u mašinu za veš čim se vrati kući. Zar je to mnogo?"

„Molim te, Brit-Mari…", izustio je Alf.

Brit-Mari je grčevito progutala knedlu i zavrtela venčani prsten.

„Imao je srčani udar. A to znam zato što me je ona pozvala i rekla mi, Alfe. Ona me je pozvala. Jer nije mogla da izdrži, jednostavno nije. Rekla je da ne može da sedi tamo u bolnici znajući da Kent možda može da umre a da ja ne znam za to. Nije mogla to da izdrži, sasvim jednostavno. I pozvala me je da bih i ja znala. Eto šta je uradila."

Brit-Mari je stavila ruku preko ruke, sklopila oči i nastavila drhtavim glasom:

„Ja zapravo imam izuzetno mnogo mašte. Neuobičajeno mnogo. Kent je uvek govorio da treba da ide na večere s Nemačkom ili da mu avion kasni zbog snega ili da samo treba nakratko da navrati do kancelarije. A ja sam se pretvarala da verujem. Pretvarala sam se tako dobro da sam i sama poverovala u to."

Ustala je sa klupe. Stajala je pravih leđa u snegu s Kentovom košuljom u ruci. I dalje je bila savršeno ispeglana. Nigde pregiba ni nabora. Okrenula se i pažljivo je okačila oko ivice klupe. Kao da ni sada ne može da dozvoli sebi da joj sopstvena osećanja utiču na nešto tek ispeglano.

„Ja se izuzetno dobro pretvaram", prošaputala je.

„Znam", prošaputao je Alf.

Onda su ostavili košulju tu na klupi i odvezli se kući.

Sneg je prestao da pada. Taksi se zaustavio na semaforu. Vozili su se bez reči. Mama ih je sačekala na ulaznim vratima. Zagrlila je Elsu. Pokušala da zagrli Brit-Mari. Brit-Mari ju je zadržala na odstojanju. Ne grubo, samo odlučno.

„Nisam je mrzela, Ulrica", rekla je.

„Znam", rekla je mama i polako klimnula glavom.

„Nisam je mrzela i ne mrzim psa i ne mrzim njen auto", rekla je Brit-Mari.

Mama je klimnula glavom i uzela je za ruku. Brit-Mari je zažmurila.

„Ne mrzim, Ulrica. Stvarno ne mrzim. Samo želim da me saslušate. Zar tražim tako mnogo? Samo nisam želela da auto stoji na mom mestu. Samo nisam htela da nakon celog jednog životnog veka pustim nekog da zauzme moje mesto."

Zavrtela je venčani prsten. Prošaputala.

„Nije pravedno, Ulrica. To je moje mesto. Ne mogu mi tek tako uzeti moje mesto…"

Mama ju je povela uz stepenice, sa rukom čvrsto ali prisno obavijenom oko cvetnog sakoa. Alf se nije pojavio u stanu, ali Deda Mraz jeste. Oči dečaka sa sindromom blistale su onako kako deci oči zablistaju kada im neko pomene sladoled i vatromet i drva za pentranje i bare kada na nogama imaju prevelike čizme.

Mod je postavila dodatno mesto za stolom i donela još zapečene paste. Lenart je zakuvao još kafe. Georg je prao sudove. Dečak sa sindromom i žena u crnoj suknji sedeli su na podu nakon deljenja božićnih poklona i gledali Pepeljugu.

Brit-Mari je sedela pomalo ukočeno kraj Else na sofi. Povremeno bi krišom bacile pogled jedna na drugu. Nisu ništa govorile, ali je ovo predstavljalo njihovo pomirenje, recimo. I tako, kada je Elsina mama rekla Elsi da zaista ne sme da jede više Deda Mrazova od pene jer će je zaboleti stomak, a Elsa ipak nastavila da ih jede, Brit-Mari nije ništa rekla.

A kada se u Pepeljugi pojavila zla maćeha, a Brit-Mari diskretno ustala i poravnala nabor na suknji, izašla u predsoblje i zaplakala, Elsa je krenula za njom.

Zajedno su sedele na kovčežiću i jele penaste kolače.

Jer možete biti tužni i dok jedete penaste kolače. Ali to je mnogo, mnogo, mnogo teže.

31

Kolač sa kikirikijem

Peto pismo je Elsi palo u krilo. I to doslovno.

Probudila se u garderoberu bakinog stana. Dečak sa sindromom je spavao okružen slatkim snovima sa luškom u naručju. Oštrodlak je malo balavio po Elsinom džemperu, i to se stvrdlo kao kamen.

Dugo je ležala u mraku. Udisala je miris piljevine. Sećala se citata iz Harija Potera koji je baka zdipila za jednu od svojih priča iz Zemlje skoro budnih. Tačnije iz knjige *Hari Poter i Red feniksa*. Što je, naravno, ironija, ali da bi se ona razumela morate naravno biti prilično dobro upućeni u razlike između knjiga o Hariju Poteru i filmova o Hariju Poteru, a donekle i prilično dobro upućeni u to šta znači 'ironija'. Jer *Hari Poter i Red feniksa* je film o Hariju Poteru koji se Elsi najmanje sviđa, iako sadrži jedan od citata koje Elsa najviše voli. To je ono kada Hari kaže kako on i njegovi prijatelji imaju prednost u predstojećem ratu protiv Voldemora, jer imaju nešto što Voldemor nema: „Nešto za šta se vredi boriti."

Ironija je u tome što tog citata nema u knjizi, koja se inače Elsi sviđa mnogo više od filma, iako uopšte nije među njenim omiljenim knjigama o Hariju Poteru. Mada kad malo bolje razmisli, možda to uprkos svemu i nije ironija. Moguće je da je stvar „kompleksna". Treba to propisno da obradi na Vikipediji, pomislila je i uspravila se. I tada joj je pismo palo u krilo, i to doslovno. Bilo je selotejpom pričvršćeno za plafon garderobera. Ko zna koliko dugo.

Ali takve stvari su logične u bajkama.

Minut kasnije, Alf se pojavio na svojim vratima. Pio je kafu. Izgledao je kao da nije spavao cele noći. Pogledao je kovertu. Na njoj je pisalo samo ALF, zaista nepotrebno krupnim slovima.

„Pronašla sam ga u garderoberu. Od bake je. Mislim da želi da se izvini zbog nečega. Već je poslala ljudima neverovatnu gomilu pisama u kojima se izvinjava", objavila je Elsa.

Alf ju je utišao i pokazao na radio iza sebe. Elsa mu je skrenula pažnju da joj se ne sviđa kada je neko utišava, ali tada ju je ponovo utišao. Što joj se uopšte nije svidelo. Na radiju su išle vesti o saobraćaju. Alf ih je saslušao do kraja pre nego što je prestao da je utišava.

„Gore na auto-putu je bila neka nesreća, dođavola. Sav saobraćaj u pravcu grada nije se uopšte pomerao nekoliko prokletih sati", rekao je kao da je to nešto što bi trebalo da zanima Elsu.

Nije bilo tako.

Alf je u svakom slučaju pročitao pismo posle malo zanovetanja. Ili dobro. Okej. Eventualno poprilično mnogo zanovetanja.

„Pa šta piše u njemu?", odmah je zahtevala da zna Elsa, čim je izgledalo da je stigao do kraja.

„Piše izvini", rekao je Alf.

„Dobro, ali zbog *čega*?", pitala je Elsa.

Alf je uzdahnuo onako kako je i inače u poslednje vreme imao običaj da uzdiše na nešto što bi Elsa rekla.

„Pa pismo je valjda za mene?"

„Je l' se izvinila za ono što je uvek govorila o tome kako ne podižete stopala dok hodate i da su vam cipele zbog toga iznošene?", radoznalo upita Elsa.

Alf nije delovao kao da je u njegovom pismu pisalo to. Elsa se nakašljala.

„Oh. Mislim... tja. Zaboravite."

Alf nije baš izgledao kao da će zaboraviti.

„Šta nije u redu sa mojim cipelama?"

„Ništa. Vaše cipele su sasvim u redu", promrmlja Elsa.

Alf je pogledao svoje cipele.

„Ma dođavola, moje cipele su sasvim u redu. Imam ih već više od pet godina!"

„Cipele su vam baš fine", slagala je Elsa.

Alf nije baš izgledao kao da je sklon da joj poveruje. Sumnjičavo je ponovo pogledao u pismo. Uzdahnuo je na onaj svoj način.

„Tvoja baka i ja smo se baš žestoko posvađali pre nego što je umrla. Baš pre nego što je otišla u bolnicu. Pozajmila je posranu bušilicu od mene i uopšte nije nameravala da mi je vrati, pritom je govorila da mi je naravno vratila prokletinju, iako sam ja dobro znao da uopšte nije tako, dođavola."

Elsa je uzdahnula onako kako je i inače u poslednje vreme imala običaj da uzdiše na nešto što bi Alf rekao.

„Jeste li čuli priču o čoveku koji je umro od previše psovanja?"

„Nisam", odgovorio je Alf kao da je pitanje bilo ozbiljno.

Elsa prevrnu očima.

„Ali *zaboga*. Šta je, dakle, baka napisala o bušilici?"

„Pa napisala je izvini, dođavola. Zato što je negde zaturila bušilicu."

Presavio je pismo i vratio ga u kovertu. Elsa je tvrdoglavo ostala na mestu.

„I šta još? Videla sam da u pismu ima još toga. Nisam idiot, znate!"

Alf je spustio kovertu na policu za šešire.

„Izvinila se za gomilu prokletih stvari."

„Je li komplikovano?", upita Elsa.

„U životu tvoje bake nije postojalo baš ništa što nije komplikovano", odgovorio je Alf.

Elsa je zavukla ruke dublje u džepove. Ispod oka je pogledala amblem Grifindora na šalu. I šav tamo gde ga je mama zašila pošto su ga devojčice u školi pocepale. Mama je i dalje mislila kako se pocepao kada se baka penjala preko ograde zoo-vrta.

„Verujete li u život posle smrti?", upitala je Alfa ne gledajući ga.

„Đavo će ga znati", odgovorio je Alf, ni neljubazno ni ljubazno, ali veoma alfovski.

„Dobro, ali znate, ovaj, verujete li u… raj… tako nešto?", promumlala je Elsa.

Alf je otpio kafu i razmislio.

„To je već komplikovano. Čisto logički gledano. Raj bi morao biti mesto na kom gomiletini ljudi nije dozvoljen pristup", promrmljao je naposletku.

Elsa je razmislila. Uvidela je da to ima smisla. Naime, raj je za Elsu mesto na kom se nalazi baka, ali bi za Brit-Mari raj verovatno bio mesto u velikoj meri uslovljeno upravo odsustvom bake.

„Ponekad umete da kažete zaista mudre stvari", rekla je Alfu.

Otpio je kafu i činilo se da misli kako je to veoma dobro rečeno za nekog ko nema ni osam godina.

Elsa je htela da ga pita još nešto o smrti, ali nije stigla. A kasnije je pomišljala kako, da je napravila neke drugačije izbore sasvim nedavno, taj dan možda ne bi bio tako užasan kakvim je zatim postao. Ali tada će biti prekasno.

Tata se pojavio na vratima iza nje. Bio je zadihan. Što inače uopšte ne liči na tatu.

Elsa je razrogačenih očiju pogledala prvo ka njemu, pa zatim ka unutrašnjosti Alfovog stana. Ka radiju. Oči su joj izgledale kao kada imate nepunih osam godina i shvatili ste da se nešto poput te stvari sa radiom u bajkama ne događa bez razloga. Jer u bajkama ne postoji slučajnost. A jedan ruski dramski pisac je rekao da puška koja visi na zidu u prvom činu mora opaliti pre kraja poslednjeg. Elsa je to znala. A onaj ko dosad već nije shvatio otkud Elsa zna takve stvari, baš je pravi pametnjaković. I tako je Elsa shvatila da radio i nesreća na auto-putu moraju imati neke veze s bajkom u kojoj se svi oni nalaze.

„Nešto se desilo sa... mamom?", jedva je prevalila preko usana.

Tata je klimnuo glavom i uznemireno pogledao Alfa. Elsi je lice zadrhtalo.

„Je li ona u bolnici?"

„Jeste, jutros su je pozvali da prisustvuje nekom sastanku. Bila je to neka vrsta kri...", počeo je tata, ali ga je Elsa prekinula:

„Doživela je saobraćajnu nesreću, zar ne? Na auto-putu?"

Tata je izgledao spektakularno zbunjeno.

„Kakvu saobraćajnu nesreću?"

„Pa saobraćajnu nesreću!", ponovila je Elsa, sasvim van sebe.

Tata je žustro zavrteo glavom. Potom je izgledao kao da okleva.

„Ne... ne!"

Onda se osmehnuo.

„Postala si starija sestra. Mama je bila na sastanku kada joj je pukao vodenjak!"

Elsa i dalje nekako nije uspevala da prihvati vest, jednostavno joj nije polazilo za rukom. Iako je bila neobično upućena u ono što se događa kada pukne vodenjak.

„Ali... šta je sa saobraćajnom nesrećom? Kakve to veze ima s njom?", promumlala je.

Tata je delovao kao da baš mnogo okleva.

„Nikakve, čini mi se. To jest, ne znam na šta misliš?"

Elsa je pogledala Alfa. Pa tatu. Potrudila se da razmisli toliko da su je zaboleli sinusi.

„Gde je Georg?", upitala je.

„U bolnici", odgovorio je tata.

„Kako je stigao tamo? Na radiju su rekli da je saobraćaj na auto-putu zaustavljen u tom pravcu!", ciknula je Elsa.

„Otrčao je", odgovorio je tata, sa blagim nagoveštajem žaoke prisutne kod svakog tate kada treba da kaže nešto pozitivno o novom maminom dečku.

I Elsa se tada osmehnula.

„Georg je dobar u tome", prošaputala je.

„Jeste", složio se tata.

„I radio je onda na neki način ipak opravdao svoje mesto u bajci", zaključila je. Pre nego što je uznemireno ciknula: „Ali ako je na auto-putu zastoj, kako ćemo mi stići do bolnice?"

Tata je izgledao kao da okleva. Alf je mirno stajao kraj njega i ispijao kafu iz šolje, gutljaj po gutljaj.

„Dođavola, možete krenuti starim putem", rekao je naposletku nestrpljivo, pošto je video da tata nema nameru da to kaže.

Tata i Elsa su ga pogledali kao da im se obratio na izmišljenom jeziku. Alf uzdahnu.

„Ma starim putem, dođavola. Pored nekadašnje klanice. Gde se nalazi ona fabrika u kojoj su proizvodili toplotne izmenjivače pre nego što su džukele sve preselile u Aziju. Možete tim putem do bolnice!"

Tata se nakašljao. Elsa je čeprkala nešto ispod nokta. Alf je razočarano sasuo u sebe ostatak iz šolje.

„Eh, ti mladi, misle da je ceo svet jedan posrani auto-put", promrmljao je i uzeo ključeve Taksija.

I tada je nastupio trenutak u kom je Elsa pomislila kako će se oštrodlak i ona voziti Taksijem. Ali onda se predomislila i odlučila da će umesto toga ići Audijem, jer nije želela da se tata rastuži. A da se nije predomislila, veoma je moguće da taj dan ne bi ispao tako jeziv i užasan kao što će to sasvim uskoro postati. Jer kada se užasne stvari dogode, obično pomislite: „Da samo nisam uradio to i to…" A gledajući unazad, to će biti upravo jedan takav trenutak.

Mod i Lenart su takođe krenuli u bolnicu. Mod je ponela kolače, a Lenart je na vratima zgrade odlučio da ponese sa sobom aparat za kafu, jer se brinuo da ga možda u bolnici nemaju. A čak i ako ga imaju, Lenart je bio uveren da će to biti jedan od onih modernih aparata za kafu, sa gomilom dugmića. Lenartov aparat je imao samo jedno dugme. Lenart je to dugme obožavao.

Da se tata nije ponudio da otrči gore i donese ga Lenartu, možda se ne bi dogodilo ono što je zatim usledilo. I to će naknadno postati jedan od onih trenutaka. „Šta bi bilo da nije" trenutak.

Krenuli su i dečak sa sindromom i njegova mama. I žena u crnoj suknji. Jer oni su sada svi bili nešto kao tim, i Elsi se to mnogo sviđalo. Mama joj je juče rekla da joj sada kada toliko ljudi stanuje u bakinom stanu, cela zgrada pomalo izgleda kao ona o kojoj Elsa stalno brblja i u kojoj žive svi oni Iks ljudi.

„Škola Džin Grej za više obrazovanje", ispravila ju je Elsa ljutito prevrćući očima. Delom zbog toga što je smatrala Elsu toliko priglupom da će odmah smatrati da je neviđeno kul što je mama pomenula Iks ljude, a delom što je zaista uspela u tome.

Pozvonila je i na Brit-Marina vrata. Ali niko nije otvorio. Elsa će se naknadno setiti da je samo na tren zastala kraj dečjih kolica privezanih na stepeništu. Cedulja sa ukrštenicom i dalje je stajala na zidu iznad njih. A neko ju je rešio. Sva polja su bila popunjena. Grafitnom olovkom.

Da je Elsa zastala i malo razmislila o tome, možda bi zatim sve bilo drugačije. Ali nije to uradila. Pa nije tako ispalo.

Moguće je da je oštrodlak na tren oklevao pred Brit-Marinim vratima. Elsa bi razumela da je to radio, pošto je pretpostavila da oštrodlaci ponekad oklevaju kada nisu sigurni koga bi zapravo trebalo da čuvaju u nekoj bajci. Naime, oštrodlaci u običnim, poštenim bajkama čuvaju princeze, a Elsa čak ni u Zemlji skoro budnih nije ništa više od običnog viteza. Ali ako je oštrodlak i oklevao, nije to pokazao. Krenuo je sa Elsom. Pošto je takav prijatelj bio.

A da nije krenuo sa Elsom, možda bi sve bilo drugačije. Ali jeste. Pa nije tako ispalo.

Alf je ubedio policajce da obrnu krug oko četvrti da bi „proverili je li sve u redu". Elsa nikada nije saznala šta im je tačno rekao, ali Alf ume da bude prilično ubedljiv kada to želi. Možda je rekao da je video tragove u snegu. Ili je čuo neku priču od nekog iz zgrade preko puta. Elsa nije znala šta je od ovoga u pitanju, ali je videla kako letnji policajac seda u auto, baš kao i zelenooka policajka, iako je prethodno prilično oklevala. Elsa joj je na trenutak susrela pogled, i da je tada samo rekla zelenookoj istinu o oštrodlaku, možda bi sve bilo drugačije. Ali nije. Jer želela je da zaštiti oštrodlaka. Jer takva je ona drugarica.

Alf se vratio u zgradu i sišao u garažu po Taksi. Kada je policijski auto zašao za ugao na kraju ulice, Elsa, oštrodlak i dečak sa sindromom su hitro izašli iz ulaza, prešli ulicu i ušli u Audi koji je tu stajao parkiran. Deca su ušla prva.

Oštrodlak se zaustavio usred koraka. Dlaka mu se nakostrešila.

To je potrajalo sigurno nekoliko sekundi, ali činilo se kao večnost. Elsa se kasnije sećala da joj se istovremeno činilo kako je stigla da pomisli milijardu misli i kako uopšte nije stigla ništa da pomisli.

U Audiju je mirisalo nešto što ju je iznenađujuće umirilo. Nije znala šta tačno. Pogledala je oštrodlaka kroz otvorena vrata, i pre nego što je stigla da primeti šta će se dogoditi, stigla je da pomisli kako možda jednostavno ne želi da uskoči u auto zbog toga što je u bolovima. Znala je da je u bolovima, i to isto onako kako je baka pred kraj imala bolove po celom telu.

Elsa je krenula da vadi kolač iz džepa. Pošto nijedan pravi oštrodlakov prijatelj u današnje vreme ne bi izašao iz kuće bez barem jednog kolača u džepu za slučaj potrebe. Ali ona, naravno, nije stigla da dovrši pokret, jer je shvatila šta miriše u Audiju. Dim.

Nakon toga nisu prošli beskraji, čak ni sekunde. Sem je izronio iz senke na zadnjem sedištu, Elsa je osetila hladnoću na usnama kada joj je njegova šaka zaklopila usta. Mišići su se napeli oko naslona sedišta i njenog grla, osetila je dlake na njegovoj ruci kako se poput oštrog kamenja probijaju kroz otvore u grifindorskom šalu, kao kada leti vučete đonove cipela preko stena na obali. Stigla je poprilično da razmisli o toj hladnoći na svojim usnama, kao da kroz Semove ruke nije tekla krv, a istovremeno kao da nije imala nimalo vremena za razmišljanje.

Stigla je da vidi kratku zbunjenost u Semovim očima kada je ugledao dečaka sa sindromom. Kada je uvideo da je progonio pogrešno dete. Stigla je da shvati kako senke iz bajke ne žele da ubiju izabranog. Već samo da ga otmu. I učine ga jednim od njih. Samo da ubiju svakog ko im stane na put.

Tada su se oštrodlakove čeljusti sklopile oko druge Semove ruke, baš kada je posegnuo za dečakom. Sem je zaurlao. Elsa je imala delić trenutka da reaguje kada je popustio stisak oko nje. U retrovizoru je ugledala nož.

I nakon toga je sve bilo crno.

Elsa je osetila da trči, osetila je dečakovu ruku u svojoj i znala je da misli kako samo moraju da stignu do ulaznih vrata. I da samo moraju da stignu da viknu tako da ih tata i Alf čuju.

Elsa je videla kako joj se noge pomeraju, ali njima nije upravljala ona. Telo je jurilo nagonski. Pomislila je kako su ona i dečak stigli da pređu pet-šest koraka pre nego što je čula oštrodlaka kako je jezivo zaurlao od bola i nije znala da li je dečak tada pustio njenu ruku ili je ona pustila njegovu. Puls joj je udarao u ušima toliko silovito da ga je osećala i u očima. Dečak se okliznuo i pao na zemlju. Elsa je čula kako se zadnja vrata Audija otvaraju i ugledala nož u Semovoj ruci. I krv na njemu.

Prošao je možda ceo jedan bajkoviti beskraj ili možda samo jedan kratak tren. Nije bila sigurna. Znala je da se nikada neće izvući i da je sve izgubljeno. Ali uradila je ono što se radi. Jedino što se može uraditi. Podigla je dečaka koliko je mogla da ponese i potrčala što je brže mogla.

Ona je dobra u trčanju. Ali znala je da to neće biti dovoljno. Čula je ogorčenje kada se Sem bacio prema dečaku, osetila je trzaj u ruci, u ramenu, celim putem sve do srca kada joj je dečak iščupan iz ruku, zažmurila i sledeće čega je mogla da se seti bio je bol u čelu. I Modin krik. I tatine ruke. Tvrdi pod u hodniku. Svet se okretao dok se na kraju, ljuljajući se, nije prizemljio naopako pred njom, i pomislila je kako mora biti da je ovako kada se umire. Kao da padate u sebe, a ne znate dokle.

Čula je tresak ne znajući odakle dopire. Zatim i eho. „Eho", stigla je da pomisli i shvatila da se nalazi u zatvorenom prostoru. Zenice su je pekle kao da je unutrašnjost očnih kapaka prekrivena šljunkom. Čula je lak trčeći korak dečaka sa sindromom kako se uspinje stepenicama, onako kako dečaci samo mogu da trče kada već godinama znaju da se ovo može dogoditi. Čula je preplašeni glas dečakove mame kako uspeva da zadrži smiren i metodičan prizvuk dok trči za njim, kako to samo može mama koja se navikla na strah kao na prirodno životno stanje.

Vrata bakinog stana zatvorila su se i zaključala za njima. Elsa je osetila da je tatine ruke ne drže, već zadržavaju. Nije znala od čega. Sve dok nije ugledala senke kroz staklo na ulaznim vratima. Videla je Sema na drugoj strani. Stajao je nepomično. A preko njegovog lica prešlo je nešto toliko izrazito nesvojstveno njemu da Elsa u prvi mah nije mogla da otrese od sebe pomisao kako sve to samo umišlja.

Sem je bio uplašen.

Trenutak kasnije, jedna druga senka se nadvila nad njim, toliko velika da se Semova senka utopila u nju. Teške Vukosrceve pesnice zapljuštale su poput nezaustavljivog požara, sa silinom i tamom kakvu nijedna bajka ne može da opiše. Vukosrce nije udarao Sema, on ga je zakucavao u sneg. Nije mu bila namera da onesposobi. Ni da zaštiti.

Već da uništi.

Tata je podigao Elsu i potrčao uz stepenice. Pritisnuo ju je uz svoju jaknu da ne bi gledala. Čula je kako se ulazna vrata otvaraju iznutra, pa zatim i kako Mod i Lenart preklinju Vukosrce da prestane, prestane, prestane da udara. Ali po potmuloj tutnjavi, koja je zvučala kao kada ispustite tetrapak mleka na pod, znala je da ne prestaje. I da ih čak i ne čuje. Jer u bajkama je Vukosrce pobegao u mračne šume mnogo pre Rata bez kraja, jer je znao za šta je sposoban.

Elsa se izmigoljila tati i poletela niz stepenice. Mod i Lenart su prestali da viču i pre nego što je stigla do njih. Pesnica Vukosrca nalik na toljagu podigla se tako visoko iznad Sema da je dodirnula ispružene prste oblakonja pre nego što se okrenula i krenula naniže.

Moguće je da je prošao čitav beskraj. Elsa nije bila sigurna. Moguće je i da je krajnje vreme da pronađe neki bolji način za merenje vremena uopšte uzevši, to je možda tačno. Jer ovo više ne može ovako. Sve je već očigledno postalo veoma zbunjujuće.

Ali Vukosrce se ukočio usred pokreta. Tačno između njega i okrvavljenog napadača u snegu stajala je žena koja je delovala toliko sitno i krhko da bi vetar mogao da je obori. U šaci je imala neveliku gužvu plavih niti iz mašine za sušenje veša, kao i tanku belu prugu na koži domalog prsta, tamo gde se obično nalazi venčani prsten. Zurila je u Vukosrce kao da svakim delićem sebe želi da pobegne odatle kako bi spasla život. Ali ostala je da stoji tamo s neumoljivim pogledom kakav može imati samo neko ko više nema šta da izgubi.

Zgužvala je niti iz mašine za sušenje veša u šaci, pa tu šaku položila na drugu i spustila ih zajedno na stomak, pa odlučno pogledala Vukosrce i obratila mu se zapovednim tonom:

„Mi u ovom udruženju vlasnika stanova ne premlaćujemo ljude nasmrt."

Vukosrceva pesnica još uvek je drhtala u vazduhu. Grudi su mu se podizale i spuštale. Ali ruka mu je polako klonula pred njom i opustila se uz bok.

Brit-Mari se nakašljala. Razdvojila je ruke, pa otresla nekoliko zalutalih snežnih pahulja sa suknje. Ispravila je jedan nabor. Onda je ponovo sklopila ruke na stomaku i nakašljala se.

„Hoću reći, u ovom udruženju stanara. Mi ne premlaćujemo ljude nasmrt u ovom udruženju stanara. Jednostavno to ne radimo. Eto kako se mi ovde ponašamo. To uopšte nije civilizovano."

I dalje je stajala tu između Vukosrca i Sema, između čudovišta i senke, kada se policijski auto zaustavio uz ivičnjak. Zelenooka policajka je izašla sa oružjem u ruci i pre nego što je auto prestao da se kreće. Vukosrce je pao na kolena u sneg. Podigao je ruke uvis i sklopio oči.

Elsa je naglo otvorila vrata i izletela napolje. Policajci su urlali na Vukosrce. Pokušali su da zaustave Elsu, ali to je bilo kao držati vodu u šakama. Provukla im se kroz prste. Elsa je, iz razloga koje mnogo godina neće moći da shvati, stigla da pomisli kako je njena mama baš tako rekla Georgu jednom kada je mislila da Elsa spava. Eto kako je biti mama ćerki koja odrasta. Kao da držiš vodu u šakama.

Oštrodlak je nepomično ležao na tlu, na pola puta između Audija i ulaza u zgradu. Sneg se crveneo. Pokušao je da stigne do nje. Iskobeljao se iz Audija i puzao dok se nije srušio. Elsa je hitro svukla jaknu i grifindorski šal i njima pokrila životinju, pa se sklupčala u sneg kraj nje i zagrlila je čvrsto, čvrsto, osećajući kako joj dah miriše na kolač sa kikirikijem i stalno iznova mu šaputala: „Ne plaši se, ne plaši se" na uvo. „Ne plaši se, ne plaši se, Vukosrce je pobedio zmaja, a nijedna bajka se nije završila sve dok zmaj nije pobeđen."

Kada je osetila kako je tatine meke ruke podižu sa zemlje, povikala je glasno, tako da je oštrodlak čuje, iako je već bio na pola puta do Zemlje skoro budnih:

„NE SMEŠ DA UMREŠ! ČUJEŠ LI ME!? NE SMEŠ DA UMREŠ, SVE BOŽIĆNE BAJKE IMAJU SREĆAN KRAJ!"

32

Sladoled

Teško je pronaći obrazloženje za smrt. Teško je kada nekoga koga volite morate pustiti da ode.

Baka i Elsa su obično zajedno gledale večernje vesti. Ponekad bi na kraju Elsa upitala baku zbog čega odrasli neprestano rade tolike idiotske stvari. Baka je obično odgovarala kako je to zbog toga što su odrasli uopšteno gledano ljudi, a među ljudima ima kretena koliko hoćeš. Elsa bi na to primetila kako joj odgovor i nije baš dosledan, jer su odrasli ljudi zaslužni i za mnoštvo dobrih stvari, pored onih idiotskih. Na primer, za putovanja u svemir i UN i vakcine i sekač za sir. A tada joj je baka odgovorila da kod života kvaka i jeste u tome što skoro nijedan čovek nije baš skroz-naskroz kreten, kao i u tome što u svakome ima bar mrvica kretena. Najteže je u životu truditi se da ostaneš samo na toj mrvici koliko je god to moguće.

Jednom je, pošto su zajedno odgledale vesti, Elsa pitala zašto toliko mnogo ljudi koji nisu kreteni stalno umire na sve strane, dok toliki kreteni ne umiru. I zašto uopšte bilo ko mora da umre, bio kreten ili ne. Baka je pokušala da skrene Elsi pažnju pomoću sladoleda i promeni temu, jer je baka volela sladoled više od smrti. Ali pošto je Elsa umela da bude nesnosno tvrdoglavo derište, baka se na kraju predala i priznala joj da pretpostavlja kako je uvek neko primoran da napusti svoje mesto kako bi ga zauzeo neko drugi.

„Kao kada u autobusu ustanemo zato što je naišao neko stariji?", pitala je Elsa. A tada je baka nju upitala da li bi mogla da uzme u obzir sladoled i novu temu za razgovor ukoliko baka na ovo pitanje odgovori sa „da". Elsa je odgovorila da bi mogla. A tada je baka rekla: „Pa da, da, da, to je baš isto tako!"

Onda su jele sladoled.

Teško je pronaći obrazloženje za smrt. Teško je kada nekoga koga volite morate pustiti da ode. Ali u najstarijim bajkama iz Mijame kaže se kako oštrodlak može umreti samo od prepuklog srca. I kako su izuzev toga besmrtni, pa oštrodlaka možete ubiti samo dok tuguje. I kaže se da su ih drugi zbog toga mogli ubiti kada su proterani iz Zemlje skoro budnih onda kada je jedan od njih ujeo princezu, jer su ih proterali isti oni koje su štitili i voleli. „I zato su mogli biti ubijeni u poslednjoj bici u Ratu bez kraja", pričala je baka, jer su u poslednjoj bici poginule stotine oštrodlaka. „Jer svim živim bićima srce prepukne u ratu."

Elsa je razmišljala o tome dok je sedela u čekaonici kod veterinara. Imate dosta vremena za razmišljanje dok sedite u čekaonici kod veterinara. Tamo miriše na semenje za ptice. Brit-Mari je sedela kraj nje sa rukama sklopljenim u krilu i posmatrala kakadua koji je sedeo u kavezu na drugom kraju čekaonice. Brit-Mari nije baš delovala kao da je oduševljena kakaduima. Elsa se nije baš sasvim razumela u tačne izraze osećanja kod kakadua, ali je spontano procenila da je osećaj uzajaman u najvećoj mogućoj meri.

„Ne morate da čekate ovde sa mnom", rekla joj je Elsa, dok joj se grlo stezalo od tuge i ogorčenosti.

Brit-Mari je otresla nevidljivo semenje sa sakoa i odgovorila ne skrećući pogled sa kakadua: „Nije mi teško, draga Elsa. Nemoj da se opterećuješ time. Uopšte mi nije teško."

Elsa je shvatila da pritom nije imala nameru da bude neljubazna. Policajci su saslušavali tatu i Alfa o svemu što se dogodilo, a Brit-Mari je saslušana prva, pa se ponudila da zajedno sa Elsom čeka veterinare da se pojave i kažu im nešto o oštrodlaku. I tako je Elsa shvatila da nije želela da bude neljubazna. Ali je Brit-Mari jednostavno bilo teško da ne zvuči tako, šta god govorila.

„Znate li da bi se ljudi možda malo ređe svađali s vama kada biste pokušali da zvučite malo ljubaznije? Svako može da odabere da li će biti ljubazan, Brit-Mari!", rekla je Elsa, trudeći se da sada ona ne zvuči neljubazno, ali joj nije baš sjajno pošlo za rukom.

Obrisala je oči nadlanicom. Pokušala je da ne razmišlja o oštrodlaku i smrti. Nije pomoglo. Brit-Mari je napućila usta i sklopila ruke u krilu.

„Da, dobro, dobro, shvatam da tako misliš. Naime, sve žene iz tvoje porodice misle isto to. Naravno da je tako."

Elsa uzdahnu.

„Nisam tako htela da kažem."

„Ne, ne, naravno, nikad nije to u pitanju. Nikad niste htele tako da kažete", rekla je Brit-Mari.

Elsa je umotala ruke u grifindorski šal. Duboko je udahnula.

„Bilo je baš hrabro od vas što ste stali između Vukosrca i Sema", tiho je priznala.

Brit-Mari je otresla nevidljivo semenje ili možda nevidljive mrvice sa stola ispred sebe u dlan. Ostala je da sedi tako držeći ih u sklopljenoj šaci, kao da traži neku nevidljivu korpu za smeće u koju bi mogla da ih baci.

„Mi u ovom udruženju stanara ne premlaćujemo ljude nasmrt, mi naime nismo nikakvi varvari", izgovorila je tiho i hitro, da Elsa ne bi čula kako joj se glas cepa.

Ćutale su. Onako kao kada sklopite mir po drugi put u dva dana, ali ne želite to baš naglas da kažete onom drugom.

Brit-Mari je našušurila jastuk na jednom kraju sofe u čekaonici.

„Nisam mrzela tvoju baku", rekla je ne gledajući u Elsu.

„Nije ni ona vas", odgovorila je Elsa ne gledajući je.

Brit-Mari je ponovo sklopila ruke i samo što nije zažmurila.

„I zapravo uopšte nisam želela da stanovi pređu u naše vlasništvo. Kent to želi, i ja želim da Kent bude srećan, ali on želi da proda stan, zaradi novac i odseli se. Ja ne želim da se selim."

„A zašto ne?", upita Elsa.

„To je moj dom", odgovori joj Brit-Mari.

Kada imate nepunih osam godina, ovo je nešto zbog čega je teško ne zavoleti je.

„Zašto ste se vi i baka uvek svađali?", pitala je Elsa, iako je odgovor znala.

„Ona je smatrala da sam... gnjavatorka", odgovorila je Brit-Mari, ne pominjući pravi razlog.

„A zbog čega ste gnjavatorka?", upitala je Elsa, pomislivši na princezu, vešticu i blago.

„Zato što čovek mora da ima nešto do čega mu je stalo, Elsa. Jednostavno mora! A kada je nekom stalo do nečeg, tvoja baka je to nazivala 'gnjavažom', ali ako ti nije ni do čega stalo, onda i ne živiš. Samo životariš...", odgovorila je Brit-Mari, pomalo gnjavatorski, ali zaista sasvim malo.

„Kad vas čovek malo bolje upozna, vi ste zaista mudri", rekla je Elsa.

„Hvala", odgovorila je Brit-Mari, upadljivo se opirući porivu da otrese nešto nevidljivo sa rukava Elsine jakne.

Zadovoljila se time da ponovo našušuri jastuk na sofi, iako je očigledno prošlo mnogo godina otkako je u jastuku bilo šta da se našušuri. Elsa je obmotala šal oko svih prstiju.

„Postoji nešto kao jedna pesma o nekom tipu koji je rekao da, ako već nije moguće da ga neko zavoli, slobodno mogu da ga preziru umesto toga. Samo da ga neko vidi, tako nešto", rekla je Elsa.

„*Doktor Glas*", rekla je Brit-Mari klimajući glavom.

„Vikipedija", ispravila ju je Elsa.

„To je citat iz *Doktora Glasa*", istrajavala je Brit-Mari.

„Je li to neki sajt?", upita Elsa.

„Pozorišni komad", odgovori Brit-Mari.

„O", izusti Elsa.

„Šta je Vikipedija?", upitala je Brit-Mari.

„Sajt", rekla je Elsa.

Brit-Mari je sklopila ruke u krilu.

„U stvari, *Doktor Glas* je roman, koliko mi je poznato. Nisam ga čitala. Ali prikazuju ga u pozorištu", rekla je nesigurno.

„O", izustila je Elsa.

„Ja volim pozorište", rekla je Brit-Mari.

„I ja", rekla je Elsa.

Brit-Mari klimnu glavom. Elsa učini isto.

„Doktor Glas bi bilo dobro ime za nekog superheroja."

Pomislila je kako bi to ime zapravo bolje pristajalo arhineprijatelju nekog superheroja, ali Brit-Mari nije baš izgledala kao da redovno čita kvalitetnu književnost, pa Elsa nije htela da preterano komplikuje stvari. Brit-Mari je klimnula glavom. Zatim je naglas rekla:

„Čovek želi da ga vole, a ako to nije moguće, onda da mu se dive, a ako to nije moguće, onda da ga se plaše, a ako ni to nije moguće, da ga preziru i gade ga se. Čovek želi u drugima da izazove neko osećanje. Duša juriša u prazan prostor i želi dodir po svaku cenu."

Elsa nije bila sasvim sigurna šta to znači. Ali je ipak klimnula glavom. Reda radi.

„A šta od toga vi želite?", upitala je.

Brit-Marine šake su se malo pomerile u krilu, ali nije bilo otresanja mrvica.

„Elsa, ponekad je komplikovano biti odrastao", rekla je izbegavajući odgovor.

„Nije baš bogzna kako jednostavno ni kada ste dete", ratoborno joj odvrati Elsa.

Brit-Marini vrhovi prstiju pažljivo su dodirnuli beli prsten na koži na domalom prstu.

„Imala sam običaj da rano ujutru stojim na balkonu. Pre nego što se Kent probudi. Tvoja baka je to znala, i zato je pravila Sneška Belića. I zbog toga sam se toliko ljutila. Zbog toga što je znala moju tajnu, i činilo mi se kao da mi se ona i svaki novi Sneško Belić rugaju zbog toga."

„Kakvu tajnu?", upita Elsa.

Brit-Mari je čvrsto stisnula šake.

„Ja nikada nisam bila kao tvoja baka. Nikud nisam putovala. Samo sam bila ovde. Ali ponekad mi se dopadalo da stojim na balkonu rano ujutru kada duva vetar. To je blesavo, razume se, svi misle da je blesavo, nego šta."

Napućila je usne.

„Ali dopadalo mi se da osetim vetar u kosi. Eto, prosto je tako."

Elsa je pomislila kako Brit-Mari uprkos svemu možda i nije u potpunosti davež. Možda u njoj ipak preovlađuje ono suprotno od toga.

„Niste mi odgovorili na pitanje šta želite da budete", rekla je vrteći šal.

Vrhovi Brit-Marinih prstiju se oklevajući pokrenuše preko suknje, nalik nekome ko se uputio preko podijuma za igru da pozove na ples nekog ko mu se dopada. Zatim je oprezno izustila: „Želim da se neko seti da postojim. Želim da neko zna da sam ovde."

Elsa, nažalost, nije čula ovo poslednje, pošto se veterinar pojavio na vratima sa pogledom od kog je Elsinu glavu u potpunosti ispunio šum koji nije prestajao. Protrčala je kraj njega i pre nego što je stigao da otvori usta. Elsa je čula kako viču za njom dok je uletala u hodnik i počela da slepo otvara jedna vrata za drugima, neka bolničarka se okrenula i posegnula za njom, ali je Elsa samo nastavila da trči. Nastavila je da otvara vrata. Nije se zaustavila sve dok nije čula oštrodlaka kako zavija. Kao da je znao da je na putu ka njemu i dozivao je. Kada je utrčala u pravu sobu, ležao je na klupi sa zavojima oko celog stomaka. Krvi je bilo na sve strane. Zarila je lice duboko, duboko, duboko u krzno i bez kraja šaputala: „Ne smeš da umreš!"

Brit-Mari je ostala da sedi u čekaonici. Sama. Više nije bilo ni kakadua. Da je Brit-Mari ustala i otišla, niko se ne bi ni setio da je bila tu. Izgledala je kao da je na trenutak razmišljala o tome. Zatim je otresla nešto nevidljivo sa ivice stola i ispravila nabor na suknji, pa ustala i otišla.

* * *

Oštrodlak je sklopio oči. Izgledao je skoro kao da se osmehuje. Elsa nije znala da li je čuje. Nije znala da li oseća teške suze kako kaplju na krzno. Teško je pustiti nekog koga volite da ode. Teško je imati nepunih osam godina i naučiti da prihvatite da pre ili kasnije tako biva sa svima koje volite.

„Ne smeš da umreš. Ne smeš da umreš jer ja sam sada tu. A ti si moj prijatelj. Nijedan pravi prijatelj ne bi tek tako umro, valjda ti je to jasno? Prijatelji ne umiru i ne ostavljaju jedni druge", šaputala je Elsa, pokušavajući da ubedi samu sebe više nego oštrodlaka.

On je izgledao kao da to zna. Pokušavao je da joj osuši obraze toplim dahom. Elsa je ležala kraj njega, sklupčana na klupi, kao na bolničkom krevetu one noći kada se baka nije vratila kući s njom iz Mijame.

Ležala je tamo čitavu večnost. Sa grifindorskim šalom uronjenim u oštrodlakovo krzno.

Policajkin glas je dopro do nje kada su stanke između oštrodlakovih udisaja postale duže, a proredili se otkucaji sa one strane gustog crnog krzna. Zelene oči su sa vrata posmatrale devojčicu i životinju. Elsa se zagledala u nju. Zelene oči su pogledale oštrodlaka i izgledale kao da izražavaju žaljenje, kao što je to slučaj kod ljudi koji ne vole da govore o smrti.

„Moramo da odvedemo tvog prijatelja u policijsku stanicu, Elsa", rekla je umesto toga.

Elsa je znala da misli na Vukosrce.

„Ne smete ga strpati u zatvor! Uradio je to u samoodbrani!", zarežala je Elsa tako da su se teške kapi tuge sakupljene na njenim usnama raspršile u vidu tajfuna po celoj prostoriji.

Zelenooka je zavrtela glavom.

„Ne, Elsa. Nije bilo tako. On nije branio sebe."

Zatim se sklonila sa vrata. Sa odglumljenom rasejanošću pogledala je na sat, kao da je tek sada uvidela da naravno ima nešto silno važno čime odmah mora da se pozabavi, na nekom sasvim drugom mestu, a inače je zaista blesavo što neko ko je dobio veoma oštro naređenje da ide u policijsku stanicu baš tada na nekoliko minuta ostane bez nadzora tako da može da porazgovara sa detetom koje upravo gubi oštrodlaka. Zaista blesavo.

Zatim je nestala. A na vratima se pojavio Vukosrce. Elsa je skočila sa klupe i zagrlila ga, i pritom se uopšte nije brinula hoće li on morati da se kupa u alkoholnom gelu kada se bude vratio kući, ili ne.

„Oštrodlak ne sme da umre! Reci mu da ne sme da umre!", šaputala je Elsa.

Vukosrce je disao polako. Stajao je s rukama nesigurno podignutim uvis, kao da mu je neko prosuo nešto toksično na džemper. Elsa je shvatila da je njegova jakna i dalje kod nje u stanu.

„Dobićeš nazad svoju jaknu, mama ju je veoma temeljno oprala i okačila je u garderober u plastičnoj kesi", prošaputala je izvinjavajući se i ne prestajući da ga grli.

On je izgledao kao da bi mu zaista značilo kada bi prestala s tim. Elsu nije bilo briga.

„Ali ne smeš više da se tučeš!", naredila mu je, s nosom zavučenim u njegov džemper, pre nego što je podigla glavu i obrisala oči nadlanicom.

„Ne kažem da čovek ne treba da se tuče, jer nisam još sasvim odlučila koji je moj stav u vezi s tim. Nego čisto moralno gledano, recimo. Ali onaj ko se tuče tako dobro kao ti, zaista ne bi smeo više to da radi!", zajecala je.

A tada je Vukosrce uradio nešto veoma neobično. I on je nju zagrlio.

***

„Oštrodlak. Jako star. Jako star oštrodlak, Elsa", promrmljao je na tajnom jeziku.

„Ma ne mogu više da podnesem da svi stalno umiru!", plakala je Elsa.

Vukosrce ju je držao za obe ruke. Pažljivo joj je obuhvatio kažiprste rukama. Tresao se kao da drži užareno gvožđe, ali nije puštao, kao što radite pošto uvidite da u životu ima važnijih stvari od straha od bakterija koje prenose deca.

„Jako star oštrodlak. Jako umoran sada, Elsa."

A kada je Elsa samo histerično odmahnula glavom i povikala na njega da ne dozvoljava da joj više iko umre, pustio joj je jednu ruku i zavukao je u džep pantalona, pa odatle izvadio neki veoma izgužvan papir i položio ga u njenu ruku. Bio je to crtež. Videlo se da ga je crtala baka, jer ona se u crtanje razumela otprilike isto koliko i u pravopis.

„To je karta", ciknu Elsa pošto ju je razmotala, a glas joj je bio onakav kao kada su suze prestale da vam teku, ali niste prestali da plačete.

Vukosrce je oprezno protrljao jednu ruku o drugu. Elsa je prevukla prstima preko mastila.

„Piše da je ovo karta sedme kraljevine", rekla je naglas, više sama sebi nego njemu.

Ponovo je legla na klupu kraj oštrodlaka. Toliko blizu da ju je krzno bockalo kroz džemper. Osećala je topao dah iz hladne njuške. Spavao je. Nadala se da spava. Poljubila ga je u njušku, a suze su joj ostale na njegovim brkovima.

Vukosrce se blago nakašljao.

„Nalazilo se u pismu. Bakinom pismu", rekao je na tajnom jeziku i pokazao na kartu.

Pogledao je Elsu. I ona je njega gledala kroz mutne treptaje. Ponovo je pokazao na kartu.

„Mipardona. Sedma kraljevina. Trebalo je da je izgradimo... tvoja baka i ja."

Elsa je pogledala kartu pažljivije, pustivši je da podrhtava na sve slabijem dahu usnulog oštrodlaka. Karta je zapravo prikazivala celu Zemlju skoro budnih, samo u potpuno pogrešnoj razmeri, jer se baka nikada nije baš mnogo razumela u razmere.

„Ta sedma kraljevina se nalazi na mestu ruševina Mibatale", prošaputala je.

Vukosrce je protrljao ruke.

„Mipardona se može izgraditi samo umesto Mibatale. To je bila ideja tvoje bake."

„A šta znači Mipardona?", upita Elsa, obraza priljubljenog uz oštrodlaka.

„To je mamin jezik. Znači 'ja opraštam'", odgovorio je Vukosrce.

Suze na njegovim obrazima bile su krupne poput lastavica. Njegova divovska šaka meko se spustila na oštrodlakovu glavu. Oštrodlak je jedva otvorio oči i pogledao ga.

„Jako star, Elsa. Jako, jako umoran", prošaputao je Vukosrce.

Zatim je nežno položio prste na ranu koju je Semov nož prosekao u gustom krznu.

„Mnogo bola sada, Elsa. Mnogo, mnogo bola."

Teško je kada nekoga koga volite morate pustiti da ode. Naročito kada vam je nepunih osam godina.

Elsa se sklupčala uz oštrodlaka i držala ga čvrsto, čvrsto, čvrsto. On ju je pogledao poslednji put kroz skoro sklopljene oči. Osmehnula mu se i prošaputala: „Ti si najbolji prvi prijatelj koga sam ikada imala", a on ju je polako liznuo po licu, pritom mirišući na smesu za patišpanj. A ona se glasno nasmejala, dok su joj suze kapale na klupu.

Kada su se oblakonji spustili u Zemlju skoro budnih, Elsa ga je zagrlila iz sve snage i prošaputala: „Ti si ispunio svoj zadatak, više ne moraš da štitiš zamak. Sada štiti baku. Štiti sve bajke!" On ju je liznuo po licu poslednji put.

Onda je otrčao.

Kada se Elsa okrenula prema Vukosrcu, ovaj je čkiljio prema suncu kao što se to radi kada već mnogo bajkovitih beskraja niste bili u Zemlji skoro budnih. Elsa je pokazala dole na ruševine Mibatale.

„Možemo ovamo da dovedemo Alfa. On baš ume svašta da napravi. Ili barem ume da napravi garderober. A valjda će i u sedmoj kraljevini biti potrebni garderoberi? A baka će sedeti na klupi u Mijami i čekati nas da završimo. Baš kao što je Mršavkov deda radio u *Braći Lavlje Srce*. Postoji jedna bajka koja se tako zove, čitala sam je baki, pa znam da će čekati na klupi, jer je za nju prosto tipično da drpiše takve stvari iz tuđih bajki. A zna da su mi *Braća Lavlje Srce* jedna od najomiljenijih!"

I dalje je plakala. Kao i Vukosrce. Ali uradili su ono što se inače radi, uradili su ono što su mogli. Izgradili su reči oproštaja na ruševinama reči o borbi.

Oštrodlak je umro istog dana kada se Elsin brat rodio. Elsa je pomislila kako će to jednom ispričati svom bratu kada bude malo porastao. Pričaće mu o svom prvom prijatelju. Pričaće mu o tome kako nešto ponekad mora da ustupi mesto nečem drugom. I da je sve to u stvari isto kao da je oštrodlak ustupio svoje mesto u autobusu Polovčetu.

I pomislila je kako obavezno mora da objasni Polovčetu kako zbog toga ne treba da bude tužan ili da ga grize savest.

Jer oštrodlaci u stvari mrze vožnju autobusom.

33

Beba

Završeci bajki su teški. Ne samo zato što se završavaju, naravno, jer svaka bajka se mora završiti. Neke se iskreno govoreći i ne završavaju dovoljno brzo. Na primer, ova je, ako ćemo pošteno, prema mišljenju mnogih iskusnih posmatrača sigurno još davno mogla da bude zaokružena i spakovana. Ali stvar je u tome što svi junaci na završetku svih bajki treba da „žive srećno do kraja života". A to je malo problematično, zaista jeste, čisto sa gledišta pripovedačke tehnike. Jer svi koji su u bajkama srećno poživeli do kraja života ostavljaju iza sebe druge koji moraju da srećno žive bez njih.

A teško je živeti bez nekog. Veoma je, veoma teško biti onaj ko mora da ostane i živi bez nekog.

Kada su se vraćali od veterinara, već je bio pao mrak. Sutra je drugi dan Božića. Kada je Elsa bila mala i zanovetala zato što je želela da radi nešto, a njena mama nije imala sitno ili nije bila sigurna da im to pokriva osiguranje, ili jednostavno nije imala snage, mama bi uvek svečano obećala Elsi da će to raditi nekog „drugog dana".

Mama je bila jako, jako, jako ljuta na baku onda kada je Elsa punila pet godina drugog dana Božića, a baka je Elsi rekla: „Danas je taj drugi dan!" Baka je umela da radi takve stvari.

Veče pre Elsinog rođendana obično su pravile slike u snegu ispred zgrade. Bila je to jedina noć u godini kada baka nije zvocala zbog snega i ogovarala snežne anđele. Bila je to jedna od Elsinih omiljenih tradicija.

Vozila se u Taksiju sa Alfom. Ne toliko zbog toga što nije želela da se vozi s tatom koliko zato što joj je tata rekao da je Alf izgleda mnogo ljut na samog sebe zbog toga što su on i Taksi bili u garaži dok se događalo sve to sa Semom. I zbog toga što Alf nije bio tu da zaštiti Elsu. Tata je dobar u tim stvarima, i ume da sasvim odbaci svako oklevanje kada je to zaista važno.

Naravno, Alf i Elsa nisu baš mnogo pričali u Taksiju, jer ponekad tako bude kada nemate bogzna šta da kažete. A kada je Elsa naposletku rekla kako mora da obavi nešto kod kuće na putu do bolnice, Alf je nije pitao zašto. Samo je vozio. Alf je dobar u tim stvarima.

„Umete li da pravite slike u snegu?", upitala je Elsa kada se Taksi zaustavio ispred kuće.

„Dođavola, ja imam šezdeset četiri godine", progunđao je Alf.

„To nije odgovor", rekla je Elsa.

I tada je Alf isključio motor Taksija, izašao i saopštio:

„Dođavola, imam šezdeset četiri godine. Ali se nisam rodio kao prokleti šezdesetčetvorogodišnjak! Naravno da umem da pravim slike u snegu!"

I tako su pravili slike anđela u snegu. Devedeset devet komada. I posle nisu baš mnogo pričali o tome. Jer postoji ta vrsta prijatelja s kojima možete biti prijatelji i bez mnogo priče.

***

Žena u farmerkama ih je posmatrala sa balkona. Smejala se. Postajala je sve bolja u tome.

Kada su stigli, tata ih je čekao na vratima bolnice. Pored njih je prošao lekar koji se Elsi na trenutak učinio poznatim. Zatim je ugledala Georga, a onda je potrčala kroz celu čekaonicu i bacila mu se u naručje. Nosio je šorc preko helanki, a u ruci je držao čašu ledeno hladne vode za mamu.

„Hvala ti što si trčao!", rekla je Elsa grleći ga.

Georg ju je iznenađeno pogledao.

„Pa, ja sam poprilično dobar u trčanju", rekao je oprezno.

Elsa je klimnula glavom.

„Znam. To je zbog toga što si drugačiji."

Zatim je krenula s tatom da vidi mamu. A Georg je sa čašom vode u ruci čekao toliko dugo da je na kraju dobila sobnu temperaturu.

Tata je gledao u Elsu i videlo se da zavidi, ali je pokušavao da to ne pokaže. Bio je dobar u tome. Između ostalog.

Ispred mamine sobe je stajala bolničarka i u prvi mah nije htela da pusti Elsu unutra, jer je mama izgleda imala komplikovan porođaj. Tako se bolničarka izrazila. Zvučala je veoma odlučno i veoma jasno izgovorila glas *p* u reči „komplikovan". Elsa je klimnula glavom. I tata.

„Jeste li možda novi ovde?", uviđavno je upitao tata.

„Kakve sad to ima veze?", odgovorila je bolničarka kroz nos, kao da se nalazi usred sezone gripa.

„Samo onako pitam", uviđavno je odvratio tata, iako uopšte nije pitao samo onako.

„Danas neće biti poseta!", saopštila je bolničarka odlučno, okrenula se u mestu i otišla u maminu sobu.

Tata i Elsa su stajali tu i klimali glavom veoma strpljivo, jer su recimo imali neki osećaj da će se ovo ipak rešiti. Jer iako mama jeste mama, ipak je i bakina ćerka, da tako kažemo. Tata i Elsa su se setili onoga sa čovekom u metalik automobilu baš pre nego što se Elsa rodila. Nije pametno zavitlavati se s mamom u vreme porođaja.

Prošlo je možda trideset-četrdeset sekundi pre nego što se urlik prolomio hodnikom, a slike na zidovima su zadrhtale kao da će se otkačiti i pasti na pod.

„DA SI ODMAH DOVELA OVAMO MOJU ĆERKU, PRE NEGO ŠTO TE ZADAVIM STETOSKOPOM I PREVRNEM CELU OVU BOLNICU NA GLAVU, DA LI ME RAZUMEŠ?"

Trideset-četrdeset sekundi je ipak bilo znatno duže nego što su Elsa i tata očekivali. Ali prošlo je možda još samo tri ili četiri pre nego što se mama nadovezala novim urlikom:

„MA ZABOLE ME ZA TO! PRONAĆI ĆU NEGDE STETOSKOP U OVOJ BOLNICI I ONDA ĆU TE ZADAVITI NJIME!"

Bolničarka je ponovo zakoračila u hodnik. Više nije delovala baš onoliko odlučno. Lekar koji se Elsi učinio poznatim pojavio se iza nje i ljubazno rekao kako „ovoga puta mogu da naprave izuzetak". Osmehnuo se Elsi. Elsa je odlučno udahnula vazduh i zakoračila preko praga.

Mami su iz tela virile razne cevčice. Zagrlile su se najjače što se Elsa usuđivala a da pritom slučajno ne izvuče neku od njih. Pomislila je kako je među njima možda i kabl za struju, i da bi se mama u tom slučaju samo isključila kao lampa. Mama ju je stalno iznova milovala po kosi.

„Stvarno mi je jako, jako, jako žao zbog tvog drugara oštrodlaka", rekla je.

Elsa je sedela ćutke na ivici njenog kreveta toliko dugo da su joj se obrazi osušili, i stigla je da pomisli kako bi mogla da izmisli potpuno nov način za merenje vremena. Ovo sa beskrajima i bajkovitim beskrajima iskreno rečeno postaje malo zbrkano. Pomislila je kako bi se možda moglo koristiti nešto manje komplikovano. Kao na primer treptaji. Ili zamasi kolibrijevih krila. Neko mora da je već razmišljao o tome. Proveriće na Vikipediji čim se vrati kući.

Pogledala je mamu. Izgledala je srećno. Elsa ju je pomilovala po ruci. Mama joj je zadržala ruku.

„Znam da nisam savršena majka, dušo."

Elsa je prislonila čelo na njeno.

„Ne mora sve da bude savršeno, mama."

Sedele su toliko blizu jedna drugoj da su mamine suze kapale Elsi na vrh nosa.

„Tako mnogo radim, dušo. Ranije sam se toliko ljutila na tvoju baku zbog toga što nikada nije bila kod kuće, a sada i ja radim isto to..."

Elsa im je obema obrisala noseve grifindorskim šalom.

„Nijedan superheroj nije savršen, mama. Ne brini se."

Mama se osmehnula. I Elsa.

„Smem li nešto da te pitam?", upitala je zatim.

„Naravno", rekla je mama.

„Šta sam nasledila od dede?"

Mama je delovala kao da okleva. Kao što to mame rade kada su navikle da uvek mogu da predvide šta će ih ćerke pitati, a onda odjednom pogreše u tome. Elsa je slegnula ramenima.

„Drugačija sam na baku. A smatram da sve znam najbolje zato što sam to nasledila od tate. I znam da sam takva, jer sam to proverila na Vikipediji, što sam takođe nasledila od tate. Jer on takođe svašta proverava. I sa svima se posvađam, a to mi je isto na baku. Pa šta sam onda nasledila od dede?"

Mama nije znala šta da odgovori. Elsa je oštro otpuhnula kroz nos.

„Baka nikada nije pričala bajke o dedi…"

Mama je šakama obujmila Elsino lice, a Elsa je obrisala mami suze grifindorskim šalom.

„Mislim da ti je pričala i o dedi, ali nisi to primetila", prošaputala je mama.

„Pa šta sam onda nasledila od njega?"

„Smeješ se na njega."

Elsa je uvukla šake u rukave džempera. Polako je vrtela njihove krajeve ispruženim rukama.

„On se mnogo smejao?"

„Uvek. Uvek, uvek, uvek. Zato je i voleo tvoju baku. Jer zbog nje se uvek smejao celim telom. Celom dušom."

Elsa se uvukla kraj mame u bolnički krevet i tamo ležala najmanje milijardu zamaha kolibrijevih krila. U stvari, nije baš zasigurno mogla da kaže koliko to zaista traje. Možda zavisi od kolibrija.

„Baka nije bila baš potpuni kreten. A nije bila ni potpuna suprotnost tome", rekla je.

Na to se mama grohotom nasmejala. A za njom i Elsa. Dedinim smehom. Zatim su prilično dugo ležale tako i razgovarale o superherojima. Mama je rekla Elsi da sada, pošto je postala nečija starija sestra, mora imati u vidu da su starije sestre uvek idoli svojim mlađim sestrama i braći. A to je velika moć.

„Uz veliku moć ide i velika odgovornost", prošaputala je mama.

Elsa se potpuno uspravila u krevetu.

„Zar si čitala Spajdermena!?"

„Izguglala sam", ponosno se osmehnula mama.

* * *

Potom su joj se sva osećanja krivice slila u lice. Kao što to biva s mamama kada shvate da je došlo vreme za otkrivanje neke velike tajne.

„Elsa... dušo... što se tiče prvog bakinog pisma, nisi ga ti dobila. Bilo je jedno pismo i pre onoga kojeg si ti dobila. Baka ga je dala meni. Dan pre nego što je umrla..."

Mama je izgledala kao neko ko u sledećem trenutku treba da skoči u ledeno jezero, iako zapravo to uopšte ne želi, ali eto već stoji na pristaništu i svi gledaju, pa ne može da tek tako odustane. To je jedan naročit izraz lica. Možda morate provesti dovoljno vremena na različitim pristaništima pre nego što uspete da ga razumete.

Ali Elsa je samo mirno klimnula glavom i zaista neizmerno bezbrižno slegnula ramenima. Čak nije ni ispravila mamu što je rekla „kojeg" umesto „koje". Zatim je snishodljivo potapšala mamu po obrazu, kao što se to radi sa detetom koje je nešto pogrešilo zato što nije znalo za bolje.

„Znam, mama. Znam."

Mama je smušeno zatreptala.

„Šta? Ti znaš? Kako?"

Elsa strpljivo uzdahnu.

„Pa, dobro, jeste mi trebalo poprilično vremena da to zaključim. Ali nije to baš kvantna fizika, znaš. Kao prvo, čak ni baka nije toliko neodgovorna da bi me poslala u potragu za blagom a da to prethodno ne kaže tebi. A kao drugo, samo ti i ja možemo da vozimo Reno, jer on je malo drugačiji, ali ja sam ga ponekad vozila dok baka jede kebab, a ti si ga ponekad vozila kada je baka bila pijana. I tako ga je jedna od nas dve morala parkirati u garaži na Brit-Marino mesto. A to nisam bila ja. I pritom nisam idiot. Mislim, umem da brojim."

* * *

Mama se smejala tako glasno i dugo da se Elsa ozbiljno zabrinula za kolibrija.

„Znaš li da si ti najpromućurnija osoba koju znam?", upitala je mama.

„Da, mama. Znam", prostenjala je Elsa.

Pomislila je kako je sve to divno i krasno, ali i da bi mama zaista trebalo malo da izlazi i viđa malo više ljudi.

„Šta je baka napisala u tvom pismu?", upitala je Elsa.

Mamine usne su se skupile.

„Izvinila mi se."

„Zbog toga što je bila loša mama?"

„Da."

„Jesi li joj oprostila?"

Mama se osmehnula, a Elsa joj je ponovo obrisala obraze grifindorskim šalom.

„Mislim da pokušavam da oprostim obema. Ja sam kao Reno. Imam dug trag kočenja", prošaputala je mama.

Elsa ju je grlila sve dok kolibri nije odustao i otišao da radi nešto drugo.

„Tvoja baka je spasavala decu zato što je kao mala i ona sama bila spasena. Ja to nisam znala, ali napisala mi je to u pismu. Ni ona nije imala roditelje", prošaputala je mama.

„Kao Iks ljudi", potvrdila je Elsa klimajući glavom.

„Pretpostavljam da već znaš gde treba da idemo da bismo pronašli sledeće pismo?", upitala je mama sa osmehom.

„Kaže se 'kuda'", odvratila je Elsa, jer jednostavno nije mogla da odoli.

Ali znala je. Naravno da je znala. Znala je sve vreme. Ovo nije baš jedna od onih bajki čija je jača strana u tome što su toliko nenormalno nepredvidljive. A Elsa nije idiot.

Mama se ponovo nasmejala. Smejala se toliko da je bolničarka koja izražajno izgovara *p* umaršriala i rekla joj da sad zaista mora da prestane sa cerekanjem, jer će inače biti problema sa kablovima. Kao što je već rečeno, bolničarka je tu nova.

Elsa je ustala. Mama ju je uzela za ruku i poljubila je.

„Sada smo odlučili kako će se Polovče zvati. Neće biti Elvir. Izabrali smo drugo ime. Georg i ja smo odlučili čim smo ga videli. Mislim da će ti se svideti."

Bila je u pravu. Elsi se svidelo. I to baš mnogo.

Nekoliko minuta kasnije, stajala je u jednoj sobici i posmatrala ga kroz staklo. Ležao je u plastičnoj fioci. Ili veoma velikoj kutiji za ručak. Nije bilo lako zaključiti šta je od to dvoje. I njega su sa svih strana okruživale cevčice, usne su mu bile modre, a lice mu je izgledalo kao da sve vreme trči dok mu nenormalno jak vetar duva u lice, ali sve bolničarke su rekle Elsi da to nije opasno. Nije joj se to svidelo. Jer to je najsigurniji način da znate kako jeste opasno.

Prislonila je savijene dlanove na staklo pre nego što je počela da šapuće, da bi je on čuo:

„Nemoj da se plašiš, Polovče. Sada imaš sestru. I biće bolje. Biće dobro."

Zatim je prešla na tajni jezik:

„Pokušaću da ne budem ljubomorna na tebe. Strašno sam dugo bila ljubomorna na tebe, ali imam drugara koji se zove Alf, a on i njegov brat su u svađi već nešto kao sto godina. Ne želim da ti i ja budemo u svađi sto godina. I zato mislim da moramo početi da radimo na tome da se dopadamo jedno drugom već sada, od samog početka, razumeš?"

Polovče je izgledao kao da razume. Elsa je prislonila čelo na staklo.

„Ti imaš i baku. Ona je superheroj. Kada dođemo kući, ispričaću ti sve o njoj. Nažalost, dala sam lušku jednom dečaku sa sindromom, ali tebi ću napraviti novu. I povešću te u Zemlju skoro budnih, ješćemo slatke snove i igraćemo se, i smejaćemo se, i plakaćemo, i bićemo hrabri, i opraštaćemo, i letećemo na oblakonjima, a baka će da sedi na jednoj klupi u Mijami, i puši i čeka nas. A jednog će dana tu došetati i deda. Čućemo ga kako dolazi još iz daljine, pošto se on smeje celim telom. Smeje se toliko da mislim da ćemo morati da sagradimo osmu kraljevinu za njega. Pitaću Vukosrce kako se kaže 'smejem se' na jeziku njegove mame. I oštrodlak je tamo, u Zemlji skoro budnih. Oštrodlak će ti se svideti. Ne postoji bolji prijatelj od oštrodlaka!"

Polovče ju je posmatrao iz plastične fioke. Elsa je obrisala staklo grifindorskim šalom.

„A ti si dobio dobro ime. Najbolje. Ispričaću ti sve o dečaku od kog si ga dobio. Svideće ti se."

Ostala je da stoji kraj stakla sve dok nije shvatila da je to sa kolibrijem uprkos svemu loša ideja. Držaće se ona beskraja i bajkovitih beskraja još neko vreme. Radi jednostavnosti. A možda i zato što je podseća na baku. Na taj način baka ostaje kraj nje.

Pre nego što je otišla, prošaputala je kroz savijene šake prema Polovčetu, na tajnom jeziku:

„To što si mi ti brat predstavlja najveću avanturu, Hari! Baš najveću, najveću avanturu!"

Biće kao što je baka rekla. Biće bolje. Biće dobro.

Onaj lekar koji se Elsi činio poznatim stajao je kraj maminog kreveta kada se vratila u sobu. Čekao je nepomično, kao da je znao da će joj biti potrebno neko vreme da se seti odakle joj je poznat. A kada joj je najzad sinulo, osmehnuo se, kao da druge mogućnosti nikada nije ni bilo.

„Vi ste revizor", sumnjičavo izusti Elsa, i dodade: „I sveštenik. Iz crkve. Videla sam vas na bakinoj sahrani i bili ste odeveni kao sveštenik!"

„Ja sam mnogo toga", odgovorio je lekar spokojno, sa izrazom na licu koji baš niko nije imao kada bi se baka našla u blizini.

„I lekar?", upitala je Elsa.

„Lekar pre svega", odgovorio je lekar, ispružio ruku i predstavio se:

„Marsel. Bio sam dobar prijatelj tvoje bake."

„Elsa", rekla je Elsa.

„To sam već shvatio", rekao je Marsel sa osmehom.

„Vi ste bili bakin advokat", rekla je Elsa, onako kako to uradite ako se sećate pojedinosti telefonskog razgovora sa početka bajki, na primer na kraju drugog poglavlja ili tako nešto.

„Ja sam mnogo toga", ponovio je Marsel i pružio joj neki papir.

Bio je odštampan sa kompjutera i nije bilo pravopisnih grešaka, pa se samo po sebi razumelo da ga je napisao Marsel, a ne baka. Ali u dnu se nalazio bakin rukopis. Marsel je sklopio ruke na stomaku, ne mnogo drugačije nego što je to radila Brit-Mari.

„Tvoja baka je bila vlasnik zgrade u kojoj stanujete. To ste možda i sami shvatili."

Elsa je klimnula glavom. Jer to dete zaista nije idiot, to se nikako ne bi moglo reći. Marsel je pokazao na papir.

„Rekla je da ju je dobila na pokeru, ali ne znam zasigurno."

Elsa je pročitala papir. Napućila je usne.

„I šta sad? Moja je? Cela zgrada?"

„Tvoja mama će upravljati njom dok ne napuniš osamnaest godina. Ali tvoja baka se pobrinula da možeš da radiš s njom šta god hoćeš, pa ako želiš da prodaš stanove u vlasništvo, možeš to da uradiš. A ako ne želiš, ne moraš."

Elsi se kosa spustila na čelo, što je nešto najpribližnije mrštenju što jedna osmogodišnjakinja može da izvede.

„Pa zašto ste onda svima u kući rekli da će stanari moći da otkupe stanove ako svi budu saglasni?"

Marsel je lagano razmahnuo rukama.

„Ako ti nisi saglasna, onda tehnički gledano nisu svi saglasni. Tvoja baka je bila uverena da ćeš se ti saglasiti s voljom tvojih suseda ako svi budu složni, ali je takođe bila uverena i da nećeš uraditi sa zgradom ništa što bi moglo naškoditi nekom ko tu stanuje. I zato je želela da se pobrine da upoznaš sve svoje susede pre nego što budeš videla testament."

Spustio joj je ruku na rame.

„To je velika odgovornost, ali mi je tvoja baka zabranila da njome obavežem bilo koga drugog osim tebe. Rekla je da si ti 'pametnija od svih onih ostalih zamlata zajedno'. I uvek je govorila da kraljevinu čine ljudi koji u njoj žive. Govorila je da ćeš ti to razumeti."

Vrhovi Elsinih prstiju milovali su bakin potpis u dnu papira.

„Razumem."

„Mogu da zajedno s tobom prođem kroz pojedinosti, to je veoma komplikovan ugovor", rekao je Marsel uslužno.

Elsa je sklonila kosu s lica.

„Ni baka nije bila ništa manje komplikovana."

Marsel se grohotom nasmejao. Tako se to zove. Grohot. Kada je isuviše bučno da bi se nazvalo samo smehom. Elsa je to mnogo volela. Nikad joj nije bilo dosta.

„Jeste li baka i vi imali avanturu?", upitala je bez okolišanja.

„ELSA!", ubaci se mama užasnuto, pri čemu umalo nije počupala sve cevčice.

Elsa je posramljeno mahnula rukama.

„Pih! Pa valjda sme da se PITA?"

Okrenula se prema Marselu puna iščekivanja.

„Jeste li imali avanturu ili niste?"

Marsel je sklopio šake. Klimnuo je glavom žalosno, ali srećno. Pomalo kao kada pojedete ogroman sladoled i uvidite da mu je došao kraj.

„Ona je bila velika ljubav mog života, Elsa. Bila je velika ljubav života mnogih muškaraca. Kao i mnogih žena, kad smo već kod toga."

„A jeste li vi bili njena?", upitala je Elsa.

Marsel nije izgledao ljutito. Ni ogorčeno. Samo pomalo zavidno. Onda je rekao:

„Nisam. To si bila ti. Oduvek si to bila ti, draga Elsa."

Nežno je potapšao Elsu po obrazu, kao što se to radi kada ženu koju ste voleli ugledate u očima njenog unučeta. Zatim je otišao.

Elsa, mama i pismo su delili tišinu u sekundama, beskrajima i zamasima kolibrijevih krila. Onda je mama dodirnula Elsinu ruku i pokušavala da zvuči kao da je ne pita ništa strašno važno, već nešto što joj je, eto, spontano palo na pamet:

„A šta si nasledila od mene?"

Elsa je ćutala. Mama se snuždila.

„Samo sam... znaš već. Rekla si da si nasledila ovo ili ono od bake i tate, a ja sam pomislila, znaš već..."

Ućutala je. Postidela se kao što to biva s mamama kada uvide da su prešle onu tačku u životu kada od svojih ćerki traže više nego što njihove ćerke traže od njih. A Elsa joj je obujmila obraze rukama i blago rekla:

„Sve ostalo, mama, i ništa više. Od tebe sam nasledila sve ostalo, i ništa više."

Tata je odvezao Elsu kući. Isključio je stereo u Audiju da Elsa ne bi morala da sluša njegovu muziku, i ostao je da prespava u bakinom stanu. Legli su u garderober. Mirisao je na piljevinu i bio je taman toliko širok da tata može da se protegne i dohvati oba zida vrhovima prstiju na rukama i nogama. To je bilo ono najbolje u vezi sa garderoberom.

Kada je tata zaspao, Elsa se odšunjala niz stepenice. Stala je pred dečja kolica koja su i dalje bila vezana pred ulaznim vratima. Pogledala je ukrštenicu prikačenu za zid. Onu koju je neko rešio grafitnom olovkom. U svakoj reči je postojalo po jedno slovo koje se ukršta sa četiri duže reči. A u svakoj od te četiri reči postojalo je po jedno slovo u polju sa podebljanim ivicama.

E. L. S. A.

Elsa je pogledala katanac kojim su dečja kolica bila pričvršćena za gelender. Otvarao se kombinacijom znakova, ali se na četiri točkića nisu nalazile cifre. Već slova.

Upisala je svoje ime i otključala ga. Odgurala je kolica u stranu. I tu je pronašla bakino pismo za Brit-Mari.

Elsa je u stvari sve vreme to i znala. Jer to dete zaista uopšte nije idiot.

34

Baka

U Zemlji skoro budnih nikada se ne govori zbogom. Uvek se kaže samo „vidimo se". Stanovnicima Zemlje skoro budnih veoma je važno da bude tako, jer smatraju da ništa nikada ne umire u potpunosti. Umesto toga samo prelazi u istoriju, pravi mali skok u gramatici, menja vreme iz sadašnjeg u prošlo. U Zemlji skoro budnih vole glagolska vremena. U bajkama su vremena podjednako važna kao magija i mačevi.

Zato u Mijami sahrana može da potraje nedeljama, jer je veoma malo drugih prilika u životu podesno za pripovedanje priča kao što su to sahrane. Prvog dana, naravno, preovlađuju priče o tuzi i čežnji, ali kako dan prolazi, postepeno se prelazi na priče od one vrste koje se ne mogu pričati a da ne prsnete u smeh. Priče o tome kako je prelaznik iz sadašnjeg u prošlo vreme jednom pročitao uputstvo „naneti na lice, ali ne oko očiju" na pakovanju kreme za kožu i pozvao proizvođača kako bi mu strašno uznemireno skrenuo pažnju da se lice upravo tu i nalazi, dođavola. Ili o tome kako je prelaznik poverio nekom zmaju da mu karamelizuje površinu krem brulea za veliki prijem u svom zamku, ali nije prethodno proverio da li je zmaj možda prehlađen. Ili o tome kako je jedna prelaznica stajala u raskriljenom kućnom ogrtaču i pucala na ljude iz puške za pejntbol.

Priče od te vrste.

A stanovnici Mijame toliko su se glasno smejali dok su ih pripovedali da su se priče uzdizale poput lampiona i lebdele oko groba. Sve dok sve priče ne postanu jedna jedina i sva vremena se izjednače. Grohotom su se smejali sve dok niko više ne može da zaboravi kako je to ono što ostavljamo za sobom kada odemo.

Grohot.

„Polovče je ispao dečak. Zvaće se Hari!", ponosno je objavila Elsa i očistila sneg sa kamena.

„Alf je rekao da je sreća što je dečak, jer 'ženske' iz naše porodice 'nemaju baš sve daske u glavi'", kezila se zatim, praveći ironične znake navoda u vazduhu i ostavljala za sobom brazde u snegu dok je imitirala Alfov hod.

Hladnoća ju je štipala za obraze. I ona je uzvraćala štipanjem. Tata je razgrnuo sneg i ašovom odstranio gornji sloj zemlje. Elsa je obmotala čvršće grifindorski šal oko vrata. Razvejala je oštrodlakov pepeo nad bakinim grobom, a preko pepela mrvice od buhtli sa cimetom.

Zatim je zagrlila nadgrobni spomenik čvrsto, čvrsto, čvrsto, i prošaputala: „Vidimo se!"

Ona će ispričati sve njihove priče. Krenula je s tatom prema Audiju, on ju je držao za ruku, a ona je već tad počela s pričom. Tata je slušao. Utišao je stereo i pre nego što je Elsa zakoračila u auto. Elsa ga je ispitivački posmatrala.

„Jesi li se rastužio juče kada sam zagrlila Georga u bolnici?", upitala je.

„Nisam", odgovorio je tata.
„Ne želim da budeš tužan", rekla je Elsa.
„Neću biti tužan", rekao je tata.
„Čak ni sasvim malo?", uvređeno upita Elsa.
„Da li je u redu ako budem?", odvratio je tata oklevajući.
„Možeš da budeš malo tužan", promrmljala je Elsa.
„Malo sam tužan", pokušao je tata, i pritom je zaista izgledao malo tužno.
„Izgledaš mi previše tužno", rekla je Elsa.
„Izvini", rekao je tata s prizvukom uznemirenosti u glasu.
„Ne smeš da budeš toliko tužan jer ću dobiti grižu savesti. Samo onoliko tužan koliko je potrebno da ne bi izgledalo kao da te nije briga!", objasnila je Elsa.
„Toliko i jesam tužan", rekao je tata.
„Sada mi ne izgledaš nimalo tužno!"
„Možda sam tužan u sebi?"
Elsa ga je veoma pažljivo osmotrila pre nego što se najzad saglasila:
„*Deal.*"
Tata je klimnuo glavom oklevajući i uspeo da se uzdrži od primedbi kako nema potrebe da koristi engleske reči kada postoje sasvim dobre reči i na njenom jeziku. Audi se uključio na auto-put. Elsa je otvorila i zatvorila pretinac za rukavice.
„On je prilično okej. Mislim na Georga."
„Jeste", rekao je tata.
„Znam da ne misliš tako", pobunila se Elsa.
„Georg je okej", rekao je tata i klimnuo glavom kao da tako i misli.
„Zašto onda nikada nismo zajedno za Božić?", ogorčeno je promrmljala Elsa.
„Kako to misliš?"

„Mislila sam da ti i Liseta ne dolazite kod nas za Božić zbog toga što ti se ne dopada Georg."

„Ja nemam baš ništa protiv Georga."

„Ali?"

„Ali?"

„Pa valjda ovde sledi ali? Zvuči mi kao da sledi ali", promrmljala je Elsa.

Tata uzdahnu.

„Ali... Georg i ja smo ipak različiti u pogledu naših... ličnosti, eventualno. On je veoma..."

„Zabavan?"

Tata je ponovo izgledao uznemireno.

„Hteo sam da kažem kako mi izgleda veoma ekstrovertno."

„A ti si veoma introvertan?"

Tata je oklevajući dobovao prstima po volanu.

„Zbog čega tvoja mama ne može biti kriva za to?", pokušao je.

„Šta?", odvrati Elsa.

„Zbog čega ne bi bilo moguće da vam ne dolazimo u posetu za Božić zato što se tvojoj mami ne dopada Liseta?"

„Je li to u pitanju?"

Tata uzdahnu.

„Nije."

„Liseta se svima dopada", obavestila ga je Elsa.

„Svestan sam toga", uzdahnuo je tata očajno, kao što se to radi pri pomenu neke krajnje iritirajuće karakterne crte kod nekog s kim živite.

Elsa ga je dugo posmatrala pre nego što je upitala:

„Da li te Liseta zato voli? Zato što si introvertan?"

Tata se osmehnuo.

„Da budem sasvim iskren, ne znam zašto me voli."

„Voliš li ti nju?", upita Elsa.

„Neizmerno", odgovorio je bez oklevanja.

Ali je odmah zatim ponovo izgledao kao da prilično okleva.

„Da li sada hoćeš da pitaš zbog čega smo tvoja mama i ja prestali da volimo jedno drugo?"

„Htela sam da pitam zašto ste se uopšte zavoleli."

„Zar misliš da je naš brak bio toliko loš?"

Elsa je slegnula ramenima.

„Pa, vi ste jednostavno veoma različiti. Ona recimo ne voli *Epl*. A ti recimo ne voliš *Zvezdane ratove*."

„Sigurno ima mnogo ljudi koji ne vole *Zvezdane ratove*."

„Tata, ne postoji NIKO osim tebe ko ne voli *Zvezdane ratove*!"

Tata je ogorčeno klimnuo glavom.

„Liseta i ja smo takođe veoma različiti."

„Da li ona voli *Zvezdane ratove*?"

„Moram ti priznati da je nikada nisam pitao."

„Kako je moguće da je NISI pitao to!?"

Tatini palčevi su se uzmuvali duž volana.

„Mi smo različiti na drugi način. U to sam skoro siguran."

„Pa zašto ste onda zajedno?"

„Možda zato što prihvatamo jedno drugo onakve kakvi jesmo."

„A ti i mama ste pokušavali da menjate jedno drugo?"

Poljubio ju je u čelo.

„Ponekad me plaši koliko si pametna, dušo."

Elsa je zažmurila. Duboko udahnula. Prikupila snagu i prošaputala:

„Sećaš se onih SMS-ova od mame koje si dobio poslednjeg dana škole pre božićnog raspusta, o tome kako ne moraš da dolaziš po mene. Znaš, i da će mama to uraditi. Ja sam ih napisala. Slagala sam da bih mogla da uručim jedno od bakinih pisama…"

„Shvatio sam to", rekao je tata, klimnuo glavom i nežno joj provukao prste kroz kosu.

Elsa je sumnjičavo začkiljila prema njemu. Osmehnuo se.

„Nije bilo pravopisnih grešaka. Pa sam shvatio."

I dalje je padao sneg. Bila je to jedna od onih bajkovitih zima kada izgleda da nikada i neće prestati da pada. Kada se Audi zaustavio pred maminom zgradom, Elsa se ozbiljno okrenula ka njemu.

„Želim da budem kod tebe i Lisete češće, a ne samo svakog drugog vikenda. Čak i ako vi to ne želite."

„Ali… dušo… ja… pa možeš da budeš kod nas koliko god često želiš!", potreseno je promucao tata.

„Ne. Samo svaki drugi vikend. I shvatam da je to zbog toga što sam drugačija i remetim vaš 'porodični sklad'. Ali mama i Georg su sada dobili Polovče. I mama ne može stalno da radi baš sve, jer niko ne može da bude savršen sve vreme. Čak ni mama!"

„Otkud… 'porodični sklad'… otkud ti samo to?", čudio se tata.

„Ja dosta čitam", rekla je Elsa.

Tata je uzdahnuo onako kako se to radi svaki put kada razgovarate o razvodu sa svojim detetom, bez obzira na to koliko je vremena prošlo. Disao je kao da mu ponestaje vazduha.

„Nismo želeli da te odvodimo iz ove zgrade", prošaputao je.

„Zbog toga što nisi hteo da me oduzmeš od mame?", upitala je.

„Zbog toga što niko od nas nije hteo da te oduzme od tvoje bake", odgovorio je on.

Ove poslednje reči isparile su u vazduh između njih i ostavile pustoš za sobom. Pahulje su toliko gusto padale na vetrobransko staklo Audija da su izgledale kao zavesa ispred ventilatora.

Elsa je uhvatila tatu za ruku. Tata ju je čvrsto stegnuo.

„Roditelju je teško da prihvati da ne može da zaštiti svoje dete od svega."

„I detetu je to teško da prihvati", odgovorila je Elsa i potapšala ga po obrazu.

Zadržao je njene prste na obrazu.

„Ja sam ambivalentna osoba, i svestan sam da sam zbog toga loš tata. Bojim se da sam zamišljao da ću moći da dovedem u red svoj život i sebe samog pre nego što počneš da provodiš duže vreme kod nas. Mislim da je to bilo zbog tebe. To je nešto što radiš kada si roditelj, barem mislim da je tako, ubeđuješ sebe da sve radiš za dobrobit deteta. Suviše nam je mučno da priznamo kako dete neće čekati sa odrastanjem samo zbog toga što su mu roditelji zauzeti drugim stvarima…"

Kapci su mu se brzo zatvorili. Pa lagano otvorili. Elsa mu je oslonila čelo o dlan kada je prošaputala:

„Tata, ne moraš da budeš savršen tata. Ali moraš da budeš moj tata. I ne možeš da prepustiš mami da bude više roditelj nego ti samo zbog toga što je ona slučajno superheroj."

Tata je uronio nos u njenu kosu.

„Samo nismo hteli da budeš jedno od one dece koja 'imaju dva doma, ali se u oba osećaju kao gosti'", rekao je.

„Ko ti je samo uvrteo to u glavu?", frknula je Elsa.

„Mi dosta čitamo", prošaputao je tata.

„Za nekog toliko pametnog kao što ste ti i mama, ponekad zaista umete da budete nenormalno nepametni", zaključila je Elsa, pa se osmehnula:

„Ali nemoj da brineš kako će izgledati život sa mnom, tata. Obećavam ti da možemo da radimo nešto dosadno!"

Tata je klimnuo glavom, pokušavajući da ne izgleda unezvereno kada mu je Elsa rekla da će danas proslaviti njen rođendan kod njega i Lisete, jer su mama, Georg i Polovče još uvek u bolnici. Tata je pokušao da ne deluje uznemireno kada je Elsa rekla da je već zvala Lisetu i sve dogovorila. Delovao je malo smirenije kada mu je Elsa rekla da bi on mogao da napravi sve pozivnice. Jer tada je tata odmah počeo da razmišlja o prikladnim fontovima, a fontovi su na tatu imali veoma umirujuće dejstvo.

„Moraju da budu gotove danas po podne!", rekla je Elsa, a tata joj je obećao da će tako i biti.

Biće gotove sredinom marta. Ali to je već druga priča.

Elsa je pomislila da izađe iz auta. Ali onda joj je palo na pamet da bi tati sada kada je ipak još malo više skloniji oklevanju i uznemireniji nego obično, možda dobro došlo da malo sluša svoju očajnu muziku. Zato je pojačala stereo u Audiju. Ali iz njega se nije začula nikakva muzika, i bilo je potrebno da prođu barem dve-tri stranice pre nego što je Elsa zaista shvatila.

„Ovo je poslednje poglavlje iz knjige *Hari Poter i kamen mudrosti*", izustila je naposletku.

„Da, slušam audio-knjigu", sramežljivo je priznao tata.

Elsa je zurila u stereo. Tata je usredsređeno držao ruke na volanu iako je Audi stajao u mestu.

„Kada si bila mala, uvek smo čitali zajedno. Uvek sam znao na kom smo poglavlju svake knjige. Ali ti sada čitaš tako brzo. Uopšte više ne razumem šta se tebi sviđa. Hari Poter ti izgleda veoma mnogo znači, a ja želim da razumem stvari koje ti mnogo znače", rekao je crvenih obraza u pravcu sirene.

Elsa je sedela ćutke. Tata se nakašljao.

„U stvari, baš šteta što se sada tako dobro slažeš sa Brit-
-Mari, jer mi je dok sam slušao ovu knjigu palo na pamet da
bih nju u nekoj pogodnoj prilici mogao da nazovem 'ona koja
se ne sme imenovati'. Pomislio sam kako bi te to nasmejalo..."

Zaista i jeste pomalo šteta, pomislila je Elsa. Jer to je zaista
bilo nešto najsmešnije što je tata ikada rekao. A tata je od
svega toga malo živnuo, pa je ushićeno pokazao na stereo,
što je zaista neverovatno nekarakterističan način pokaziva-
nja kada je u pitanju tata, i rekao:

„Postoji i film o Hariju Poteru, jesi li to znala?"

Elsa ga je sažaljivo potapšala po obrazu.

„Tata. Ja te volim. Stvarno. Ali ispod kog kamena si ti živeo?"

„Šta, znala si za film?", upitao je tata pomalo iznenađeno.

„To svako zna, tata."

Tata je klimnuo glavom. Ali nije delovao uznemireno. U
stvari, bio je skoro spokojan.

„Ja ne gledam filmove baš mnogo. Ali možda nekom
prilikom možemo da pogledamo taj film o Hariju Poteru,
ti i ja? Je li dug?"

„Postoji sedam knjiga, tata. I osam filmova", oprezno je
rekla Elsa.

A tata je ponovo izgledao veoma, veoma, veoma uzne-
mireno.

Elsa ga je zagrlila i izašla iz Audija. Sunce je bleštalo na sne-
gu. Alf se u cipelama sa izlizanim đonovima gegao ispred
ulaza s lopatom za sneg u rukama. Elsa je pomislila na
tradiciju iz Zemlje skoro budnih, da svako daje poklone
na svoj rođendan i pomislila kako bi Alf sledeće godine
mogao da dobije par cipela od nje. Ali ne ove godine, jer
će ove dobiti bušilicu.

***

Brit-Marina vrata su stajala otvorena. Imala je na sebi cvetni sako. I broš. Elsa je u ogledalu videla da je namestila krevet u spavaćoj sobi. Kraj praga su stajala dva kofera. Brit-Mari je ispravila poslednji nabor na prekrivaču, duboko uzdahnula i okrenula se, pa izašla u predsoblje.

Ugledala je Elsu i Elsa je ugledala nju, i nijedna nije baš znala šta bi rekla, dok naposletku obe nisu zaustile istovremeno:

„Pronašla sam pismo!"

Onda je Elsa rekla: „Šta?", a Brit-Mari je u isto vreme rekla: „Kako, molim?" Posle su se malo zbunile.

„Imam pismo za vas, od bake! Bilo je zalepljeno za pod ispod dečjih kolica u hodniku!", rekla je Elsa.

„Aha. Aha. I ja imam pismo za tebe, tako je. Nalazilo se u filteru mašine za sušenje veša u vešernici", rekla je Brit-Mari.

Elsa je naherila glavu. Pogledala je kofere.

„Nekud putujete?"

Brit-Mari je malčice nervozno sklopila ruke na stomaku. Izgledala je kao da želi da otrese nešto nevidljivo sa rukava Elsine jakne.

„Da."

„A kuda?", upita Elsa.

„Ne znam", priznala je Brit-Mari.

„Šta ste radili u vešernici?", pitala je Elsa.

Brit-Mari napući usta.

„Pa ne mogu tek tako da otputujem a da prethodno ne namestim krevete i ne očistim filter iz mašine za sušenje veša, Elsa. To jednostavno ne ide. Zamisli ako mi se nešto dogodi dok nisam tu. Naime, nemam nameru da ljudima dam povoda da veruju kako sam neka tamo varvarka koja ne namešta krevete, to nikako!"

Elsa se široko nasmešila. Brit-Mari se nije nasmešila, ali je Elsa pomislila kako to možda ipak jeste učinila u sebi.

„Vi ste pevali pijanduri svaki put kada je noću vikala u hodniku, zar ne?"

„Molim?", odvrati Brit-Mari.

Elsa slegnu ramenima.

„Svaki put kada je pijandura bila u hodniku, začula bih tu pesmu, i tada bi se pijandura uvek smirila i otišla da spava. Vaša mama je bila učiteljica pevanja. A ne mislim da pijandura ume toliko lepo da peva. I tako sam malo razmislila, a ja nisam idiot."

Brit-Mari je stegnula šake. Nervozno je prstom prešla preko bele pruge tamo gde se nalazio venčani prsten.

„Ne možemo dopustiti da pijani članovi udruženja tumaraju okolo po stepeništu noću, Elsa. To uopšte nije civilizovano. A Davidu i Pernili se sviđalo kada sam im pevala tu pesmu pred spavanje dok su bili mali. Naravno, sada se više ne sećaju toga, ali im se veoma sviđalo kada sam im pevala, zaista je tako.

„Vi niste baš u potpunosti gnjavator, Brit-Mari", rekla je Elsa sa osmehom.

„Hvala", odgovorila je Brit-Mari nesigurno, kao da se radi o trik-pitanju.

Zatim su razmenile pisma. Na Elsinom je pisalo „ELSA", a na Brit-Marinom „ONA MATORA". Brit-Mari je pročitala svoje naglas Elsi a da ova nije morala ni da je pita. Brit-Mari je bila dobra u tome.

Naravno, bilo je poprilično dugo. Baka je inače imala za mnogo toga da se izvini ljudima, a ljudi inače nisu tokom godina uspevali da sakupe ni približno onoliko mnogo stvari koje su zahtevale izvinjenje kao što je to uspela Brit-Mari.

Bilo je tu izvini za ono sa Sneškom Belićem. Pa izvini za dlake sa ćebeta u mašini za sušenje veša. I izvini za ono kada je baka slučajno upucala Brit-Mari iz puške za pejntbol kada ju je tek bila kupila, pa je htela „malo da je isproba" sa balkona. Jednom je očigledno pogodila Brit-Mari u zadnjicu dok je Brit-Mari imala na sebi svoju najlepšu suknju, a ni broš ne pomaže kod sakrivanja fleke koja se nalazi na zadnjici. Jer zaista nije civilizovano nositi broš na zadnjici. Baka je pisala da sada to razume.

Ali najveće izvinjenje je usledilo na samom kraju pisma, a kada je Brit-Mari trebalo da ga pročita, reči su joj zastale u grlu, pa je Elsa morala da se nagne i pročita sama.

Izvini štoti nikada nisam rekla da zaslužuješ nekog mnogo boljeg od Kenta. Jer stvarnoe tako. Iako si teška gnjavatorka!

Brit-Mari je pažljivo presavila pismo tako da ivice budu ravne, pogledala Elsu i pokušala da se osmehne kao obično ljudsko biće.

„Tvoja baka nije baš pohvalno baratala pravopisom."

„Nije imala blage veze", odgovorila je Elsa.

I tada je Brit-Mari zapravo uspela da se osmehne skoro u potpunosti kao sasvim obično ljudsko biće. Elsa ju je potapšala po ruci.

„Baka je znala da ćete vi rešiti ukrštenicu u hodniku."

Brit-Mari je odsutno presavijala bakino pismo u ruci.

„Kako si znala da sam to bila ja?"

„Ispisano je grafitnom olovkom. Baka je uvek govorila da ste toliko nervozni da morate da namestite sve krevete pre nego što krenete na odmor i da čak ne možete ni da rešite ukrštenicu hemijskom olovkom ako prethodno niste popili dve čaše vina. A ja vas nikada nisam videla da pijete vino."

Brit-Mari je otresla nevidljive mrvice sa bakinog pisma i otresito odgovorila:

„Pa, mora se ostaviti mogućnost da se obriše. Nismo mi neki tamo varvari."

„Ne, nismo, zaista nismo, nikako", rekla je Elsa sa osmehom.

Onda je pokazala na kovertu u Brit-Marinoj ruci. U njoj se nalazilo još nešto. Nešto što je zveckalo. Brit-Mari joj je savila ivicu i protegla vrat tako da joj se oči nađu na istom nivou sa otvorom i zavirila unutra kao da smatra sasvim mogućim da će baka lično iskočiti iz njega i zaurlati: „BUUUUUUUUU!"

Zatim je posegnula rukom i izvadila ključeve od bakinog auta.

Elsa i Alf su joj pomogli s koferima. Reno je upalio iz prve. Brit-Mari je ispustila najdublji uzdah koji je Elsa ikada čula. Elsa je promolila glavu kroz suvozačka vrata i doviknula kroz brujanje motora:

„Ja volim lilihipe i stripove!"

Brit-Mari je izgledala kao da pokušava da odgovori, ali je grlo isuviše steže. I tako je Elsa razvukla usne u osmeh, slegnula ramenima i dodala:

„Mislim, samo kažem. Ako neki put imate viška."

Brit-Mari je otresla kapljice sa cvetnog sakoa. Elsa je zatvorila vrata. Onda se Brit-Mari odvezla. Nije ni sama znala kuda. Ali videće svet i osetiće vetar u kosi. I rešavaće sve svoje ukrštenice hemijskom olovkom.

Ali kao što to već biva u bajkama, to je neka sasvim druga priča.

* * *

Alf je ostao da stoji u garaži i dugo je gledao za njom i nakon što je nestala s vidika. Čistio je sneg cele te večeri i veći deo sledećeg jutra.

Elsa je sedela u bakinom garderoberu. Mirisao je na baku. Čitava zgrada je mirisala na baku. Ima nečeg zaista posebnog u vezi sa bakinom zgradom ako se čak i pošto prođe deset ili dvadeset ili trideset godina i dalje sećate kako miriše. A koverta s bakinim poslednjim pismom mirisala je kao i zgrada. Mirisala je na duvan i majmune i kafu i pivo i ljiljane i sredstvo za čišćenje i kožu i gumu i sapun i alkohol i proteinske štanglice i mentu i vino i duvan za žvakanje i piljevinu i prašinu i buhtlu sa cimetom i dim i smesu za patišpanj i butik i stearin i kakao i krpu za sudove i slatke snove i jelku i picu i kuvano vino i krompir i puslice i parfem i kolač sa kikirikijem i sladoled i bebe. Mirisala je na baku. Mirisala je kao ono najbolje u vezi s nekim ko je lud na najbolji mogući način.

Elsino ime je bilo ispisano na poleđini koverte slovima koja su bila još malo pa lepa i videlo se da se baka stvarno potrudila da ispravno napiše svaku reč u pismu. Nije joj baš pošlo za rukom.

Ali poslednjih pet reči je glasilo: „Izvini što moram da umrem."

I tog dana je Elsa oprostila baki.

Epilog

(Ako ne znate šta reč „epilog" znači, možete je potražiti na Vikipediji)

Za viteza Elsu.
Izvini što moram da umrem. Izvini štosam umrla. Izvini štosam ostarila. Izvini štosam te ostavila i izvini zbog prokletog kancera. Izvini štosam ponekad bila više gnjavatorka nego negnjavatorka. Volim te u deset hiljada bajkovitih beskraja. Ispričaj sve priče Polovčetu. I zaštiti zamak!! Zaštiti svoje priatelje, jer će i oni zaštititi tebe. Zamak je sada tvoj. Nema nikog hrabrieg, mudrieg i jačeg od tebe. Ti si najbolja od svih nas. Porasti i budi drugačia i ne dozvoli da ti niko kaže da nebudeš drugačia, jer svi superheroji su drugačiji! A ako te gnjave, šutni ih u glavni prekidač!! Živi i smej se i sanjaj i donesi nove baike u Miamu. Ja te čekam tamo. Možda i deda. Ko će ga znati. Ali ovo će biti naiveća avantura. Izvini štosam bila luda. Volim te. Dođavola, koliko te samo volim!!

Baka zaista nije imala blage veze sa pravopisom.

* * *

A epilozi u bajkama nisu laki. Jednostavno je tako. Jer trebalo bi da epilozi pruže odgovore na sva pitanja, ali ako onaj ko pripoveda bajku nije dovoljno vešt pripovedač ili je na primer pomalo umoran ili mrvicu gladan, onda epilog umesto toga može da pokrene još gomilu pitanja. Jer na neki način se može reći da je sve što se dogodilo s ljudima iz ove bajke po njenom završetku veoma komplikovano, ali na drugi način se može reći i da uopšte nije tako. Jer život je naime u isto vreme veoma komplikovan i veoma jednostavan. Zato i postoje statusi na *Fejsbuku*.

Elsa je proslavila osmi rođendan kod tate i Lisete. Tata je popio tri čaše kuvanog vina i plesao jelka-ples. Ili tačnije rečeno, „plesao". Liseta i Elsa su gledale *Zvezdane ratove*. Liseta je znala sve replike napamet. Dečak sa sindromom i njegova mama su bili tu i mnogo su se smejali, jer tako se pobeđuju strahovi. Mod je pekla kolače, Alf je bio sav smrknut, a Lenart je Liseti i tati doneo nov aparat za kafu. Jer Lenart je primetio da Lisetin i tatin aparat za kafu ima zaista mnogo dugmića, dok je Lenartov bolji zbog toga što ima samo jedno dugme. Tata je zapravo izgledao kao da mu se to veoma dopada.

 I bilo je bolje. Bilo je dobro.

Hari je kršten u kapelici na groblju gde su sahranjeni baka i oštrodlak. Mama je insistirala da vrata budu otvorena, iako je napolju bio minus. Da bi svi mogli da vide.

 „A kako će se dečak zvati?", upitao je sveštenik, koji je uz to bio i revizor, baš kao i advokat, baš kao i lekar, a pored toga je, kako se ispostavilo, dodatno pomalo radio i kao bibliotekar.

„Hari", rekla je mama.
Sveštenik je klimnuo glavom i namignuo ka Elsi.
„A hoće li dete imati kumove?"
Elsa je glasno frknula.
„Nisu mu potrebni kumovi! Ima stariju sestru!"

I znala je da ljudi u stvarnom svetu ne razumeju takve stvari. Ali u Mijami ne dobijate kumove kada se rodite, već umesto toga dobijete smejavca. Posle detetovih roditelja i njegove bake i još nekih osoba koje Elsina baka i nije smatrala baš toliko neviđeno važnim kada je Elsi prvi put pričala tu priču, smejavac je u Mijami najvažnija osoba u životu deteta. A smejavca naravno ne imenuju roditelji, pošto je to isuviše važan zadatak da bi ga poverili nekim tamo zamlatama od roditelja, već ga bira samo dete. I tako, kada se dete rodi u Mijami, svi porodični prijatelji dolaze do kolevke i pričaju priče i prave grimase i plešu i pevaju i zbijaju šale, a onaj ko prvi uspe da nasmeje dete postaje smejavac. U Mijami se smatra da je dečji smeh nepogrešiv, i smejavac je zatim lično odgovoran da ga izazove što je moguće češće i da pritom bude što glasniji i u što je moguće više situacija koje su detetovim roditeljima neprijatne. To je zadatak koji se uvek shvata krajnje ozbiljno.

Elsa je, naravno, znala da će svi pokušati da joj kažu kako je Hari premali da bi shvatio kako ima stariju sestru. Ali kada je ona pogledala naniže u svoje naručje, i ona i on su i te kako dobro znali da je to prvi put da se on smeje.

Odvezli su se nazad u zgradu, a svi u njoj su živeli svoje živote. Jednom u dve nedelje Alf je sedao u Taksi i vozio Mod i Lenarta do jedne velike građevine gde su morali da sede u nekoj sobici i baš dugo čekaju. A kada Sem najzad uđe kroz vratanca u pratnji dva velika čuvara, Lenart je vadio kafu, a Mod kolače. Jer nema ničeg važnijeg od kolača.

A sigurno postoji mnoštvo ljudi koji smatraju kako Mod i Lenart ne bi trebalo to da rade. Ne bi trebalo da budu tamo. Ljudi koji smatraju da takvi kao što je Sem ne zaslužuju ni da žive, a kamoli da jedu kolače. I ti ljudi su sigurno u pravu. A sigurno i greše. Nije sasvim lako odlučiti se. Ali Mod je govorila da je ona kao prvo baka, kao drugo svekrva, a kao treće majka, i da je ovo upravo nešto što bake, svekrve i majke rade. Bore se za ono što je dobro. A Lenart je pio kafu i slagao se, a kada je Samanta bila prisutna u sobi, i dalje je zvao kafu „piće za odrasle". A Mod je pravila slatke snove, jer kada bi tama postala prevelika da bi mogla da se izdrži i previše stvari se pokvarilo na preveliki broj načina da bi se moglo ponovo popraviti, Mod nije znala koje bi drugo oružje mogla da upotrebi osim snova.

I tako je i radila. Dan po dan. San po san. I možete misliti kako je to ispravno, ili možete misliti kako je to pogrešno. I bićete u pravu u svakom slučaju. Jer život je i komplikovan i jednostavan.

Zato postoje kolači.

Vukosrce se vratio u zgradu u novogodišnjoj noći. Policija je zaključila da je u pitanju bila samoodbrana, iako su svi znali da nije branio sebe. I to je možda bilo koliko ispravno toliko i pogrešno.

I dalje je živeo u svom stanu. A žena u farmerkama u svom. I radili su ono što su mogli, najbolje što su mogli. Pokušavali su da nauče da žive sami sa sobom, da se trude da žive umesto da samo životare. Išli su na sastanke. Pričali svoje priče. Jer inače bi se ugušili. I niko nije znao da li je to put koji će popraviti sve ono što se pokvarilo u njima, ali ipak je neki put. Svake nedelje su večerali kod Else i Harija i mame i Georga. Kao i svi ostali iz zgrade. Ponekad je dolazila i zelenooka policajka. Bila je iznenađujuće dobra u pričanju priča. Dečak sa sindromom i dalje nije govorio, ali ih je sve naučio kako se pleše na sasvim čudesan način.

Alfa je jednog jutra probudila žeđ. Ustao je i popio kafu i baš je nameravao da se vrati u krevet kada je čuo kucanje na vratima. Otvorio ih je. Otpio veliki gutljaj kafe. Dugo posmatrao svog brata. Kent se oslanjao na štaku i uzvratio mu pogled.

„Baš sam bio idiot", promrmljao je Kent.

„Da", promrmljao je Alf.

Kentovi prsti su jače stegli štaku.

„Firma je otišla pod stečaj pre šest meseci."

Stajali su tako u neprijatnoj tišini sa sukobima iz čitavog života nagomilanim između njih. Kao što to braća rade.

„Hoćeš li kafu?", progunđao je Alf zatim.

„Ako imaš već skuvanu", progunđao je Kent.

Onda su pili kafu, kao što to braća rade. Sedeli su u Alfovoj kuhinji i upoređivali razglednice od Brit-Mari. Jer im je obojici pisala svake nedelje. Kao što to rade žene poput Brit-Mari.

Svi stanari zgrade i dalje su održavali sastanke jednom mesečno u prostorijama u prizemlju. I svaki put bi se posvađali. Jer to je bila jedna obična zgrada. Manje-više. A baka i Elsa ne bi ni volele da bude drugačije.

Božićni raspust se završio, i Elsa je ponovo krenula u školu. Čvrsto je vezala pertle na patikama i pažljivo pritegla kaiševe svog ranca, kao što to rade deca poput Else kada ponovo počne škola posle božićnog raspusta. Ali tog dana se u njenom razredu pojavio i Aleks, a Aleks je takođe drugačiji. Postali su najbolji drugovi, a to se desilo trenutno, onako kako to samo može da bude kada tek napunite osam godina, i posle toga više nikada nisu trčali. Kada su ih prvi put pozvali kod direktora tog polugođa, Elsa je imala masnicu, a Aleks ogrebotinu na licu. Kada je direktor uzdahnuo i rekao Aleksovoj mami kako Aleks „zaista mora pokušati da se prilagodi", Aleksova mama je pokušala da ga gađa globusom. Ali ju je Elsina mama preduhitrila.

Elsa će je uvek voleti zbog toga.

Prošlo je nekoliko dana. Možda i nekoliko nedelja. Ali jedno po jedno, deca su počela da se pridružuju Aleksu i Elsi u školskom dvorištu i po hodnicima. Sve dok se na kraju više niko nije usuđivao da ih pojuri. Sve dok nisu postali prava mala vojska. Jer ako drugačijih ima dovoljno, onda niko ne mora da bude normalan.

Na jesen je dečak sa sindromom krenuo u prvi razred. Kada su imali maskenbal, pojavio se obučen kao princeza. Grupa starijih dečaka mu se rugala sve dok se nije rasplakao. Elsa i Aleks su to videli i odveli ga napolje na parking, a Elsa je pozvala tatu. Pojavio se s koferom odeće.

Kada su se vratili unutra, i Elsa i Aleks su takođe bili obučeni kao princeze. Spajdermeni princeze.

I nakon toga su postali dečakovi superheroji.

Jer svaki sedmogodišnjak zaslužuje superheroje.

A onome ko tako ne misli fali neka daska u glavi.

Izjave zahvalnosti

Nedi. I dalje je sve samo da bih tebe nasmejao. Nikada to nemoj zaboraviti. (Žao mi je zbog vlažnih peškira na podu kupatila.) Ašegetam.

Mojoj baki po majci. Koja nije ni najmanje luda, ali je uvek pravila najukusnije kolače koje jedan sedmogodišnjak može da poželi.

Mojoj baki po ocu. Koja je uvek verovala u mene više nego iko drugi.

Mojoj sestri. Koja je jača od lava.

Mojoj mami. Koja me je naučila da čitam.

Astrid Lindgren. Koja me je naučila da čitanje zavolim.

Svim bibliotekarima mog detinjstva. Koji su videli dečaka sa strahom od visine i pozajmili mu krila.

Zahvalnost dugujem i

Mom Obi-Vanu, Niklasu Danonoćnom. Mom redaktoru Jonu Hegblumu. Mom agentu Jonasu Akselsonu. Jezičkoj jedinici za specijalna dejstva Vanji Vinter. Fredriku Sederlundu (što mi je dozvolio da od njega pozajmim Odma-odma). Johanu Silenu (koji je shvatio prvi od svih). Ćešti Fošberj (jer si jednom dala šansu jednom momku). Nilsu Ulsonu (za dva čudesna omota). Svima koji su se bavili ovom knjigom i *Čovekom po imenu Uve*, u firmama *Forum*, *Monpoket*, *Bonijer audio*, *Bonijer ejdžensi*, *Tre vener* i *Partners in storis*. Dodatna zahvalnost unapred lingvističkim sveznalicama koje će lokalizovati gramatičke nedostatke u imenima sedam kraljevina (bacite kosku ako sam pogodio glagolsko vreme).

A najviše sam zahvalan

Vama koji čitate. Bez vas i vašeg krajnje problematičnog rasuđivanja najverovatnije bih bio prinuđen da pronađem pravi posao.

O autoru

Fredrik Bakman (rođen 1981) započeo je karijeru kao jedan od najpoznatijih švedskih blogera i kolumnista. Debitovao je u književnosti 2012. godine, kada je objavio međunarodni fenomen *Čovek po imenu Uve*. Neobično smešni, dirljivi i mudri, Bakmanovi romani su odiseje običnih ljudi i zadivljujuće priče o svakodnevnoj hrabrosti. Fredrik Bakman je dosad napisao tri romana – svi su dobili pohvale kritike i postali međunarodni bestseleri – i jedno delo iz oblasti publicistike.

Čovek po imenu Uve preveden je na četrdeset jezika i nalazi se na petom mestu u Velikoj Britaniji po broju prodatih primeraka u 2016. i 2017. godini.

Fredrik Bakman
MOJA BAKA VAM SE IZVINJAVA

Za izdavača
Dejan Papić

Lektura i korektura
Dragana Matić Radosavljević
Živana Rašković

Slog i prelom
Saša Dimitrijević

Dizajn korica
Marija Vasović

Tiraž
2000

Beograd, 2018.

Štampa i povez
SD Press, Smederevo

Izdavač
Laguna, Beograd
Resavska 33
Klub čitalaca: 011/3341-711
www.laguna.rs
e-mail: info@laguna.rs

CIP – Katalogizacija u publikaciji
Narodna biblioteka Srbije, Beograd

821.113.6-31

БАКМАН, Фредрик, 1981-
  Moja baka vam se izvinjava / Fredrik Bakman ; preveo sa švedskog Nikola Perišić. - Beograd : Laguna, 2018 (Smederevo : SD Press). - 454 str. ; 20 cm

Prevod dela: Min mormor hälsar och säger förlåt / Fredrik Backman. - Tiraž 2.000. - O autoru: str. [455].

ISBN 978-86-521-2896-9

COBISS.SR-ID 257276940